Franziska Stalmann
Annas Mann
Das rote Fenster

SERIE PIPER

Zu diesem Buch

Annas geliebter Mann stirbt bei einem Autounfall. Gequält von Schmerz und Trauer sucht Anna Trost und Zuflucht in Jochens Ermittlungsbüro – und findet Hinweise, dass sein Tod kein Unfall war. Bei ihren Ermittlungen lernt sie nicht nur Rechtsanwalt Dr. Andreas Moratt kennen und lieben, sondern gerät zudem in einen Irrgarten neonazistischer Umtriebe und Organisationen. – Anna, die das Ermittlungsbüro ihres Mannes weiter führt, bekommt den Auftrag einer verzweifelten Mutter. Die fünfzehnjährige Maria, die in ihrer Nachbarschaft wohnte und nun tot aufgefunden wurde, gab Anna schon vor ihrem Tod Anlaß zur Sorge: Hinter dem Fenster, aus dem nachts ein seltsam rotes Licht geleuchtet hatte, konnte sie ihre Nachbarin erkennen – nackt und mit wechselnden Männerbesuchen. Während Anna der Aufklärung des Mordes näher kommt, gerät ihr eigenes Liebesleben beinahe aus den Fugen …

Franziska Stalmann, geboren 1951 in Hamburg, Psychologin und Schriftstellerin, lebt in München. Mit »Champagner und Kamillentee«, ihrem ersten Roman, hat sie einen Bestseller vorgelegt, gefolgt von ihren Erfolgsromanen »Lieber die Taube in der Hand«, »Annas Mann« und »Das rote Fenster«.

Franziska Stalmann

Annas Mann
Das rote Fenster

Zwei Krimis in einem Band

Piper München Zürich

Von Franziska Stalmann liegen in der Serie Piper vor:
Annas Mann (4052, 6147)
Das rote Fenster (4451)
Champagner und Kamillentee (6037)
Annas Mann/Das rote Fenster (Doppelband, 6201)

Taschenbuchsonderausgabe
Januar 2007

Umschlaggestaltung: Cornelia Niere
Umschlagfoto: Royalty-Free/Corbis
Autorenfoto: Peter von Felbert
Gesamtherstellung: Clausen & Bosse, Leck
Printed in Germany
ISBN-13: 978-3-492-26201-9
ISBN-10: 3-492-26201-5

www.piper.de

Annas Mann

SERIE PIPER

1

Immer, wenn ich an meinen Mann dachte und daran, dass er tot war, durchfuhr mich ein heftiger Schmerz, der mir die Luft nahm und das Licht und die Farben grau und trübe werden ließ. Es war, als ginge für einen Augenblick die Welt unter.

Ich dachte immer an ihn, und wenn ich es gerade mal nicht tat, gab es sofort etwas, das mich an ihn erinnerte. Natürlich auch sein Büro. Und seine Sekretärin. Und sein Mitarbeiter.

»Herzbruch«, sagte Frau Beifuss in tragischem Ton. Sie stand dicht neben mir, und ich konnte ihr Parfüm riechen. Es war irgendwas mit Veilchen.

»Herzbruch total. Ein schwerer Fall. Kein Wunder, so wie die beiden sich geliebt haben. Und sie ist noch so jung. Und er war ja auch noch nicht so alt.«

Ich saß in Jochens Schreibtischsessel und schluchzte.

»Und dann ist plötzlich alles aus«, fuhr sie fort. »Von heute auf morgen. Aus, vorbei. Für immer und ewig.«

»Ja, sicher«, sagte Herr Fischler mit versagender Stimme. »Ja, natürlich.«

Er gehörte anscheinend zu den Männern, die es nicht aushalten, wenn Frauen weinen. Oder vielleicht war es auch Frau Beifuss' dunkler, schicksalhafter Ton, den er nicht ertrug. Er stand auf der anderen Seite von Jochens Schreibtisch, schob mir Papiertaschentücher zu und räusperte sich immer wieder voller Verzweiflung. Schließlich seufzte er, legte eine frische Packung vor mich hin, sagte: »Ich kann es nun nicht mehr …«, und verließ leise das Zimmer.

»Komisch«, sagte Frau Beifuss, »also, das finde ich nun

komisch. Er hat doch so viele Frauen, immer wieder neue. Was macht er denn, wenn die weinen? Haut er da auch ab? Oder schmeißt er sie raus?«

Sie dachte nach. Ich putzte mir die Nase.

»Ach so. Vielleicht hat er darum so viele Frauen. Sobald sie weinen, müssen sie gehen.«

Ich lachte. Wider Willen.

»Na, also«, sagte sie, und ihr weißes Gesicht unter den dicken dunkelroten Haaren färbte sich rosig. »Jetzt lachen Sie wieder. Sehen Sie. Und denken Sie daran: Das erste Jahr ist das schlimmste. Danach wird es besser. Das weiß ich von meiner Freundin Heidrun. Deren Mann ist vom Gerüst gefallen. Und wissen Sie was?«

Ich wusste es nicht.

»Zwei Jahre später hat sie wieder geheiratet. Einen richtig netten Ingenieur. Mit Kindern. In gehobener Position.«

Ich schüttelte mich. Doch auch wenn ihr Trost von der zweifelhaften Sorte war, sie hatte mich zum Lachen gebracht, und ich wurde wieder ein bisschen munter, und sei es nur, damit ich die Flucht ergreifen konnte vor ihren Tröstungen.

Ich warf die nass geweinten Papiertaschentücher in den Papierkorb und folgte ihr in den Flur. Vor Herrn Fischlers Tür blieb ich stehen. Ich wollte ihn fragen, wie sie alleine zurechtkamen in der Firma, ohne ihn, aber dann fiel mir ein, dass mich auch in Herrn Fischlers Zimmer alles an ihn erinnern würde, und ich würde nur wieder weinen und Herrn Fischler wieder Angst machen. Ein andermal. Ich würde ihn ein andermal fragen.

Aber unten auf der Straße stellte sich heraus, dass es egal war, was ich tat, weinen musste ich auf jeden Fall, nur dass ich es nun nicht alleine mit dem seufzenden Herrn Fischler tat, sondern vor lauter fremden Leuten, die mich erstaunt oder mitleidig oder erschrocken ansahen.

Diese Straße waren wir so oft entlanggegangen, wenn ich ihn vom Büro abgeholt hatte, er hatte den Arm um meine

Schultern gelegt und mir von seinem Tag erzählt, und wir hatten geredet und gelacht.

Das Nie-Wieder der letzten Wochen dröhnte in meinem Kopf und zerriss mein Herz. Nie wieder neben ihm gehen, ihn nie wieder sprechen und lachen hören. Und das Wäre. Wäre er doch nicht gestorben, wäre er verletzt, gelähmt, läge er auf der Intensivstation, säße er im Rollstuhl, was immer, wäre er nur da. Und das Wenn. Wenn er nur lebte, wenn ich ihn ansehen könnte, sein Gesicht sehen, seine Augen, sein Lächeln. Seine Stimme hören. Seine Haut spüren, seinen Atem, seine Lippen.

Aber er war gegen einen Baum gefahren und sofort tot gewesen, und ich hatte ihm nicht mal auf Wiedersehen sagen können. Ich hatte nicht bei ihm sitzen und seine Hand halten können, während er starb. Ich hatte gar nichts tun können. Ich hatte es nicht mal gewusst.

»Trösten Sie sich, Frau Wolf«, hatte der Arzt zu mir gesagt, »Ihr Mann hat nichts mehr gemerkt, es ist ein guter Tod gewesen.«

Aber ist das ein guter Tod, von dem man nicht weiß, dass er kommt, er nicht, ich nicht, und sich nicht mal Auf Wiedersehen sagen kann?

Die Kirchenglocken läuteten, als ich die Haustür aufschloss, und ihr Klang begleitete mich die Treppe hinauf. Ich liebte das Läuten, er hatte es nicht leiden können. »Religion ja, in Gottes Namen, wenn es sein muss, aber dann bitte leise«, hatte er gesagt.

Ich öffnete die Tür zur Dachterrasse, um frische Luft hereinzulassen, und ging in die Küche und sah in den Kühlschrank, ich hatte seit dem Frühstück nichts gegessen, aber ich hatte keinen Hunger, wozu sollte ich essen?

»Du musst essen, Anna, bitte versprich mir, dass du isst«, hatte meine Mutter gesagt und den Kühlschrank gefüllt, bevor sie wieder fuhr, und also nahm ich eine Tomate heraus und aß sie.

Dann wanderte ich durch die Wohnung. Seit er tot war, wanderte ich immer durch die Wohnung, ich konnte nicht mehr still sitzen. Wohnzimmer, Schlafzimmer, Küche, Bad, Gästezimmer. Das Gästezimmer hatten wir im Frühjahr renoviert, gelbe Tapete mit Blümchen, auch die Vorhänge hatten Blumen, Rosen und Vergissmeinnicht, mit der Wiege hatten wir noch gewartet. »Erst wenn wir ganz sicher sind, Jochen, bitte«, hatte ich gesagt.

Manchmal, wenn ich auf das Gelb und die Rosen und Vergissmeinnicht starrte, dachte ich: Hätte ich doch nicht immer wieder versucht, das Kind zu bekommen. Wäre ich doch zufrieden gewesen. Vielleicht hätten sie ihn leben lassen, wenn ich auf Kinder verzichtet hätte. Wenn ich nicht so anspruchsvoll gewesen wäre. Wenn ich nicht alles hätte haben wollen. Er war doch alles, was ich brauchte. Mein Alles. Wenn er mir nur genug gewesen wäre. Wenn. Wenn. Wenn.

Das Schlafzimmer war erfüllt von Nachmittagssonne, das Wohnzimmer schattig. Auf dem Sofa vor der Bücherwand hatte er immer gelegen und die Zeitung gelesen. Dort schien er auch jetzt wieder zu liegen, im Halbdunkel, die Füße übereinander geschlagen, die Brille auf der Nase, das Haar wirr. Mein Herz tat einen Sprung. Ich sah ihn überall, ich wusste, dass er nicht dort lag, dass er nicht mehr da war, aber noch immer glaubte ich einen quälenden Moment lang, er könne vielleicht doch noch da sein.

Ich lief zur Tür, rannte die Treppen hinunter und hinüber zum Friedhof. Dort waren wir nie zusammen gewesen, auch Friedhöfe hatte er nicht leiden können, dort erinnerte mich nichts an ihn, und es war der einzige Ort, wo er nun wirklich noch war.

Ich hatte einen schönen Platz für ihn bekommen, unter einem jungen, schief gewachsenen Ahornbaum, und einen schönen Stein für ihn gekauft, einen einfachen, grauen, wie der Stein, aus dem alte Brunnen und Brücken sind, auch die

Schrift auf dem Stein war einfach, so wie es ihm gefallen hätte.

Als die Kränze und Sträuße verwelkt und vertrocknet und fortgeschafft worden waren und nur noch die nackte Erde zu sehen war, hatte ich mir lange überlegt, wie ich sein Grab bepflanzen sollte. Ich hatte mir andere Gräber angesehen und die Frauen beobachtet, die fast jeden Tag zum Friedhof kamen. Sie hatten die Gräber ihrer Männer mit bunten Sommerblumen bepflanzt, die sie in der Sommerhitze dauernd gießen mussten. Mir kam das so vor, als ob sie ihre Männer gießen würden, und das wollte ich auf gar keinen Fall.

Ich pflanzte Efeu, viel Efeu, damit er bald das Grab bedeckte, und legte Rosen darauf, wenn ich kann, rosaweiße Rosen, die zart und süß dufteten. Es waren meine Lieblingsrosen, er hatte sie mir immer mitgebracht. Nun war ich dran, ihm Rosen zu bringen.

Ich stand da und sah auf die Rosen und den Efeu und den Stein und wurde ruhiger. Es war einfach gut, bei ihm zu sein.

»Sie«, sagte jemand neben mir, eine kleine alte Frau in einem grauen Kostüm und einer grellgrünen Bluse. »Ich habe Ihren Efeu gegossen, gestern, wie es so heiß war. Den können Sie doch nicht so alleine lassen. Efeu braucht auch Wasser.«

Ich schluckte.

Sie legte die Hände vor dem Bauch zusammen und sah auf den Grabstein: »Der Vater?«

Ich schüttelte den Kopf.

Ihr Blick ging zwischen dem Stein und dem Geburtsdatum und meinem Gesicht hin und her: »Der Mann?«

Ich nickte.

Sie schüttelte den Kopf, schnalzte mitleidig mit der Zunge und war eine Weile still.

»Ich sag Ihnen was«, sagte sie dann. »Das erste Jahr ist das schlimmste. Da passiert alles zum ersten Mal ohne ihn. Und man ist mit allem allein. Grauslich, ich sag es Ihnen.

Aber da muss man durch. Und dann wird es leichter. Viel leichter. Das kann man sich erst gar nicht vorstellen. Aber ich sag es Ihnen.«

»Das hat Frau Beifuss auch gesagt«, sagte ich.

Sie nickte zufrieden, als sei dies die Bestätigung durch eine höhere Instanz, und ging wieder zurück zu ihrem Grab, das sich durch besonders üppigen Blumenschmuck auszeichnete. Ihre Beine waren sehr dünn und der Knoten, der ihr graues Haar zusammenhielt, auch.

Aber wie soll ich dies Jahr überstehen, dachte ich.

Zuerst war es gar nicht so schwer, zuerst passierte so viel.

Zwei Polizisten standen vor der Tür, mit ernstem Ausdruck auf den rotbackigen Gesichtern, und der eine fragte: »Sind Sie Anna Wolf, die Ehefrau von Dr. Jochen Wolf?«

»O ja«, sagte ich, »das bin ich. Er ist verreist. Aber er muss bald zurück sein. Wollen Sie warten?«

Er schnappte nach Luft und sah aus, als hätte er seinen Text vergessen.

»Ist ihm was passiert?«, fragte ich. »Warten Sie, ich komme mit, ich ziehe mir nur schnell was über.«

»Nein, nein«, sagte der andere, »es ist nur –«, und dann sah auch er aus, als hätte er seinen Text vergessen.

Ich sah sie fragend an, und sie blickten hilflos an mir vorbei und nahmen ihre Mützen ab und räusperten sich, und der eine sagte: »Es ist nur so – Frau Wolf, es tut uns sehr Leid, aber – Ihr Mann ist tot.«

»Ach so«, sagte ich, als hätte ich begriffen, was er gesagt hatte, aber ich begriff gar nichts.

Sie fuhren mich in die Klinik, wo mein Mann lag, nicht im Keller oder in einer dieser Schubladen, wie man das im Film sieht, sondern in einem weiten, hellen Raum mit großen Fenstern, durch die man in den sonnenbeschienenen Klinikgarten sah.

Er lag auf einem Metalltisch, ein Tuch war über seinen

Körper gebreitet, bis zum Hals, er schien ganz unverletzt, ich sah kein Blut und keine Wunden, aber ich schaute auch nicht genau hin, ich hob das Tuch nicht. Er schien sogar ein wenig zu lächeln und sah fast aus wie sonst, nur dass sein Haar matt war und seine Haut auch und ein bisschen gelblich. Und dass es nicht mein Mann war, der da lag, sondern jemand, der bloß aussah wie mein Mann.

Ich legte meine Hände auf sein Gesicht. Es war kühl und glatt. Dies konnte nicht mein Mann sein. Mein Mann war immer so warm.

»Ganz friedlich, nicht wahr?«, sagte der Mann im weißen Kittel, der neben mir stand. »Er hat nichts gemerkt, es war ein guter Tod, da können Sie sicher sein.«

»Ach so«, sagte ich.

Die Polizisten brachten mich wieder nach Hause.

»Haben Sie jemanden, der sich um Sie kümmert?«, fragte der eine.

»Sicher«, sagte ich. »Mein Mann.«

»Aber Ihr Mann ist doch … Gibt es sonst noch jemanden?«

Ich sagte, meine Mutter, und sie ließen sich ihre Telefonnummer geben und riefen sie an.

Sie kam und sagte nicht viel, das tat sie nie, sie umarmte mich kurz, und dann fing sie an, sich um mich zu kümmern. Zuallererst suchte sie schwarze Sachen aus meinem Schrank heraus: »Und ein bisschen was in Weiß, du musst ja nicht aussehen wie eine Krähe.« Sie ging einkaufen und kochte und deckte den Tisch, obwohl ich nichts aß. Sie begleitete mich zum Beerdigungsinstitut, wo ich den Sarg aussuchte, den allerschönsten und allerteuersten, den sie hatten, aus honigfarbener Eiche, mit feinen Messingbeschlägen. »Aber der ist doch viel zu teuer«, sagte sie, »glaubst du wirklich, dass das Jochen recht wäre?«

Sie verschickte die Traueranzeigen und ging mit mir zum Pfarrer und erzählte ihm, wer mein Mann gewesen war, denn ich wusste einfach nicht, was ich dem fremden Menschen mit der sanften Stimme über ihn sagen sollte.

Die Beerdigung war an einem leuchtenden, sonnenflirrenden, heißen Tag. Schwarze Gestalten versammelten sich um mich, drückten mir die Hand und murmelten etwas oder umarmten mich und murmelten etwas, und der Pfarrer sprach, und Herr Fischler sagte ein paar Worte und ein alter Freund redete, und draußen, als der Sarg über der Grube stand, betete der Pfarrer mit lauter Stimme etwas, wovon ich kein Wort verstand, und dann ließen sie den Sarg hinunter in die Dunkelheit, ich spürte Schweißbäche meinen Körper hinunter rinnen, und das Einzige, was ich wirklich wahrnahm, war der Duft der rosaweißen Rosen, die den Sarg bedeckten, zart und süß.

An den Abenden saß ich mit meiner Mutter im Wohnzimmer und sah ihr zu, wie sie strickte. Ich hatte sie noch nie stricken sehen.

»Seit wann strickst du?«, fragte ich.

»Seit neuestem.«

»Aber warum?«

»Ach, weißt du«, sagte sie vage, »es beruhigt mich irgendwie.«

Ich sah erstaunt auf die Nadeln, die sie ungeschickt bewegte. Sie war doch immer ganz ruhig gewesen, mein ganzes Leben lang. Aber vielleicht gab es ja einen Ort in ihr, an dem sich all die Unruhe sammelte, die sie nie zeigte, und darum war es nun nötig geworden, dass sie strickte.

Der Rechtsanwalt saß hinter einem großen gläsernen Schreibtisch, auf dem überhaupt nichts stand und dessen Platte spiegelnd sauber war. Er las mir mit getragener Stimme das Testament vor und verfiel dann in ganz unpassende Fröhlichkeit darüber, dass mein Mann mich so gut versorgt hatte.

»Wunderbar«, rief er aus, »das hat er einfach wunderbar gemacht! Die Leistungen aus der Lebensversicherung und der Unfallversicherung! Die Einkünfte, die Sie daraus haben werden! Und das Ermittlungsbüro läuft so gut, und Sie sind alleinige Inhaberin! Und dieser Herr Fischler ist Geschäftsführer, und Sie brauchen sich nicht mal darum zu kümmern! Sie können sich wirklich glücklich schätzen. So tragisch die Gesamtsituation auch ist«, fügte er eilig hinzu, als er merkte, dass ich ihn verständnislos ansah.

Ich war die ganze Zeit über still und kalt und leer und tat einfach, was man mir sagte. Ich war in einen sonderbaren Film geraten, in dem ich die Hauptrolle hatte, die der jungen Witwe, in Schwarz, aber ohne Schleier, keine Ahnung, warum ausgerechnet ich diese Rolle hatte, aber wenn ich artig mitspielte und nichts falsch machte, dann durfte ich sicher bald zurück in mein wirkliches Leben, und mein Mann wäre wieder da und alles wäre wieder gut und richtig und in Ordnung.

»Du bist so ruhig, Anna«, sagte meine Mutter, halb erleichtert, halb beunruhigt.

»Erstaunlich, wie du damit umgehst. So gelassen«, sagten Jochens alten Freunde.

»Respekt, meine Gnädigste«, sagte der Mann von der Lebensversicherung, ein älterer Herr mit einem Schnurrbart und einem Von im Namen. »Sie haben Courage. Und Contenance.«

Hatte ich gar nicht, ich hatte gar nichts davon, ich stellte mich bloß tot. Nur kann man sich leider nicht ewig tot stellen, irgendwann kehrt das Leben zurück, und als das passierte, überfiel mich der Schmerz. Reißender, fressender Schmerz. Und ich begriff, dass der sonderbare, schreckliche Film, in den ich geraten war, nie mehr zu Ende sein würde.

»Aber beruhige dich doch, Anna«, sagte der Arzt, tätschelte hilflos meine Hand und reichte mir sein Taschentuch.

Warum reichen sie einem immer Taschentücher, warum lassen sie einen nicht einfach weinen? Weil sie inständig hoffen, dass man sich die Nase putzt, die Augen trocknet und aufhört mit der Heulerei. Darum.

»Haben die Tabletten nicht geholfen, die ich dir verschrieben habe?«

Er war ein ganz alter Freund meines Mannes, sie hatten, glaube ich, schon im Sandkasten miteinander gespielt, aber ich kannte ihn kaum, weil ihre Freundschaft es nicht vertragen hatte, dass ich dabei war, sondern nur blühen konnte, wenn sie in die Kneipe gingen oder die ganze Nacht lang im Wohnzimmer saßen und tranken und redeten.

Ich schüttelte den Kopf.

»Dann verschreibe ich dir was Stärkeres. Eine vor dem Schlafengehen, höchstens zwei. Und nächste Woche komme ich wieder.«

Ich nahm die Tabletten zweimal, dann stopfte ich die Schachtel zu den anderen in die Schublade des Spiegelschränkchens. Sie machten meinen Schlaf dumpf und schwer und verscheuchten die Träume. Aber die Träume wollte ich behalten, denn in ihnen lebte er weiter, und das Glück, ihn zu sehen, jede Nacht, und ihn in meinen Armen zu halten, war unbeschreiblich süß, so süß, wie das Glück nur in den Träumen ist.

»Und?«, fragte der Arzt. »Schläfst du jetzt besser?«

»O ja«, sagte ich.

»Na, siehst du. Und tagsüber? Geht es dir da auch besser?«

Ich sah in sein sommersprossiges Gesicht und in seine freundlichen Augen, in denen die Bitte lag, dass ich ja sagen und ihn nicht wieder mit Schmerz und Schrecken und Strömen von Tränen erschrecken möge.

»O ja«, sagte ich.

»Na, siehst du«, wiederholte er erleichtert und stand auf. »Das Leben geht eben doch weiter, nicht wahr? Muss es ja. Und ruf unbedingt an, wenn du was brauchst, Anna. Ja?«

Ich brachte ihn hinaus und schloss die Tür sorgfältig hinter ihm. Welches Leben?

Wir lernten uns im Herbst kennen, an einem dieser heißen Herbsttage, die noch wie Sommer sind. Aber ihr Leuchten ist schon Herbst.

Ich war gerade aus der Schule gekommen und kaufte mir in der Eisdiele am Park ein Eis, das mich trösten sollte, denn ich hasste die Schule und die Welt und die Menschen, und ich nahm Schokolade und Zitrone, weil sie besonders tröstlich schmeckten.

»Furchtbar«, sagte der Mann neben mir. »So was essen Sie?«

Ich sah auf seine Eistüte, die etwas kränklich Gelbes enthielt und etwas Hellgrünes mit grünen Dingern darin, das auch kränklich aussah.

»Igitt«, sagte ich.

»Sagen Sie das nicht. Das sind Mandel und Pistazie.«

»Und so was essen Sie?«

Er lachte laut.

»Wollen wir es uns gemeinsam antun? Da drüben auf der Bank am Spielplatz?«

Er sah nicht gut aus, er war zu groß und zu dünn und zu alt, und er interessierte mich überhaupt nicht. Auch sollte ich eigentlich nach Hause gehen, mir Mittagessen machen und lernen, fürs Abitur. Ich hatte meiner Mutter fest versprochen, dass ich das tun würde, besonders an den Nachmittagen, denn da war sie noch im Büro und konnte nicht dafür sorgen, dass ich es tat.

»Ja, sicher«, sagte ich.

Wir aßen das Eis, und dann gingen wir den ganzen Nachmittag im Park spazieren.

Von nun an gingen wir jeden Nachmittag im Park spazieren. Ich schwänzte die letzten beiden Schulstunden, und er ging nach der Mittagspause erst sehr spät in sein Büro zurück.

Ich verliebte mich gar nicht erst in ihn. Ich liebte ihn sofort, und auch dafür brauchte ich nicht lange. Zwei Wochen, glaube ich.

Ich wartete am Rand des Spielplatzes auf ihn, er hatte unser Eis gekauft und kam, die Hände mit den Eistüten von sich weg haltend, über die Straße, groß und so dünn, dass seine Hosen immer ein bisschen an ihm hingen, das Haar fiel ihm in die Stirn, er sah sich suchend um, dann sah er mich, seine schönen Augen leuchteten, er lächelte, die vollen Lippen spannten sich ein wenig schief über den unregelmäßigen Zähnen, und er winkte mit den Eistüten.

Mir ging das Herz auf, ich konnte fühlen, wie mein Herz sich weitete, und wusste, dass ich ihn liebte. Ich breitete die Arme aus, umarmte ihn unter den Eistüten hindurch und sagte: »Ich liebe dich.«

Das Eis fiel klatschend zu Boden, ich fühlte seine Arme um mich und hörte seine Stimme.

»Ich dich auch. Ich liebe dich auch, Anna.«

Dann küssten wir uns, zum ersten Mal, er küsste mich weich und fest mit seinen warmen Lippen, während Kinder kreischten und Radfahrer klingelnd um uns herumfuhren und ein Hund schweifwedelnd das Eis vom Pflaster leckte.

Von nun an kauften wir kein Eis mehr, wir wollten Hände und Lippen frei haben für Küsse und Umarmungen. Aber wir gingen weiter spazieren, es dauerte lange, bis wir endlich miteinander ins Bett gingen. Vielleicht, weil ich Angst hatte und er das spürte. Oder hatte er auch Angst, ein bisschen, vielleicht?

Ich hatte nicht etwa Angst, weil er mein erster Mann war, nein, er war der dritte, und darauf war ich beinahe stolz und außerdem ganz sicher, dass ich wusste, wie es ging. Ich hatte eher eine sonderbare Furcht vorm Fallen, ein bedrängendes Kribbeln im Leib, als ob ich auf einer hohen Klippe stünde. Wenn die Lust auf ihn mich so öffnete, wie es die Liebe zu ihm tat, welche Tiefen warteten dann auf mich?

Als es endlich passierte, war es ein hastiges ungeschicktes Getümmel unserer feuchten Körper, wir schienen zu viele Beine und Arme zu haben und wussten nicht, wohin damit, ich war verkrampft und eng und trocken, er konnte kaum in mich eindringen und kam dann schnell, und ich fühlte gar nichts, nur Schmerz und Schreck und Spannung.

Danach lag ich neben ihm, spürte meine kalten Füße und wunden Brustwarzen und einen leisen Schmerz zwischen den Schenkeln und wagte nicht, ihn anzusehen. Panik breitete sich in mir aus: Es ging nicht, ausgerechnet mit dem Mann, den ich liebte! Wie konnten wir miteinander leben, wenn wir nicht miteinander schlafen konnten? Er dachte jetzt bestimmt, ich sei frigide! Hätte ich doch wenigstens so getan, als ob. Aber ich war gar nicht auf die Idee gekommen, es war ja auch so wenig Zeit gewesen. Und vielleicht war ich ja wirklich frigide, bei ihm jedenfalls, und dann würden wir uns trennen müssen, denn wie sollten wir zusammenleben, wenn ich frigide war, jedenfalls bei ihm?

Nach einer Zeit, die mir wie eine Ewigkeit erschien, rührte er sich und beugte sich über mich. Er lächelte. Er lächelte! War es ihm egal, dass es nicht ging mit uns? Oder hatte er es gar nicht gemerkt?

»Sieh mich doch nicht so erschrocken an«, sagte er. »Das kann ja mal passieren. Und gerade dann, wenn es einem so wichtig ist.«

»Es geht nicht mit uns, Jochen!«

»Es geht bestimmt. Wir probieren es einfach nochmal. Immer wieder, bis es geht.« Er legte seine Hände mit den langen, kräftigen Fingern um meine Brüste und strich mit der Zungenspitze sacht über ihre geschwollenen Spitzen. »Wir haben ja Zeit. Bis in alle Ewigkeit.«

Die hatten wir dann doch nicht.

Anfang Dezember rief die Schule bei meiner Mutter an.

»Absenzen, Absenzen, Absenzen. Attestauflage nicht erfüllt. Leistungsnachweise nicht erbracht«, las sie vor. Sie hatte sich all die widerwärtigen Wörter aufgeschrieben. »Und das im Abiturjahr. Deine Lehrerin ist ganz verzweifelt. Ich auch. O Anna, was ist nur mit dir los?«

Sie schüttelte den Kopf und sah mich an, mit ihren grünen Augen, die heller wurden, seit sie älter wurde. Nicht mal zornig, nur müde und traurig und wirklich verzweifelt.

Ich hatte ein schrecklich schlechtes Gewissen. Ich hatte sie nie belogen, sie hatte sich immer auf mich verlassen können. Wir waren nur zu zweit, und das war oft nicht leicht gewesen, nicht für mich und schon gar nicht für sie, wir mussten uns aufeinander verlassen können. Und nun das. Und sie sah so müde aus. Und so alt. Weil ich mir so schlecht vorkam, wurde ich laut.

»Ich brauche kein Abitur mehr«, sagte ich, »ich habe den Mann gefunden, den ich liebe, und ich werde mit ihm Kinder machen statt Abitur.«

»Ach«, sagte sie, »wer ist das denn?«

»Er heißt Jochen«, sagte ich stolz, »Dr. Jochen Wolf, er ist Anwalt und hat ein sehr angesehenes Ermittlungsbüro und zwei Angestellte und eine schöne große Wohnung, und er liebt mich und will mit mir leben, und du brauchst dir keine Sorgen zu machen.«

Sie sagte nichts mehr, und ich glaubte, ich hätte sie überzeugt. Ich hätte sie besser kennen müssen.

Als ich Jochen am anderen Tag traf, sah er ernst und bedrückt aus und nahm mich nur kurz in die Arme und wollte mit mir in den Park und nicht ins Bett.

»Deine Mutter hat mich angerufen.«

»Wie kommt sie denn dazu?«

»Sie hat mich gefragt, ob mir klar ist, dass ich dir das Abitur verderbe, und warum mir das so unwichtig erscheint, wo ich doch selber einen Beruf habe, für den man Abitur braucht. Ich habe mich schrecklich geschämt.«

»Aber das brauchst du nicht. Ich mache sowieso kein Abitur.«

»Doch, das machst du. Wir haben alles besprochen, deine Mutter und ich. Wir sehen uns nur noch abends oder nachts. Auch am Wochenende. Und nur, wenn du gelernt hast.«

Ärger regte sich in mir, weil sie so über mich verfügten.

»Sie wäre damit einverstanden, dass du bei mir wohnst. Dann musst du nicht so viel hin- und herfahren. Sie will nur, dass du dein Abitur machst, hat sie gesagt.«

Der Ärger verflog, und mein Herz begann heftig zu klopfen.

»Und du? Willst du, dass ich bei dir wohne?«

Er sah mich ernst an und nahm meine Hände in seine. Seine waren warm, wie immer, obwohl es sehr kalt war im Park.

»Auf keinen Fall«, sagte er. »In wilder Ehe leben? Mit einer gefallenen Frau unter einem Dach? Wofür hältst du mich? Ich bin ein Mann von Ehre. Bevor du bei mir einziehst, musst du mich heiraten. Willst du?«

Zwei Tage vor Weihnachten heirateten wir. Es hatte geschneit an dem Tag, der Himmel war grau und wolkenschwer, und ich trug einen weißen Hosenanzug und hielt einen großen Strauß der rosaweißen, süß duftenden Rosen im Arm, von denen eine am Revers seines grauen Anzugs steckte.

Auf den Fotos von unserer Hochzeit stehen wir auf den Stufen des Standesamtes, ein bisschen steif, um uns herum meine Mutter in ihrem guten Kostüm und seine alten Freunde und zwei Schulfreundinnen von mir und Frau Beifuss und Herr Fischler, und alle wirken ein wenig erstaunt über diese sonderbare Hochzeit, eine Schülerin und ein Anwalt von fast vierzig, und so schnell, kaum vier Monate, nachdem sie sich kennen gelernt haben, und dabei müssen sie gar nicht heiraten. Bei manchen liegt sogar ein leichter Anflug von Missbilligung auf dem Gesicht, oder vielleicht ist es auch die Kälte des Dezembertages. Nur wir beide wirken einfach glücklich, geradezu kindlich glücklich.

Ich betrachtete die Fotos jeden Tag, nicht nur die von unserer Hochzeit, auch alle anderen. Ich hatte sie überall in der Wohnung verteilt, auf Tischen und Teppichen ausgelegt, an die Bücher im Regal gelehnt, an Wände und Türen und Schränke und Fensterscheiben geklebt. Unser ganzes Leben.

An den Nachmittagen fuhr ich zum Friedhof, befreite das Grab vom Herbstlaub, das in der Nacht darauf gefallen war, legte Rosen auf den Efeu und sah den anderen Frauen zu, wie sie ihre Gräber für den Winter vorbereiteten. Sie rissen die Sommerblumen heraus und pflanzten lila leuchtende Erika, bauschige gelbe Chrysanthemen und pelzige silberfarbene Gewächse und dekorierten die Pracht dann mit Grablichtern, die man aus einem Automaten ziehen konnte wie Zigarettenschachteln.

Die alte Frau, die über ihrem grauen Kostüm nun einen alten Bundeswehrparka trug, was seltsam anzusehen war, brachte mir auch eines, ein großes aus rotem Plastik, dessen Rand mit Lochmustern verziert war. Sie hieß Frau Engler, ich hatte auf dem Grabstein ihres Mannes nachgesehen.

»Das geht ja nicht, dass der Ihre keines hat«, sagte sie vorwurfsvoll. »Wie sieht denn das aus?«

Ich fand das Ding schrecklich hässlich und wusste, dass es Jochen auch nicht gefallen würde.

»Das ist aber wirklich nett von Ihnen. Darf ich Ihnen das Geld zurückgeben?«

»Ach geh«, sagte sie ärgerlich und ging auf ihren dünnen Beinen zurück zu ihrem Grab.

Auf dem Nachhauseweg beeilte ich mich immer sehr, um bald wieder zu Hause zu sein, bei den Fotos und bei ihm und in unserem Leben, doch als ich über den Weihnachtsmarkt lief, der unten auf dem Platz vor unserem Haus aufgebaut war, rief jemand meinen Namen und hielt mich auf.

Ich blieb stehen und drehte mich um. Es war der Mann, an dessen Bude wir immer Wein getrunken und Würstchen gegessen hatten, heißen, süßen Glühwein und scharfe Bratwürstchen.

»Hallo, Frau Wolf«, sagte er. »Wo sind Sie denn immer?

Ich habe Sie dieses Jahr noch gar nicht gesehen. Und Ihren Mann auch nicht.«

»Mein Mann? Oh, mein Mann ist geschäftlich unterwegs. Schon die ganze Zeit. Er hat schrecklich viel zu tun.«

»Ach, wie schade«, sagte er. »Aber er kommt doch bestimmt Weihnachten zurück, oder?«

»Weihnachten?«, sagte ich. »O ja, natürlich, Sie haben Recht, Weihnachten kommt er zurück. Weihnachten ist er wieder da. Natürlich.«

Ich lief weiter. Auf der Treppe nahm ich immer zwei Stufen auf einmal, bis hinauf unters Dach. Mir war plötzlich ganz leicht und frei zumute. Weihnachten ist er wieder da, natürlich, das muss ich irgendwie vergessen haben, aber das ist doch klar, Weihnachten kommt er zurück, Weihnachten haben wir immer zusammen gefeiert, Weihnachten würde er nie fortbleiben.

Ich nahm es mit den Weihnachtsvorbereitungen sehr genau, ich beschäftigte mich intensiv damit, es war ja ein besonderes Weihnachten, weil wir uns so lange nicht gesehen hatten. Ich besah mir den Baumschmuck und entschied, dass er ausgedient hatte, und kaufte neuen, unten auf dem Weihnachtsmarkt, den schönsten, den es gab. Dazu handgezogene Bienenwachskerzen. Die größte und dichteste Tanne, die es gab. Schwarze Seidenhosen und eine durchsichtige Seidenbluse für mich. Und im Feinkostgeschäft Austern, Kaviar, Lachs, Krabben, Salate, ein ganzes Roastbeef, Käse und Desserts, Champagner und gute Weine.

»Aber ich feiere doch mit Jochen«, sagte ich, als meine Mutter anrief und mich fragte, was ich Weihnachten machte.

»Mit Jochen?«

»Ja, sicher. Ich feiere doch immer mit Jochen.«

Sie schwieg, als hätte ich etwas Außergewöhnliches gesagt, das sie erst begreifen musste.

»Ach, Anna«, sagte sie dann, »ich wünschte, du würdest ihn loslassen.«

»Aber wieso denn?«, sagte ich. »Er ist doch mein Mann.«

»Ja, schon«, sagte sie. »Sicher. Ich glaube nur, es wird allmählich Zeit, dass du anfängst, dich von ihm zu lösen.«

»Ich weiß überhaupt nicht, was du meinst«, sagte ich ungeduldig.

»Ich weiß«, sagte sie. »Lass uns mal in Ruhe darüber reden. Gleich nach Neujahr, ja, Anna?«

Am Heiligen Abend um acht war ich mit allem fertig. Nur er fehlte noch. Ich zündete die Kerzen am Baum an und goss mir ein Glas Champagner ein. Dann wanderte ich mit dem Glas in der Hand durch die Wohnung und betrachtete die Fotos, wie jeden Tag. Und jeden Abend. Und jede Nacht. Nun war er bald wieder da, dann brauchte ich sie nicht mehr und würde sie wegräumen können.

Um zehn waren die Kerzen abgebrannt. Ich steckte neue auf und zündete sie an, öffnete eine weitere Flasche Champagner und aß ausgiebig.

Um zwölf waren die Kerzen wieder niedergebrannt, und er war immer noch nicht da.

Ich war unsicher auf den Beinen und sah nicht mehr deutlich, aber in meinem Kopf war es klar, gläsern kühl und klar, und ich wusste plötzlich, dass er nicht mehr kommen würde. Von da, wo er war, konnte er nicht kommen. Ich musste zu ihm gehen, damit wir wieder zusammen waren.

Ich löschte die Lichter, die noch am Baum flackerten, holte mir ein großes Glas Wasser aus der Küche und aus der Schublade des Spiegelschränkchens im Bad die Schachteln mit den Tabletten und ging ins Schlafzimmer.

Es dauerte eine Weile, bis ich genug Tabletten aus den Plastikverpackungen herausgedrückt hatte. Ich ließ sie ins Wasser fallen, saß still da, bis sie sich auflösten – nicht alle lösten sich auf –, und trank. Es schmeckte gar nicht so scheußlich, wie ich gedacht hatte.

Ich legte mich aufs Bett, machte die Augen zu und wartete.

2

Ich erwachte in der Hölle. Ich zitterte, mein Kopf schien zu platzen, und es war unerträglich heiß. Ich versuchte den Kopf zu heben und die Augen zu öffnen, aber ich schaffte es nicht, meine Lider waren bleischwer, und ich versank wieder in heißer Dunkelheit.

Die Zeit verschwamm, ich tauchte hinab in eine schwarze See und kam wieder hoch, manchmal war es hell, manchmal dunkel, allmählich gelang es mir, die Lider zu heben, der Schmerz im Kopf ließ nach, aber es blieb so schrecklich heiß.

Schließlich schaffte ich es, meine Augen offen zu halten und vom Bett zu kriechen. Ich wankte in den Flur, ins Bad, ins Wohnzimmer. Es roch nach Kerzenwachs und Tannennadeln, von Schüsseln und Platten auf dem Esstisch kam ein scheußlich süßlicher Geruch, Flaschen standen herum und ein halb volles Glas. Es sah aus, als sei jemand mitten im Feiern aufgebrochen.

Draußen schien eine kalte Sonne auf glitzernden Schnee. Das Licht stach mir in die Augen und ließ meinen Kopf dröhnen. Ich zog die Vorhänge zu, hockte mich aufs Sofa und versuchte herauszufinden, wer ich war und was für eine Welt dies war. Immerhin war ich offenbar doch nicht in der Hölle.

O Gott. Jochen ist tot. Und ich habe Tabletten genommen, ein ganzes Wasserglas voll.

Bei dem Gedanken daran, dass er tot war, durchfuhr mich wieder der jähe Schmerz, doch dann sickerte allmählich das Begreifen in mich ein, dass ich jetzt eigentlich auch tot sein müsste, es aber wunderbarerweise nicht war, und zum ersten Mal seit langer Zeit spürte ich so etwas wie Erleichterung.

Gut, dass ich nicht auch tot war. Es war irgendwie keine Alternative, auch tot zu sein. Ihm wäre es bestimmt auch nicht recht gewesen.

Neue Müdigkeit überfiel mich, ich rollte mich auf dem Sofa zusammen und schloss die Augen. Ich musste unbedingt noch ein bisschen schlafen. Und herausfinden, warum es hier so heiß war. Dies war nur die Wirklichkeit, nicht die Hölle, schlimm genug, aber wenigstens nicht so heiß.

Am Morgen stellte ich fest, dass alle Heizkörper aufgedreht waren. Und dass wir Silvester hatten. Ich lag seit einer Woche hier herum, konnte nur kriechen und nichts essen, und wenn ich nun doch weiterleben wollte, mochte es sinnvoll erscheinen, den Arzt zu rufen.

Ich brauchte eine Ewigkeit, bis ich seine Nummer in unserem Telefonverzeichnis fand, die Augen fielen mir immer wieder zu, und ich hatte seinen Namen vergessen. Sein Name war Thorsten, ich vergaß ihn immer, auch dann, wenn ich keine größere Kollektion von Schlaftabletten und Beruhigungsmitteln geschluckt hatte.

Er war sofort am Telefon, und er kam auch sofort, nachdem er meine Stimme gehört hatte, er ließ mir kaum Zeit, etwas zu sagen oder zu erklären. Er wurde blass, als er mich sah, so blass, dass seine Sommersprossen wie schwarze Punkte auf seiner Haut saßen.

»Was ist passiert, Anna?«

»Ich habe Schlaftabletten genommen.«

»Und das sagst du einfach so?«

Wie sollte ich es denn sonst sagen?

»Welche? Wie viele?«, fragte er.

Ich zeigte ihm die Schachteln auf dem Nachttisch. Ich wurde schon wieder müde und sank aufs Bett.

»Kein Wunder, dass du müde bist«, sagte er. »Leg dich hin.«

Er setzte sich auf die Bettkante und sah mich an. Mir fiel zum ersten Mal auf, dass er graue Haare zwischen seinen blonden hatte. Hübsch sah das aus, wie Silber zwischen Gold. Ich hatte ihn nie richtig angesehen. Ich hatte nie einen Mann richtig angesehen außer meinem.

Er seufzte und schüttelte den Kopf. Sein Blick wanderte über die Fotos, mit denen ich Schränke und Wände und Fensterscheiben beklebt hatte. Er schüttelte wieder den Kopf, ganz langsam, hin und her, immer wieder, er konnte gar nicht mehr damit aufhören.

»Mein Gott, Anna«, sagte er schließlich. »Was machst du bloß für Sachen. Warum hast du mich denn nicht angerufen?«

Was sollte ich darauf sagen?

Er schüttelte ein letztes Mal den Kopf, diesmal heftig.

»Pass auf. Eigentlich müsste ich dich in die Psychiatrie einweisen. Eigentlich schon. Aber ich glaube nicht, dass es Jochen recht wäre, wenn ich das täte. Jetzt sei bitte ganz ehrlich, Anna, lüg mich nicht an. Machst du so was wieder?«

Ich schüttelte den Kopf.

Er hielt mir die Hand hin: »Versprochen?«

Ich drückte seine Hand und nickte.

»Also gut«, sagte er. »Dann schlaf mal.«

Als ich aufwachte, war es draußen dunkel, aber überall in der Wohnung brannte Licht. Das Wohnzimmer und die Küche waren aufgeräumt, die Fotos abgenommen und eingesammelt und auf dem Wohnzimmertisch gestapelt. Neben dem Herd fand ich eine Thermoskanne mit Pfefferminztee und Suppendosen einer sehr feinen Firma. Rinderconsommé, Gemüsebrühe, Hühnerbouillon. Daneben lag ein Zettel: »Iss und trink und schlaf. Ich komme morgen wieder. Thorsten.«

Ich goss mir einen Becher von dem Tee ein, hockte mich aufs Sofa und betrachtete den Weihnachtsbaum. Er war noch ganz frisch und duftete nach Wald und Weihnachten. Der neue Schmuck, den ich gekauft hatte, war wirklich schön. Sterne und Engel und Tiere und Blumen und Bäume aus ziseliertem Gold- und Silberblech. Kugeln aus klarem mundgeblasenem Glas. Auf der Spitze der Wachsengel in seinem prachtvollen Brokatkleid. Den hatte er in unserem ersten Jahr gekauft. Er hatte auch immer den Baum gekauft, unter langen, umständlichen Verhandlungen mit dem Weihnachtsbaumhändler, damit er bestimmt den schönsten bekam.

Und wenn der Baum dann geschmückt war, hatte er gesagt: »Dies ist der schönste Baum, den wir je hatten.«

Jedes Jahr sagte er das, mit ernstem Gesicht und lachenden Augen.

»Aber dies ist nun wirklich der schönste Baum, den wir je hatten, Jochen«, sagte ich laut in den leeren Raum hinein.

Ich hatte mir einen ernst zu nehmenden grauen Hosenanzug und eine ordentliche weiße Seidenbluse gekauft, um an meinem ersten Arbeitstag einen guten Eindruck zu machen, aber ich hatte keinen Erfolg damit.

Am Anfang schon.

»Das ist aber nett, dass Sie vorbeikommen, Frau Wolf«, sagte Frau Beifuss. »Ein gutes neues Jahr! Wie geht es Ihnen? Gut sehen Sie aus. Sie trinken doch einen Kaffee mit uns?«

Auch Herr Fischler tauchte auf und wünschte ein gutes neues Jahr, und dann saßen wir in Jochens Zimmer auf der hässlichen Sitzgarnitur und tranken Kaffee und redeten über das Wetter und die vergangenen Feiertage – ich sprach lieber nicht so genau davon – und wie es in der Firma lief – es lief sehr gut –, und als wir damit fertig waren, spürte ich, dass sie darauf warteten, dass ich wieder ging.

Ich stand auf.

»Ich will Sie nicht aufhalten.«

»Aber das tun Sie doch gar nicht, Frau Wolf«, sagte Frau Beifuss zufrieden und fing an, das Kaffeegeschirr aufs Tablett zu stellen.

Herr Fischler öffnete die Tür für mich.

»Danke«, sagte ich. »Ich bleibe hier.«

Sie hielten inne, Herr Fischler mit den Fingern am Türgriff, Frau Beifuss mit der Kaffeekanne in der Hand, und starrten mich an. Als hätte ich auf Slowmotion gedrückt. Frau Beifuss' schönes Haar leuchtete rot über ihrem weißen Gesicht, und Herrn Fischlers Fliege leuchtete auch rot auf seiner weißen Hemdbrust.

»Aber was wollen Sie denn hier machen?«, fragte Frau Beifuss.

»Arbeiten.«

»Aber was?«, fragte Herr Fischler.

»Was auch immer. Dies ist doch meine Firma, oder? Wo soll ich denn sonst arbeiten als in meiner Firma?«

Wieder Slowmotion. Sie starrten mich an, und ich starrte zurück. Wie das Kaninchen auf die Schlange. Auf die beiden Schlangen.

»Aber das geht nicht«, sagte Frau Beifuss erregt. »Sie können hier nicht arbeiten. Und dann noch in diesem Zimmer ...«

Wie soll ich es den Schlangen bloß erklären, dachte das Kaninchen.

»Nun komm schon, Sandra«, sagte Herr Fischler leise, verließ seinen Platz an der Türe und zupfte Frau Beifuss am Ärmel.

Sie schüttelte anklagend den Kopf, stellte die Thermoskanne mit Wucht auf das Tablett und rauschte, das Tablett vor sich haltend, wie ein Schiff in voller Fahrt durch die Tür, die Herr Fischler nun ihr aufhielt, um sie dann mit betonter Sanftheit hinter sich zu schließen.

Ich ging hinter seinen Schreibtisch, setzte mich in seinen großen weichen Ledersessel, zog die Schuhe aus und hob vorsichtig die Füße auf den Tisch. Ganz vorsichtig. Aber er hatte seine Füße auch immer auf den Schreibtisch gelegt. Noch dazu in Schuhen.

Ich zog eine der Schreibtischschubladen auf. Sein Briefpapier und seine Visitenkarten lagen da, und jemand hatte den breiten silbernen Rahmen mit dem großen Foto von mir darauf gelegt, der früher auf dem Schreibtisch gestanden hatte.

Ich sah sehr jung aus auf dem Bild, wie höchstens fünfzehn, meine Haare wirkten heller und meine Augen dunkler, als sie in Wirklichkeit waren, und vor allem sah man meine schweren schwarzen Augenbrauen und meinen breiten Mund, der noch breiter aussah, weil ich lachte. Ich mochte das Bild nicht. Breitmaulfrosch. Er hatte es geliebt. »Bezaubernder Breitmaulfrosch«, hatte er gesagt.

Er hatte es in der Bretagne gemacht, in unseren ersten Ferien, nach meinem Abitur. Es war kalt und regnerisch gewesen, vor der Küste war ein Öltanker auseinander gebrochen, eine fettige braune Lache schwamm auf dem Meer, die Fischer waren verzweifelt und saßen in den Kneipen und tranken, unser Pensionsbesitzer war auch verzweifelt und trank und bekam Wutanfälle, bei denen er seine Frau schrecklich schlug, und seine Pension war so kalt und feucht, dass man die klammen Betttücher erst mit dem Föhn anwärmen musste. Aber wir waren viel spazieren und sehr viel ins Bett gegangen und trotz allem glücklich gewesen. Wir konnten gar nicht anders.

Tränen schossen aus meinen Augen und tropften auf das Glas. Na gut, ich hatte heute noch nicht geweint, ich war seit halb sieben auf und hatte noch keine Träne vergossen, es wurde nachgerade Zeit. Dann wischte ich über das Glas und säuberte den Rahmen, schob ihn unter das Briefpapier in die Schublade, putzte mir die Nase und fing an zu arbeiten.

Ich wusste, was Detektive in Filmen und Romanen taten, wer weiß das nicht, doch ich hatte keine Ahnung, was wirkliche Ermittler im wirklichen Leben taten. Er hatte mir nie davon erzählt, das ist sowieso alles vertraulich, hatte er gesagt, und außerdem zum Sterben langweilig, du wärest schrecklich enttäuscht, wenn du wüsstest, womit ich meine Tage verbringe.

Aber sein Büro war voller Akten und Bücher und Stapel von Heftern und Mappen, es gab zwei Karteikästen und eine Schublade voller Disketten, und ich würde mir einfach alles ansehen und lesen und lernen, wenn es sein musste, auch auswendig, und wenn ich damit fertig wäre, würde ich wissen, was wirkliche Ermittler im wirklichen Leben taten. Einigermaßen jedenfalls. Und es womöglich selber tun können. Irgendwann. Vielleicht.

Ich nahm die erste oberste Akte aus dem Regal, auf der »Mitarbeiter- und Bewerberprüfung« stand, und schlug sie auf.

Gegen Mittag klopfte es, und Frau Beifuss trat herein, auf leisen Sohlen und mit einem Ich-bin-gar-nicht-da-mich-gibt-es-überhaupt-nicht-Ausdruck im Gesicht. Sie trug eine Vase mit Narzissen vor sich her und tat so, als gäbe es mich auch nicht.

Ich räusperte mich und sah sie fragend an.

»Ich habe dem Herrn Doktor immer Blumen auf den Tisch gestellt«, sagte sie, halb trotzig, halb unsicher. »Auch noch nachdem ...«

»Wie schön«, sagte ich und sah ihr zu, wie sie die Vase umständlich platzierte. »Danke.«

Ich versuchte es mit einem Lächeln, aber sie erwiderte es nicht.

»Ich wollte nur sagen, wir gehen jetzt in die Mittagspause«, sagte sie steif und ohne mich anzusehen, bevor sie die Türe hastig hinter sich schloss.

Ich starrte auf die Narzissen, die gelb und gerade in ihrer hässlichen blauen Keramikvase standen. Ich konnte Narzissen nicht leiden, der Herr Doktor mochte sie auch nicht, das war mal sicher, auch wenn er ihr das bestimmt nicht gesagt hätte. Und wenn ich etwas hasste, dann waren es hässliche Vasen.

Meine Augen brannten, und meine Kehle war eng geworden. So wie früher, wenn die anderen mich nicht mitspielen ließen und nicht mit mir sprachen und mich nicht einmal ansahen. Als hätte ich die Pest. Als gäbe es mich gar nicht. Ich betäubte die aufsteigende Panik, indem ich nach Hause rannte, so schnell ich nur konnte, und meine Mutter im Büro anrief, um ihre Stimme zu hören, oder mich ganz dicht neben sie setzte, wenn sie zu Hause war. Dann war es wieder gut gewesen. Aber wohin sollte ich jetzt rennen?

Ich unterdrückte die Tränen und das Bedürfnis, die Narzissen aus der Vase zu reißen und in den Papierkorb zu stopfen, verließ das Büro und ging zum Friedhof.

Es war Januar, aber der Januar gab vor, März zu sein, eine sanfte Sonne schien, Vögel zwitscherten, und der Friedhof war beinahe ein fröhlicher Ort. Jedenfalls fröhlicher als das Büro. Ich war seit Weihnachten nicht da gewesen und hatte erwartet, das Grab ungepflegt und verwildert zu finden, aber sein Efeu sah aus wie frisch gebürstet, und es prunkte mit einem Grablicht in feinem Grau und einer riesenhaften Erika von der grell violetten Sorte, wie sie auch drüben bei Herrn Engler zu finden war.

Ich stellte sie beiseite, um meine Rosen an den gewohnten Platz zu legen, und dann stand ich auf dem feuchten Kies und sah auf den Stein und die Blumen und ließ die Tränen laufen und vergaß Zeit und Welt und merkte erst nach einer Weile, dass ich etwas tat, was ich auf keinen Fall hatte tun wollen. Ich sprach mit ihm.

Ich hatte es immer albern gefunden, wenn Frauen mit ihren unter der Erde liegenden Ehemännern sprachen. Albern und sentimental. Sie sollten lieber nach Hause gehen und realistisch sein und sich klarmachen, dass der Alte tot war, hatte ich gedacht. Nun, während meine Füße kalt wurden und die Wintersonne auf meiner Stirn brannte, begriff ich, dass sie sehr realistisch waren. Hier auf dem Friedhof lag der, mit dem sie am vertrautesten hatten reden können, also kamen sie hierher und redeten mit ihm.

Ich erzählte ihm vom ersten Tag in der Firma, vom stillen

Widerstand der beiden, der durch ihre fest geschlossenen Zimmertüren hindurchzudröhnen schien, von der Akte, die ich las und die mir tatsächlich sterbenslangweilig erschien, und von den Büchern, die ich mit nach Hause nehmen wollte: »Beweisführung im Privatrecht« und »Wirtschaftskriminalität«.

»Sie«, sagte Frau Engler neben mir. »Das geht aber nicht, dass Sie den Ihren so alleine lassen. Und dann noch über die Feiertage. Weihnachten. Neujahr. Und Heilige Drei Könige!«

Frau Beifuss und Herr Fischler hassten mich. Sie hasste mich. Überall Hass. Meine Tränen waren eben erst versiegt, aber ich konnte sie sofort wieder laufen lassen, wenn sie so weitermachte. Alle hassten mich. Warum?

»Ich war krank.«

Sie schüttelte den Kopf.

»Ich war so krank, dass ich kaum gehen konnte«, beharrte ich. »Und schon gar nicht hierher kommen.«

Sie sah mich scharf an mit ihren glänzenden schwarzen Augen, die noch ganz jung waren.

»Blass sind Sie ja.« Ihr Blick wanderte an mir herunter, und ich kam mir vor wie ein Soldat, der gemustert wird, von einem sonderbaren kleinen General. »Und schmal. Na gut. Ist recht. Ich habe ja nach ihm geschaut. Das geht schon mal.«

Ich dankte ihr, und sie ging wieder zu ihrem Grab, nachdem sie einen ärgerlichen Blick auf die beiseite geschobene Erika geworfen hatte.

Die Nächte waren das Schlimmste. Ich wachte auf und rutschte verschlafen zu ihm hinüber und tastete nach seinem Körper und suchte seine Wärme, und dann kam, jede Nacht von neuem, das Erschrecken, wenn ich die Leere auf seiner Seite des Bettes spürte und allmählich ganz wach wurde und wieder begriff, dass er nicht da war und nie wieder da sein würde.

Danach lag ich wach oder strich durch die dunkle Wohnung oder machte Licht und versuchte zu lesen, aber was ich auch tat, Schmerz und Schrecken blieben und vor allem die Sehnsucht, und das Nie-Wieder und das Wenn und das Wäre dröhnten durch meinen Kopf.

Ich stand auf und zog mich an und ging durch die kalte dunkle Stadt ins Büro. Ich öffnete alle Türen und machte überall Licht und kochte Kaffee und wanderte mit dem heißen Becher in den Händen durch die Zimmer und betrachtete alles, vor allem die Bilder, die er ausgesucht und geliebt hatte, und suchte nach dem Versteck, in dem Frau Beifuss die hässlichen Vasen aufbewahrte, die sie immer wieder hervorzauberte wie ein Zauberer missgestaltete Kaninchen aus seinem Zylinder, aber ich fand es nicht.

Dafür fand ich an der Wand hinter der Küchentür, säuberlich festgepinnt, alle die Urlaubspostkarten, die wir Frau Beifuss und Herrn Fischler geschickt hatten, auf denen der blaue Himmel und das blaue Meer noch so glänzend leuchteten wie damals und auf deren Rückseiten sein immer gleicher Urlaubspostkartentext stand: »Ihr Lieben, uns geht es gut, Wetter gut, Essen auch, herzliche Grüße, Euer Jochen«, und ich hatte hinzugefügt »und Ihre Anna«, und manchmal war meine Schrift etwas krakelig, weil ich über den Text immer wieder hatte lachen müssen, auch deshalb, weil ich dann meist schon einen Campari oder ein Glas Wein getrunken hatte.

Wenn Frau Beifuss und Herr Fischler kamen, verkroch ich mich vor ihrer steifen Ablehnung, die sie mit gezwungener Höflichkeit garnierten, in sein Zimmer, hockte mich in seinen Sessel und las.

Ich las und las. Manchmal hielt ich inne und lauschte in den Flur hinaus, wenn Kunden kamen oder gingen oder einer der vielen Ermittler, die für die Firma arbeiteten, begrüßt oder verabschiedet wurde. Herr Fischler ermittelte nur selten selber, auch Jochen hatte das kaum noch getan, er machte Innendienst, Akquisition, Auftragsvergabe und Kundenbetreuung, und Frau Beifuss machte das alles auch und außerdem Buchhaltung und Korrespondenz.

Die Gespräche im Flur waren auffallend laut und lang und herzlich, und ich wusste, die beiden wollten mir zeigen, wie gut sie die Firma führten. Und wie überflüssig ich war. Aber das wusste ich sowieso, und es war mir egal.

Ich las alles, was ich fand, Akten, Bücher, Karteikarten, Notizzettel, Computertexte, ich fraß es wahllos in mich hinein, ohne mich mit der Frage aufzuhalten, was ich eigentlich damit anfangen sollte.

Denn ich war nicht zur Ermittlerin geeignet. Ich war ungelenkig und langsam, bekam in den unpassendsten Momenten Anfälle von Schüchternheit und wurde rot, wenn ich log. Ich war keine gute Autofahrerin. Ich war nicht gut in Fremdsprachen. Ich war ein bisschen nachtblind. Und wahrscheinlich schoss ich genauso schlecht, wie ich fotografierte, weil es mir schwer fiel, nur ein Auge zuzudrücken, das andere ging immer gleich mit zu, und dann sah ich überhaupt nichts mehr.

Aber das war gleichgültig, ich wollte ja gar nicht ermitteln, ich wollte nur in seiner Firma, seinem Zimmer, seinem Sessel sitzen, hinter seinem Schreibtisch, den Duft aus Möbelpolitur, Papier, Aktenstaub, Blumenduft und etwas Unbeschreiblichem, das Jochen hieß, in der Nase, den es nur hier gab. Mit seinem Telefon telefonieren, mit seinen Stiften schreiben, mit seinem Computer arbeiten. Seine Handschrift auf Karteikarten, Briefen, Akten finden. Mich in seinem Sessel zurücklehnen, aus dem Fenster schauen, durch das er geschaut hatte, die Bilder an den Wänden betrachten, die er betrachtet hatte. Sein, wo er war. Bei ihm sein. Ich ließ auch die Firmenschilder ändern und neben seinen Namen meinen setzen, sodass unter »Auskünfte und Ermittlungen« nun »Dr. Jochen Wolf & Anna Wolf« stand.

»Du hast die Firmenschilder ändern lassen?«, fragte

Thorsten. Es war eine dieser Fragen, die keine Fragen sind, sondern Feststellungen. Kritische Feststellungen.

»Ja«, sagte ich. »Warum fragst du?«

»Weil wir uns Sorgen machen«, sagte er.

»Wer ist wir?«

»Na, wir eben. Carla. Klaus, Gunilla. Annegret, Heinz. Ich. All die alten Freunde eben.«

»Was für Sorgen?«

»Dass du dir zu viel zumutest, wenn du die Firma übernimmst.«

»Aber ich übernehme die Firma nicht. Ich will bloß mit auf dem Schild stehen. Das ist alles. Ihr braucht euch keine Sorgen zu machen.«

»Reg dich doch nicht so auf, Anna«, sagte er besänftigend.

»Ich rege mich gar nicht auf«, sagte ich aufgeregt.

»Lass uns mal in Ruhe darüber reden«, sagte er, wieder in diesem sanften Ton, in dem er in letzter Zeit mit mir sprach. »Und zwar alle zusammen. Wir werden schon eine Lösung finden, ja? Gunilla lädt uns alle morgen zum Essen ein. Hast du Lust? Ich hole dich ab. Um acht. Ja?«

Ich nickte, obwohl ich keine Lust hatte. Sie redeten in letzter Zeit alle so mit mir, in dem sanften, rücksichtsvollen Ton, in dem man mit einer spricht, die nicht ganz richtig ist im Kopf. Oder im Herzen. Oder beides.

Bei Gunilla gab es Spinatsalat mit kandierten Walnüssen und Loup de Mer provençale. Gunilla kochte sehr gut, wenn ich mich auch manchmal fragte, ob sie wohl noch wusste, was Rührei oder Bratkartoffeln waren.

»Du bist doch eigentlich Buchhändlerin, Anna, nicht wahr? Du hast doch die Ausbildung gemacht«, sagte Carla.

Ich nickte kauend.

»Ist es da nicht ein bisschen riskant, wenn du Jochens Firma übernimmst?«

Ich schluckte runter und wollte sagen, dass ich die Firma nicht übernommen hatte. Dass Herr Fischler die Firma leitete. Dass ich einfach nur auf dem Schild stehen wollte, weil es tröstlich war, wärmend, beruhigend.

»Glaubst du, dass das gut für dich ist?«, fragte Annegret. »Jeden Tag dort, mit all den Erinnerungen? Das muss doch wie ein neues Trauma wirken. Wahrscheinlich ist das viel zu viel für dich, Anna, wo du in so einer sensiblen Phase steckst. Ich meine, du solltest ganz was Neues anfangen. Und vor allen Dingen nur nach vorne schauen.«

»Ich frage mich auch«, sagte Gunilla mit ihrer klaren, kräftigen Stimme, »ob es Jochen recht wäre.«

»Das ist es«, sagte ich, »ganz bestimmt.«

»Woher willst du das wissen?«

Weil ich mit ihm darüber gesprochen habe, hätte ich beinahe gesagt. Aber dann fiel mir ein, dass es vielleicht nicht so gut war, ihnen davon zu erzählen, da sie ohnehin schon fanden, dass ich in einer sensiblen Phase steckte. Nicht ganz richtig im Kopf, mit anderen Worten. Sie würden die Männer in den weißen Jacken und den Turnschuhen rufen, wenn sie erfuhren, dass ich mit ihm redete und er mir antwortete.

»Ich weiß es eben.«

»Na ja«, sagte sie. »Pass bloß auf, dass du die Firma nicht ruinierst.«

Heinz räusperte sich und sah mich besorgt über seine Brille hinweg an.

»Ich finde auch, du hättest das mit uns besprechen müssen, Anna. Du kannst das nicht einfach allein entscheiden. Wir sind seine Freunde, seit vielen Jahren, um nicht zu sagen, Jahrzehnten. Und du bist zurzeit in keiner guten Verfassung. Eigentlich solltest du überhaupt keine Entscheidungen treffen. Und außerdem bist du noch sehr jung.«

»Ich bin neunundzwanzig«, sagte ich.

»Eben«, sagte er.

»Vielleicht sollten wir die Firma gemeinsam verwalten«,

sagte Carla. »Und einen Geschäftsführer engagieren, der sich um alles kümmert. Zur Not könnte ich das übernehmen. Ich bin ja auch Juristin, genau wie Jochen. Darüber sollten wir jedenfalls nachdenken.«

Die anderen nickten.

Ich sah sie an, wie sie da saßen. Carla, klein und kräftig, in Schwarz, Annegret wie immer in Grün, weil es so gut zu ihren rotblonden Haaren und den grünen Augen passte. Gunilla, die einen weiten Ausschnitt trug, der ihren schönen großen Busen zur Geltung brachte. Klaus grau meliert und braun gebrannt und faltig im Gesicht, Heinz auch. Sie spielten Golf. Und Thorsten, blass und sommersprossig, der mich besorgt betrachtete.

Jochens alte Freunde. Ich fürchtete mich vor ihnen. Ich hatte mich immer vor ihnen gefürchtet.

»Du musst alle meine Freunde kennen lernen«, hatte er gesagt, nachdem wir beschlossen hatten zu heirateten. »Du wirst sie mögen, und sie werden dich lieben, genau wie ich.«

Sie liebten mich natürlich nicht. Sie waren erstaunt und erschrocken, als er mich mitbrachte, aber sie trugen es mit Fassung und gaben sich Mühe, nett zu mir zu sein. Jochen merkte nichts davon, vielleicht, weil er es nicht merken wollte, und mir war es egal, ich hatte ja Jochen.

Sie waren immer noch nett zu mir. Ein Tribunal aus Endvierzigern, die es gut mit mir meinten. Sie hielten mich für nicht ganz zurechnungsfähig. Für zu jung und zu dumm. In keiner guten Verfassung. Sie wollten über mein Leben bestimmen und mir die Firma wegnehmen, die mein Mann mir hinterlassen hatte.

Mein Mann. Mein Mann war tot. Ich spürte wieder den scharfen Schmerz, der mich ganz erfüllte und alles andere auslöschte.

Wovor fürchtete ich mich eigentlich? Was konnten sie mir noch tun? Das Schlimmste, was mir passieren konnte, war mir schon passiert: Mein Mann war tot.

»Na, Anna?«, fragte Carla im Kindergärtnerinnenton. »Was meinst du?«

»Die Firma gehört mir«, sagte ich. »Jochen hat sie mir vererbt, und ich mache damit, was ich will. Mischt euch ja nicht ein.«

Sie saßen still da und sahen mich erstaunt an. Annegret war errötet. Carla hob die Augen zur Decke, als erhoffe sie sich Hilfe von einer höheren Macht. Die Männer wirkten verlegen. Thorsten senkte den Kopf und begann, mit der Gabel Linien über das Tischtuch zu ziehen.

Gunilla erholte sich am schnellsten.

»So ist das also«, sagte sie und nahm Thorsten die Gabel aus der Hand.

Sie musterte mich mit zornigen Augen, sie sah aus, als wühle sie in ihren Waffen und überlege, mit welcher sie mich am besten treffen könnte. Es dauerte ein bisschen, bis sie eine fand, die ihr passend erschien, scharf genug, verletzend genug.

»Jochens kleine Frau, halb verrückt und irrenhausreif, macht sich daran, seine Firma zu ruinieren. Na, toll. Sein Lebenswerk, sein Ein und Alles. Kaputtgemacht von einer kleinen dummen Gans.«

»Also, das finde ich aber ...«, sagte Annegret atemlos. »Das kannst du so nicht sagen, Gunilla. Das ist nicht fair. Und wir wollen doch Rücksicht nehmen auf Anna.«

»Lass nur«, sagte ich. »Es ist mir sowieso scheißegal, was sie sagt. Jochen ist tot, und alles andere ist mir scheißegal.«

Sie schwiegen. Gunillas Gesicht war dunkelrot geworden. Das Rot kroch langsam über ihren Hals, und ich sah verblüfft zu, wie es auch ihren Busen vereinnahmte. Keiner sagte etwas, lange Zeit. Ich wusste auch nicht, was ich sagen sollte. Es schien mir, als hätte ich alles gesagt, was nötig war. Schließlich stand ich auf.

»Ich gehe dann mal.«

»Ich fahre dich nach Hause«, sagte Thorsten und sprang so heftig auf, dass sein Glas umfiel. Vielleicht wollte er mit Gunilla lieber nicht über die kleine dumme Gans reden, die Jochens Firma ruinierte.

Er redete auch nicht mit mir. Er hastete die Treppe hinunter, dass ich kaum folgen konnte, und im Auto stellte er das Radio so laut, dass wir einander bestimmt nicht verstehen konnten. Ich lehnte mich zurück, machte die Augen zu und lauschte der Musik des Klassiksenders, den er eingestellt hatte. Die schöne blaue Donau …

So ein Herzbruch hat doch auch etwas Gutes, dachte ich. Das Schlimmste, was einem passieren kann, ist einem schon passiert. So viel Schlimmes kann nicht mehr kommen. Man braucht sich nicht mehr zu fürchten.

Aber jetzt kam die Nacht. Vor der fürchtete ich mich immer noch.

An einem hoffnungsvollen Frühlingsmorgen klappte ich die letzte Akte zu, verließ das Büro, kaufte einen großen Strauß der rosaweißen Rosen und ging zum Friedhof.

Auf den Gräbern blühten die Primeln, vor allem Herrn Englers Grab prunkte in vielfarbiger Pracht, und auch auf Jochens stand eine, eine große in heftigem Lila. Ich legte den Strauß daneben und sah auf den Grabstein.

Nun bist du noch nicht mal ein Jahr tot, unvorstellbar, noch nicht mal eines von all den Jahren ohne dich, die vor mir liegen, und das war schon unendlich lang. Und ich habe all deine Akten gelesen und Bücher und Karteikarten und was auf den Disketten gespeichert war, und nun sind nur noch die Mappen übrig und all die vielen Zettel, auf denen du etwas notiert hast. Und wenn ich damit durch bin, was mache ich dann? Soll ich doch als Ermittlerin arbeiten? Wie soll das gehen? Ohne dich? Wie soll ich überhaupt leben ohne dich?

Ich stand noch lange da und sah auf den Stein und die Primel und die Rosen, aber ich fand nicht heraus, wie das gehen sollte.

Die Mappen enthielten allerhand, was Jochen des Aufhebens für wert gehalten hatte, Reiseprospekte, Speisekarten von Restaurants, die ins Haus lieferten, Zeitungsausschnitte über Kunstausstellungen. Und dann war da eine, auf der stand »Anna«, und um das »Anna« war mit rotem Leuchtstift ein Herz gemalt. Mir brach der Schweiß aus. Ich öffnete die Mappe mit einem Ruck und blätterte vorsichtig durch den Inhalt.

Liebesbriefe, die ich ihm ganz am Anfang geschrieben hatte, noch in der Schule, während des Unterrichts. Fotos von mir aus all den Jahren, vielleicht solche, die er besonders gern gehabt hatte. Auf einem saß ich vor dem Weihnachtsbaum, in einem weiten Rock und einer knappen Korsage, und sah aus wie ein kleines Mädchen, das Verkleiden spielt. Auf einem anderen hielt ich ein Baby auf dem Schoß, es war Gunillas jüngste Tochter, und mein Gesicht leuchtete.

Ich blätterte weiter. Nachrichten, die ich ihm geschrieben hatte, mit »Mein Liebster« beginnend, und oft, zum Überfluss, mit »Ich liebe dich« endend. Grundrisszeichnungen, die ich gemacht hatte, als wir die Wohnung renovierten. Und zum Schluss, ganz oben, Hochglanzprospekte über Diamanten. Einkaräter.

Der Einkaräter. Der war mein Traum gewesen. Nicht wirklich wichtig, aber doch ein Traum. Und nun hatte er mir einen schenken wollen. Zu spät. Alles zu spät. Nie wieder. Ich legte die Stirn auf das glänzende Papier und weinte.

Ich weinte lange, und als die Tränen allmählich weniger wurden und das Schluchzen mich nicht mehr schüttelte, hörte ich, wie sich jemand räusperte. Ich hob den Kopf.

Frau Beifuss stand vor dem Schreibtisch, zu ihrer Rechten den wöchentlichen Blumenstrauß, zu ihrer Linken einen Becher Kaffee. Sie sah aus, als hielte sie Wache.

»Die Blumen für den Herrn Doktor«, verkündete sie.

»Und ich dachte …, ich dachte, Sie hätten vielleicht gerne einen Kaffee.«

Ich nickte und putzte mir die Nase.

»Mit viel Zucker!«, fügte sie hinzu.

Ich sah sie erstaunt an. Seit wann interessierte es sie, dass ich den Kaffee mit viel Zucker trank?

Ihr Gesicht lief rosa an, was seltsam aussah zu ihren dunkelroten Haaren. Steif ging sie zur Tür, wo sie sich umwandte: »Und – wenn noch was ist, ich bin drüben«, worauf sie noch röter wurde und schnell verschwand.

Ich starrte verblüfft auf die Blumen. Grellrosa Gerbera in einer wulstigen Vase aus falschem Silber. Wie immer von ausgesuchter Hässlichkeit. Aber was war mit Frau Beifuss los? Sie war so zugewandt, so überwältigend herzlich. Irgendwas musste ich richtig gemacht haben, aber was? War es das Weinen? Ich hatte bisher immer alleine geweint, aber vielleicht sollte ich sie ab jetzt herüberbitten, wenn es wieder so weit war.

Ich legte den nass geweinten Diamantprospekt beiseite und sah auf die letzte Mappe. Sie war grün. »Karl Rode« stand darauf, in großen schwarzen Buchstaben. Ich öffnete sie und begann zu lesen. Als ich sie wieder zuklappte, war es dunkel geworden. Ich schob sie in einen großen braunen Umschlag, zog meinen Mantel an, klemmte sie unter den Arm und ging nach Hause.

Ich saß im Bett und las. Den Inhalt der Mappe hatte ich auf Jochens Seite des Bettes ausgebreitet. Es war drei Uhr morgens, und ich hatte mir einen Becher Pfefferminztee gemacht.

Es gab eine Art Lebenslauf, den Jochen offenbar selbst geschrieben hatte, denn er wimmelte von Tippfehlern, falscher Groß- und Kleinschreibung und versetzten Zeilen und sah aus, als ob sich ein Kleinkind große Mühe gegeben hatte. Jochen hatte einfach nicht tippen können.

»Karl Rode, geboren am 6. Juli 1920 in Hannover. Abitur. 1939 zur Wehrmacht eingezogen, 1944 in Frankreich gefangen genommen. Nach der Entlassung aus englischer Kriegsgefangenschaft Ausbildung zum Kaufmann, Anstellung in einer Schuhfabrik, die er 1961 übernimmt und zu einem erfolgreichen Unternehmen ausbaut. Verheiratet, mittlerweile verwitwet, ein Sohn, der 1995 an Krebs starb. Finanziert rechtsextreme Publikationen. Ist wahrscheinlich Urheber und Finanzier von Anschlägen auf Ausländer, Asylbewerber, Bürger jüdischen Glaubens, bei denen bislang fünfunddreißig Menschen ums Leben kamen. Rode ist seit 1997 nicht mehr auffindbar, ist aber mit großer Sicherheit noch am Leben.«

Es gab eine Liste der Toten, auch von Jochen geschrieben. Er hatte alle Opfer genauestens angeführt. Vier Kinder einer türkischen Familie, ein Mädchen, drei Jungen, zwischen fünf und zwölf Jahre alt. Eine ältere Frau und ihr Enkelkind, russisch-jüdische Einwanderer. Acht Kinder und Erwachsene aus einem Asylbewerberheim für Afrikaner in der Nähe von Köln, verbrannt und erstickt. Und so weiter. Eine furchtbare Liste. Jochen hatte auch seine Schwierigkeiten mit ihr gehabt, denn es waren so viele Fehler darin, dass man den Text manchmal kaum entziffern konnte.

Fotokopien von Artikeln über Karl Rode: Unternehmer des Jahres, Verleihung des Bundesverdienstkreuzes, zwei Interviews mit ihm, eines zu wirtschaftlichen Fragen, das andere aus Anlass seines siebzigsten Geburtstages. Zwei kurze kritische Artikel aus linken Zeitungen über seine rechtsextremistischen Neigungen. Ein paar Exemplare einer Zeitschrift, die er herausgegeben hatte, die »Deutschland« hieß, sich vor allem mit dem wahren Deutschtum und dass man es schützen und bewahren müsse, beschäftigte und mir albern und langweilig erschien. Ein Blatt Papier mit Namen und Adressen in verschiedenen Städten, von Jochen notiert, in seiner zarten Handschrift, die gar nicht zu seinen langen, kräftigen Fingern und seinem großen Körper zu passen schien.

Und Drohbriefe. »Wolf, du linkes Schwein, wenn du so weitermachst, passiert was«, stand in einem. »Dr. Wolf! Halten Sie sich fern von der Bewegung und unserem Führer Karl Rode!«, in einem anderen. Sie waren auf Maschine oder am Computer geschrieben und nicht unterzeichnet. Natürlich, man unterzeichnet seine Drohbriefe ja nicht. Oder tat man das? Ich wusste es nicht. Ich hatte wirklich keine Ahnung. Ich wusste nur, was in Akten und Büchern stand. Aber so was stand nicht in Büchern.

Ich stopfte mir das Kopfkissen fester in den Rücken und nahm einen großen Schluck Pfefferminztee. Warum hatte er mir nichts davon erzählt? Er hatte mir doch sonst immer alles erzählt. Damit ich mir keine Sorgen machte? Aber die Briefe klangen nach schlechten Romanen und dummen Filmen, und die Leute, die sie geschrieben hatten, waren Spinner, warum hätte ich mir Sorgen machen sollen? Was hätten sie ihm denn tun können?

Oder hatten sie ihm schon etwas getan?

Mir wurde heiß, und mein Magen machte einen Sprung. Ich rannte ins Bad und spuckte aus, was darin war, und würgte und spuckte noch lange weiter, auch als nichts mehr kam. Meine Augen tränten, Magensäure brannte in meiner Nase. Ich spülte den Mund aus, wusch mir das Gesicht und kroch wieder ins Bett.

Er war müde gewesen, am Steuer eingeschlafen und gegen den Baum gefahren. Das passiert viel häufiger, als man weiß, auch guten Fahrern wie ihm. Er hatte nichts getrunken. Ein Unfall. Sagte die Polizei.

Und wenn nicht?, dröhnte es in meinem Kopf. Wenn es anders gewesen ist? Wenn er nicht müde war, sondern betäubt? Wenn die Bremsen nicht funktioniert haben? Wenn es kein Unfall gewesen ist?

Ich fing an zu zittern und wühlte mich tiefer in die Decke hinein, aber ich fror immer mehr.

Wenn es kein Unfall gewesen ist? Ganz einfach, Anna.

Dann ist jemand an seinem Tod schuld. Dann hat jemand ihn getötet. Dann war es nicht Zufall oder Schicksal oder Gottes Wille, dass er sterben musste. Dann gibt es jemanden, der ihn getötet hat.

Ich zitterte immer mehr, und meine Zähne schlugen aufeinander. Ich wischte die Mappe mit all dem Schrecklichen, das sie enthielt, vom Bett, kroch hinüber auf seine Seite, unter seine Decke, nahm sein Kissen in die Arme, und hier, wo er gelegen hatte, wurde mir langsam wieder wärmer.

Das Schicksal, der Zufall und der Wille Gottes waren schlimm genug. Immerhin konnte man sie ertragen lernen, sich an sie gewöhnen, vielleicht, irgendwann. Aber wenn ein Mensch bestimmt hatte, dass er sterben musste, wie sollte ich mich daran gewöhnen?

3

Das Polizeipräsidium sah aus wie ein Schloss. Steinerne Löwen mit leeren Gesichtern hockten am Treppenaufgang, Bogengänge durchbrachen die Mauern, auf die bunte Wappen gemalt waren, über dem Dach ragte ein Turm mit Uhr und Wetterfahne, und man konnte sich gut vorstellen, dass sich dort oben eine Prinzessin über die Brüstung beugte und nachsah, wo der Prinz denn nun bleibt.

Am Tor kontrollierte ein Polizist meinen Ausweis und wies mir den Weg zur Abteilung für Wirtschaftskriminalität, und ich stieg durch das weite, hallende Treppenhaus hinauf in den dritten Stock, Zimmer 302, Abteilungsleiter A. Gehrke, und klopfte.

Armin Gehrke öffnete mir die Tür, schob mich ins Zimmer und geleitete mich, die Hand an meinem Ellenbogen, zu dem Stuhl vor seinem Schreibtisch. Als wäre ich lahm oder uralt. Das war gut. Sehr gut. Es hieß, dass ich die Witwenbehandlung bekam. Ich hatte darauf gehofft und mein Bestes getan: schwarzes Kostüm, Haare glatt und schlicht, keine Bemalung, kein Schmuck. Es gab genug Männer, die Frauen widerstehen konnten, mir sowieso, aber wer konnte schon einer Witwe widerstehen?

Er schob sich hinter den Schreibtisch und sah mich freundlich an.

»Jochen fehlt mir. Er war so ein feiner Kerl«, sagte er.

Ich erinnerte mich daran, ihn bei der Beerdigung gesehen zu haben: mittelgroß, mit einem runden Gesicht unter grauen Haaren und einer randlose Brille.

»Was kann ich für Sie tun, Frau Wolf?«

Ich öffnete die grüne Mappe mit Rodes Lebenslauf, der

Liste der Toten und den Drohbriefen, und legte sie vor ihn hin.

Er sah sie mit hochgezogenen Augenbrauen durch und schüttelte sich: »Für so was bin ich nicht zuständig.«

»Sie haben Jochen doch so gut gekannt. Ich dachte, Sie könnten mir vielleicht helfen.«

»Und wie?«, fragte er widerwillig.

»Er hatte ja einen Unfall.« Ich wollte knapp und sachlich darüber reden, bloß nicht weinen, auch wenn sich das zu meinem schwarzen Kostüm sicher gut machen würde. »Und nun finde ich das in seinem Büro. Vor allem die Briefe. War es wirklich ein Unfall? Oder etwas anderes? Ein Anschlag vielleicht, ich meine, eine Art ... Mordanschlag? Ich muss es unbedingt wissen, verstehen Sie? Können Sie es nicht rausfinden?«

Er seufzte.

»Sie dürfen das nicht so ernst nehmen. Diese Leute drohen schnell. Das ist nichts als heiße Luft.«

Ich sah ihn an.

»Und es ist eine ganz andere Abteilung. Allein die Akte anzufordern würde Tage dauern ...«

Ich sah ihn bittend an. Er senkte den Blick auf den Schreibtisch. Ich sah ihn immer weiter bittend an. Er senkte den Blick noch tiefer, auf meinen schwarzen Schoß und meine gefalteten Hände und meinen Ehering. Ich sah ihn an und wartete.

Nach einer Weile seufzte er wieder, wählte eine Nummer und ließ jemanden wissen, dass er Jochens Akte haben wolle, so bald wie möglich, mit anderen Worten, sofort. Bis sie kam, vertrieben wir uns die Zeit, indem wir mit vorsichtiger Höflichkeit über das Wetter sprachen.

Nachdem sie gebracht worden war, blätterte er sie langsam durch, hielt inne, las, blätterte weiter. Sie war nicht dick, aber er schaffte es, sehr lange darin herumzublättern und immer missmutiger auszusehen.

Ich versuchte, ihm auf die Sprünge zu helfen und seine

Phantasie anzuregen: »Vielleicht wurde er betäubt. Oder die Bremsen waren manipuliert. Oder so was.«

»Oder so was«, sagte er missmutig und schlug die Akte zu. »Es gibt nichts, was darauf hinweist, aber zugegeben, auch nichts, was dem widerspricht. Er hatte nichts getrunken, das ist sicher, ansonsten wurde sein Blut nicht untersucht, und der Wagen auch nicht, und der ist nun längst verschrottet. Und Ihr Mann ...«

»Mein Mann ist auch verschrottet, nicht wahr?«

Er verzog das Gesicht.

»Das habe ich nicht gemeint. Tut mir Leid. Aber wollen Sie ihn wieder ausgraben lassen, damit wir ihn obduzieren können?«

Ich schluckte und schüttelte den Kopf.

Er seufzte schon wieder, tief und schwer. Seufzende Männer klingen wie gefangene Walfische, ihre Seufzer rühren an mein Herz und machen mich weich und wehrlos. Ich wappnete mich dagegen.

»Tut mir wirklich Leid, Frau Wolf. Aber die Kollegen sind erfahrene Leute. Wenn es Anzeichen gegeben hätte, dass es kein Unfall war, dann hätten sie es untersucht. Es war einer. Glauben Sie mir das. Ich würde Sie nicht belügen.«

Er sah mich beinahe bittend an, es war kein Missmut mehr in seinem Gesicht, nur noch Mitleid und Trauer. Es wäre so schön gewesen, wenn ich hätte sagen können, ich glaube Ihnen ja, nun bin ich beruhigt, und vielen Dank für Ihr Verständnis – so viel schöner für ihn und für mich. Aber ich konnte es nicht. Ich musste ihn enttäuschen.

»Und wenn es doch kein Unfall war? Was kann ich dann tun?«

Er war sehr enttäuscht.

»Wenden Sie sich an Herrn Adelmann«, sagte er kurz und kühl. »Zimmer 413. Gehen Sie nur gleich rauf. Ich melde Sie an.«

Herr Adelmann war von anderer Art als Armin Gehrke, er

war ein kräftiger Mann mit dunklen Locken und einem dicken Schnurrbart, der etwas von Puszta, Csárdás und Zigeunergeigen an sich hatte und mich mit Herzlichkeit begrüßte.

»Kommen Sie nur immer rein, Frau Wolf, mein herzliches Beileid, ich habe es gerade gehört, setzen Sie sich doch, ich höre, Sie haben Probleme? Geben Sie nur her, lassen Sie sehen!«

»Aha«, sagte er, nachdem er Jochens Akte und die grüne Mappe durchgesehen hatte, und lächelte ein warmes Puszta-Csárdás-Geigen-Lächeln. »Na, da verstehe ich, dass Sie einen Schrecken bekommen haben, so was sind Sie natürlich nicht gewohnt, ist ganz harmlos, klingt furchtbar, ich weiß, hat aber mit dem Unfall bestimmt nichts zu tun, und das war ein Unfall, da kann ich den Herren Kollegen nur Recht geben, da dürfen Sie ganz sicher sein. Nehmen Sie sich das nicht so zu Herzen, das haben irgendwelche Spinner geschrieben, diese Briefe, schmeißen Sie den Kram einfach weg und vergessen Sie das Ganze.«

Wieder das Csárdásfürstenlächeln.

»Und was kann ich sonst noch für Sie tun?«

Ich fand, er hatte noch gar nichts für mich getan.

»Können Sie den Unfall nicht doch untersuchen? Ich muss wissen, woran mein Mann gestorben ist, ich halte es sonst einfach nicht aus.«

Sein Lächeln und seine Herzlichkeit verschwanden so plötzlich, als hätte er auf ein anderes Programm umgeschaltet. Vielleicht hatte er das ja auch. Sein Gesicht wurde starr, und seine Augen verwandelten sich in stumpfe schwarze Steine.

»Nein, das können wir nicht. Wir verschwenden unsere Zeit nicht mit den Hirngespinsten trauernder Witwen. Lassen Sie uns unsere Arbeit tun, Frau Wolf, und gehen Sie schön nach Hause und tun Sie Ihre. Putzen oder kochen oder was weiß ich.«

»Das würde ich ja gerne«, sagte ich. »Liebend gerne. Aber

zu Hause ist niemand mehr, für den ich putzen oder kochen könnte.«

Das überraschte ihn, so sehr, dass sein Mund unter dem Schnurrbart offen stehen blieb und seine schönen weißen Zähne zeigte. Er hatte nicht mit Widerspruch gerechnet, er war nicht die Art von Mann, die mit Widerspruch rechnet. Schon gar nicht von einer Frau. Schon gar nicht von einer, die er für ein dummes kleines Frauchen gehalten hat. Für noch dümmer als all die anderen Frauen.

Dass ich ihm widersprochen und dass er sich getäuscht hatte, machte ihn wütend, er zeigte es nicht, aber ich konnte seine Wut körperlich spüren, sie war wie eine große heiße Welle.

»Haben Sie keine Kinder?«, fragte er.

Ich schüttelte den Kopf.

»Ach so«, sagte er und sah auf meinen Busen. »Sie sind eine von denen, die sich die Figur nicht verderben wollen. Oder die Karriere.«

Es war wie ein Schlag. Ich wäre am liebsten aufgesprungen und rausgerannt, nur weg von ihm, ganz weit weg, aber ich wusste genau, ich würde mich nachher schrecklich über mich ärgern, wenn ich das tat, also schlang ich die Füße um die Stuhlbeine, um ja dazubleiben, sah ihm in die Augen und versuchte, das Zittern in meiner Stimme zu beherrschen.

»Das geht Sie eigentlich nichts an. Ich hatte zwei Fehlgeburten. Wir wollten es wieder versuchen, mein Mann und ich. Aber dafür ist es ja nun zu spät.«

Nun war immerhin er es, der erschrak. Sein Gesicht rötete sich, und Schweißperlen traten auf seine Stirn.

»Okay, okay«, sagte er verlegen. »Ich wollte Ihnen nicht zu nahe treten.« Er stand auf. »Aber es bleibt dabei, wir werden nicht ermitteln, und Sie tun das auch nicht, so wie Ihr Mann, keine privaten Ermittlungen, Sie kriegen Ärger mit mir, wenn ich davon erfahre, und ich erfahre davon, da können Sie sicher sein.«

Er öffnete die Tür und wollte mir die Hand geben, aber ich hielt mich an der grünen Mappe fest und ging an ihm vorbei, ohne ein Wort, ohne ihn anzusehen. Es fiel mir sehr schwer, so unhöflich zu sein. Aber manchmal muss man einfach Zeichen setzen.

Langsam stieg ich die steinernen Treppen hinunter, auf unsicheren Füßen, nass geschwitzt und so erschöpft, als hätte ich Steine geklopft. Aber mein Geist war frei und mein Herz leicht und froh.

Private Ermittlungen, dachte ich. Was für ein schöner Ausdruck. Und so eine feine Idee. Da wäre ich nie draufgekommen. Danke, Herr Kommissar, oder was immer Sie sind. Die dumme kleine kinderlose Witwe mit den Hirngespinsten wird private Ermittlungen anstellen.

Der Polizist am Tor grüßte freundlich, als ich auf die Straße trat. Über mir schlug die Turmuhr, elf Schläge. Sie hatte auch so einen freundlichen Klang.

Ich hatte natürlich auch keine Ahnung, wie man Ermittlungen anstellt, ob privat oder nicht, aber dann fiel mir ein, dass es unter Jochens Büchern eines gab, das »Ermittlung, Observation und Fahndung« hieß, ein dicker Band in olivgrünem Leinen, und ich vertiefte mich hinein.

»Zunächst einmal verschaffe man sich einen Überblick über vorhandene Hinweise, Anhaltspunkte und Spuren oder Ansätze von Spuren«, hieß es dort, »ordne sie nach Prioritäten und beginne mit der ersten Ermittlung bei jenen, die am vielversprechendsten erscheinen.«

Aha. Ich hatte nicht so viele Hinweise, dass man sie hätte ordnen müssen, der Lebenslauf, die Liste der Toten, die Artikel, die Briefe, die Adressen, das war alles, und wie man da etwas ermitteln sollte, war mir ziemlich unklar, darüber stand auch nichts in dem Buch. Die Adressen vielleicht. Ich konnte immerhin herausfinden, was sich dort befand. Das war wohl ein Hinweis, der Priorität hatte. Viel versprechend.

Ich ging die Liste der Adressen durch. Zwei in Hannover, je eine in Hamburg, Frankfurt, Kassel, drei hier in der Stadt. Ich machte mich auf den Weg.

Die erste Adresse gehörte einem Bioladen mit dem Namen »Erdnah«. Er lag an einem hübschen Platz in einem Altbauviertel, das schick und teuer war. Den Geruch von rohem Holz und ungebleichter, ungeschälter, ungespritzter Natur in der Nase, wanderte ich durch den Laden und suchte nach irgendetwas, das mit Karl Rode oder mit »Deutschland« zu tun hatte, aber ich fand nichts, oder wenn, dann sah ich es nicht. Schließlich kaufte ich eine Schachtel Ringelblumenseife und ein Stück biologischen Ziegenkäse, um meine Anwesenheit zu rechtfertigen. Der Käse war erschreckend teuer.

Ich fand, das gab mir das Recht, den sanft blickenden Mann hinter der Theke zu fragen, wo ich wohl Karl Rode finden könne.

Sanftes Erstaunen malte sich in seinem Gesicht.

»Wen?«

»Karl Rode.«

Er schüttelte den Kopf. Karl Rode? Was war das? Eine Firma, eine Marke, ein Artikel? Er wusste wirklich nicht, was das sein sollte.

»Ein Mensch«, sagte ich. »Ein alter Herr.«

Es klang blöd, wie ich das sagte.

Er machte runde Augen und sah mich sanft fragend an.

Ich kam mir vor wie in einem dieser surrealistischen Theaterstücke, in denen die Schauspieler so lange sinnlose Gespräche miteinander führen, bis man nicht mehr weiß, was eigentlich los ist – auf der Bühne, im Leben, im Universum. Das würde ich hier bald auch nicht mehr wissen. Ich gab auf und zahlte, und er schenkte mir einen erdnahen bräunlichen Stoffbeutel mit einem grünen Baum darauf für meine Einkäufe.

Unter der nächsten Adresse fand ich ein Musikgeschäft,

das in einer schmalen grauen Vorstadtstraße lag, einer dunklen Höhle glich und überhaupt keinen Namen hatte. Ich hatte keine Lust, mich in dem muffigen Halbdunkel durch alle CDs, Kassetten und Videos zu wühlen, und fragte den dünnen, schwarz gekleideten Verkäufer gleich nach Karl Rode. Ernsthaft sah er in den mit R bezeichneten Fächern nach, dann in denen mit K und schließlich im Computer und fand nichts, doch bevor es wieder surrealistisch werden würde und er anfing mich zu fragen, wer oder was das sei, dankte ich ihm und ging.

Die letzte Adresse hier in der Stadt war die eines Rechtsanwalts. Eine baumbestandene, stille Straße in einer sehr feinen Feine-Leute-Gegend. »Dr. Andreas Moratt« stand auf dem dicken Messingschild, die Kanzlei befand sich in einer eindrucksvollen Altbauwohnung, die übermäßig mit altem Chippendale möbliert war, und die Sekretärin, die ich vorfand, war eine damenhafte Fünfzigerin und übermäßig seriös. Dr. Moratt sei im Osterurlaub, sagte sie, doch danach könne ich sofort einen Termin haben, und ob ich bitte alle meine Unterlagen mitbringen würde? Und hatte ich eine Rechtsschutzversicherung?

Ich konnte mir nicht vorstellen, was die dezente Dame und das ganze alte Chippendale mit wahrem Deutschtum und dem Ermorden ausländischer Mitbürger zu tun haben sollte, aber ich sagte ja, ich würde meine Unterlagen mitbringen, und eine Rechtsschutzversicherung hätte ich auch.

Ostern. Man erlebt alles zum ersten Mal ohne ihn, hatte Frau Engler gesagt. Und man ist mit allem allein. Er hatte immer die Eier gefärbt, mit Biofarben und Zwiebelschalen und Essig, in warmen Farben, an denen ich mich nicht satt sehen konnte, und er hatte den großen Schokoladeosterhasen gekauft und die vielen feinen, gefüllten Schokoladeneier, und ich hatte das Osterfrühstück gemacht.

Trotzig und eigensinnig kaufte ich in diesem Jahr selbst den Osterhasen und färbte die Eier und weinte dann über den samtenen Farben, die mir gelungen waren, und die fast so schön waren wie seine. Den Rest der Zeit verbrachte ich damit, so zu tun, als ginge es mir gut, wenn meine Mutter anrief oder Thorsten, zum Friedhof zu gehen und mit Jochen zu reden, auf dem Sofa zu liegen, gefüllte Schokoladeneier zu essen und alle Osterfilme zu sehen, die es gab, »Ben Hur« und »Quo Vadis« und »Das Gewand«, und darüber wieder zu weinen, denn immer fanden sich die Paare am Schluss und wurden glücklich bis ans Ende aller Zeiten. Keine Autounfälle weit und breit.

Als ich am Ostermontag vom Friedhof kam, fröstelnd vom kalten Frühlingswind und mehr noch von der leeren Wohnung, in die ich zurückkehrte, beschloss ich, nicht auf Dr. Moratts Rückkehr aus dem Osterurlaub zu warten, sondern selbst zu verreisen und herauszufinden, was es mit den anderen Adressen auf sich hatte.

Ich packte eine Reisetasche, legte die grüne Mappe hinein und »Ermittlung, Observation und Fahndung«, fuhr zum Bahnhof und nahm den nächsten Intercity nach Frankfurt.

Ich fand es reichlich gewagt, einfach zum Bahnhof zu fahren und den nächsten Intercity nach Frankfurt zu nehmen, so etwas hatte ich noch nie getan. Ich bestieg den Zug mit einem inneren Zittern, aber dann saß ich warm und geborgen im Abteil und las nach, was der Autor von »Ermittlung, Observation und Fahndung«, ein pensionierter Privatdetektiv namens Johannes Kavka, über das auswärtige Ermitteln zu sagen hatte. Der nächste Intercity nach Frankfurt war auf jeden Fall besser, als zu Hause zu sitzen, Ostereier anzustarren und an Jochen zu denken.

Ich fuhr durch das frühlingshafte Land, von Stadt zu Stadt, von einer Adresse zur anderen, und was ich dort vorfand, war eines so sonderbar wie das andere oder auch eines so alltäglich und gewöhnlich wie das andere: ein Studentenwohnheim in Frankfurt, eine Zoohandlung in Kassel, ein Café und eine kleine Vorstadtvilla in Hannover und in Hamburg ein herrschaftliches Anwesen, in dem ein juristischer Fachbuchverlag seinen Sitz hatte.

Die Frage war, was sollte ich damit anfangen? Einfach reingehen und nach Karl Rode fragen schien nicht sehr erfolgreich zu sein. Vielleicht konnte man es indirekter und eleganter anfangen? Bei Johannes Kavka fand ich nichts zur Frage des eleganten Ermittelns, also musste ich mir selber etwas überlegen.

Ich trug »Deutschland« so in der Hand, dass es nicht zu übersehen war, und fragte in Frankfurt nach einem Studentenzimmer für meinen Bruder, in Kassel nach seltenen Wellensittichen, die ich »Kaukasische Sittiche« nannte, und in Hannover saß ich Stunden in dem kleinen Café, las demonstrativ im »Deutschland« und trank Kaffee, bis mir von all dem übel wurde und ich ins Freie flüchtete.

Dann stand ich lange vor der kleinen Vorstadtvilla aus blaurotem Backstein, die von trauriger Hässlichkeit war mit schweren Steingesimsen unter kleinen Fenstern und einem Steingarten mit drei einsamen Blautannen, und klingelte schließlich zaghaft, aber nichts rührte sich, niemand kam, das Haus war anscheinend unbewohnt.

Dafür war der Verlag in Hamburg überwältigend fein und die Empfangsdame hinter dem Edelholztresen überwältigend schön und elegant. Ich unterdrückte das Gefühl, hässlich und verwahrlost zu sein, legte »Deutschland« auf den Tresen und fragte ganz unelegant und direkt nach Karl Rode.

Sie öffnete weit die schön bemalten Augen, sie konnte sich beim besten Willen nicht vorstellen, wer das sein solle, ein Autor des Hauses gewiss nicht, auch kein Mitarbeiter, nein, sie hatte nicht die leiseste Ahnung, und bevor es womöglich wieder surrealistisch werden würde, dankte ich ihr und ging.

Auf der Rückfahrt saß ich im Speisewagen, aß Kartoffelsalat, suchte die Gräten aus dem gebackenen Fisch und dachte darüber nach, ob ich nicht vielleicht doch bloß eine Witwe mit Hirngespinsten war. Und was sollte das werden mit meinen Ermittlungsversuchen? So, wie ich es anstellte, mussten Mitwisser, Zeugen oder Täter schon Mitleid mit mir bekommen und sich freiwillig melden, laut und deutlich, damit ich etwas herausfand.

Vielleicht hatte der Csárdásfürst im Polizeipräsidium Recht. Vielleicht sollte ich die grüne Mappe in den Müll werfen und das Ganze vergessen.

Aber dann dachte ich an meinen Mann, auf der dunklen Landstraße, im Halblicht der Scheinwerfer, das Auto schleudert auf den Baum zu, vielleicht merkt er ja doch, was geschieht, und hat Angst vor dem Tod und Sehnsucht nach mir und weiß, dass er nun sterben muss und wir uns nie wieder sehen werden. Und ich sitze zu Hause und weiß nichts und ahne nicht mal was und sehe fern und kann ihm nicht helfen und muss ihn alleine auf irgendeiner Landstraße sterben lassen.

Ich merkte erst, dass mir die Tränen über die Wangen liefen, als der Mann gegenüber etwas sagte.

»Kann ich Ihnen helfen?«

Ich schüttelte den Kopf und wischte mit der Serviette über mein Gesicht.

Er sah mich so besorgt an, dass etwas in mir nachgab.

»Mein Mann ist tot«, sagte ich. »Er hatte einen Unfall, und immer, wenn ich daran denke, muss ich weinen.«

Er zog erschrocken die Luft ein.

»Entschuldigung, das wusste ich nicht«, sagte er sinnloserweise.

Dann sah er mich nicht mehr an und aß seinen Teller leer, so schnell er konnte, und zahlte und ging, so schnell er nur konnte.

Ach verdammt, dachte ich, lass mich doch in Ruhe mit deinem Mitgefühl und deinen Fragen, wenn du meine Antwort nicht hören willst, weil dir der Tod zu anstrengend ist oder zu unanständig oder was weiß ich.

Für Dr. Moratt legte ich wieder meine Witwentracht an, er war der letzte hoffnungsvolle Hinweis, den ich hatte, danach würden meine Ermittlungen zu Ende sein, noch ehe sie richtig begonnen hatten, und ich musste mein Bestes geben.

Ich hatte einen älteren Herrn erwartet, der zur Gegend passte und zur Kanzlei und zur Sekretärin, aber Dr. Moratt war jung, Anfang dreißig, und passte überhaupt nicht hierher. Er war schlank, fast zierlich, hatte bräunliche Haut und schulterlange dunkle Haare und sah aus wie der Letzte Mohikaner in einem teuren dreiteiligen Anzug.

»Was kann ich für Sie tun?«, fragte er und warf sein Haar zurück.

»Ich suche Karl Rode.«

»Ah ja?«, sagte er. »Und warum?«

Ich hatte so fest damit gerechnet, dass er sich nun auch überhaupt nicht vorstellen konnte, wer das wohl sein solle, dass ich ihn nur anstarrte, stumm vor Erstaunen.

»Lassen Sie sich nur Zeit«, sagte er mit sanfter Ironie.

Ich räusperte mich.

»Mein Mann ist gestorben. Er hatte etwas mit Herrn Rode zu tun, etwas Wichtiges, glaube ich, und ich will wissen, was das war.«

Er sah gedankenverloren auf mein schwarzes Kostüm, dann in mein Gesicht, dann wieder auf das Kostüm.

»Mein Beileid. Sie wissen, wer Herr Rode ist?«

Ich nickte.

Er sah mich wieder so nachdenklich an, und sein Gesicht war dabei ganz ausdruckslos, er hatte wirklich Ähnlichkeit mit dem Letzten Mohikaner, nur dass mir der Letzte Mohikaner sympathischer gewesen war.

»Hat Ihr Mann Herrn Rode gekannt?«

»Bestimmt nicht. Er hat ihn gesucht.«

»Ich weiß nicht, wo er ist. Aber ich weiß vielleicht, wo Sie es erfahren können.«

»Und? Sagen Sie es mir?«, fragte ich ungeduldig.

Er strich sich mit den Händen das Haar zurück. Er hatte kleine, schmale Hände, deren Haut von einem besonders glatten Braun war. Die Ruhe, mit der er alles tat, machte mich ganz unruhig.

»Wenn Sie mit mir zu Abend essen.«

»Aber natürlich. Gerne.«

Gerne? Eigentlich nicht. Aber das war nicht wichtig.

Er ging zum Schreibtisch und sah in seinen Terminkalender.

»Am 1. Mai, neunzehn Uhr. Passt es Ihnen da?«

Ich nickte. Er reichte mir seine Visitenkarte, auf der er seine Privatadresse unterstrichen hatte.

»Bei Ihnen?«

»Ja. Keine Angst, ich koche gut.«

Er brachte mich zur Tür und sah mich wieder so an, dass ich ihn am liebsten gefragt hätte, was er dachte.

»Bis dann, Frau Wolf. Ich freue mich.«

Seine Ruhe und die stille Art, mich anzusehen, hatten mich so durcheinander gebracht, dass ich froh war, als ich draußen auf der Straße stand und frische Luft atmete. Ich blieb eine Weile dort stehen, doch dann merkte ich, dass er mich vom Fenster aus beobachtete, und ging schnell weiter.

Ich stieg die Treppe zur U-Bahn hinunter und nahm den Zug Richtung Büro. Der Wagen war fast leer, aber ausgerechnet mir gegenüber saß eine Frau mit unsteten Augen und ungekämmten Haaren, die einen aufgeregten Dialog mit sich selber führte. Anscheinend regte ich sie noch mehr auf, denn sie wurde immer unruhiger und warf mir besorgte Blicke zu.

Ich gab mir Mühe, an ihr vorbei zu sehen und harmlos und friedlich zu wirken. Mir war sehr unbehaglich zumute, so wie einem zumute ist, wenn man einer Verrückten nahe kommt, aber dann dachte ich, ich brauchte mich gar nicht so zu haben, ich könnte mich ebenso gut zu ihr setzen und ein paar Erfahrungen austauschen, denn war ich nicht genauso verrückt wie sie?

Ich sprach mit meinem toten Mann. Ich glaubte, dass er ermordet worden war. Von einem reichen alten Herrn, der verschwunden war. Den ich im ganzen Land suchte, in Studentenwohnheimen und Zoohandlungen und obskuren Cafés. Wegen dem ich nun auch noch mit dem Letzten Mohikaner zu Abend essen würde.

Die Frau streifte mich wieder mit einem ihrer scheuen Blicke. Ich gab mir einen Ruck und lächelte sie an, und da wurde sie ruhig und kramte zufrieden in den vielen Plastiktüten, die sie bei sich hatte, und als sie aufstand, um auszusteigen, wackelte sie mit dem Kopf und lächelte mir zu.

Sieh mal einer an, dachte ich, es geht ja. Und so einfach. Jetzt wollen wir doch mal sehen, ob wir unser eigenes Verrücktsein nicht auch in den Griff kriegen.

Im Büro ging ich gar nicht erst in Jochens Zimmer, sondern klopfte gleich bei Herrn Fischler. Er erschrak, als er mich sah, sonst trafen wir uns nur im Flur und grüßten einander steif, und nun kam ich einfach so herein, noch dazu in großer schwarzer Trauer. Zögernd stand er auf, wies auf den Sessel vor seinem Schreibtisch und setzte sich unbehaglich wieder hin.

»Wissen Sie, wer Karl Rode ist?«

»Ja, sicher«, sagte er. »Warum fragen Sie?«

»Weil ich bei meinem Mann eine Mappe mit Informationen über ihn gefunden habe.«

»Klar«, sagte er. »Er hat ja nach ihm gesucht.«

»Wissen Sie, warum?«

»Sie kennen doch Ihren Mann ...« Er schluckte, und die blau karierte Fliege unter seinem Adamsapfel bewegte sich. »Ich meine, Sie wissen doch, wie er war. Der Rächer der Enterbten.«

Er schwieg erschrocken.

»So hat er sich selbst oft genannt, wissen Sie. Ich führe mich mal wieder auf wie der Rächer der Enterbten, hat er gesagt. Er hat sie doch alle gehasst, die Schweine auf dieser

Welt, die alten Nazis und die neuen, die Amis in Vietnam, die Franzosen in Algerien, die Junta-Generale, diese Typen da unten in Jugoslawien oder Afghanistan oder sonstwo. Die Welt ist ja voll davon. Über die konnte er sich doch furchtbar aufregen.«

»Ich weiß«, sagte ich. »Und über die Inquisition und die Sklaverei und Hitler vor allem und Stalin.«

»Genau«, sagte er und lächelte sogar ein bisschen. Sein mageres Gesicht mit den dunklen Augen und der großen Nase hatte Ähnlichkeit mit dem eines Vogels, und nun sah er aus wie ein lächelnder Vogel. »Hitler und Stalin vor allem. Genau.«

Er sah mich fragend an.

»Ich verstehe das ja nicht. Sie? Das ist doch Energieverschwendung, oder? Ich meine, wem hilft es, wenn man solche Leute hasst?«

Niemandem, dachte ich. Aber manche Leute muss man wohl einfach hassen. Wenn man manche Leute nicht hasst, kann man andere nicht lieben. Glaube ich jedenfalls.

»Und eines Tages«, sagte er im Ton eines Märchenerzählers, der aus alten Zeiten berichtet, »als wieder ein Anschlag auf eines dieser Lager verübt worden war und ein paar tot und viele verletzt waren und irgendeine Zeitung wieder schrieb, ob da nicht der große Unbekannte Karl Rode dahinter stecken könnte und seine neonazistische Mafia, da hat Jochen gesagt, jetzt reicht es mir, jetzt suchen wir den, wenn es schon kein anderer tut, wollen wir doch mal sehen, ob wir den nicht finden. Der Rächer der Enterbten eben, verstehen Sie? Ich fand es ziemlich verrückt. Das war ja nun wirklich nicht unsere Sache. Aber Sie wissen ja, wie er war.«

In der Erinnerung an Jochen lächelte er wieder sein vorsichtiges Vogellächeln.

Ich sah auf seine Fliege, über deren blaue Karos winzige Margeriten gestreut waren. Seine Fliegen waren das einzig Bunte und Ausgefallene an ihm. Harro hat überhaupt keine

Phantasie, hatte Jochen immer gesagt, nicht das kleinste bisschen, er ist staubtrocken. Aber er hat ein gutes Urteil. Darauf ist Verlass. Herr Fischler hieß Harro.

»Was denken Sie?«, fragte ich. »Glauben Sie, dass Karl Rode noch lebt? Und dass er für die Anschläge verantwortlich ist?«

Er wiegte den Kopf.

»Glauben heißt, nicht wissen. Sicher ist, dass er ein erfolgreicher Unternehmer mit viel Geld und ausgeprägten rechtsextremen Ansichten und Neigungen war. Dass er eine Zeitschrift namens ›Deutschland‹ gegründet hat und einen Verein, der ›Freunde Deutschlands‹ heißt. Und dass er Mitte der neunziger Jahre verschwunden ist, und wenn man das Einwohnermeldeamt fragt, heißt es: unbekannt verzogen. Das ist sicher. Aber ganz und gar nicht, ob er noch lebt oder wo. Auch nicht, dass er diese Anschläge auf Flüchtlinge und Asylbewerber und Ausländer und Juden wirklich plant oder finanziert. Das ist Glaubenssache.«

»Und was glauben Sie?«

Er wiegte den Kopf wieder hin und her, als müsse er sein Gehirn erst in die richtige Lage bringen, damit er besser denken konnte.

»Ich glaube es nicht. Ich denke, er ist zu einer Art Symbolfigur geworden, für die einen das Böse schlechthin, das hinter den neonazistischen Umtrieben und Schweinereien steckt, und für die anderen die große Lichtgestalt im Kampf gegen dunkle Mächte. Gegen Überfremdung und alles Undeutsche. Denke ich. So ungefähr. Und er liegt irgendwo unter der Erde oder lebt in einem feinen Alterssitz und findet das alles ziemlich komisch. Könnte ich mir denken. So ungefähr. Ja.«

Ich verstand, warum Jochen gesagt hatte, er hätte ein gutes Urteil.

»Aber das muss man doch herausfinden können«, sagte ich. »Wir haben doch so gute Mitarbeiter. Die sollen ihn suchen.«

»Das haben sie schon getan«, sagte er. »Aber sie haben ihn nicht gefunden. Ihr Bericht war äußerst mager. Wenig über sein Vorleben und nichts darüber, wo er sich jetzt aufhält. Und das sind gute Leute. Darum hat Jochen – ich meine Ihr Mann …«

»Sagen Sie ruhig Jochen. Sie haben ihn doch auch Jochen genannt.«

Seine Fliege geriet in Bewegung, denn er schluckte stark.

»Darum hat Jochen ja weitergesucht.«

»Glauben Sie, dass er ihn gefunden hat?«

»Nein, natürlich nicht. Ich will wirklich nichts gegen Jochen sagen, verstehen Sie mich nicht falsch, aber das Ganze war ein Hirngespinst. Ein romantischer Irrtum. Der Rächer der Enterbten eben, Sie wissen schon.«

Er versuchte wieder ein Lächeln.

Ich dachte an den Csárdásfürsten im Präsidium, der auch von Hirngespinsten gesprochen hatte. Die Hirngespinste einer trauernden Witwe. Und die Hirngespinste des Rächers der Enterbten.

Hirngespinste. Was für ein schönes Wort. So anschaulich. Und so praktisch, um Probleme aus der Welt zu schaffen.

Und ich dachte an die Landstraße und den Baum und daran, wie sein Gesicht ausgesehen hatte, als er auf dem Metalltisch in der Klinik gelegen hatte. Kein Hirngespinst. Und nicht mehr aus der Welt zu schaffen.

»Gut«, sagte ich und stand auf. »Danke. Sie haben mir sehr geholfen.«

Er kam erstaunlich schnell hinter seinem Schreibtisch hervor und öffnete mir sogar die Tür.

»Nichts zu danken. Und wenn mal wieder was ist …«

Ich ging in Jochens Zimmer, blätterte in seinem Kalender und trug den Termin für das Essen mit Dr. Moratt ein. Erster Mai. Tag der Arbeit. Es passte. Es würde mein erster richtiger Arbeitstag sein.

4

Ich wurde wach, wandte mich zu Jochen und drückte mich an ihn. Er seufzte, drehte sich um und schob den Arm unter meine Schulter. Ich legte die Hand auf seinen Bauch und meine Wange an seine Brust und wollte wieder einschlafen, aber etwas war ungewohnt, es störte mich und hielt mich wach. Er war schmaler und weicher geworden, sein Atem ging leiser, und sein Geruch von Mann, Schlaf und Bettwärme war anders als sonst.

Ich öffnete die Augen und sah in das Gesicht von Dr. Moratt. Ich machte die Augen schnell wieder zu, in der Hoffnung, es sei ein schlechter Traum, der verschwunden sein würde, wenn ich die Augen wieder öffnete. Aber es war keiner.

Da lag immer noch Dr. Moratt, das Gesicht friedlich entspannt, die schlaffeuchten Haare lockig, die Schatten seiner Wimpern auf den Wangen. Eines musste man sagen: Er sah ausgesprochen gut aus, wenn er schlief. Besser als im Wachzustand. Ich löste mich vorsichtig von ihm und kroch zurück auf die andere Seite des Bettes. Es war Gott sei Dank ein breites Bett.

Ich sah hinauf zur stuckverzierten Decke und hinüber zum Fenster, dessen helle Vorhänge das Morgenlicht filterten, und strich über den Bettbezug, der rot war und sich seidig anfühlte. Du lieber Himmel. Wie kam ich bloß hierher?

Ich konnte mich noch daran erinnern, dass ich pünktlich um sieben da gewesen war, steif und widerstrebend. Er hatte mich ins Esszimmer geführt, wo der Tisch auf weißem Tuch gedeckt war und Kerzen brannten und in einem Kühler eine Flasche Champagner stand.

Aber dann war ich bald nur noch glücklich gewesen und hatte viel gegessen, getrunken, geredet und gelacht. Ich hatte vergessen, wie schön es war, mit einem Mann zu essen und zu trinken und zu reden und zu lachen, nein, ich hatte es nicht vergessen, ich hatte mich nur nicht mehr daran erinnern wollen. Auch wenn der Mann nicht Jochen war, sondern bloß Dr. Moratt. Manchmal ist Mann eben Mann.

In meinem Glück hatte ich viel Champagner getrunken, er hatte immer gleich nachgeschenkt, sobald mein Glas leer war, und das Nächste, woran ich mich erinnerte, war, dass ich unter ihm lag, Arme und Beine um ihn geschlungen, und so laut wurde vor Lust, endlich wieder einen Mann in mir zu haben, dass er sagte: »Du hast es ja sehr gebraucht«, und ich war noch lauter geworden und hatte ihn noch fester gehalten.

Mir wurde heiß vor Scham. Jochen war noch kein Jahr tot, und schon landete ich mit einem Mann im Bett, noch dazu mit einem, den ich gar nicht mochte, der aber nur ein bisschen mit mir zu essen und zu trinken und zu reden und zu lachen brauchte, und schon fiel ich ihm in den Schoß. Buchstäblich.

Allerdings, in gewisser Weise hat er mich verführt, er hat mich betrunken gemacht, ich habe ihm gesagt, dass ich wenig trinke und nichts vertrage, aber er hat immer wieder nachgeschenkt und dann noch Cognac gebracht, keinen Kaffee, der mich wach gemacht hätte.

Ach, komm, Anna, sei ehrlich, er hätte gar nicht so viel Champagner an dich zu verschwenden brauchen, du wärst ihm schon bald nach der Vorspeise ins Bett gefolgt, aber er hat ein bisschen ein Auge gehabt auf Anstand und Sitte und wohl auch das Essen nicht kalt werden lassen wollen, nachdem er so lange daran gekocht hat.

Und du bist diejenige gewesen, die nicht genug kriegen konnte, die ihn nicht wieder losgelassen und wach gehalten hat, stundenlang, nicht, dass er etwas dagegen gehabt hätte, aber wer hier wen verführt hat, ist wohl klar.

Ich zog die Decke über den Kopf und ächzte leise vor Schuld und Scham.

Und die ganze Zeit über habe ich nicht an Jochen gedacht, ich habe ihn einfach vergessen, einen ganzen Abend und eine ganze lange Nacht lang.

Ich lag in der dunklen Höhlung der Decke und hätte beinahe gebetet, wie ich es als Kind getan hatte, damit mir wieder leichter wurde, aber ich war kein Kind mehr und wollte auch Gott nicht in diese Angelegenheit hineinziehen.

Nach einer Weile hörte ich, wie er sich rührte. Das Kissen raschelte, er gähnte, dann zog er mir die Decke weg und sah mich an. Seine Augen waren vom Schlaf schmal, und sein Gesicht war weich.

»Was ist mit dir?«, auch seine Stimme war weich. »Hast du einen Kater? Der Champagner war gut.«

Natürlich hatte ich einen, aber das war nicht das Problem. Ich schüttelte den Kopf.

Er strich mit dem Finger über meine Augenbrauen und meine Lippen und meinen Hals und ließ seine Hand auf meiner Brust liegen. Sie war sehr braun auf meiner hellen Haut. Meine Brust ließ mich im Stich und prickelte unter seiner Berührung und stellte ihre Spitze auf. Ich wollte nicht sagen, dass er seine Hand wegnehmen sollte, nachdem ich sie die halbe Nacht lang unbedingt dort hatte haben wollen, aber er schien es zu spüren und nahm sie fort.

»Frühstück?«

Ich schüttelte den Kopf.

Er setzte sich auf und runzelte die Stirn.

»Was ist denn, Anna? Sag wenigstens was.«

»Ich hätte das nicht tun dürfen«, sagte ich. »Ich habe meinen Mann betrogen.«

»Aber dein Mann ist tot.«

»Das hat damit doch nichts zu tun. Betrogen ist betrogen.«

»Aha«, sagte er. »Wir haben das schwarze Elend. Wir waren ein böses Mädchen, und Papi liebt uns nicht mehr.«

Er sprach nicht mehr weich und zärtlich, sondern scharf und ironisch. Kein Wunder. Noch einer, der mich nicht mehr liebte.

»Dabei hat es dir verdammt viel Spaß gemacht.«

»Das ist es ja. Das auch noch.«

»Tut mir Leid, dass ich dich nicht vergewaltigt habe«, sagte er trocken, aber ich spürte, wie verletzt er war. Kein Wunder. Noch einer, dem ich wehtat.

»Entschuldige bitte«, sagte ich. »Es tut mir Leid. Ich glaube, ich gehe jetzt lieber.«

Er sah mich an, still und unbewegt, und ich hätte wieder gerne gefragt, was er dachte.

»Na gut«, sagte er. »Aber erst gehst du ins Bad, und dann gibt es Frühstück. Du läufst hier nicht ungewaschen und ungefrühstückt raus, das ist nicht der Stil des Hauses.«

Ich duschte, während er das Frühstück machte, und dann frühstückten wir, sehr stilvoll, und schafften es sogar, uns dabei stilvoll zu unterhalten.

Er brachte mich zur Tür, als ich ging, und überreichte mir einen weißen Umschlag.

»Hier. Deswegen warst du doch eigentlich gekommen.«

Ich schob den Umschlag in die Tasche.

»Danke. Und sei mir nicht böse.«

»Der Dank liegt ganz auf meiner Seite. Und hör auf, dich zu entschuldigen. Es kann gut sein, dass ich selber schuld bin. Vielleicht geschieht es mir ganz recht.« Er küsste mich vorsichtig auf die Wange. »Mach es gut, Anna.«

Als ich unten auf der Straße stand, holte ich tief Luft. Ich hätte erleichtert sein sollen. Ich hatte bekommen, was ich wollte. Und ich brauchte ihn ja nie wieder zu sehen. Aber ich war nicht erleichtert.

In dem Umschlag steckte ein Blatt Papier, auf dem in säuberlichem Großdruck zwei Namen standen: »Gerlinde Sonnheimer« und »Walter Bachmaier«, darunter die Berufe der beiden, »Studiendirektorin« und »Buchhändler«. Ich suchte im Telefonbuch nach ihren Adressen.

Herr Bachmaier besaß eine Buchhandlung, und Frau Sonnheimer wohnte in der Nähe des Mathildengymnasiums, was wohl bedeutete, dass sie dort auch arbeitete. Bei Herrn Bachmaier konnte ich Bücher kaufen, um ihn kennen zu lernen. Kein Problem. Aber Frau Sonnheimer?

Ich sah bei Johannes Kavka nach.

»Wenn die Zielperson auf andere Weise nicht zu kontaktieren ist«, schrieb er, »muss man sie in Bezug auf ihre Gewohnheiten und Freizeitbeschäftigungen observieren, um den Kontakt in der Folge solcherart herzustellen, also etwa durch Teilnahme an Kegelabenden, Wanderfahrten, regelmäßiges Besuchen der Badeanstalt o. Ä.«

Aha. Ich fragte mich manchmal, wie alt Johannes Kavka wohl sein mochte. Hundert? Badeanstalt, was für ein altertümliches Wort. Allerdings würde mir die Badeanstalt immer noch lieber sein als Kegelabende oder Wanderfahrten.

Ich machte mich auf in die Buchhandlung, um Herrn Bachmaier kennen zu lernen. Er war Mitte vierzig, blondiert und sonnenstudiogebräunt, und sah einerseits gut aus und andererseits gar nicht gut. Er wirkte eitel, obwohl er eigentlich nur gepflegt und gut angezogen war, und er hatte etwas Weiches und Konturenloses, obwohl er ganz schlank war.

Ich sagte, dass ich unbedingt mehr lesen wolle, es sei eine Schande, dass ich so wenig Literatur kennen würde, wo ich doch selber Buchhändlerin sei, und ich hoffte, dass er mich bei der Auswahl ein bisschen beraten würde.

Ich fand, dass ich reichlich dick auftrug, ich genierte mich fast wegen dem, was ich plapperte, aber ihn schien es nicht zu stören. Er lauschte und blickte mich ernsthaft an und nickte und fing gleich damit an, mir Bücher zu empfehlen.

Ich kaufte und bestellte großzügig, und als ich ihn, mit einer schweren Tüte beladen, wieder verließ, hatte ich das Gefühl, den Erstkontakt mit dieser Zielperson sehr gut hergestellt zu haben.

Als Nächstes wollte ich Frau Sonnheimer observieren, aber dann fiel mir ein, dass ich keine Ahnung hatte, wie sie aussah. Wie fand man das wohl heraus? Johannes Kavka, der sonst zu allem etwas zu sagen hatte, schwieg sich zu dieser Frage aus, anscheinend setzte er voraus, dass man so etwas einfach wusste.

Ich stand früh auf und wartete vor ihrem Haus und besah mir alle, die herauskamen und zur Arbeit gingen. Schließlich folgte ich einer zierlichen dunkelhaarigen Frau, die eine schwere Aktentasche trug und einen übersichtlichen und durchsetzungsfähigen Eindruck machte. Ich hatte Glück. Sie ging zur Schule, und vor dem Schultor begegnete sie einer Schülerin, die sie grüßte und mit ihrem Namen ansprach.

Von nun an wartete ich mittags auf sie und folgte ihr nach Hause, wo ich weiter auf sie wartete und inständig hoffte, dass sie bald wieder herauskam, damit ich etwas zu tun hatte.

Sie führte öfters einen großen schwarzen Pudel aus oder kaufte ein, im Supermarkt, im Schreibwarengeschäft, in der Drogerie. Sie brachte Wäsche in die Wäscherei. Zweimal ging sie mit dem Hund und einem halbwüchsigen Jungen, der vielleicht ihr Sohn war, spazieren, und an zwei Nachmittagen und zwei Abenden fuhr sie mit dem Auto davon, keine Ahnung wohin, denn das Beobachten bei Nacht und mit dem Auto konnte ich noch nicht.

Und dann konnte ich überhaupt nicht mehr beobachten. Es war ein kalter, regnerischer Mai, der Flieder hing tief unter der Nässe, von den Kirschblüten tropfte es, und ich bekam Husten und Fieber.

»Du bist nahe an einer Lungenentzündung«, sagte Thorsten vorwurfsvoll und drückte mir das Plättchen seines Stethoskops an den Rücken. »Huste nochmal. Das klingt grauenhaft, Anna. Wie hast du das bloß gemacht?«

»Weiß ich auch nicht. Es war doch so kühl in den letzten Tagen.«

»Aber davon kriegt man doch keine Lungenentzündung. Du nimmst jetzt Antibiotika und bleibst im Bett, und ich sehe morgen wieder nach dir.«

Ich lag sechs Tage im Bett und schwitzte und hustete und versuchte zu schlafen und an nichts zu denken, aber wenn man nur so daliegt, ist es noch schwerer, an nichts zu denken als sonst, und so dachte ich noch mehr als sonst an Jochen und an die Nacht mit Dr. Moratt und dass ich seither noch nicht wieder auf dem Friedhof gewesen war, weil ich mich nicht mehr hinwagte. Hatte eine untreue Frau noch das Recht, am Grab ihres Mannes zu stehen und die trauernde Witwe zu spielen?

Am siebten Tag hielt ich die Qual nicht mehr aus. Ich stand auf, zog mich warm an, wickelte mir einen Schal um den Hals und ging ins Büro.

»Mein Gott, Frau Wolf, sehen Sie aber schrecklich aus«, sagte Frau Beifuss begeistert. »Ich bringe Ihnen gleich einen Salbeitee.«

Es brauchte mir nur schlecht zu gehen, schon liebte sie mich.

Ich ging hinüber zu Herrn Fischler. Er rückte seinen Sessel zurück und schob mir eine Packung Papiertaschentücher hin.

»Keine Angst. Ich bin nicht mehr ansteckend.«

»Das kann man nie wissen.«

Ich legte einen Zettel mit dem Namen und der Anschrift von Gerlinde Sonnheimer vor ihn hin.

»Können Sie alles über die herausfinden?«

Er sah auf den Zettel, dann auf mich.

»Haben Sie das selbst versucht? Bei dem Wetter?«

Ich nickte.

Er lächelte so zufrieden, dass sich mit seinen Mundwinkeln auch die grüne Fliege an seinem Hals hob, auf der rote Marienkäferchen flogen. Er langte nach dem Telefon und wählte.

»Hoffentlich hat der Mann Zeit«, sagte er. »Der findet oft mehr über die Leute heraus, als die selber wissen.«

Der Mann hatte Zeit, und wenn es sich um eine Routinesache handelte, konnte er den Bericht in zwei Wochen liefern. Herr Fischler legte den Hörer auf und sah mich ausdrucksvoll an, und sein Blick sagte: Sehen Sie, so macht man das.

»Toll«, sagte ich.

Frau Beifuss steckte den Kopf durch den Türspalt.

»Ein Dr. Moratt ist am Telefon für Sie, Frau Wolf. Er hat gestern schon mal angerufen.«

»Dr. Moratt?«

Ich verschluckte mich und bekam einen Hustenanfall.

»Huflattich wäre noch besser als Salbei«, sagte Frau Beifuss. »Aber eigentlich sollten Sie gar nicht hier sein.«

Sie schnalzte missbilligend mit der Zunge, Herr Fischler machte ein zustimmendes Geräusch, und ich wusste, dass sie sich über meinen Kopf hinweg ansahen und die Köpfe schüttelten. Sie behandelten mich neuerdings wie strenge, aber gerechte Eltern ihr ungebärdiges Kind, und ich betrachtete das als Fortschritt. Lieber streng und gerecht als kalt und ablehnend.

Ich ging hustend in Jochens Zimmer und hob den Hörer auf.

»Ja?«

»Hier ist Andreas.«

»Hallo.«

»Wie geht es dir?«

»Schlecht. Ich habe Husten.«

»Das hört man.«

Er war eine Weile still. Ich auch.

»Und sonst? Wie geht es dir sonst?«

»Was meinst du mit sonst?«

»Ich meine …« Er zögerte. »Ich meine, wie geht es mit dem schwarzen Elend? Ist es damit besser?«

»Ach so«, sagte ich. »Nein, gar nicht. Ich war noch nicht mal wieder auf dem Friedhof – seitdem …«

»Ah ja«, sagte er. »Na gut. Also, wenn …, wenn es damit mal besser sein sollte, und du Lust hast …, ich meine, wenn dir danach ist – melde dich. Ich fände es schön, dich wiederzusehen.«

Es konnte ihm nicht leicht gefallen sein, mich anzurufen und mir das zu sagen, und es tat mir beinahe weh für ihn.

»Vielen Dank«, sagte ich, viel überschwänglicher, als ich wollte. »Das werde ich bestimmt tun.«

Das werde ich ganz bestimmt nicht, dachte ich, auch wenn es mal besser werden sollte mit dem Elend, denn wenn ich dich wiedersehe, fängt das Elend ja wieder an, und sowieso, ich will dich nicht wiedersehen.

Ich ließ mich in Jochens Schreibtischsessel fallen und trank den Salbeitee, der kalt geworden war und noch abscheulicher schmeckte als sonst. Ich betrachtete die senfgelben Vorhänge, die Netzgardinen, die angestoßenen Aktenschränke und die Sitzgarnitur mit den blank gesessenen weinroten Bezügen. Es war alles alt und hässlich, denn Jochen hatte das Büro mit Hilfe einer Büromöbelversteigerung des Finanzamtes möbliert, als er noch kein Geld hatte, und es dann einfach so gelassen. Nur die Bilder waren schön, schön und teuer, wie die bei uns zu Hause.

Der Schreibtisch war leer, bis auf das Telefon, den Computer und seinen altmodischen Kalender, bei dem man jeden Tag ein Blatt umwandte. Frau Beifuss hatte ihn zum Jahresbeginn gekauft, obwohl Jochen ihn gar nicht mehr brauchte, und hielt darauf, ihn jeden Morgen selbst umzublättern, bevor ich Hand daran legen konnte.

Ach, Jochen, dachte ich. Warum bist du bloß nicht mehr da?

Ich verließ das Büro, kaufte einen großen Strauß der rosaweißen Rosen und ging zum Friedhof. Alles hier war feucht und grün vom Regen, wie im Dschungel, die polierten Grabsteine glänzten, und das Gold der Inschriften und Kreuze zeigte ein mattes Leuchten. Ich brachte die alten Rosen fort, zupfte den wuchernden Efeu in Form und zog ein Grablicht aus dem Automaten, eines von den teuren in Grau mit silberfarbenem Deckel, das Regen und Wind nicht löschen konnten.

Dann stand ich lange da und sah auf den Grabstein, der schon nicht mehr so neu aussah, denn ein Hauch von Moos wuchs auf der dem Regen zugewandten Seite. Die beiden Daten auf dem Stein lagen nicht weit auseinander. In der nächsten Woche war sein Geburtstag und nächsten Monat der andere Tag, an den ich nicht denken wollte. Und dazwischen mein Geburtstag. Mein dreißigster.

Weißt du noch? Den wolltest du groß feiern. Weil ich dreißig werden würde, eine reife Frau, eine ältere Dame, hast du gesagt. Du hast es ein bisschen oft gesagt, und besonders komisch war es auch nicht. Du warst sonst witziger.

Ich glaube, dir war nicht wohl zumute, weil du ein Jahr später fünfzig werden würdest. Ich glaube, du hattest Angst, du könntest zu alt werden für mich. Ach, Jochen. Das hättest du besser wissen können. Du wärest nie zu alt für mich geworden.

Und nun wirst du gar nicht mehr älter. Und ich werde eine reife Witwe.

An seinem Geburtstag ging ich nicht ins Büro und auch nicht auf den Friedhof, sondern blieb zu Hause und nahm drei von den Beruhigungstabletten, die Thorsten mir für die Nächte verschrieben hatte und die nicht geholfen hatten. Sie halfen auch jetzt nicht. Sie machten mich schwer und müde, aber hinter der Müdigkeit tobten Schmerz und Sehnsucht und das Nie-Wieder und das Wenn und das Wäre.

Am anderen Tag rief meine Mutter an. Sie erwähnte seinen Geburtstag nicht. Sie sprach überhaupt nie von ihm, wenn ich es nicht tat.

»Was machst du an deinem Geburtstag, Anna?«, fragte sie.

»Nichts.«

»Aber es ist dein dreißigster Geburtstag.«

»Das ist mir egal.«

»Aber mir nicht«, sagte sie. »Ich will nicht, dass du dich an deinem Geburtstag in deiner Wohnung verkriechst und nichts machst. Komm zu mir, und wir feiern. Rosemarie ist auch so dafür. Wir freuen uns schon darauf.«

Ich war müde von den Tabletten und erschöpft, ich hatte keine Kraft, mich zu wehren, und wenn Rosemarie auch dafür war, dann hatte ich sie beide gegen mich, und das schaffte ich schon gar nicht, und vielleicht hatten sie ja Recht, und so packte ich schließlich meinen Koffer und fuhr.

Rosemarie holte mich vom Bahnhof ab. Ich sah sie schon von ferne, es war, wie immer, kaum möglich, sie zu übersehen, denn ihr roter Hosenanzug leuchtete und ihr weißer Pagenkopf auch.

Sie hatte immer Rot getragen, ein kräftiges Rosenrot, und als Kind hatte ich geglaubt, sie hieße deshalb Rosemarie. Sie war die beste Freundin meiner Mutter, und als die beiden pensioniert wurden, zogen sie zusammen, an den Bodensee, in ein graues Siedlungshaus, das Rosemarie von ihrer Tante geerbt hatte und an dem das einzig Schöne die große Obstbaumwiese hinter dem Haus war.

»Hallo, meine kleine Anna«, sagte sie, reckte sich hoch und küsste mich auf die Wangen. »Wie schön, dass du kommst. Deine Mutter freut sich schon so. Und ich auch. Ist das alles, was du an Gepäck hast? Komm, stell den Koffer hier drauf. Warum hast du eigentlich kein Auto mehr?«

»Ich wollte keines mehr, seit Jochen damit verunglückt ist.«

In ihrem Gesicht zuckte es, aber sie schwieg. Sie war noch viel mehr als meine Mutter dafür, dass ich mich dem Leben wieder zuwandte, wie sie es nannten, weg von Jochen, weg von der Vergangenheit. Rosemarie sieht das auch so, sagte meine Mutter manchmal, wenn sie vorsichtig darauf zu sprechen kam.

Lasst mich bloß damit in Ruhe, dachte ich, während ich Rosemarie folgte, die das Gepäckwägelchen mit Höchstgeschwindigkeit durch die Bahnhofshalle steuerte, sonst verschwinde ich gleich wieder und ihr könnt alleine feiern.

Sie ließen mich damit in Ruhe und gaben sich auch sonst große Mühe. Sie bereiteten mir einen Geburtstag, wie ich noch keinen erlebt hatte, festlich, üppig und ein bisschen wie ein Kindergeburtstag: Blütenkränze um mein Gedeck, eine dreistöckige Torte mit Marzipanrosen und dreißig Kerzen, Champagner und Blumensträuße und alle meine Lieblingsgerichte, Theaterbesuch und Kutschfahrt im Schlosspark und Abendessen im Sterne-Lokal und lauter schöne Geschenke.

Das schönste war der Diamantring. Er steckte in einem rotsamtenen Kästchen, das auf meinem Frühstücksteller lag.

»Du hast dir doch immer einen Diamantring gewünscht, nicht wahr?«, sagte meine Mutter. »Ich dachte, das wäre der richtige Anlass. Er ist natürlich nicht so groß – wie viel Karat hat der Ring nochmal, Rosemarie? Wir haben uns so viele angesehen, dass ich es immer wieder vergesse.«

»Null Komma drei«, sagte Rosemarie.

»Aber er ist sehr schön mit dem Weißgold, findest du nicht auch?«, fragte sie und sah mir hoffnungsvoll ins Gesicht, ob ich mich auch freute.

»Also, wenn sie den nicht schön findet, dann weiß ich nicht, was sie schön findet«, sagte Rosemarie.

Ich hatte mir fest vorgenommen, nicht zu weinen, aber wie sollte ich das nun durchhalten? Ich schob den Ring an den Finger zu meinem Ehering, wo er wirklich sehr schön aussah, und fing an zu weinen.

»Aber warum weinst du denn, Anna?«, fragte meine Mutter.

»Wahrscheinlich, weil sie sich so freut«, sagte Rosemarie.

Ich nickte und schluchzte zustimmend und nahm meine Mutter in die Arme, und während sie mich zufrieden tröstete, konnte ich in Ruhe weinen, über Geburtstage und Diamantringe und weil ich so undankbar war, mir zu wünschen, es wäre Jochen, der mir den Ring schenkte.

Als ich wieder im Zug saß, war ich vor lauter Feiern und mich freuen und manchmal auch nur so tun, als ob, ganz leer. Ich saß zwischen Taschen und Tüten voller Geschenke und Süßigkeiten und praktischer Plastikbehälter, in denen sich einige meiner Lieblingsgerichte befanden.

»Der Salat hält sich gut im Kühlschrank, und der Auflauf auch«, hatte meine Mutter gesagt.

»Und den Braten mit der Soße kann sie einfrieren, Annette«, hatte Rosemarie aus der Küche gerufen. »Dann hat sie ewig davon.«

Mir schauderte bei dem Gedanken, ewig davon zu haben, ich konnte mir nicht vorstellen, dass ich je wieder hungrig sein, geschweige denn etwas essen würde, und wenn, dann bestimmt nicht Sauerbraten mit Soße.

Ich lehnte mich zurück und sah hinaus auf die Felder und die Holunderbüsche am Bahndamm und die Rosengitter an den Einfamilienhäusern und die Kastanien vor den Stationshäusern.

Dann kam Jochen auf mich zu, zwischen Holunder und Rosen und Kastanien, in seinen abgetragenen Jeans und seinem karierten Lieblingshemd, sein Haar wehte im Wind, er trug seinen Wochenendbart, und seine Augen lachten. Seine großen dunkelblauen Augen. Es war wirklich Jochen. Nur er hatte solche Augen.

»Aber du bist ja gar nicht tot«, sagte ich.

»Nein, natürlich nicht«, sagte er. »Liebes. Hast du das etwa gedacht?«

Wie hatte ich nur so etwas denken können? Er breitete die Arme aus, und ich flog auf ihn zu, buchstäblich, meine Füße hoben sich vom Boden, doch als ich ihn erreichte und berührte, wurde er blass und durchscheinend und löste sich auf, in Staub, der immer dichter wurde und mich in Dunkelheit und Kälte hüllte.

Ich schrie »Nein!« und wachte davon auf und war froh, als ich mich umsah und das Abteil leer fand. Es war hell und friedlich, draußen vor den Fenstern war auch alles hell und friedlich, und ich versuchte, mich wärmen und beruhigen zu lassen von dem sonnigen Frieden, aber in mir blieb es kalt und dunkel.

5

Es war halb zehn und noch immer nicht dunkel. Sommeranfang. Ich stand auf der Dachterrasse und sah hinunter auf den Platz. Vor dem Café und dem Restaurant saßen die Menschen, ihr Reden und Lachen klang hinauf zu mir.

Vor einem Jahr war es auch so warm gewesen, aber es hatte geregnet, und ich hatte die Terrassentür geöffnet, um die duftende Regenluft hereinzulassen, und ferngesehen.

Der Unfall war gegen elf passiert. Um elf hatte ich Nachrichten gesehen und war zu Bett gegangen und hatte gut geschlafen und freundlich geträumt, und nichts hatte meinen Schlaf und meine Träume gestört, auch nicht, dass er tot in seinem Auto lag und erst um vier Uhr morgens gefunden wurde.

Ich sah hinüber zur Kirche, deren vergoldete Uhr im Dämmerlicht glänzte, hörte auf die Rufe der Schwalben, die um den Turm schossen, und versuchte, nicht mehr zu denken, jedenfalls nicht an den Tag vor einem Jahr. Aber ich konnte die Gedanken nicht abstellen, sie drehten sich in meinem Kopf und fingen immer wieder von vorne an.

Er hatte seine Lederjacke angezogen und die Reisetasche aufgenommen und nach den Autoschlüsseln gegriffen und gesagt: »Ich fahre dann, Anna«, und ich hatte gesagt: »Fahr vorsichtig«, was ich nie sagen wollte, weil es so verdammt nach Gattin und Mutti klang, aber dann doch immer wieder sagte. Er hatte den Kopf geschüttelt und mich geküsst und war gegangen.

Danach hatte er jeden Abend angerufen und mir von seinem Tag erzählt, am Freitag hatte ich fürs Wochenende eingekauft, und dann kam der Abend, die Terrassentür stand offen und ich sah fern …

Ich beugte mich über die Brüstung und sah hinunter auf den Platz. An dieser Stelle war er leer, keine Menschen, keine Autos, nur Pflanztröge und Kopfsteinpflaster. Wenn man ganz sicher sein wollte, dass man nicht mehr lebend unten ankam, durfte man erst ab dem neunten Stock springen, hatten sie kürzlich im Fernsehen in einer Sendung über Selbstmorde gesagt. Ich wohnte im sechsten. Das musste reichen.

Ich schwang vorsichtig ein Bein über die Brüstung. Ich fand es schrecklich, zu springen und zerschlagen dort unten zu liegen, auf dem Pflaster oder in einem der hässlichen Betontröge mit den blauen Blumen. Aber es war die einzige Möglichkeit, das Gedankenkarussell abzustellen. Nicht mehr an ihn denken müssen. Nie mehr. Lieber sollte mein Kopf zerspringen, als dass ich immer weiter an ihn denken musste, so wie ich es dieses ganze Jahr lang getan hatte und wie ich es immer weiter tun würde, für den Rest meines Lebens.

Ich stützte mich auf die Brüstung, um das andere Bein nachzuziehen, da fiel mir etwas ein. Dr. Moratt. In der Nacht mit ihm hatte ich kein einziges Mal an Jochen gedacht. Ich hatte ihn ganz und gar vergessen.

Ich zog das Bein zurück, lief ins Wohnzimmer, rief die Auskunft an und bekam seine Nummer, wählte und hörte seine Stimme auf dem Anrufbeantworter und hoffte, dass er trotzdem zu Hause war. Ich wartete ungeduldig auf den Piepton, und da nahm er doch noch ab.

»Hallo?«

»Hallo«, sagte ich. »Hier ist Anna.«

»Anna?«

»Ja. Du hast doch gesagt, ich soll anrufen, wenn ich Lust habe, dich zu sehen. Wenn mir danach ist. Jetzt ist mir danach.«

»Jetzt? Sofort?«

»Ja, sofort. Unbedingt.«

»Das kommt ein bisschen überraschend«, sagte er, und

dann war er still und dachte vermutlich darüber nach, ob ich verrückt war.

Ja, bin ich, dachte ich, aber denk nicht so lange darüber nach, sag einfach ja.

»Na gut. Warum nicht? Ich bin zwar überhaupt nicht auf Besuch eingestellt, aber ...«

»Das macht doch nichts. Ich komme. Ich bin gleich da.«

Ich legte auf, bevor er es sich anders überlegen konnte, duschte, zog frische Sachen an, rief ein Taxi und fuhr zu ihm.

Er hatte auch geduscht, sein Haar war feucht und lockig, und er trug Jeans und ein verwaschenes T-Shirt und sah darin viel besser aus als im Anzug.

»Hallo«, sagte er, »komm rein.«

Er wies auf das Wohnzimmer, wo eine Tür offen stand, die auf einen winzigen Steinbalkon führte. Auf dem Tisch zwischen den beiden Sofas stand eine Flasche Rotwein.

»Champagner ist keiner da. Ich hoffe, du trinkst auch Rotwein.«

Ich würde auch heiße Milch mit Honig trinken, wenn es sein müsste, dachte ich, obwohl mir davon unmenschlich schlecht wird.

Dann saßen wir da, jeder auf einem Sofa, nippten am Rotwein, sahen uns unsicher an und wussten nicht, was wir sagen sollten. Dabei hätten wir uns einiges zu sagen gehabt, zum Beispiel, warum mir in dieser lauen Mittsommernacht so plötzlich und unbedingt danach gewesen war, ihn zu sehen.

Schließlich lachte er, ein kleines, kurzes Lachen, das mir schon an ihm aufgefallen war und das ich mochte.

»Und was machen wir nun?«, fragte er.

»Was du willst«, sagte ich großzügig.

»Was für ein Angebot«, sagte er spöttisch und ablehnend.

Hinter ihm öffnete sich die Flügeltüre ins andere Zimmer, in dem das Bett stand, groß und breit und mit der korallenroten Bettwäsche bezogen.

Wozu haben wir denn geduscht, dachte ich, für nichts und wieder nichts? Warum gehen wir nicht einfach ins Bett und schlafen miteinander? Dabei vergisst es sich so gut, wir brauchen auch nicht miteinander zu reden, und hinterher fällt uns bestimmt etwas ein.

Ich sagte zur Abwechslung einmal, was ich dachte.

»Warum gehen wir nicht einfach ins Bett?«

Er sah mich zweifelnd an. Ich konnte gut verstehen, dass er das nach dem letzten Mal nicht mehr so einfach fand. Oder wenigstens gebeten werden wollte.

»Ich verspreche auch, dass ich danach keine Schuldgefühle bekomme«, fügte ich hinzu.

Er lachte wieder sein kleines Lachen, und sein Gesicht wurde weicher.

»Versprich mir nichts. Aber wenn es vorher nur ungefähr so wird wie letztes Mal, dann nehme ich nachher auch ein paar Schuldgefühle in Kauf.«

Er stand auf, streckte mir die Hand entgegen und zog mich vom Sofa hoch, und wir gingen nach nebenan, zogen uns aus und schlüpften unter die Decke.

Beim letzten Mal war alles sehr schnell gegangen, schnell und heftig. Diesmal waren wir langsam und tastend, als wäre es das erste Mal, dass wir einander berührten, dass wir überhaupt jemanden berührten, ja, als geschähe es zum allerersten Mal auf der Welt, dass zwei Menschen sich mit ihren Körpern berührten und liebten.

Es war neu und unbekannt, seine Haut zu spüren und seinen Atem, meine weichen Brüste an seiner festen Brust, meinen Bauch an seinem, seine Hände auf meinem Rücken und meinem Po, seine Zunge in meinem Mund. Wir küssten uns lange, ausgiebig, endlos, als hätten wir uns noch nie geküsst, als gäbe es nichts anderes auf der Welt als dies, und als wären auch unsere nackten Körper nur dazu da, uns beim Küssen aneinander festzuhalten.

Dann glitt er mit seinem Mund weiter, meinen Hals entlang, in meine Achselhöhlen und zu meinen Brüsten, seine Zunge wanderte über meinen Bauch und zwischen meine Beine, er nahm meine Knospe zwischen seine Lippen und brachte mich zum Glühen, bis ich es nicht mehr aushielt.

Ich zog ihn hoch, und er drang in mich ein, sanft und langsam, sodass ich jeden Zentimeter seines festen glatten Schwanzes in mich hineingleiten fühlte, jeder Zentimeter viele Explosionen der Lust in den Wänden meines Schoßes, die sich in meinem Körper fortsetzten und vervielfältigten. Wir blieben reglos und kosteten die Berührung aus, es war wie ein Kuss zwischen seinem Schwanz und meinem Schoß, er schob seine Zunge tief in meinen Mund, und es war wie ein doppelter Kuss.

Er begann sich zu bewegen, ich antwortete, und dann ritten wir miteinander auf einer starken schönen Welle, goldene Glut breitete sich drängend in mir aus und brachte mich zum Schreien, ich stieg höher und höher, bis ich fiel, in einem süßen, erlösenden Wirbel, und als ich angekommen war, spürte ich an seinen Stößen, dass er auch kam, und hörte sein Stöhnen an meinem Ohr.

Er lag gelöst auf mir, aber er war schmal und leicht und überhaupt, ich hatte ihn gerne auf mir, und als er fragte: »Bin ich dir zu schwer?«, flüsterte ich: »Bleib« und hielt ihn fest.

Ich schlief ein, und als ich wieder wach wurde, lag er neben mir, den Kopf in die Hand gestützt, trank Rotwein und sah mich an. Er hob das Glas.

»Du auch?«

Ich schüttelte den Kopf.

Er sah mich weiter an, still und nachdenklich, mit schmalen schwarzen Augen, und ich betrachtete sein Haar, das er hinter die Ohren gestrichen hatte, und sein ruhiges Gesicht, und dachte: Was hat er nur mit diesen Neonazis zu tun? Er sieht gar nicht so aus, als gehörte er dazu, und er ist auch nicht so, als wäre er einer von ihnen. Aber er steht auf Jochens Liste. Ich verstehe das nicht. Darüber muss ich nachdenken. Aber vielleicht nicht gerade jetzt.

So wie er mich ansah, hätte ich wieder gern gewusst, was er dachte, aber ich mochte nicht fragen. Meine Mutter hatte gesagt, frag einen Mann nie, was er denkt, und das öfter und in so ernstem Ton, dass ich mich sogar daran hielt.

»Was denkst du?«, fragte er.

Ich lachte.

»Das wollte ich dich gerade fragen. Aber meine Mutter hat gesagt, frag einen Mann nie, was er denkt.«

»Und warum nicht?«

»Das mögen Männer nicht, hat sie gesagt.«

»Aha«, sagte er. »Mich stört es nicht. Also, was hast du gerade gedacht?«

»Frag mich das nicht«, sagte ich. »Das war nichts zum darüber Reden.«

»Na gut. Und ich habe gerade gedacht, ich wüsste gern, warum du mich so plötzlich sehen wolltest.«

»Frag mich das bloß nicht«, sagte ich. »Das ist auch nichts zum darüber Reden. Noch viel weniger.«

Er lachte.

»Frag eine Frau nie, was sie denkt.«

Ich nahm ihm das Glas aus der Hand und stellte es auf den Nachttisch.

»Lass uns nicht mehr fragen. Und nicht reden. Und vor allem nicht denken.«

Er legte sich zurück. »Ich habe nichts dagegen«, sagte er, und das war auch etwas, was mir an ihm gefiel.

Auf meinem Schreibtisch lag alles noch so, wie ich es hatte liegen lassen, als das Gedankenkarussell um Jochens Tod begonnen hatte, sich zu drehen: Der Bericht über Gerlinde Sonnheimer, die Geschäftskarte von Walter Bachmaiers Buchhandlung und ein Zettel, auf dem ich Bücher notiert hatte, die ich bei ihm bestellen wollte.

Außerdem stand ein Blumenstrauß darauf, wie ich ihn noch nie gesehen hatte, eine atemberaubende Pracht aus Rosen, Lilien, Rittersporn, Levkojen und diverser anderer Flora, und das alles in einem mit Blumen bemalten riesigen Porzellantopf, der beinahe aussah wie echtes Meißen.

Im Türrahmen erschien Frau Beifuss, einen Kaffeebecher in der Hand.

»Das ist aber nett, dass Sie wieder da sind«, sagte sie, und es klang fast, als meinte sie es auch so.

Ich wies auf den Strauß.

»Wunderschön!«

»Ja, nicht wahr?«

»Und die Vase sieht aus wie echtes Meißen.«

»Die ist echt Meißen«, sagte sie gekränkt. »Von meiner Mutter. Gestern war schließlich nicht irgendein Tag.«

»Nein. Wahrhaftig nicht.«

»Es war wohl sehr schlimm?« Sie sah mich vorsichtig von der Seite an. »Aber jetzt geht es Ihnen wieder besser, oder?«

»Doch ja«, sagte ich, »viel besser.«

»Sie sehen allerdings sehr übernächtigt aus«, sagte sie in ihrer strengen, aber gerechten Art und stellte den Kaffeebecher auf den Schreibtisch. »Mit viel Zucker. Und wenn was ist, ich bin ja drüben.«

Übernächtigt, was für ein schönes Wort, dachte ich, und das bin ich, in der Tat. Sehr übernächtigt. Ich verschränkte die Arme auf dem Schreibtisch und legte den Kopf darauf.

Und dennoch geht es mir wirklich besser, schon allein deshalb, weil ich gestern nicht vom Dach gesprungen bin. Und nicht nur das. Ich habe auch eine gute Nacht gehabt, ein bisschen wenig Schlaf vielleicht, fast gar keinen, um genau zu sein, aber sonst sehr gut, keine Sehnsucht, keine Einsamkeit, keine schwarzen Gedanken, gar keine Gedanken, ganz gedankenlos …

Gedankenlos. Genau. Das ist es, sagten meine Schuldgefühle. Du bist gedankenlos. Es ist schlimm genug, dass du den Todestag deines Mannes nur dadurch überlebst, dass du mit einem anderen Mann schläfst. Traurig. Aber na gut, manchmal heiligt der Zweck die Mittel. Und da, wo Jochen jetzt ist, hat er vermutlich nicht mal was dagegen. Das ist ihm nun eher egal. Hoffentlich.

Aber ausgerechnet mit Andreas Moratt? Dieser sonderbare Anwalt, an dem das einzig Seriöse seine Sekretärin und seine Kanzlei sind? Der auf Jochens Liste steht und etwas mit den Neonazis und Karl Rode zu tun hat, muss er ja, sonst hätte er dir doch die Namen nicht geben können.

Und wenn Karl Rode etwas mit Jochens Tod zu tun hat, dann hat Andreas auch etwas damit zu tun, nicht direkt, aber indirekt. Und nicht nur mit Jochens Tod – du denkst immer nur an Jochen, als gäbe es sonst nichts und niemanden auf der Welt! –, sondern auch mit dem Tod von all den anderen, die in den Flüchtlingsbaracken und Containersiedlungen ersticken oder verbrennen. Und mit so jemandem machst du dir schöne Nächte, um über Jochens Tod hinwegzukommen?

O Gott. Ich drückte die Stirn auf die Schreibtischplatte, bis sie wehtat. Es stimmte. Ich hatte nicht nachgedacht. Wenn sie schon sein mussten, die schönen, tröstlichen Nächte, dann hätte ich mir wenigstens einen anderen Mann dafür aussuchen können. Nicht gerade diesen. Und nun fing ich auch noch an, ihn zu mögen. Auch das noch.

Du hörst sofort wieder damit auf. Keine Treffen mehr. Keine tröstlichen Nächte mehr. Nichts mehr. Vergiss ihn.

Und tu was. Mach dich an die Arbeit. Nimm Kontakt auf zu den Leuten, die er dir genannt hat. Dann hat es wenigstens Sinn gehabt, dass du mit ihm geschlafen hast. Finde Karl Rode. Dann hat es geradezu höheren Sinn gehabt, dass du mit ihm geschlafen hast.

Ich hob den Kopf, straffte die Schultern, nahm einen Schluck Kaffee und zog den hübschen rosa Hefter mit dem Bericht über Gerlinde Sonnheimer zu mir herüber.

Der Mann, der sie observiert hatte, hatte wirklich alles über sie herausgefunden: Herkunft, Ausbildung, Familie, Freundeskreis, sogar ihre Schuhgröße und ihr Gewicht – hatte er sie gewogen? –, alle ihre Vornamen – Gerlinde Renate Maria – und ihr gesamtes Vorleben. Der halbwüchsige Junge, mit dem sie spazieren gegangen war, war tatsächlich ihr Sohn. Er hieß Gernot, das arme Kind, und stammte aus der Liebesaffäre mit einem Opernsänger, der sie verlassen hatte, als sie schwanger wurde.

Hier hätte ich beinahe den Hefter zugeklappt. Ich schämte mich, es zu lesen, denn welches Recht hatte ich eigentlich, in ihrem Leben herumzuschnüffeln? Den Rest überflog ich nur, aber dabei fand ich doch noch etwas, was ich brauchen konnte. Sie gab einen Yogakurs, jeden Dienstag und Donnerstag an einer Yogaschule in der Innenstadt.

Ich rief dort an und versuchte die Leiterin der Schule davon zu überzeugen, dass ich diese Kurse besuchen müsse, alle beide und ab sofort. Das verstieß gegen alle Regeln der Schule, sagte sie, es war ein ganz eklatanter Verstoß, sie wehrte sich heftig dagegen, aber nach einer Weile musste sie aufgeben, denn meine Schuldgefühle machten mich störrisch und hartnäckig und beinahe unbezwinglich.

Ich trug die Kurstermine in Jochens Kalender ein und fuhr in die Buchhandlung. Walter Bachmaier war noch blonder und brauner als beim letzten Mal, und in seinem Gesicht stand deutlich zu lesen, wie schön er sich fand.

Das stand auch in dem Lächeln, das er mir schenkte.

»Hallo, Frau Wolf. Ich habe Sie vermisst. Ihre Bücher warten schon lange auf Sie. Sehnsüchtig.«

Ich fand ihn nicht schön und mochte sein Lächeln nicht und ihn auch nicht, aber ich blieb sehr freundlich, denn er war eine wichtige Zielperson, und ich dachte dabei an Johannes Kavka, der nicht müde wurde, seine Leser zu ermahnen, keinerlei persönliche Gefühle in ihre Ermittlungsarbeit einfließen zu lassen.

»Es tut mir Leid«, sagte ich und lächelte auch. »Ich konnte einfach nicht kommen.«

»Aber das macht doch nichts, Sie brauchen sich keine Vorwürfe zu machen«, sagte er großartig und schob meine Bücher über den Tresen. »Übrigens – Sie sind doch Buchhändlerin, oder? Meine Aushilfskraft kriegt ein Baby und hört auf. Hätten Sie Lust, bei mir zu arbeiten? Halbtags, außer wenn ich Urlaub mache.«

Sein Lächeln wurde noch intensiver als zuvor. Irgendwie hatte es etwas Feuchtes, dieses Lächeln.

»Ich könnte mir vorstellen, dass wir gut zusammenarbeiten. Sehr gut sogar. Mir würde es viel Spaß machen.«

Die Zielperson bot mir eine Stelle an! Und dauernde und unauffällige Gelegenheit zu Kontaktvertiefung und Informationsgewinnung! Und das einfach so, beim Zweitkontakt. Was sagst du nun, Johannes Kavka?

»O ja, gerne«, sagte ich ergriffen. »Liebend gerne.«

Er bezog mein Ergriffensein auf sich.

»Schön«, sagte er. »Sehr schön! Dann trinken wir jetzt einen Kaffee, und ich zeige Ihnen alles.«

Er ließ sich viel Zeit mit Reden, Lächeln, Kaffeetrinken, Lächeln, mir alles Zeigen und wieder und immer wieder feucht Lächeln, so dass es später Nachmittag wurde, bis ich endlich zum Friedhof kam.

Ich kaufte einen großen Strauß der rosaweißen Rosen für Jochen und einen kleinen aus Moosrosen für Herrn Engler. Meine Schuldgefühle hatten sich inzwischen auch Frau Engler zugewandt und waren zu keinem guten Ergebnis gekommen. Sie tat so viel für mich, kümmerte sich um das Grab, brachte Grablichter und Heidekraut und Primeln, von jeder ihrer Grabbepflanzungen bekamen wir etwas ab, Jochen und ich, und was tat ich für sie? Nichts.

Auch jetzt war der Efeu frisch gewässert und so adrett geordnet, wie nur sie es zustande brachte, und ein fettes Fleißiges Lieschen leuchtete rot auf seinem dunklen Grün. Ich legte meine Rosen daneben und war froh, dass ich Herrn Engler die Moosrosen bringen konnte, auch wenn man sie zwischen all den Fleißigen Lieschen, die sein Grab bedeckten, kaum erkennen konnte.

Auf halbem Weg zwischen den beiden Gräbern wurden meine Knie weich, und ich setzte mich auf eine Bank. Ich war wirklich übernächtigt und außerdem wund gerieben vom Gezeter meiner Schuldgefühle und müde gelächelt von Herrn Bachmaier. Der Friedhof mit seiner Stille und dem sanften Spätnachmittagslicht war jetzt genau der richtige Ort für mich.

Ich saß lange da und sah über das Gräberfeld. Im flirrenden Sonnenlicht wirkten die Zweige der Trauerweiden wie winkende Arme und die Grabsteine wie freundliche Wächter. Etwas löste sich in mir, ich atmete auf, und mir fiel ein, was Frau Engler gesagt hatte, irgendwann, vor langer Zeit, wie mir schien. Das erste Jahr ist das schlimmste. Aber da muss man durch. Und dann wird es leichter, viel leichter.

Hoffentlich hatte sie Recht.

Der Sommer wurde glühend heiß, so heiß, wie ich noch keinen Sommer erlebt hatte. Gras und Blumen verdorrten und verbrannten, Sprengwagen fuhren durch Straßen und Parks, und an manchen Tagen lag feiner Staub auf allem, es war Sand aus der Sahara, den ein heißer Wind von so weit her brachte.

In meiner Wohnung unter dem Dach war es nicht auszuhalten, und ich versuchte, so wenig wie möglich dort zu sein. Ich verbrachte die Vormittage in der Buchhandlung, die Nachmittage im Büro und die Abende auf dem Friedhof, wo es unter den Arkaden der Aussegnungshalle auf den Steinbänken wunderbar kühl und geradezu gesellig war, weil sich die regelmäßigen Friedhofsbesucherinnen, die zum Gräbergießen kamen, alle dort trafen. Erst danach ging ich nach Hause und schlief am kühlsten Fleck der Wohnung, auf dem

Sofa im Wohnzimmer, wo Jochen immer gelegen und die Zeitung gelesen hatte.

Kühler wäre es bei Andreas Moratt gewesen, dessen Hinterzimmer nach Norden lag, und das Schlafen mit ihm in seinem roten Bett sicher schöner als das auf dem Wohnzimmersofa mit der Erinnerung an Jochen. Aber ich war entschlossen, ihn nicht wiederzusehen, und wenn ich nichts dafür tat, dann tat es keiner, denn beim Abschied hatte er gesagt: »Ich freue mich, wenn du mich anrufst, Anna. Ich rufe nicht an.«

Ich konzentrierte mich auf meine Arbeit und auf Walter Bachmaier. Ermittlungsarbeit ist mühsam und langweilig, hatte Jochen gesagt, aber er hatte nichts darüber verlauten lassen, dass sie auch widerwärtig sein konnte. Diese war widerwärtig.

»Anna, meine Schöne«, sagte Walter, sah mir aufdringlich ins Gesicht und dann auf den Busen, »gibst du mir mal die Bücher da rüber?«

Er hatte mich vom ersten Tag an Anna genannt und mir am zweiten bei viel Prosecco das Du angeboten, und ich hatte natürlich annehmen und mich von ihm küssen lassen müssen und gerade eben noch vermeiden können, dass er mich mit seinem feuchten offenen Mund auf die Lippen küsste.

Ich reichte ihm den Bücherstapel, und er legte seine Hände auf meine und ließ nicht mehr los und zog mich zu sich und kam mit seinem Gesicht ganz nahe an meines und sah mir in die Augen.

»Lass doch, Walter«, sagte ich und war in Versuchung, die Bücher auf seine nackten braunen Füße in den Edelsandalen fallen lassen, aber da kam, Gott sei Dank, eine Kundin herein, und er ließ mich los.

Als sie wieder draußen war, schob er sich hinter den Tresen und trat dicht an mich heran, ich fühlte seine Brust an meinem Rücken und seinen Atem in meinem Nacken und roch sein teures Männerparfüm. Ich wich ein Stück zurück. Ich wich ungefähr zweihundertmal am Vormittag ein Stück von ihm zurück.

»Na, Anna?«, fragte er. »Hast du nicht Lust?«

Er machte eine kleine Pause, damit ich seine Andeutung auch bestimmt begriff, und legte seine Hände auf meine Hüften. »Soll ich uns was zu essen holen, was ganz Feines?«

Ich entwand mich seinem Griff.

»O ja, gerne«, sagte ich, denn dann war ich ihn für eine Weile los, und beim Essen würden wir einen Tisch zwischen uns haben, seine Hände würden beschäftigt sein und ich würde nur seine Füße abwehren müssen.

Wenn ich nach diesen Vormittagen schwitzend und erschöpft ins Büro kam, liebte ich Frau Beifuss und Herrn Fischler geradezu für ihre zurückhaltende Art, in der sie nach wie vor mit mir verkehrten, streng, aber gerecht, und ich liebte auch die Abende auf dem Friedhof, zwischen den stummen Grabsteinen und den gräbergießenden Frauen, die müde unter den Arkaden saßen.

An zwei Nachmittagen in der Woche schleppte ich mich in die Yogaschule in die Kurse von Frau Sonnheimer. Sie war eine zähe, zierliche Frau mit einer strengen Ballerinafrisur, und wenn ich hätte raten sollen, welcher Bewegung sie anhing, dann hätte ich auf die Internationale Vereinigung der Flamencotänzerinnen getippt, aber ganz sicher nicht auf Schutz und Erhaltung wahren Deutschtums.

Es wäre mir auch sonst lieber gewesen, sie hätte mit uns Flamenco getanzt, denn sie zwang uns zu schweißtreibenden, halsbrecherischen Gliederverrenkungen, die mir weder Zeit noch Energie ließen für das, weswegen ich eigentlich hier war, für Kontaktaufnahme und Informationsgewinnung.

Dafür nahm sie Kontakt zu mir auf, sehr intensiv, wie Walter, aber aus anderen Gründen. Sie hatte gehört, dass ich ihre Kurse unbedingt hatte besuchen wollen. »Es drängt Sie so richtig hin zum Yoga, nicht wahr?«, fragte sie und verfolgte meine Anstrengungen mit Aufmerksamkeit und Wohlwollen und verbesserte alles, was ich tat, so lange, bis ich mit angehaltenem Atem und völlig verkrampft und schweißüberströmt vor ihr stand.

»Jetzt ist es richtig, aber leicht, leicht muss es sein«, sagte sie dann. »Sie sind doch so ein lichter Mensch mit Ihren hellen Haaren und der hellen Haut. Wissen Sie, dass leicht von licht kommt, etymologisch gesehen? Also seien Sie es auch, seien Sie leicht.«

Ich knirschte vor Anstrengung mit den Zähnen.

Anfang August begannen die Ferien, es wurde noch ein wenig heißer, und wer konnte, verließ die Stadt. Walter fuhr nach Irland, die Yogakurse fanden ein Ende, und wir schlossen sogar das Büro.

»Das ist sonderbar. Also, ich finde das sonderbar«, sagte Frau Beifuss, die in dunkler, unheilvoller Stimmung war, obwohl sie doch jetzt in Urlaub fahren durfte. »Solange es dieses Büro gibt, ist immer jemand da gewesen, in all den sechzehn Jahren, und kaum ist der Herr Doktor tot, machen wir zu.«

»Aber Sandra«, sagte Herr Fischler, »das ist der reine Zufall, das hat nichts miteinander zu tun. Es liegt an der Hitze.«

»Ach? Und ist es auch ein Zufall, dass es so heiß ist? Nein, nein, ich glaube nicht an Zufälle. Alles hängt mit allem zusammen, und alles ist anders, seit der Herr Doktor nicht mehr da ist.«

Diesmal waren es Herr Fischler und ich, die Blicke tauschten, die besagten, dass die Hitze manchen Menschen noch weniger bekam als anderen und dass es sicher gut war, wenn sie Urlaub machte.

Ich blieb in der leeren, glühenden Stadt zurück und ging jeden Tag in die Buchhandlung und bediente Walters Kunden, die wenigen, die noch kamen. Walter hatte darauf bestanden, dass ich seine Urlaubsvertretung übernahm.

»Bachmaier schließt nicht«, hatte er großartig gesagt, »unter keinen Umständen, das erwarten unsere Kunden von uns«, und mir war es recht gewesen, so konnte ich den Buchbestand durchsuchen und die Kartei und seine Akten und Papiere.

Ich fand viel Sonderbares in seinem kleinen Antiquariat im Nebenzimmer, »Meine Ehre heißt Treue: SS-Kameradschaft« und »Heil unserem heiligen Deutschland« und »Rassenkunde und Ahnenforschung« und solches Zeug, und im Regal für Garten und Natur auffallend viele Bildbände über einen Berg in den Berchtesgadener Alpen, auf dem Hitlers Berghof gestanden hatte und wo sein Teehaus immer noch stand, und im Büro einen Stapel »Deutschland«-Hefte, aber das alles sagte mir nur, was ich schon wusste. Sonst fand ich nichts, außer in der Kundenkartei die Telefonnummer einer Frau namens Isabel Rode, doch wenn ich dort anrief, war immer nur der Anrufbeantworter dran, natürlich, sie war sicher auch weggefahren.

Dann ging ich daran, die »Deutschland«-Hefte zu lesen und die Bücher aus dem Antiquariat, was zugleich langweilig und schrecklich war. Und ich setzte mich an Walters Computer, der einen Internetanschluss hatte, und las dort alle Neonaziwebseiten, die ich finden konnte, und das war nur schrecklich.

Ich saß bei heruntergelassenen Markisen und surrendem Ventilator im stickigen Halbdunkel der Buchhandlung und starrte auf die Hakenkreuze auf dem Bildschirm und hatte so sehr das Gefühl, im heißen, dunklen Vorhof der Hölle zu sein, dass ich gar nicht merkte, wie es noch heißer und dunkler wurde. Ich fuhr erst hoch, als der Postkartenständer vor der Ladentür krachend umfiel.

Die Sonne war fort, das Licht grau, der Wind fegte Staub durch die Straßen und rüttelte an den Markisen. Ich zog sie hoch, sammelte die Karten auf und trug den Ständer hinein. Der Himmel wurde dunkel, der Wind heulte, und plötzlich hatte ich das Gefühl, die Welt ginge unter, und ich würde dabei ganz allein sein, alleine in Walters Buchhandlung mit der SS-Kameradschaft und unserem heiligen Deutschland und den Hass-Seiten der weißen arischen Krieger im Internet.

Ich schaltete noch schnell den Computer aus und den Ventilator und das Licht, obwohl Walters Stromrechnung nach dem Weltuntergang wohl kein Problem mehr sein würde, schloss die Ladentür zu und lief. Ich wusste nicht, wohin, ich lief einfach, immer weiter, auch als es donnerte und blitzte und Wassermassen vom Himmel stürzten, ich lief, bis ich keuchend vor Andreas' Tür stand und auf den Klingelknopf drückte, und erst da fiel mir ein, dass er bestimmt nicht zu Hause war, sondern in der Toskana oder auf Lanzarote oder sonst wo, wo es schön und schick und teuer war.

Doch der Türöffner summte, und ich stieg tropfend die teppichbelegte Treppe hinauf und hinterließ eine breite nasse Spur, wie eine Meerjungfrau, die dem Meer entsteigt.

Er stand in seiner Tür und starrte mich an.

»Anna! Was machst du denn hier?«

»Entschuldige. Ich hätte vorher anrufen sollen, aber ich hatte keine Zeit mehr dazu.«

»Ist was passiert?«

»Nein. Ich wollte bloß beim Weltuntergang nicht allein sein.«

Er sah mich noch erstaunter an. Dann lachte er.

»Das kann ich verstehen. Komm rein.«

Im Flur standen ein Koffer und eine Reisetasche.

»Du hast Glück gehabt. Ich bin gerade erst zurückgekommen.«

»Aus der Toskana?«

»Ja. Woher weißt du das?«

»Ach, ich weiß so manches«, sagte ich großartig.

Er gab mir seinen Bademantel, und ich zog mich aus und trocknete mich ab und wickelte mir ein Handtuch um die nassen Haare.

Er saß auf dem Sofa im Wohnzimmer, auf dem Tisch stand ein Tablett mit Teekanne und Teetassen und einem Teller mit Keksen. Ich setzte mich neben ihn und zog die Füße hoch. Er legte den Arm um mich.

»Tee?«

Ich schüttelte den Kopf.

»Du schaffst es immer wieder, mich zu überraschen. Wenn ich die Hoffnung gerade aufgegeben habe und überhaupt nicht mehr mit dir rechne, tauchst du plötzlich auf.«

»Das lag nur am Weltuntergang«, sagte ich.

»Ich danke dem Weltuntergang. Schön, dass du da bist.«

Ich drückte mein Gesicht an seine Schulter, spürte seine Wärme und atmete seinen Geruch ein. Kein Männerparfüm, Gott sei Dank. Bloß Mann. Vor dem Fenster rauschte der Regen, und das Licht im Zimmer war weich und milchig. Auch ich dankte dem Weltuntergang. Ich fühlte mich zum ersten Mal seit Jochens Tod wieder ein bisschen wie zu Hause.

6

Von nun an sahen wir uns oft, ich brauchte keinen Weltuntergang mehr dafür oder den Drang, vom Dach zu springen, ich schaffte es von ganz alleine. Allerdings musste ich vorher zum Friedhof.

Ich schloss die Buchhandlung, fuhr hinüber und stand so lange an seinem Grab, bis die Stimmen meiner Schuldgefühle leiser wurden, die nicht müde wurden, mir zu sagen, dass ich meinen Mann betrog, und das auch noch mit dem Falschen, mit einem, der vielleicht mit schuld war an seinem Tod. Oder bis sie wenigstens erträglich wurden.

Erst danach konnte ich mich auf Andreas freuen.

Er stand meist in der Küche und kochte, wenn ich kam, und ich küsste ihn kurz und setzte mich auf die Küchenbank, legte die Füße hoch und sah ihm zu. Wie er sein Haar zurückwarf oder hinter die Ohren strich, wie sich die Muskeln seiner Arme spannten, wenn er mit dem Messer hantierte, und wie sich sein schmaler Hintern unter der Hose abzeichnete, wenn er hin und her ging. Ich hatte nie so recht verstanden, wie man den Hintern eines Mannes schön finden konnte. Jetzt verstand ich es.

Wenn alles in den Töpfen war und kochte, drehte er sich zu mir um.

»Fertig. Wir haben noch Zeit. Ich habe Lust auf dich. Sofa oder Bett? Oder hier auf der Bank? Oder willst du nicht?«

»O doch«, sagte ich und fing an, meine Bluse aufzuknöpfen. »Hier auf der Bank. Ich höre die Deckel so gerne klappern.«

Er setzte sich auf die Bank, schob meinen Rock hoch und nahm mich auf seinen Schoß, legte seine warmen, feuchten

Hände auf meinen Po und sein Gesicht an meine Brüste, und dann ließen wir uns voneinander wegtragen, eingehüllt in Dampf und Essensduft und das Geklapper von Topfdeckeln.

An manchen Abenden liebten wir uns vor dem Essen, noch einmal spät in der Nacht und wieder früh am Morgen und wurden nicht satt. An anderen hockten wir stundenlang am Küchentisch und redeten oder saßen auf dem Sofa und sahen fern, wie ein altes Ehepaar, oder lagen ordentlich zugedeckt im Bett, wie ein noch älteres Ehepaar, und ich las ihm vor aus einem der Bücher, die ich mitgebracht hatte, und er hörte zu und ließ die Augen über die Zimmerdecke wandern.

Manchmal, wenn ich aufwachte, lag er da, den Kopf in die Hand gestützt, und sah mich an, auf seine stille Art, oder wenn wir am Tisch saßen und aßen, sah er mich auch oft so an, und wenn ich dann fragte: Was denkst du jetzt, antwortete er: Du überschätzt mich, ich denke nicht dauernd, ich sehe dich einfach nur gerne an.

Und wenn ich ihn ansah, dachte ich manchmal: seltsam. Wenn ich mir einen Mann hätte aussuchen sollen, ihn hätte ich bestimmt nicht genommen. Er ist überhaupt nicht mein Typ. So schmal, so still, fast schwermütig, und dann wieder so spöttisch. Gar nicht meine Art von Mann. Und nun ist es so gut mit ihm.

Ich wusste nicht, was das war zwischen uns. Verliebtheit, Zuneigung, Sympathie, vielleicht auch Liebe? Aber was für eine Art von Liebe? Wenn man mit neunzehn den Mann seines Lebens getroffen hat, kennt man nicht viele Arten von Liebe. Genau genommen, kannte ich nur eine, die ganz große, die mit den großen Gefühlen und Geständnissen und dem wunderbaren Für-immer-und-Ewig.

Diese, wenn es denn eine war, war eine leise Liebe, alltäglich, selbstverständlich und unscheinbar, nicht geeignet für große Gefühle und Geständnisse.

Er sagte nur manchmal: »Schön, dass du da bist.«

Und ich sagte gar nichts.

Aber wie wir uns an der Hand nahmen, wenn wir einkaufen gingen, wie er mir die Tüte mit den Weingummis hinhielt, wenn wir im Kino saßen, wie er pfiff, wenn wir uns auf dem Wochenmarkt aus den Augen verloren hatten, er pfiff immer die ersten Takte der Marseillaise, und wenn ich sie hörte, wurde mir warm und wohl – das war so vertraut, dass ich am anderen Tag gleich wieder zum Friedhof und sehr lange an Jochens Grab stehen musste, bis die klagenden Stimmen der Schuldgefühle allmählich verstummten.

Irgendwie hatte ich nun also zwei Männer, die ich liebte, auf ganz verschiedene Art liebte, die Männer waren ja auch sehr verschieden, nicht nur, weil der eine tot war und der andere ziemlich lebendig. Und ein schlechtes Gewissen. Ich hätte mir nie vorstellen können, dass ich es mit zwei Männern und einem schlechten Gewissen so lange aushalten könnte, keinen Tag würde ich das ertragen, hätte ich gedacht, aber nun lebte ich ganz gut so, ziemlich gut sogar.

Und vielleicht sind zwei immer noch besser als gar keiner, dachte ich, wenn ich in der Friedhofsgärtnerei, wo ich zuvor die Rosen für Jochen gekauft hatte, Blumen für Andreas' minimalistisch möbliertes Wohnzimmer aussuchte, etwas Besonderes, was ihm gefiel, eine Casablanca-Lilie oder eine Amaryllis. Auch wenn es manchmal etwas anstrengend ist. Und zeitraubend.

Der Anschlag geschah Anfang Oktober. In ein Barackenlager für Asylbewerber in der Nähe von Bremen wurden Brandbomben geworfen, das Lager war voll belegt, an diesem frühen Sonntagmorgen waren fast alle seine Bewohner da, und so starben fünfundzwanzig Menschen und zweiundsechzig wurden verletzt, viele schwer, denn die Nägel und Schrauben, mit denen die selbst gebastelten Bomben gefüllt waren, verursachten schreckliche Wunden.

Die Zeitungen und das Fernsehen berichteten groß darüber, es war ein Anschlag, der geeignet war, die Politiker auf den Plan zu rufen, auch den Bundeskanzler und den Bundespräsidenten, die den Hinterbliebenen kondolierten und die Verletzten besuchten und sagten, dass etwas getan werden müsse gegen Ausländerhass und Fremdenfeindlichkeit, und uns daran erinnerten, dass jeder von uns zu Zivilcourage und einem menschlichen Miteinander aufgefordert sei.

Ich las die Zeitung in der Buchhandlung, während unserer Mittagspause, verschluckte mich an der Pizza, die ich gerade kaute, und bekam einen Hustenanfall. Walter sprang auf und klopfte mir den Rücken und massierte mir auch noch gleich den Nacken, was nicht half, wenn man sich verschluckt hatte, aber so war Walter. Grässlich.

Ich wollte seinen Griff abschütteln, da spürte ich, wie seine Hände an meinem Nacken schlaff wurden. Er blickte über meine Schulter in die Zeitung, ließ mich los, las die Meldung zu Ende und kehrte an seinen Platz zurück.

»Ist das nicht schrecklich?«, sagte ich.

»Das ist eine Frage der Betrachtungsweise«, sagte er. »Natürlich ist es schrecklich, wenn unschuldige Frauen und Kinder getötet werden.«

Wenn einer so etwas sagte, fragte ich mich immer, ob er es wohl in Ordnung fand, wenn unschuldige Männer getötet wurden. Oder überhaupt irgendjemand.

»Aber manchmal ist es wohl nicht zu vermeiden.«

»Was willst du damit sagen?«, fragte ich.

Er kaute umständlich auf der Pizza herum, nahm einen großen Schluck Kaffee und machte ein bedeutsames Gesicht.

»Das muss man ganz grundsätzlich sehen. Es geht nicht um den Einzelnen, egal, ob um diese Frauen und Kinder oder um dich und mich. Es ist unwichtig, ob wir sterben, denn es geht nur um das Volk. Beziehungsweise um den Kampf der Völker untereinander. Oder der Ideen, für die sie stehen. Verstehst du?« Seine Augen leuchteten. »Nur unser Volk muss leben. Und vor allem seine Idee: Klarheit, Licht, Stärke – stählerne, lichte, blendende Stärke. Diese Idee muss siegen und herrschen. Verstehst du? Da zählt es nicht, wer in diesem Kampf geopfert wird, auch nicht, ob es Frauen und Kinder sind. Das ist ganz gleichgültig. Es ist im Grunde sentimental, darüber nachzudenken.«

Nun leuchtete er ganz und gar, er wirkte fast entrückt, ein blondierter gebräunter Heiliger, ein seltsamer Heiliger allerdings, und sein heiliges Leuchten passte schlecht zu dem mörderischen Unsinn, den er erzählte.

Ich spürte mein Herz klopfen. Wir waren da, wo ich hingewollt hatte. Weswegen ich hier war.

»Ist das wirklich dein Ernst?«, fragte ich.

»Sieh mich doch nicht so entsetzt an.« Er lächelte. Väterlich diesmal. Und überlegen. »Ich weiß, das ist am Anfang nicht leicht zu verstehen, besonders für euch Frauen. Ihr seid nicht hart genug dafür. Aber ihr seid ja auch nicht für Kampf und Tod bestimmt, sondern für das Gegenteil.«

Das Väterliche verschwand aus seinem Lächeln, es nahm etwas Vieldeutiges an.

»Ihr seid für das Nähren und Gebären gemacht, besonders du, sieh dich doch an, so hell und licht und klar, geradezu die Verkörperung unserer Volksidee. Gebären musst du, empfangen und gebären, aber von dem richtigen Mann, der darf nicht klein, weich und dunkel sein, der muss auch groß und hell und licht und klar sein. Und hart. Ein richtiger Mann.«

Mir wurde schlecht. Die Pizza in meinem Magen schickte sich an, zurück zu wandern, wieder nach oben. Ich atmete tief und schluckte und gab mir große Mühe, sie daran zu hindern. Ich durfte sie ihm jetzt nicht auf den Teller kotzen, auch wenn das genau die richtige Antwort gewesen wäre.

Nur nicht persönlich werden, ermahnte ich mich, während ich in sein lächelndes Gesicht starrte, der Ermittler darf nicht ins Persönliche fallen und seine Gefühle nicht Oberhand gewinnen lassen, er muss sachlich und aufmerksam und nur den Fakten verhaftet bleiben. Und er muss Opfer bringen, zuweilen große Opfer. Sagt Johannes Kavka.

Er hätte auch gesagt, dass ich gerade an einem sehr wichtigen Punkt stand: Kontaktaufnahme und Informationsgewinnung wurden intensiviert und näherten sich dem zentralen Ermittlungsbereich. Geradezu mit Lichtgeschwindigkeit, fügte ich in Gedanken hinzu.

Ich holte nochmal tief Luft.

»Wirklich, Walter?«, sagte ich und blickte ihn mit meinen hellen Augen so klar und licht an, wie es mir nur möglich war. »Das ist aber interessant. Darüber habe ich noch nie nachgedacht.«

Ich war eine schlechte Schauspielerin. Ich redete plötzlich wie Daisy Duck und sah ihn auch so an, und jedem Mann mit ein bisschen Verstand wäre aufgefallen, dass ich mich auf einmal ganz absonderlich benahm. Aber Walter besaß nicht einmal dieses Bisschen, und das war ausnahmsweise von Vorteil.

»Siehst du«, sagte er, so stolz, als hätte er sich diesen albernen Wahnsinn selbst ausgedacht. »Erst klingt es neu und ungewohnt, aber dann wundert man sich, dass man nicht schon längst darauf gekommen ist.«

»Das scheint mir auch so«, sagte ich mit Daisys Stimme, und dann ertönte die Türglocke, Kundschaft, Gott sei Dank, und Walter stand auf und ging nach vorne, zum Kämpfen, während ich sitzen blieb und versuchte, mich weiter zu nähren.

Aber ich konnte nicht mehr essen. Ich dachte an Gerlinde Sonnheimer, die auch so schwärmerisch über das Helle und Lichte sprach und die Hellen und Lichten unter ihren Teilnehmern mit so viel muskelstrapazierender Aufmerksamkeit bedachte. Doch sie selbst war klein und dunkel, wenn auch alles andere als weich. Wie konnte sie einer Idee anhängen, die sie ausschloss? Und das auf so mörderische Weise?

Meine Gedanken verwirrten sich. Ich sah eine Welt vor mir, in der alle blond waren und wasserblaue Augen hatten und rot leuchtende Pickel und rote Nasen und krebsroten Sonnenbrand bekamen, wenn sie in die Sonne gingen. So wie ich. Keine Gerlinde mit schwarzer Flamencofrisur, kein Andreas mit Indianergesicht und Indianerkörper. Alle nur noch blass und blau und blond und rotnasig und hart. Ein ganzes Volk. Grässlich.

Ich schüttelte den Kopf und goss mir Kaffee ein. Das waren Spinnereien von Leuten wie Walter und Gerlinde und ein paar anderen, die nicht bei Verstand waren. Das durfte man gar nicht ernst nehmen. Und das würde ich Walter auch sagen, statt die blassblonde Daisy Duck zu spielen, jetzt gleich, mit deutlichen Worten, und kündigen und gehen und das Ganze vergessen.

Aber dann dachte ich an Karl Rode und die Brandbomben und die Liste der Toten, die Jochen geschrieben hatte, und an Jochen selbst auf der dunklen Landstraße und an die, die in den Baracken gelebt hatten und nun auch tot waren oder im Krankenhaus lagen mit den Wunden, die ihnen die Nägel und Schrauben der Bomben zugefügt hatten.

Walter kam zurück.

»Du bist ja so nachdenklich«, sagte er. »Weißt du was? Ich gebe dir ein paar Bücher, damit du dich einlesen kannst in das große Thema. Und dann nehme ich dich mal auf eine Veranstaltung mit.«

»O ja, gerne«, sagte ich und versuchte begeistert zu erscheinen.

»Und dann müssen wir uns abends auch mal Zeit nehmen. Nur für uns beide. Um uns näher zu kommen.«

Näher kommen, dachte ich, und sah auf seine sonnengegerbte Haut und die dunklen Ansätze seiner blondierten Haare, und da geht es dann um Nähren und Gebären, beziehungsweise um das, was man neun Monate vorher tun muss. Mit einem richtigen Mann. Einem harten. Grässlich.

O nein, bevor wir uns näher kommen, muss ich das effektive und endgültige Ermittlungsziel erreicht haben, wie Johannes Kavka es nennt, damit ich dir, von ganz nah, auf den Tisch kotzen kann, mit schönen Grüßen von Daisy Anna Duck.

»O ja, gerne«, sagte ich wieder.

Der zweite Herbst ohne ihn. Der Herbst war seine liebste Jahreszeit gewesen. Im Herbst hatten wir uns kennen gelernt. Im Herbst waren wir immer so glücklich gewesen.

Die Trauer kam in Wellen. Morgens, wenn ich wach wurde. Wenn ich den Himmel sah, Herbsthimmel, die bunten Blätter, die Luft atmete, Herbstluft. Mittags, wenn ich von der Buchhandlung ins Büro ging, die weiche Sonne spürte, das Laub rascheln hörte, die Vögel in pfeilförmigen Schwärmen über den Himmel ziehen sah. Wenn früh am Abend die Dämmerung kam und den Himmel rosa und blau färbte. Nachts, wenn ich schlafen ging. Es war kein herzzerreißender Schmerz mehr, nur Traurigkeit, die mich einhüllte wie schweres dunkles Tuch.

Sie kam auch, wenn ich bei Andreas war, wenn wir redeten oder aßen oder spazieren gingen oder im Bett lagen oder uns liebten. Wenn sich die Grenzen auflösten zwischen seiner Haut und meiner, zwischen unserem Atem, unseren Körpern, unserer Lust, dann war plötzlich Jochen in meinen Gedanken, ich sah sein Gesicht und hörte sein Lachen, und die Trauer überschwemmte mich, füllte mich aus und vertrieb alle Lust.

Danach tat ich so, als ob, ich spielte Andreas etwas vor, obwohl ich es hasste, und obwohl ich wusste, dass er es merken würde, egal, wie gut ich spielte.

Er merkte es schnell. Eines Abends machte er sich von mir los, ließ sich auf den Rücken fallen und strich sich mit heftigen Bewegungen das Haar aus dem Gesicht.

»Warum machst du mir was vor?«, fragte er.

»Was meinst du?«, fragte ich. Es war ein hilfloser und alberner Versuch, weiter so zu tun als ob.

»Du weißt verdammt genau, was ich meine. Haben wir das nötig? Wir sind doch kein altes Ehepaar, wo sie ihn mal wieder ranlässt, damit er Ruhe gibt. Sag es, wenn du keine Lust hast. Aber mach mir nichts vor, zum Teufel.«

»Aber ich habe ja Lust«, sagte ich. »Nur – dann muss ich plötzlich an Jochen denken, und dann werde ich traurig, und dann ... Ich muss die ganze Zeit an Jochen denken, weil Herbst ist, weißt du, und ich bin so schrecklich traurig, und ich kann nicht gleichzeitig an Jochen denken und mit dir schlafen.«

»Jochen«, sagte er. »Verdammt nochmal. Schon wieder Jochen.«

»Ich schaffe es einfach nicht«, sagte ich. »Mit dir zusammen sein und an Jochen denken. Ich habe mir wirklich Mühe gegeben ... Vielleicht wäre es besser, wenn wir uns eine Zeit lang nicht sehen. Besser für uns beide, für dich und für mich.«

Ich hörte selbst, wie blöd das klang.

Er wurde wütend. Es war das erste Mal, dass ich ihn wütend erlebte.

»Verdammte Scheiße«, sagte er. »Jetzt geht das wieder los. Ich habe mich schon gewundert, dass du es so lange mit mir ausgehalten hast. Und wie lange soll es diesmal dauern, bis du wieder auftauchst?«

»Ich weiß es nicht«, sagte ich. »Bis es vorbei ist. Bis es wieder geht mit uns. Versteh mich doch. Ich kann nichts dafür, ich will es auch nicht. Nur was soll ich dagegen tun?«

Aber er wollte mich nicht verstehen. Er starrte wütend an mir vorbei, zum Fenster hin, die Augen schwarz und schmal, Bartschatten um den Mund, das Gesicht dunkel.

»Man soll sich eben nicht in Witwen verlieben«, sagte er. »Da hat man immer einen anderen dabei. Klar. Natürlich. Ich bin ja auch selber schuld, du hast es weiß Gott nicht verheimlicht, dass du Witwe bist, und das mit Begeisterung, mit deinem schwarzen Kostüm und dem blassen Gesicht und der Kleinmädchenfrisur. Das hat mich ja so angemacht. Ich hätte dir am liebsten sofort unter den Rock gegriffen.«

»Wirklich?«

»Ach, vergiss es.«

Er sah so finster aus, dass ich Angst bekam.

»Wartest du auf mich?«

»Ich wünschte, nicht«, sagte er. »Aber wahrscheinlich tue ich es doch. Ich dämlicher Idiot. Das ist es ja. Ich hänge an dir. Mit Herz und Hirn und Leib und Seele.« Er zog die Decke fester um seinen Körper. »Ich bin einfach scharf auf dich. Weiß der Himmel, warum. Es gibt wahrhaftig tollere Frauen als dich. Schöner, klüger, besser im Bett. Und überhaupt.«

Er war in so zerstörerischer Stimmung, dass ich die Flucht ergriff. Ich zog mich rasch an und packte nicht mal mehr die Sachen ein, die sich bei ihm angesammelt hatten. Ich küsste ihn auf die Wange und sagte, bis bald, aber er antwortete nicht, im Türrahmen drehte ich mich noch einmal um und wartete, aber er rührte sich nicht und starrte weiter aus dem Fenster.

»Ich komme wieder, bestimmt«, sagte ich und ging hinaus, öffnete leise die Wohnungstür und zog sie vorsichtig wieder hinter mir zu.

Auf dem Nachhauseweg fing ich an zu weinen, leise, ohne Krampf und Schluchzen, nur Tränen, die unaufhörlich flossen. Selber schuld, Anna, sagte ich zu mir, du bist selber schuld, was musst du zwei Männer haben, ein Mann allein reicht völlig, im Guten wie im Schlechten, wer zwei Männer hat, hat auch Ärger für zwei, und Trauer und Tränen für zwei, egal, ob sie tot sind oder lebendig.

Ich hasste das Weinen, ich hatte so lange geweint und war froh gewesen, als es endlich aufgehört hatte, und nun fing es wieder an. Aber ich konnte nichts dagegen tun, die Tränenströme ließen sich nicht aufhalten, ich musste warten, bis sie von selbst versiegten.

Natürlich flossen sie vor allem auf dem Friedhof, und ich genierte mich deswegen. Die anderen Frauen, die oft hierher kamen, weinten nicht, es verstieß irgendwie gegen ein ungeschriebenes Gesetz, man weinte nur vor Kränzen, als frische Witwe, wenn der Kummer frisch und der Geliebte auch erst frisch unter der Erde war.

»Sie, was weinen Sie denn so?«, fragte Frau Engler, die von ihrem Grab herüber gekommen war, einen Topf Heidekraut in der Hand. »Das ist doch gar nicht mehr die Zeit.« Sie sah auf den Stein. »Fast anderthalb Jahre. Da weint man doch nicht mehr.«

»Der Herbst«, weinte ich. »Er hat den Herbst so geliebt. Im Herbst war es immer so schön.«

»Deswegen muss man nicht weinen. So wird das nichts. Wollen Sie jetzt jeden Herbst weinen?«

Sie sah mich ärgerlich und ablehnend an, und ich weinte noch mehr, ich war haltlos und aufgewühlt, und so kam es, dass ich ihr erzählte, was ich niemandem hatte erzählen wollen.

»Es ist nicht nur wegen meinem Mann«, sagte ich. »Es ist auch wegen einem anderen.«

Jetzt würde sie noch ärgerlicher werden. Aber das war mir egal.

»Ach so«, sagte sie. »Na, das ist was anderes. Dann ist es ja gut. Das verstehe ich, das muss schwer sein, den einen hat man hier, den anderen daheim. Und noch dazu im Bett. Ach je. Ich habe das nicht mehr erlebt, ich war schon zu alt, aber Sie – das junge Blut!«

Sie sagte wirklich »das junge Blut«, wie im Heimatfilm, aber bei ihr klang es nicht kitschig, sie war so gar nicht Heimatfilm, sie war eher Roadmovie, mit einem Schuss film noir.

Sie stand noch eine Weile neben mir, stumm, aber tröstlich. Dann stellte sie die Heide auf Jochens Grab, zarte, helle Winterheide, und schüttelte den Kopf.

»Das sieht nicht aus, da bringe ich Ihnen mehr, ich habe sowieso zu viel.«

»Danke«, sagte ich und meinte nicht das Heidekraut.

Aber sie schüttelte nur weiter den Kopf und ging kopfschüttelnd zurück zu ihrem Grab.

Ich saß neben Walter im Auto, Tränen flossen aus meinen Augen, die Wangen hinunter und über den Hals in den Ausschnitt meiner Bluse oder tropften auf meine Hände.

Ich konnte sie nur laufen lassen, sie waren ja nicht aufzuhalten, und ich war froh, dass diese Art von Weinen so geräuschlos vor sich ging, denn Walter merkte nichts, er saß stolz und zufrieden neben mir, in einem schönen grauen Anzug, mit frisch geschnittenem Haar, und sah auf die Straße und summte die Melodie mit, die aus dem Radio kam.

Er fuhr wie Jochen, gekonnt und gelassen, er hatte die gleiche ruhige Gegenwart im Auto wie Jochen, und zusammen mit der Wärme der Heizung, dem Geruch aus Plastik, Stoff und Staub, dem Licht des Armaturenbretts, dem Summen des Motors und den Tönen aus dem Radio war die Erinnerung einfach überwältigend. Und das Gefühl der Geborgenheit. Neben Jochen im Auto zu sitzen, besonders nachts, war Geborgenheit gewesen, und sonderbarerweise war das bei Walter auch so, egal, wie grässlich er sonst war.

Jochen war gerne nachts gefahren, stundenlang, nächtelang, während ich auf dem Beifahrersitz schlummerte. Wenn er müde wurde, hielt er irgendwo an und stellte den Sitz herunter, und wenn ich aufwachte, fand ich ihn schlafend neben mir. Einmal, in Italien, hatte er nachts am Rand einer Landstraße Halt gemacht, und als wir am anderen Morgen wach wurden, fanden wir uns auf einer Wiese wieder, unter Obstbäumen, durch deren Äste die frühe Sonne schien und deren blütenbeladene Zweige das verglaste Schiebedach streiften.

Meine Tränen wurden weniger und versiegten, ich wischte meine nassen Hände an der Hose ab und fragte mich, was die Leute auf Walters Veranstaltung von den Flecken auf meiner Bluse denken würden. Ich konnte das Jackett zuknöpfen und die Revers hochschlagen, aber würde das nicht noch komischer aussehen?

Walter fuhr langsam.

»Gleich sind wir da.«

Ich trocknete mein Gesicht, hielt die Bluse von meiner Brust weg und pustete darauf. Vielleicht war es ja ein schnell trocknender Stoff.

Vor uns lag eine Art Schloss, hell erleuchtet, davor ein weites Rondell, das von viel kleineren, aber ebenfalls prachtvollen Häusern mit hohen Fenstern und geschnitzten Holzportalen gesäumt war.

»Das ist aber vornehm hier«, sagte ich.

»Du lernst hier ja auch die Elite Deutschlands kennen.«

Er klingelte am Portal eines der Häuser, ein Diener in weißer Jacke öffnete, Walter gab ihm eine Karte, und der Diener nahm unsere Mäntel und führte uns durch einen weiten Gang in ein großes Zimmer. Ein sehr großes Zimmer. Es hatte einen Marmorkamin und riesige, goldgerahmte Bilder an den Wänden, und auf kostbaren Teppichen standen schöne Sofas, auf denen Leute saßen, denen von noch mehr Dienern Getränke serviert wurden.

Wir fanden Platz auf einem der Sofas, einem besonders schönen, das mit golddurchwirktem rotem Seidenstoff bezogen war, und bekamen auch etwas zu trinken.

»Wein, Sekt oder Sodawasser?«, fragte einer der Diener, und ich nahm Sekt und Walter Soda.

Ich hätte am liebsten einfach nur so dagesessen, Sekt getrunken und mich umgesehen, aber ein Mann stand auf, kaum dass ich saß, trat an den Kamin, in dem ein Feuer brannte, legte seine Hand an den hohen Kaminsims und begann, eine Rede zu halten. Ich stellte das Glas ab und konzentrierte mich, schließlich war ich nicht zum Vergnügen hier, so vergnüglich es sich auch anließ.

Der Mann, der dichtes weißes Haar hatte und ein glattes, braun gebranntes Gesicht und einen blauen Anzug mit Goldknöpfen trug, sagte, er freue sich, dass die »Freunde Deutschlands« beisammen seien, er begrüße uns alle und hoffe, es gehe uns gut, unter Freunden dürfe es einem auch in schlechten Zeiten gut gehen, aber es seien schlechte Zeiten, das müsse er sagen, sehr schlechte Zeiten, vor allem für unser geliebtes Deutschland.

Er kam sofort darauf zu sprechen, warum die Zeiten so schlecht waren, er sprach von massivem Zuzug, fremdländischer Überflutung, vom Aufgehen in Europa und dem Aufgeben nationaler Selbstständigkeit, Identität und Eigenart, vom Ausverkauf der deutschen Wirtschaft an ausländisches Kapital, von der Vergewaltigung des Deutschen durch die Coca-Cola-Sprache und der Verwässerung deutschen Erbgutes durch die erschreckend steigende Zahl binationaler Ehen ...

Auf einem der Sofas in nächster Nähe hörte ich jemanden verstohlen gähnen. Mir ging es ähnlich, ich kannte das alles aus Walters Büchern und Walters Reden und hatte es da schon einschläfernd gefunden, aber ich bemühte mich, wach und konzentriert zu bleiben. Ich wandte meine Aufmerksamkeit dem Raum zu, betrachtete die Bilder, den üppigen Faltenwurf der Vorhänge und die Gesichter der Gäste und horchte erst wieder auf, als von Geld die Rede war und von Karl Rode.

»Freunde«, sagte der Mann am Kamin. »Ich bitte, wie immer, um Geld, seien Sie nicht sparsam, viel ist nötig, um wirklich etwas zum Besseren zu ändern. Lassen Sie sich von einem meiner Mitarbeiter beraten, wie uns Ihre Spenden am einfachsten und sinnvollsten erreichen. Und nun bitte ich Sie, mit mir zu trinken.« Er nahm ein Glas von dem Tablett, das ihm ein Diener hinhielt, und hob es hoch. »Auf Deutschland. Auf die Freunde Deutschlands. Auf unser aller Freund, den großen Freund Deutschlands, auf Karl Rode.«

Alle hoben ihre Gläser und tranken andächtig, ich tat es auch, ich musste wohl, so sonderbar es mir erschien, auf Deutschland zu trinken, das hatte ich noch nie getan, und noch sonderbarer war es, auf Karl Rode zu trinken.

Walter leerte sein Wasserglas mit einem Zug.

»Na?«, fragte er. »Was sagst du nun?«

»Unglaublich.«

»Beeindruckend, nicht wahr?«

»Ja, wirklich.«

Mein Sektglas wurde wieder aufgefüllt, und ich fing an, mich trotz allem ganz behaglich zu fühlen, da sah ich einen Mann auf uns zukommen, mit einem breiten Gesicht, in dem Ärger stand, und ich spürte, wie Walter neben mir unruhig wurde.

»Wer ist sie?«, fragte der Mann unvermittelt. »Ist sie angemeldet? Eingeführt? Du kannst sie doch nicht einfach so mitbringen!«

»Nur dieses eine Mal«, sagte Walter. »Ich kenne sie gut. Sie ist absolut in Ordnung.«

»Das werden wir ja sehen«, sagte der Mann. Er hatte sehr kurze braune Haare und graue Augen hinter einer teuren Goldrandbrille. »Kommen Sie bitte mit? Du auch, Walter.«

Er führte uns in einen kleinen Raum, in dem ein paar Sessel standen, fragte nach meinem Namen und ging nach nebenan. Ich setzte mich neben Walter. Ich konnte mein Herz klopfen hören, so laut, dass mir schien, sein Dröhnen erfülle das ganze Zimmer.

»Du darfst uns das nicht übel nehmen«, sagte Walter. »Wir müssen einfach vorsichtig sein, weißt du? Es versuchen immer wieder Leute, sich bei uns einzuschleusen, um der Bewegung zu schaden.«

Ich sagte, ich würde ihnen nichts übel nehmen, natürlich nicht, allerdings dachte ich, dass sie mir wohl bald etwas übel nehmen würden, den Versuch, mich einzuschleusen, zum Beispiel.

Wir warteten eine Weile in unbehaglichem Schweigen, dann kam der Mann mit dem breiten Gesicht zurück, setzte sich uns gegenüber und sah uns an wie ein Arzt, der nun seine Diagnose verkünden wird.

»Also«, sagte er und sah auf einen Zettel, den er in der Hand hielt. »Anna Wolf, Buchhändlerin, verheiratet mit Dr. Jochen Wolf, Anwalt und Inhaber eines Ermittlungsbüros. Dr. Wolf ist vor anderthalb Jahren bei einem Autounfall tödlich verunglückt.«

Er sah auf und blickte mich an. Er wirkte nicht mehr ärgerlich, eher fröhlich, als habe die Bestätigung seines Verdachts seine Laune gehoben. Oder war es der Gedanke an Jochens Tod, der ihn so fröhlich machte?

»Ihr Mann hat uns sehr belästigt, Frau Wolf«, sagte er fast freundlich. »Und uns viel Ärger gemacht. Und nun Sie. Was soll das? Lassen Sie uns doch in Ruhe. Bitte. Oder wollen Sie uns auch Ärger machen?«

Er wandte sich an Walter, auch mit einem Lächeln, einem beinahe väterlichen.

»Und du bist in Zukunft ein bisschen vorsichtiger, ja? Frau Wolf sieht ja wirklich ganz nett aus, aber du würdest mir einen großen Wunsch erfüllen, wenn du wenigstens manchmal versuchen würdest, mit deinem Kopf zu denken. Und nicht mit deinem Geschlechtsteil. Das ist zum Denken zu klein, bei dir sowieso.«

Es war eine absichtsvolle, genüssliche Demütigung, und Walter schoss das Blut ins Gesicht.

»Und nun bringe ich euch zur Tür.«

Jetzt ist sowieso schon alles egal, dachte ich. Ich bin enttarnt, und dieser Ermittlungsort hat kein Ermittlungspotenzial mehr, wie Johannes Kavka sagen würde. Da kann ich ihn ebenso gut direkt fragen, nach dem, was ich wissen will. Es wenigstens versuchen.

»Moment mal«, sagte ich. »Ich wollte Sie noch was fragen. Deswegen bin ich ja eigentlich hier. Ich suche Herrn Rode. Wo finde ich den? Und was haben Sie mit dem Tod meines Mannes zu tun?«

Er sah mich erstaunt an, erstaunt und amüsiert.

»Ach, deswegen sind Sie hier«, sagte er. »Da wäre ich gar nicht drauf gekommen. Ich muss Sie leider enttäuschen. Ich weiß nicht, wo Herr Rode sich aufhält. Ob er sich überhaupt irgendwo aufhält. Und mit dem Tod Ihres Mannes haben wir natürlich nichts zu tun. Aber auch gar nichts.«

Er hielt mir die Tür auf.

»Darf ich bitten?«

Wir gingen wieder den weiten Gang entlang, an dem die Türen zu dem großen Raum nun offen standen. Die »Freunde Deutschlands« standen vor den opulenten Bildern auf den schönen Teppichen oder saßen auf den schönen Sofas und tranken und unterhielten sich. Auf einem der Sofas sah ich eine Frau mit einer schwarzen Ballerinafrisur sitzen, in konzentrierter, anmutiger Körperhaltung, und vorsichtig an einem Glas Sekt nippen. Mich packte eine sonderbare Art von Übermut.

»Hallo, Frau Sonnheimer«, rief ich laut und winkte ihr zu, und sie sah überrascht auf, erkannte mich und winkte zurück.

»Sie kennen Frau Sonnheimer?«, fragte der Mann.

»Doch, doch«, sagte ich. »Ich bin in ihrem Yogakurs.«

»Ach, tatsächlich«, sagte er. »Rein zufällig.«

»Irgendwie ist doch alles Zufall«, sagte ich.

»Ach ja, ach ja«, sagte er. Er wandte sich zu Walter. »Und du schleppst sie hier an. Mein Gott, Walter.«

Draußen war es neblig geworden. Das Licht der Straßenlaternen war gedämpft, die Luft feucht, Blätter segelten sanft und zögernd von den fast entlaubten Bäumen, und drüben leuchtete das Schloss. Alles wirkte unwirklich, wie verzaubert, nur Walter nicht, der erschüttert und gedemütigt war und mit jämmerlichem Gesichtsausdruck den Kragen seines Mantel hochklappte. Er tat mir plötzlich Leid.

»Es tut mir Leid, Walter«, sagte ich. »Das habe ich wirklich nicht gewollt.«

»Das hättest du dir früher überlegen müssen. Jetzt ist es zu spät.«

»Aber es ist doch bestimmt nicht so schlimm.«

»O doch«, sagte er erbittert. »Das wird er mir immer wieder aufs Butterbrot schmieren. Er kann mich nämlich nicht leiden, weißt du.«

Ich fragte mich, wie er im harten Kampf der Volksideen um die Weltherrschaft bestehen wollte, wenn er sich von einer Kleinigkeit schon so deprimieren ließ. Aber wenigstens erholte er sich schnell. Als wir beim Auto angelangt waren, war er schon fast wieder der Alte.

»Du hast mich sehr enttäuscht, Anna«, sagte er mit tragischer Großartigkeit. »Das hätte ich wirklich nicht von dir gedacht. Unter diesen Umständen kann ich nicht mehr mit dir zusammen arbeiten. Keine Stunde mehr. Du musst sofort gehen.«

»Ja, natürlich, Walter«, sagte ich. Gott sei Dank.

»Du bekommst noch Geld von mir. Das kannst du dir jederzeit abholen. Und jetzt bringe ich dich nach Hause.«

»Das ist aber wirklich nicht nötig, Walter.«

»Ich bestehe darauf.«

Ich wollte die Überbleibsel seiner Männlichkeit nicht auch noch demolieren und stieg ein und ließ mich von ihm nach Hause fahren, warm und sicher. Geborgen. Und sehr zufrieden.

Ich muss noch viel vorsichtiger sein, dachte ich. Aber Fehlschläge gehören zur Ermittlungsarbeit, sie sind ihr natürlicher, organischer Bestandteil und fruchtbarer Humus, wenn man aus ihnen lernt. Sagt Johannes Kavka.

Und eigentlich habe ich es ganz gut gemacht. Sogar sehr gut, fürs erste Mal. Ich war ziemlich nahe dran. Eines weiß ich jetzt sicher, eines ist klar, Herr Fischler hatte Unrecht, und der Csárdásfürst im Polizeipräsidium auch: Es ist kein Hirngespinst. Nicht Jochens, nicht meines. So, wie der Mann am Kamin von ihm gesprochen hat, lebt Karl Rode. Und sie wissen auch, wo. Und sie wissen von Jochen. Und Jochen war ihnen auf der Spur.

7

»Sind Sie nun wieder ganz bei uns?«, fragte Frau Beifuss in der Mischung aus Strenge und Zuwendung, die sie so perfekt beherrschte. »Gehen Sie nicht mehr in diese Buchhandlung?« Sie sprach das Wort »sonderbar« nicht aus, aber sie ließ es mitschwingen, auch das perfekt.

»O nein«, sagte ich. Dass mir das Lichte und Helle und der ewige Kampf der Volksideen erspart bleiben würden und, zum Überfluss des Glücks, auch das Yoga, gab mir den Mut, sie anzulächeln und meinem Gefühl Ausdruck zu verleihen: »Und was bin ich froh darüber!«

Gott behüte, dass sie sich auch ein Lächeln abgerungen hätte.

»Dann bringe ich Ihnen mal einen Kaffee«, sagte sie streng und verließ das Zimmer.

Was hat sie doch für hübsche Beine, dachte ich in meiner lebensbejahenden Stimmung. Sie ist überhaupt eine Schönheit mit dem vollen Busen und den roten Haaren und der weißen Haut. Wenn sie bloß nicht immer diese Tarnkostüme trüge. Beige und grau und der Rock zu lang und der Ausschnitt zu klein. Und immer die Haare hoch gesteckt. Dabei ist sie kaum älter als ich. Allerhöchstens Mitte dreißig.

Ich legte die Füße auf den Schreibtisch und kippte die Lehne des Sessels zurück. Das Büro ist eigentlich auch sehr hübsch, dachte ich, rein räumlich betrachtet, die Möbel natürlich nicht, die sind reif für den Sperrmüll oder fürs Museum, »Finanzamt Bundesrepublik Deutschland Mitte 20. Jahrhundert«. Besonders die Vorhänge, senfgelbes Plastikleinen und Gitterstores, hässlich halblang und ganz verwaschen.

»Vielleicht sollten wir uns mal neue Vorhänge anschaffen«, sagte ich zu Frau Beifuss, als sie den Kaffeebecher auf den Schreibtisch stellte. »Lange wallende, zum Beispiel. In Beige. Oder Jalousien. Was meinen Sie?«

»Wieso?«, fragte sie scharf und sah auf meine Füße. »Die sind doch noch sehr gut. Ich habe sie gerade erst reinigen lassen. Wir lassen sie alle drei viertel Jahr reinigen, damit sie immer frisch sind.«

Ich fragte mich, wen sie mit »wir« meinte. Jochens Geist und sie?

»Na gut«, sagte ich und nahm die Füße vom Tisch. »Wenn Sie meinen.«

Aber sie war schon auf dem Weg zur Tür, und sogar ihr Rücken hatte einen ablehnenden Ausdruck.

Na gut, na gut, dachte ich, dann eben nicht, ehe du wieder anfängst, mich zu hassen, lebe ich lieber weiter im Finanzamt. Und vielleicht hast du Recht, vielleicht sollte ich nichts ändern, vielleicht würde Jochen es auch nicht wollen.

Ich schrieb die Berichte über Walter und Gerlinde zu Ende und speicherte sie auf Diskette. Außerdem legte ich zwei Akten an, so wie es das »Handbuch für Archivierung und Datenerfassung im Ermittlungsdienst« empfahl. Ich war ein bisschen stolz. Meine ersten beiden Ermittlungsakten. Aber auch meine ersten beiden Fehlschläge. Und nun?

Wie sollte ich weitermachen? Wen observieren? Es gab niemanden mehr. Andreas kannte wahrscheinlich noch mehr Namen, aber ich konnte ihn nicht fragen, nicht nur, weil ich ihn im Moment auf gar keinen Fall nach irgendetwas fragen konnte. Sondern auch, weil ich den Gedanken hasste, dass er etwas mit diesen Leuten zu tun hatte, weil es mich krank machte, mir das nur vorzustellen, und weil ich darum lieber gar nicht daran dachte. Ich nahm die grüne Mappe mit allem, was sie enthielt, und ging zu Herrn Fischler.

»Sehen Sie sich das mal an«, sagte ich. »Ist das alles, was wir über Karl Rode haben?«

Er sah sie gründlich durch, bewegte seinen Kopf hin und her, um sein Gehirn zum Denken anzuregen, wandte sich seinem Aktenschrank zu, beförderte eine Akte heraus und entnahm ihr ein paar zusammengeheftete Blätter Papier.

»Das fehlt. Der Bericht, den unsere Mitarbeiter erstellt haben. Das hier ist allerdings nur eine knappe Zusammenfassung. Den Bericht habe ich nicht. Den hat Jochen sich geholt. Aber da steht auch nicht viel mehr drin als hier. Mager, wie ich schon sagte. Sehr mager. Mehr gibt es nun mal nicht über den. Bitte.«

Es war mager. Das, was ich schon wusste, nur ein bisschen ausführlicher. Und ein paar Details, die ich noch nicht kannte. Karl Rodes Frau hatte Hildegard geheißen, sein Sohn, der kinderlos, geschieden und verstorben war – so stand es da –, Hans-Joachim, und seine Schuhfabrik Pallas-Werke, warum auch immer. Karl Rode hatte zuletzt in Frankfurt gewohnt.

Ich überlegte, ob ich hinfahren und mir das Haus ansehen sollte, aber was würde mir das helfen? Sein Verlag, in dem »Deutschland« erschienen war und auch eine Reihe von Büchern – die meisten davon hatte ich bei Walter gefunden –, hatte netterweise Hildegard-Verlag geheißen und war inzwischen aufgelöst. Er hatte Tennis gespielt und Schuhgröße achtundvierzig gehabt. Ganz schön groß.

»Ist das wirklich alles?«

Herr Fischler zuckte mit den Achseln.

»Und wenn wir nochmal ermitteln lassen?«

Er zuckte wieder mit den Achseln.

»Es ist Ihre Firma und Ihr Geld. Aber wenn Sie mich fragen …«

»Das tue ich ja.«

»Ich sehe keinen Sinn darin.«

Ich legte die magere Zusammenfassung des mageren Berichts in die grüne Mappe, wanderte wieder hinüber in Jochens Zimmer, warf mich in seinen Sessel und wiegte meinen

Kopf hin und her, in der Hoffnung, dass es bei mir vielleicht auch das Denken befördern würde.

Aber mir fiel dabei nur das Übliche ein, nämlich bei Johannes Kavka nachzusehen, was ich tun sollte. Und natürlich hatte er eine Antwort, so wie er auf alles eine hatte.

»Ist der Ermittelnde in eine Sackgasse geraten und auf einen positiven Fortlauf der Ermittlung nicht mehr zu hoffen«, schrieb er, »so soll er geistig (oder auch körperlich) an den Ausgangspunkt seiner Ermittlung zurückkehren; es mögen sich, mit frischem Blick betrachtet, neue Anhaltspunkte finden, oder Abzweigungen, denen man zuerst nicht gefolgt war, reifen nun zu fruchtbaren Pfaden der Ermittlung.«

Ach ja. Ich liebte Johannes Kavka. Er war wie eine Sandrose, sehr trocken, aber auch sehr blumig.

Ich befolgte seinen Rat und kehrte, vor allem körperlich, zurück zum Anfang, ins »Erdnah« und in das namenlose Musikgeschäft. Damit es nicht auffiel, wenn ich jeden Tag vorbei kam, tat ich so, als sei ich eben erst in die Gegend gezogen und eine leidenschaftliche Anhängerin natürlicher Ernährung und pflanzlicher Kosmetik, und im Musikgeschäft gab ich vor, dass alle meine CDs beim Umzug gestohlen worden waren.

Ich wurde eine Art Wanderermittlerin. Vormittags fuhr ich in die hübsche teure Gegend des »Erdnah«, kaufte dort ein, unterhielt mich mit dem Besitzer und beobachtete die Kunden, und nachmittags ins Musikgeschäft im Glasscherbenviertel am anderen Ende der Stadt, um dort dasselbe zu tun. Naturbelassenes sammelte sich in meinem Bad und in der Küche, und im Wohnzimmer stapelten sich die CDs.

Es war ein unruhiges Leben, und ich wurde noch heimatloser, als ich schon war, aber es war mir recht, denn ich war ohnehin von einer großen Unruhe ergriffen, die mich nicht still sitzen ließ. Wenn ich nicht unterwegs war, räumte ich auf.

Ich räumte den Badezimmerschrank auf und die Küchenschränke und den Wohnzimmerschrank. Ich räumte die Schlafzimmerschränke auf, den von Jochen ließ ich unberührt, aber in meinem wühlte ich alles durch und brachte dem Flüchtlingsheim, das im selben Viertel lag wie das Musikgeschäft, vier große blaue Säcke voller Kleider und Schuhe. Dann schleppte ich die Reste meiner Garderobe und mein Bettzeug ins Gästezimmer, machte mir das Bett dort, verschloss das Schlafzimmer und schob den Schlüssel auf den Wohnzimmerschrank.

Ich räumte auch im Büro auf. Unter den missbilligenden Blicken von Frau Beifuss durchsuchte ich die Küche und warf alles weg, was kaputt oder unbrauchbar war, und trug die Mülltüten sofort hinunter zu den Abfalltonnen, damit sie es nicht wieder herausholen und zurückstellen konnte. Zuletzt nahm ich unsere alten Urlaubspostkarten von der Wand und brachte sie ihr. Dann machte ich mich an Jochens Zimmer, hier konnte sie mich wenigstens nicht sehen und stirnrunzelnd neben mir stehen, aber wenn ich im Räumen innehielt, meinte ich die Schwingungen ihres Missvergnügens beinahe körperlich zu spüren.

Ich warf nichts weg von dem, was ich bei Jochen fand. Was ich nicht brauchen konnte, packte ich in einen Karton. Zuletzt zog ich die große Schublade aus seinem Schreibtisch und betrachtete ihren Inhalt, eine umfangreiche Sammlung von Bleistiften, Büroklammern, Radiergummis, Kugelschreibern, Linealen, Scheren, Tesafilmrollen, Anspitzern und Leuchtmarkern. Schulkreide, Nähzeug, Kaugummistreifen, ein altes Adressbuch, ein Taschenmesser, zwei leere Schlüsseletuis. Eine Bahncard. Sie war noch bis vor drei Monaten gültig gewesen.

Für das Foto hatte er sich die Haare schneiden lassen, sehr kurz, was ihn jungenhaft wirken ließ, er lachte und sah wunderschön aus. Mein Herz zog sich zusammen. Außerdem gab es eine graue Schachtel, auf der in Rot und Gold ein altmodisches Firmenschild prangte. Die Schachtel war angestoßen und die Schrift auf dem Schild verblichen und unleserlich.

Ich nahm den Deckel ab und fand eine Pistole, die in eine Art Halstuch aus gemustertem Seidenstoff gewickelt war. Der Lauf war aus grauem Metall, der Griff aus geriffeltem Kunststoff, und daneben lag ein rechteckiges Ding, auch aus grauem Metall, das mit etwas gefüllt war, das golden schimmerte. Patronen vermutlich.

Ich legte sie zurück in die Schachtel und packte sie in den Karton. Ich konnte mir kaum vorstellen, dass Jochen sie benutzt hatte. Er hatte Waffen gehasst. Und ich? Ich konnte ja nicht einmal schießen. Noch nicht einmal ein Auge zukneifen. Ich versuchte es, aber das andere Auge ging immer mit zu. Vielleicht sollte ich das mal üben. Für alle Fälle.

Im November gab es vier Brandanschläge: auf eine Synagoge in Essen, ein moslemisches Gemeindezentrum in Berlin, einen Dritte-Welt-Laden in Osnabrück und ein afrikanisches Kulturhaus in Frankfurt. Am Morgen danach stand ich wartend an der Käsetheke des »Erdnah« und hörte den Namen Rode.

»Darf es noch was sein, Frau Rode?«, fragte der sanfte Mann hinter der Theke. »Ein bisschen Schafskäse vielleicht oder den Bergkäse aus Frankreich?«

Die Frau neben mir nahm beides. Ich sah sie vorsichtig von der Seite an. Sie hatte sorgfältig blondiertes Haar und ein sorgfältig geschminktes, hübsches, müdes Gesicht, und unter all der Sorgfalt war sie wohl Mitte fünfzig. Ihr Kamelhaarmantel sah aus, als sei er echt, und ihr Parfüm duftete dezent, warm und teuer.

Rode, dachte ich, Isabel Rode, aus Walters Kundenkartei. Keine Adresse, nur eine Telefonnummer. Im Telefonbuch stand sie nicht, auch sonst keine Rodes. Und immer war der Anrufbeantworter dran, wenn ich anrief. Und ich mochte nicht darauf sprechen. Was hätte ich auch sagen sollen? Irgendwie sieht diese Frau hier aus, als könnte sie Isabel heißen. Oder Hildegard? Nein, Hildegard Rode ist lange tot.

Ich trat von der Theke zurück, an ein Regal in der Nähe des Ausgangs, und wartete und lauschte. Sie kaufte noch Obst und Gemüse und sündhaft teures Kürbiskernöl und ging dann zur Kasse. Der sanfte Mann war überwältigend höflich und hilfsbereit und sprach sie ständig mit ihrem Namen an.

Ich schlüpfte hinter ihr aus der Tür und ging ihr nach. Es regnete, das war gut für mich, so konnte sie mich nicht entdecken und ich sie nicht verlieren, denn sie trug einen auffallenden roten Schirm. Ich überlegte, wer sie wohl sein mochte. Irgendeine entfernte Verwandte von ihm? Eine Tochter hatte er nicht. Vielleicht hatte sie gar nichts mit ihm zu tun.

Sie ging nicht weit, sie bog bald in eine stille Seitenstraße ein und verschwand in einem zweistöckigen Haus, das in einem Garten lag. Auf dem ungeputzten Messingschild an der Gartenpforte, die alt und schön war wie das Haus, stand, beinahe unleserlich: Rode.

Es regnete fast unaufhörlich in den folgenden Tagen, aber diesmal erkältete ich mich nicht. Es kam viel schlimmer. Die observierte Person bemerkte mich, und damit nicht genug, sie sprach mich auch noch an. Als ich ihr eines Nachmittags vom Supermarkt nach Hause folgte, blieb sie hinter ihrer Gartenpforte stehen, sah mir entgegen und wartete auf mich.

Ich wusste nicht, was ich tun sollte. Darauf hatte mich Johannes Kavka nicht vorbereitet. Wahrscheinlich war ihm so etwas nie passiert. Am liebsten wäre ich weggelaufen, vor ihrem ruhigen Blick und angesichts der Peinlichkeit, dass sie mich bei meiner sonderbaren Tätigkeit erwischt hatte. Ich ging langsam weiter, hörte mein Herz klopfen und spürte, wie ich rot wurde.

»Was wollen Sie von mir? Ich gebe keine Auskünfte, das müssten Sie eigentlich wissen«, sagte sie, als ich sie erreicht hatte. »Wer sind Sie?«

Ich rettete mich eilig an das sichere Ufer der bürgerlichen Höflichkeit.

»Ich bin Anna Wolf«, sagte ich und reichte ihr die Hand. »Es tut mir Leid, wenn ich Sie belästigt habe. Aber ich suche Karl Rode, und ich dachte, Sie könnten mir vielleicht helfen.«

Sie nahm meine Hand und sah mir forschend und fragend ins Gesicht.

»Mein Mann ist vor eineinhalb Jahren tödlich verunglückt ...«, sagte ich.

Sie schüttelte den Kopf.

»Sie sind Witwe? Sie sehen so unglaublich jung aus, Sie könnten ja noch zur Schule gehen, so wie Sie aussehen. Sie sind doch viel zu jung für eine Witwe.«

»Das bin ich aber«, begehrte ich auf. »Wir waren fast zehn Jahre verheiratet.«

»Auch das noch.« Sie lachte. »Entschuldigen Sie. Es tut mir Leid. Wie ist es denn passiert?«

Ich erzählte es ihr, und weil sie aufmerksam und interessiert zuhörte, erzählte ich es ausführlicher und gefühlvoller, als ich wollte und als es sich für einen Ermittler gehörte. Gut, dass es gerade mal nicht regnete, sonst wären wir dabei sehr nass geworden.

»Das tut mir wirklich sehr Leid«, sagte sie, als ich endlich fertig war mit meiner Erzählung. »Wissen Sie, manchmal kommt es mir so vor, als ob so ein Unglück vor allem die trifft, die glücklich miteinander sind. Für die es wirklich schrecklich ist. So wie für Sie. Und nicht die anderen, die in den unglücklichen Ehen, die sich kaum noch ertragen können und es gar nicht mal so schlimm fänden, wenn der andere plötzlich nicht mehr da wäre ...«

Sie sah über meine Schulter ins Weite und verlor sich in Gedanken, und so, wie sie dabei aussah, waren es Gedanken über unglückliche Ehen.

Während ich in ihr geistesabwesendes Gesicht sah, wurde

mir plötzlich klar, wer sie wahrscheinlich war. Karl Rodes Schwiegertochter. Sein Sohn war kinderlos, geschieden, verstorben, so hatte es in der Zusammenfassung des verschwundenen Berichts geheißen, und dann musste es natürlich irgendwo auch eine Schwiegertochter geben. Eine geschiedene, verwitwete Schwiegertochter.

»Und nun?«, fragte sie. »Wie geht es Ihnen jetzt? Haben Sie es einigermaßen überstanden? Das braucht ja seine Zeit, nicht wahr?«

»O ja«, sagte ich, »doch, danke«, und erinnerte mich daran, dass ich nicht hinter ihr hergegangen war, um über Jochens Tod mit ihr zu reden. Oder über glückliche und unglückliche Ehen.

»Karl Rode«, sagte ich. »Ich suche ihn. Ich müsste unbedingt mit ihm sprechen.«

»Ach ja, Karl«, sagte sie, und ihr Blick richtete sich schon wieder in die Ferne. »Karl ... Ich habe ihn ewig nicht gesehen ...«

»Sie wissen doch bestimmt, wo er ist, oder?«

»Ich habe keine Ahnung.«

»Aber Sie könnten es wahrscheinlich rauskriegen, nicht wahr?«

»Ich weiß nicht. Was wollen Sie denn von ihm?«

Jetzt hätte ich lügen müssen, sie hatte Vertrauen zu mir gefasst, wir waren uns nahe gekommen in der kurzen Zeit, und sie hätte mir wahrscheinlich geglaubt. Ich hatte mir sogar ein paar gute Lügen zurechtgelegt, ich hatte sie geradezu geübt, damit sie mir glatt über die Lippen gingen. Aber ich schaffte es nicht. Lügen war das Einzige gewesen, was meine Mutter wirklich schlimm gefunden hatte. »Tu, was du willst«, hatte sie gesagt, »aber lüg mich nicht an.«

»Ich will wissen, was er mit dem Tod meines Mannes zu tun hat. Darüber möchte ich mit ihm reden.«

Ihr Gesicht verschloss sich sofort, ihre Augen wurden trübe, und plötzlich sah sie sehr alt aus.

»Ach, so eine sind Sie, auch so eine – Schnüfflerin. Wie die anderen. Was soll er denn mit dem Tod Ihres Mannes zu tun haben? Nichts, nichts, er hat nichts mit dem Tod von irgendjemandem zu tun. Wovon reden Sie überhaupt?«

An der Art, wie sie das fragte, schrill und im falschen Ton einer schlechten Schauspielerin, war deutlich zu hören, dass sie durchaus wusste, wovon ich redete, und es kaum ertrug, daran erinnert zu werden.

Sie schlug die Gartenpforte hinter sich zu, lief die Stufen zur Haustür hinauf und schlug auch die zu, nachdem sie mit fahrigen, verzweifelten Bewegungen aufgeschlossen hatte.

Ich stand noch eine Weile da und sah auf die Tür, die aus Eiche war und ein kleines Fenster mit vier Scheiben hatte, vor dem ein schmiedeeisernes Gitter mit ehemals vergoldeten Blumen saß. Ich war wirklich eine grandiose Ermittlerin. Reif für den Ermittlungs-Oscar. So nahe dran, und dann alles verdorben. Sie würde nie wieder ein Wort mit mir reden. Und nur, weil ich nicht lügen konnte. Nicht lügen, nicht schießen, kein Auge zukneifen. Was konnte ich eigentlich?

Weihnachten machte mich verrückt. Die Sterne quälten mich, die Engel und Lichterketten, die Weihnachtslieder und Weihnachtsmärkte, besonders der auf dem Platz vor meinem Haus, den ich nicht vermeiden konnte.

Frau Beifuss war eine Weihnachtsfanatikerin und gab mir den Rest. Sie füllte das Büro mit Adventsgestecken, Plätzchentellern, Kerzenduft und Glockengebimmel, und auf meinem Schreibtisch stand kein Blumenstrauß mehr, sondern einer aus Tannenzweigen, reich mit Strohsternen geschmückt. Strohsterne hatte ich noch nie leiden können, nicht mal zu den Zeiten, als ich Weihnachten auch so leidenschaftlich begangen hatte.

Ich ertrug die Pracht, um sie nicht zu kränken und mir nicht wieder ihre Ablehnung einzuhandeln. Aber als sie anfing, die Fensterscheiben in der Küche mittels Sternschablonen und Sprühschnee zu verzieren, hielt ich es nicht mehr aus.

»Bitte nicht, Frau Beifuss«, sagte ich.

»Wieso? Was meinen Sie?«

»Bitte keinen Weihnachtsschmuck mehr.«

»Aber warum denn nicht? Finden Sie es nicht schön? Es ist doch so gemütlich.«

Etwas in mir riss.

»Dies ist das zweite Weihnachten ohne meinen Mann«, sagte ich so laut und heftig, dass sie zusammenzuckte. »Das Erste hätte mich beinahe umgebracht.« Buchstäblich. Im wahrsten Sinne des Wortes. Aber das brauchst du nicht zu wissen. »Dieses möchte ich überleben. Ich halte es draußen schon kaum aus, und wenn Sie mich hier drinnen auch noch dauernd daran erinnern …«

Wenn es um Jochens Angedenken und die Trauer um ihn ging, verstanden wir einander sofort. Ihre braunen Augen wurden rund vor Schrecken.

»Ach, du lieber Himmel. Natürlich. Daran habe ich gar nicht gedacht. Wie dumm von mir. Das tut mir Leid, Frau Wolf. Ich räume es sofort weg.«

Mit großer Schnelligkeit machte sie das Büro weihnachtsfrei, und als ich aus der Mittagspause und vom Friedhof zurückkam, standen Rosen auf meinem Schreibtisch und eine Thermoskanne mit Kaffee, schon gesüßt, mit viel Zucker, gerade richtig.

Aber ich fühlte mich nicht nur von Weihnachten verfolgt, sondern auch sonst. Ich hatte das Gefühl, dass jemand hinter mir herging, mich beobachtete und begleitete, wo immer ich war. Ich redete mir gut zu – wer sollte mich verfolgen und warum? Es half nicht. Ich fühlte Blicke in meinem Rücken und glaubte, Schritte zu hören, aber wenn ich mich umdrehte, waren da nur harmlose Passanten, die peinlich berührt wegsahen, weil ich sie so eindringlich musterte.

Ich wurde unruhig, ich war nicht mehr so viel unterwegs,

selbst der Friedhof verlor seinen Frieden für mich, und am liebsten hätte ich den Zug bestiegen und mich zu meiner Mutter geflüchtet. Doch bei meiner Mutter war Rosemarie, realitätsfest und allgegenwärtig, die mich für verrückt halten würde, und dort war Weihnachten, die beiden liebten Weihnachten, und sie würden nicht darauf verzichten wollen, nur weil ich mich verfolgt fühlte, von Sternen und Engeln und anderen unkörperlichen Wesenheiten.

Nachts lag ich wach und lauschte den Geräuschen in meiner Wohnung, den Geräuschen, die jede nächtliche Wohnung hervorbringt, wenn man auf sie horcht, und wartete darauf, dass sich das Knistern und Knacken und Licht und Schatten zu einer Gestalt verdichteten.

Und tagsüber im Büro dachte ich darüber nach, ob ich im Begriff war, verrückt zu werden. Letztes Jahr um diese Zeit war ich auch verrückt geworden und hatte geglaubt, mein Mann lebe und werde zurückkommen zu mir, vielleicht wurde ich dieses Jahr eben wieder verrückt und bildete mir ein, jemand sei hinter mir her. So etwas nennt man Verfolgungswahn.

Es klopfte, und Frau Beifuss kam herein.

»Da ist jemand für Sie, Frau Wolf, ein Herr Ahr. Ich habe gesagt, Sie sind da. Das ist Ihnen doch recht? Wenn nicht, schicke ich ihn wieder weg. Kein Problem.«

Sie war neuerdings von ungewohnter und fast erschreckender Rücksichtnahme gegen mich. Ich nickte, und sie öffnete die Tür und ließ den Mann mit dem breiten Gesicht und der Goldrandbrille herein, der von den »Freunden Deutschlands«, der mich enttarnt und uns hinauskomplimentiert hatte und von dem Walter glaubte, er könne ihn nicht leiden.

Er erlaubte sich ein Lächeln, weil ich ihn so erstaunt ansah.

»Ich bin Wolfgang Ahr«, sagte er und überreichte mir eine Visitenkarte, auf der außerdem verzeichnet stand, dass er Rechtsanwalt war und den Doktortitel hatte.

Noch einer, lauter Rechtsanwälte mit Doktortiteln, mein toter Mann, mein lebender Geliebter und nun auch noch der hier, mein neuer Feind. Langsam reichte es mir mit den Rechtsanwälten. Samt ihren Doktortiteln.

Ich bot ihm einen Platz an, setzte mich auch und überlegte, ob ich wohl »Was kann ich für Sie tun?«, sagen konnte oder ob das zu abgegriffen klang.

»Ich dachte, wir sollten mal miteinander reden«, sagte er. »Sie haben vielleicht gemerkt, dass wir Sie observieren, so wie wir bemerkt haben, dass Sie einige uns Nahestehende observiert haben. Wenn man das so nennen kann, was Sie da machen.«

»Ach, Sie sind das«, sagte ich, »ich dachte schon, ich hätte es mir eingebildet.«

Das war bestimmt nicht die passende Antwort, wenn einem jemand sagt, dass er einen observierte, aber ich war so erleichtert, dass mir nichts Passenderes einfiel.

Er lächelte wieder. Dies war offenbar der Tag des Lächelns bei ihm.

»Und so können wir nun fortfahren, Frau Wolf«, sagte er, »erst Sie, dann wir, dann wieder Sie, dann wieder wir. Und so weiter. Obwohl ich Ihnen sagen muss, dass Sie am Ende wahrscheinlich im Nachteil sein werden, einfach, weil wir mehr Möglichkeiten haben. Bislang haben wir Sie zum Beispiel nur im öffentlichen Raum begleitet. Aber wir könnten Sie natürlich auch mal im privaten Bereich aufsuchen.«

»Wollen Sie mir etwa drohen?«

Was für eine dumme Frage. Eine, die Frauen in Fernsehkrimis stellten.

»Ach ja, warum eigentlich nicht?« Noch ein Lächeln. »Aber nein, im Ernst, Frau Wolf: Dies ist kein Detektivroman, dies ist das wirkliche Leben. Wir lassen Sie in Ruhe, und Sie lassen uns in Ruhe. Wäre das nicht für alle Beteiligten das Beste?«

»Vermutlich«, sagte ich vorsichtig.

So lange mir zwischen der Erleichterung, dass ich nicht verrückt war, und dem Schrecken, dass sie wirklich hinter mir her waren, nichts Besseres einfiel, wollte ich lieber nur noch ganz vorsichtige Sachen sagen.

»Na, sehen Sie. Das ist schön, dass wir uns einig sind. Ich hoffe, das bleibt auch so. Wir begleiten Sie vielleicht noch ein Weilchen, bis wir ganz sicher sind. Und wenn Sie irgendwelche Fragen oder Probleme haben, dann rufen Sie mich einfach an. Meine Nummer steht auf der Karte.«

Wir standen auf und gaben uns die Hand. Er wünschte mir Frohe Weihnachten, und ich erwiderte diesen Wunsch, vorsichtshalber und weil ich immer noch nichts Besseres zu sagen wusste. Mein Kopf war leer.

Ich setzte mich wieder hin, als er draußen war. Vielleicht fiel mir ja jetzt etwas Gutes ein. Was ich tun sollte zum Beispiel.

Frau Beifuss kam, um mir Frohe Weihnachten zu wünschen und Auf Wiedersehen zu sagen, bevor sie in die Ferien ging, und Herr Fischler auch. Frohe Weihnachten! Alle wünschten mir Frohe Weihnachten, aber wer kümmerte sich darum, ob ich sie auch hatte?

Morgen war Samstag und übermorgen Heiligabend und dann kamen die Feiertage, und ich würde die ganze Zeit zu Hause sitzen und mich fragen, ob sie mich nicht vielleicht doch noch im privaten Bereich aufsuchten. Als kleine Weihnachtsüberraschung. Vielleicht warteten sie ja auch gar nicht so lange, vielleicht überraschten sie mich gleich hier und sofort, nachdem ich nun ganz alleine war.

Ich verließ das Büro, ging durch belebte Straßen und drängte mich schwitzend durch volle Kaufhäuser, »Jingle Bells« und »Stille Nacht« in den Ohren, doch selbst im dichtesten Gedränge spürte ich die Gegenwart des Begleiters und seine Blicke in meinem Rücken. Obwohl er vielleicht schon gar nicht mehr da war.

Ich ließ mich so lange durch die Kaufhäuser schieben, bis

sie schlossen, und dann stand ich an einer Bude auf dem Weihnachtsmarkt und trank Tee und aß Lebkuchen, bis auch die Buden verbarrikadiert wurden und die Menschen sich verliefen und es still und dunkel wurde. Und immer kälter. Das Einzige, was noch ein bisschen nach Wärme und Sicherheit aussah, waren die hellen Schaufenster und ein matt erleuchtetes Taxi auf der anderen Seite des Platzes.

Ich ging hinüber, öffnete die Tür und setzte mich auf den Rücksitz.

»Guten Abend«, sagte der Fahrer. »Wo möchten Sie hin?«

»Ich weiß nicht. Ich muss erst mal ein bisschen warm werden.«

Er drehte die Heizung höher, wartete eine Weile und fragte wieder.

»Ich weiß es immer noch nicht.«

Ich legte einen Geldschein auf die Zeitung zwischen den Vordersitzen.

»Kann ich nicht einfach hier sitzen? Es ist doch egal, ob Sie fahren oder stehen, oder?«

Er schaltete die Innenraumbeleuchtung an und betrachtete mich gründlich im Rückspiegel.

»Sie haben Probleme?«

Ich sah seine schwarzen Augen und seinen schwarzen Schnurrbart und das Schild am Armaturenbrett, auf dem ein langer, fremdländischer Name stand. Irgendwie sah er nicht so aus, als ob ihm Erhaltung und Schutz des wahren Deutschtums besonders am Herzen lägen.

»Ja«, sagte ich. »Ich werde verfolgt.«

»Von wem?«

»Die nennen sich ›Freunde Deutschlands‹.«

»Und warum?«

»Ich glaube, dass sie meinen Mann umgebracht haben.«

Er schwieg und sah in den Rückspiegel und betrachtete die Umgebung.

»Ich bin nicht sicher, ob sie mich gerade jetzt verfolgen«,

sagte ich. »Vielleicht nicht. Aber irgendwann hat man das Gefühl, dass immer einer hinter einem geht und einem auf den Rücken starrt.«

Ich konnte selber hören, nach was das klang. Jetzt würde er mich vorsichtig fragen, ob die nächste psychiatrische Klinik nicht vielleicht eine gute Idee sein könnte.

»Ich weiß«, sagte er. »Ich kenne das.« Er ließ den Wagen an. »Erst fahren wir, und so, dass, wenn einer hinter Ihnen ist, dann keiner mehr hinter Ihnen ist. Und dann überlegen wir, wo Sie hinwollen. Haben Sie gegessen?«

»O ja. Lebkuchen. Haufenweise.«

»Gut. Verfolgt geht. Verfolgt und verhungert ist schlimm.«

Er fuhr mich durch die Stadt, ruhig und gemächlich, und als er sicher war, dass sich bestimmt niemand für uns interessierte, dachten wir darüber nach, wo ich erst mal bleiben konnte, und als ich es wusste, brachte er mich dorthin. Bevor er hielt, achtete er sorgfältig darauf, dass dort niemand auf mich wartete, obwohl ich ihm sagte, dass das gar nicht möglich war.

»Kann man nie wissen.«

Vielleicht hat er Recht, dachte ich. Vielleicht wartet gerade hier einer von denen auf dich. Nicht hier unten. Oben in der Wohnung. O Gott. Denk nicht daran, Anna, denk bloß nicht daran.

Er steckte das Geld ein und gab mir seine Visitenkarte.

»Das hat doch bestimmt mehr gekostet«, sagte ich.

»Sie zahlen die Unkosten«, sagte er. »Und wenn Sie wieder fahren wollen, Sie rufen mich an.«

Ich klingelte bei Andreas, aber er öffnete nicht, und ich trat zurück und sah hinauf. Seine Fenster waren dunkel. Ich drückte auf andere Klingelknöpfe, bis der Öffner summte, stieg die Treppen hinauf, setzte mich auf die Stufe vor seiner Tür und sah auf die Uhr. Elf. Hoffentlich kam er bald. Hoffentlich war er nicht in Urlaub gefahren. Ich schloss die Augen und versuchte, an nichts mehr zu denken.

Als ich aufwachte, war es halb fünf, und ich fror. Also doch Urlaub. Oder eine andere Frau. Hoffentlich Ferien, dachte ich, denn wenn er bei einer anderen Frau ist, dann habe ich auch das verdorben. Na gut. Und jetzt gehe ich einfach nach Hause und mache mir einfach keine Gedanken mehr. Oder ich tue einfach so.

Unten fiel die Haustür ins Schloss, und ich hörte, wie er die Treppe heraufkam, mit seinem leichten Schritt. Ach schade, jammerschade, nicht Ferien, eine Frau.

Er sah müde aus, aber auch entspannt und froh, so wie man nach einer schönen Nacht aussieht, und lachte, als er mich sah.

»Anna! Ich habe gewusst, dass du mich überraschen wirst, und du hast es geschafft. Wieder mal. Sitzt hier morgens um halb fünf auf der Treppe. Seit wann?«

»Seit elf.«

Ich stand auf. Ich fiel ihm alle paar Monate ins Haus und in die Arme und ins Bett, weil ich nicht weiter wusste, und dann verschwand ich wieder, weil ich auch nicht wusste, was ich wollte, ihn oder Jochen, das Leben mit ihm oder die Erinnerung an meinen Mann. Was ich überhaupt wollte. Ich hatte wahrhaftig kein Recht, enttäuscht zu sein, wenn er sich eine andere Frau gesucht hatte. Aber ich war es doch. Mir war fast schlecht vor Enttäuschung.

»Ich gehe dann mal.«

»Jetzt? Wo ich endlich da bin?«

»Du warst doch bestimmt bei einer anderen Frau, oder?«

Er hielt mir die Tür auf.

»Deswegen kannst du doch trotzdem reinkommen. Ich mache uns Frühstück.«

»Ich wollte eigentlich länger bleiben, nicht nur zum Frühstück. Ein paar Tage vielleicht.«

»Und das geht nicht, weil ich bei einer anderen Frau war?«

Ich war nicht nur enttäuscht, ich war auch eifersüchtig.

Sehr sogar. Es war ein ganz ungewohntes Gefühl. Ich konnte mich nicht erinnern, wann ich zuletzt eifersüchtig gewesen war.

»Lieber nicht. Ich habe so schon genug Probleme.«

Er lachte, sein kleines kurzes Lachen.

»Kann es sein, dass du eifersüchtig bist? Was für eine überwältigende Ehre. Aber sie ist ganz unverdient. Ich war im Büro und habe gearbeitet, damit ich jetzt frei machen kann. Ich habe keine andere Frau. Bloß dich. Bloß die Gedanken an dich, um genau zu sein.«

Er stieß die Tür weiter auf.

»Kommst du nun endlich rein?«

8

Wir frühstückten nicht, wir gingen schlafen, wir legten uns unter der roten Bettdecke dicht aneinander, und jedes Mal, wenn ich aus den Tiefen des Schlafs auftauchte, um gleich wieder darin zu versinken, hörte ich seinen Atem und spürte seine Wärme und das süße Gefühl der Sicherheit.

Wir wurden erst wach, als es schon dunkel und unten auf den Straßen ruhig geworden war, weil die Geschäfte geschlossen hatten und die letzten Weihnachtsgeschenkkäufer erschöpft zu Hause angekommen waren. Wir hatten Hunger, aber der Kühlschrank war leer, und so fuhren wir durch die stille Stadt zum Hauptbahnhof, um einzukaufen, in den kleinen Geschäften dort, in denen es alles gibt und in denen alles furchtbar teuer ist. Viel zu teuer, fand ich.

»Aber es ist doch Weihnachten, Anna«, sagte er. »Und wir sparen den Baum und die Geschenke, was glaubst du, was andere Leute alleine dafür ausgeben, da kommen wir hier noch billig weg.«

Ich war zum ersten Mal seit langem froh darüber, dass Weihnachten war. Wir kauften alles ein, worauf wir Lust hatten, sogar rosa Champagner und eine Dose Kaviar, und Bücher in der kleinen Buchhandlung, und in der Parfümerie ein Parfüm für mich, das er aussuchte, und in dem furchtbar teuren, kleinen Blumengeschäft alle Blumen, die uns gefielen.

Zu Hause frühstückten wir, und danach liebten wir uns endlich, und so feierten wir Weihnachten, mit Essen und Liebe und ein bisschen Schlaf, zwischendurch sahen wir fern, all die vielen Weihnachtsfilme, und danach gab es wieder Essen oder Liebe oder ein bisschen Schlaf.

»Ich frage dich nicht, warum du so plötzlich wieder in Erscheinung getreten bist«, sagte er, irgendwann zwischen Liebe und Essen. »So was fragt man eine Erscheinung nicht. Aber es war eine gute Idee von dir, gerade jetzt zu erscheinen, wo ich Zeit habe. Und zu Weihnachten. Ich habe sonst nicht viel übrig für Weihnachten, aber so feiere ich es ganz gerne.«

Er fragte nicht. Aber ich wollte es ihm sagen, ich wollte endlich mit ihm reden, ich hätte es nur gerne noch ein bisschen hinausgeschoben, es mir noch richtig schön gemacht mit ihm, denn danach würden wir es uns vielleicht nie wieder schön machen miteinander, aber nun war es zu spät, nun konnte ich es nicht mehr verschieben.

»Ich sage es dir aber«, sagte ich, setzte mich auf und zog die Decke über die Brust. »Das wollte ich sowieso.«

Er sah mich erstaunt an.

»Ich wusste nicht, wohin. Deswegen bin ich gekommen. Die ›Freunde Deutschlands‹ verfolgen mich. Die, von denen du mir die Adressen gegeben hast, damals, als wir das erste Mal …«

»Die Lehrerin und der Buchhändler?«

»Nein, die natürlich nicht. Andere. Ein Rechtsanwalt zum Beispiel. Sie observieren mich, und nun wollen sie mich auch noch zu Hause besuchen. Das hat der Rechtsanwalt gesagt. Ich bin weg aus dem Büro, und ein Taxifahrer hat mich zu dir gefahren, ein sehr netter, ein Armenier, der weiß, wie es ist, wenn man verfolgt wird. Und ich brauche neue Adressen von dir, damit ich weitersuchen kann. Außerdem muss ich dich endlich fragen, was du eigentlich damit zu tun hast. Mit den ›Freunden Deutschlands‹, mit Karl Rode, mit den Neonazis und all dem. Warum du auf Jochens Liste stehst.«

»Was redest du da, Anna?«, fragte er, setzte sich auf und zog die Decke bis zur Taille hoch. Anscheinend fand er auch, dass man ein Gespräch wie dieses nicht in nacktem, unbedecktem Zustand führen konnte. »Bist du verrückt? Ich verstehe kein Wort.«

Ich erklärte es ihm noch einmal, langsam, ausführlich und von Anfang an. Von Jochens Tod an.

»O Gott«, sagte er, als er es endlich begriffen hatte. »Und ich habe Schuld daran. Aber ich habe doch nicht geahnt, dass du das so ernst nehmen würdest.«

Er hob seine Hand, um nach meiner zu greifen, aber er ließ sie wieder sinken.

»Also«, sagte er mit Betonung, als wolle er ein Plädoyer halten. »Ich habe nichts damit zu tun, wahrhaftig nicht, das fehlte noch, dass ich mit denen was zu tun habe. Ich stehe auch nicht auf Jochens Liste. Aber mein Vater. Er heißt auch Andreas, und die Kanzlei war mal seine. Er war Karls Anwalt, und sie waren Freunde. Mein Vater war kein wilder Nazi, bestimmt nicht, aber er hatte diese Art, sich für was Besseres zu halten, besser als alle anderen, und das nur, weil er Deutscher war. Die Deutschen als Kulturvolk, Dichter und Denker, und so fleißig und tüchtig und ordentlich. Was ganz Besonderes eben. So hat er das immer noch gesehen, trotz allem. Ich habe das gehasst an ihm. Und in der Kanzlei liegen noch alle seine Unterlagen, auch die Adressenliste von den ›Freunden Deutschlands‹. Ich habe dir einfach irgendwelche Adressen gegeben, obwohl ich wusste, dass die natürlich keine Ahnung haben, wo Rode ist. Oder ob er überhaupt noch lebt.«

»Du hast mir einfach irgendwelche Adressen gegeben? Aber warum?«

»Ich war so scharf auf dich. Gleich, als du reinkamst. Ich wollte dich bloß haben, am liebsten sofort, aber du wolltest mich überhaupt nicht, das war mir klar, und wenn ich gesagt hätte, ich kann dir nicht helfen, hätte ich dich nie wieder gesehen. Ich wollte wenigstens versuchen, dich zu kriegen, bei dem Abendessen. Ich habe nicht viel Hoffnung gehabt, ehrlich gesagt, und dann war es so leicht. Du warst so schnell beschwipst. Und so schnell im Bett.«

Schnell beschwipst. Schnell im Bett. Leicht zu haben.

Wahrhaftig, das war ich gewesen. Kaum Zeit für Küsse und Zärtlichkeiten, nur schnell aus den Kleidern und schnell ins Bett und die Beine geöffnet, damit er zu mir kommen konnte. Mich ficken konnte.

Wenn Jochen noch da wäre, wäre das nie passiert, dachte ich. Nie. Ich hätte mich nie mit einem Mann ins Bett geworfen, der mich nur schnell haben wollte. Natürlich nicht, warum auch, Jochen wäre ja da gewesen. Ich spürte Tränen hochsteigen, aber ich schluckte sie wieder runter. Jetzt nur nicht weinen. Alles andere als das.

»Leicht zu haben, leicht zu ficken«, sagte ich.

»So habe ich das doch nicht gemeint«, sagte er erschrocken. »Du warst so süß. Süß und aufregend. Einfach süß.«

»Ach, Scheiße«, sagte ich. »Du hast mich angelogen und eingeladen und abgefüllt, weil du mich ficken wolltest. Und ich bin darauf reingefallen. Na gut, so was soll passieren, und warum nicht auch mir? Aber dann hast du mich wochenlang in die Buchhandlung gehen lassen, zu Walter, diesem feuchten, blond gefärbten Elend, der mich dauernd angemacht hat und beglotzt und betatscht und Küsschen hier und Küsschen da, und immer mit diesen widerlich nassen Lippen.«

Obwohl ich strikt nach vorne schaute, durch die offene Tür, die ins Wohnzimmer führte und durch die nächste Tür bis ins Esszimmer, wo alles seinen Anfang genommen hatte, konnte ich aus den Augenwinkeln sehen, dass ein Schimmer von Ärger und Eifersucht über sein Gesicht ging. Wenigstens etwas.

»Es tut mir so Leid, Anna«, sagte er. »Ich habe ein schrecklich schlechtes Gewissen gehabt. Besonders, als du immer in dieser Buchhandlung warst. Aber ich hatte Angst, dass du gehst, wenn ich dir sage, dass ich dich belogen habe …«

»Und der Yogakurs«, sagte ich, »diese furchtbare Quälerei. Und für was? Für nichts.«

»Du musst nicht glauben, dass ich so was öfter mache. Frauen belügen und unter Alkohol setzen, um sie ins Bett zu kriegen. Das habe ich noch nie getan. Du bist die Erste. Und Einzige. Und du wirst immer die Einzige bleiben.«

»Soll ich das etwa als Kompliment auffassen, oder wie?«

»Das wäre denkbar«, sagte er vorsichtig. »Für diese Auffassung spricht viel.«

Ich wandte den Kopf zu ihm. Er hatte die Haare hinter die Ohren gestrichen und sah mich mit seinen schmalen schwarzen Augen ernst an.

»Machst du dich jetzt auch noch lustig über mich?«

»Bestimmt nicht. Im Gegenteil. Ich mache dir eine Liebeserklärung. Ich weiß ja, dass ich mich wie ein Arsch benommen habe, aber warum? Weil ich so verdammt verliebt bin. Glaubst du mir das?«

Ich überlegte. Eigentlich schon. Doch ja, das tat ich. Wenn man bedachte, was er alles mitmachte mit mir, konnte er nur verliebt sein. Sehr verliebt.

Etwas in mir wurde federleicht. Und dann fiel mir ein, was er vorhin gesagt hatte: Ich habe nichts mit denen zu tun, wahrhaftig nicht.

Er hatte nichts mit ihnen zu tun. Wahrhaftig nicht. Das Etwas in mir wurde auch noch warm und begann zu leuchten.

»Hoffentlich machst du so was nie wieder«, sagte ich. »Außer mit mir natürlich.«

»Versprochen«, sagte er und fasste nach meiner Hand.

Wir saßen nebeneinander im Bett und hielten uns an den Händen, und zum ersten Mal war alles klar zwischen uns. Wir rutschten langsam hinunter und nahmen uns in die Arme, ganz sanft, Körper an Körper, und rührten uns nicht und schwiegen, und ich hörte sein Herz und seinen Atem und spürte die Bewegung seiner Brust, und meine Gedanken standen still.

Nach einer Weile räusperte er sich, legte den Kopf zurück und sah mich an. Seine Augen waren weich.

»Du musst sofort damit aufhören. Mit diesem Suchen und Ermitteln. Ich will nicht, dass dir was passiert.«

Ich legte meine Wange an seine Schulter.

»Ich höre nicht damit auf. Hilf mir lieber.«

Er schwieg.

»Ich suche ihn auf jeden Fall weiter, ob du mir nun hilfst oder nicht.«

Er strich mir über das Haar und streichelte mein Gesicht.

»Das hätte ich mir denken können«, sagte er nach einer Weile. »Na gut. Fürs Erste helfe ich dir, und dann sehen wir weiter. Morgen fahren wir in die Kanzlei und sehen uns die Unterlagen an, die von meinem Vater. Und danach besuchen wir ihn. Das wollte ich sowieso.«

»Aber ich dachte, dein Vater ist tot«, sagte ich. »So wie du von ihm sprichst ...«

»Irgendwie ist er das auch. Er hat Alzheimer. Er weiß nichts mehr, er kennt niemanden mehr, sich auch nicht, und er hat sein ganzes Leben vergessen. Fast jedenfalls. Manchmal erinnert er sich plötzlich an etwas. Wir können es ja mal versuchen.«

Ich fasste nach seiner Hand, die über meine Wange strich, und küsste ihre Innenfläche.

»Danke«, sagte ich. »Aber heute feiern wir noch ein bisschen Weihnachten. Im Kühlschrank gibt es noch Roastbeef und Hummersalat, und im Fernsehen ›Krieg und Frieden‹. Was willst du zuerst?«

»Dich.«

Das Heim hatte himmelblau spiegelnde Linoleumböden und bunte Wandmalereien von falscher Fröhlichkeit, und in der Eingangshalle stand ein Weihnachtsbaum, der aussah wie die Weihnachtsbäume auf den Fotos aus den fünfziger Jahren, dünn und stark mit Lametta behangen. Ein Geruch nach Urin wurde vom künstlichen Blumenduft der Putzmittel überdeckt, und darüber lagerten die Dünste des Mittagessens, Braten und etwas Säuerliches, Rotkohl vielleicht oder Salat.

Wir gingen durch einen langen Gang, an dessen Ende Tageslicht durch ein Fenster schimmerte wie das Licht am Ende des Tunnels. Andreas öffnete eine Tür. Eine Schwester mit einem Tablett kam uns entgegen.

»Ah, Weihnachtsbesuch!«, sagte sie, in dem zu lauten, zu fröhlichen Ton, den Menschen annehmen, die zu viel mit Krankheit und Traurigkeit zu tun haben. »Ihr Sohn ist gekommen, Dr. Moratt. Und gerade rechtzeitig zum Kaffee. Möchten Sie auch Kaffee?«

»Nein, danke«, sagte Andreas.

Er holte noch einen Stuhl, und wir setzten uns an den Tisch mit der bunt gestickten Weihnachtsdecke, an dem Dr. Moratt saß. Er trank seinen Kaffee und aß den Kuchen, achtsam und gründlich vertilgte er jeden Krümel, und zwischendurch ließ er seinen Blick über unsere Gesichter schweifen, ohne Regung, als ob er auf eine seit langem bekannte Landschaft blickte.

»Sagst du ihm nicht guten Tag?«, fragte ich flüsternd.

»Du kannst ruhig laut reden, das stört ihn nicht. Aber es würde ihn stören, wenn wir ihn beim Essen unterbrechen.«

Es dauerte lange, bis der alte Mann mit dem Kuchen fertig war. Er trug ein weißes Hemd, schwarze Hosen und Hosenträger, die irgendwie nicht zu ihm passten. Sein Haar war noch ganz dunkel und sehr kurz geschnitten, und in seinem länglichen Gesicht saßen die gleichen schmalen, dunklen Augen, die Andreas hatte. Auch seine Hände waren Andreas' Hände, schmal und bräunlich, nur dass seine faltig waren und Altersflecken hatten.

Er stellte das Kaffeegeschirr sorgsam beiseite und sah uns regungslos an.

»Hallo, Papa«, sagte Andreas, stand auf und küsste ihn auf die Wange. »Das ist Anna.«

»Guten Tag, Herr Moratt«, sagte ich.

Er sah uns weiter regungslos an.

»Ich wollte dich was fragen, Papa. Erinnerst du dich an Karl? Karl Rode, deinen Freund Karl?«

Dr. Moratt ließ seinen Blick über uns gleiten wie zuvor.

»Karl Rode«, wiederholte Andreas, »du weißt schon, dein Freund Karl.«

Er sagte es immer wieder, und Dr. Moratt sah uns immer weiter so an, und ich fand es so quälend, dass ich schon wünschte, er solle aufhören, da öffnete Dr. Moratt plötzlich den Mund.

»Fotos«, sagte er.

»Fotos«, wiederholte Andreas. »Wo sind die Fotos?«

Dr. Moratt wies auf den Kleiderschrank, und Andreas ging hinüber und kam mit einer Schachtel voller Fotos zurück und stellte sie vor seinen Vater auf den Tisch. Dr. Moratt suchte darin herum und legte Bilder vor uns hin und sagte Namen: Rita, Sonja, Andreas.

»Rita ist meine Mutter. Und Sonja ist meine Schwester.«

»Das mit dir möchte ich gerne sehen«, sagte ich.

Neben einem jungen Dr. Moratt stand eine zarte, hübsche Frau in einem hellen Kostüm, die ein Baby auf dem Arm hielt, und vor den beiden ein Mädchen mit Zöpfen und dünnen Beinen in einem karierten Faltenrock. Das Baby hatte schmale Augen und dunkle Haare und sah aus wie ein Indianerbaby.

»Süß«, sagte ich.

Er verzog das Gesicht.

»Karl«, sagte Dr. Moratt, »mein Freund Karl.«

Er legte wieder Fotos vor uns hin, und auf jedem war Karl Rode zu sehen, groß und gut aussehend, der neben dem zierlichen Dr. Moratt noch größer und eindrucksvoller wirkte.

Auf dem einen Bild standen sie vor einem Auto an einer Bergstraße, auf dem anderen hatten sie die zarte, hübsche Frau in ihrer Mitte und blinzelten lächelnd in die Sonne, und auf dem dritten war Karl Rode allein, er stand zwischen zwei

Tannen an einem Rasenhang, in den Steinstufen eingelassen waren.

»Karl Rode«, sagte Andreas, »dein Freund Karl. Wann war das, und wo wart ihr da, Papa?«

Aber Dr. Moratt deutete nur immer wieder auf die Fotos und sagte »Rita« und »Karl, mein Freund Karl«. Er lächelte dabei, ein Lächeln, das ihn Andreas sehr ähnlich machte, und es schien, als sei er glücklich, in den Fotos ein Stück aus seinem vergessenen Leben wiedergefunden zu haben. Für den Moment jedenfalls.

»Es hat keinen Sinn«, sagte Andreas. »Er wird nichts mehr sagen.«

»Können wir die Fotos mitnehmen? Bloß diese drei.«

»Auf keinen Fall.«

Er stand auf und strich seinem Vater über den Arm.

»Wir gehen dann mal, Papa.«

Dr. Moratt sah von dem Foto auf, das er in der Hand hielt, und sagte »Andreas« und lächelte, und in Andreas' Gesicht zuckte es.

Dr. Moratt deutete auf das Bild: »Rita, Sonja, Andreas.«

»Ich habe schon gedacht, er hätte mich erkannt«, sagte Andreas und küsste seinen Vater auf die Wange.

»Auf Wiedersehen, Papa.«

»Auf Wiedersehen, Herr Moratt«, sagte ich, aber er hörte es nicht.

Andreas ging so schnell, dass ich kaum hinter ihm herkam. Erst auf dem Parkplatz holte ich ihn ein.

»Ist es sehr schlimm?«

»Natürlich«, sagte er ungeduldig. »Das kannst du dir doch denken. Dein eigener Vater erkennt dich nicht mehr. Was glaubst du, wie das ist?«

In der Nacht wachte ich auf und konnte nicht wieder einschlafen. Ich lag da und hörte Andreas atmen und sah auf das Licht der Straßenlaternen, das durch die Vorhänge drang und Muster auf Decke und Wände zeichnete. Was er gesagt hatte, hallte in meinem Kopf wider und hielt mich wach. Das kannst du dir doch denken, dein eigener Vater erkennt dich nicht mehr, was glaubst du, wie das ist?

Mein eigener Vater würde mich sowieso nicht erkennen, dachte ich, egal, ob er Alzheimer hat oder nicht. Und ich ihn auch nicht. Weil ich ihn nicht kenne. Ich weiß nicht mal, wie er aussah. Nicht mal, ob er noch lebt.

Ich dachte selten an meinen Vater und sprach nie über ihn. Nicht von ihm sprechen und nicht an ihn denken, das war das stillschweigende Gesetz, das meine Mutter erlassen hatte, um den Schmerz in Schach zu halten, und ich war ihr darin gefolgt, natürlich, und wir lebten immer noch nach diesem Gesetz. Nach all den Jahren.

Weil wir das Gesetz so streng befolgt hatten, wusste ich fast nichts von ihm. Nur, dass er ein Jahr, nachdem sie geheiratet hatten und ich geboren worden war, fortgegangen war. Er hatte ihr einen Brief dagelassen, in dem stand, dass er so nicht leben könne und dass sie es hoffentlich verstehen und ihm verzeihen würde und dass er irgendwo in Australien oder Neuseeland neu anfangen werde. Dass er ein Sparkonto für mich eröffnet habe, das mir an meinem achtzehnten Geburtstag ausgezahlt werden sollte.

Als ich achtzehn wurde, bekam ich das Geld, zwanzigtausend Mark, und gab es meiner Mutter, die es auch nicht wollte und es aufhob, für später, wenn ich heiraten und eine Aussteuer brauchen würde. Und sie gab mir das einzige Foto von ihm, das sie hatte, und fragte, ob ich etwas wissen wollte. Ob ich Fragen hätte. Ich hatte keine, denn ihr Gesicht und der Ton ihrer Stimme sagten deutlich: Frag bloß nicht. Aber ich nahm das Foto und hütete es wie einen Schatz und sah es mir immer wieder an, wenn ich alleine war.

Es zeigte sie bei ihrer Hochzeit, meine Mutter hatte kurze Locken und volle Schwangerschaftsbrüste im weiten Ausschnitt ihres Blümchenkleides, und ihr Gesicht war so weich und heiter, wie ich es nie gesehen hatte. Er hatte den Arm um ihre Schulter gelegt, sie sahen einander lachend an, und er wirkte mit seinen langen Haaren und dem weiten weißen Hemd wie ein Pirat.

Ich vertiefte mich in das Foto, ich studierte es, ich versuchte herauszufinden, was zwischen den beiden gewesen war, Liebe, Leidenschaft, Nähe, Ferne, Freundschaft, Verstehen, was immer – aber natürlich war davon nichts zu erkennen auf einem Foto, das bei einer fröhlichen Feier in einem Restaurant gemacht worden war.

Ich studierte auch sein Gesicht, vielleicht fand ich ja etwas von mir darin, und mir schien, als ob ich die Augenbrauen von ihm hatte und den breiten Mund und die glatten, weichen Haare, die so anders waren als die kräftigen Locken meiner Mutter, aber vielleicht täuschte ich mich, ich hatte ja nur das Foto.

Auf der Rückseite des Bildes stand in einer fremden Handschrift »Hochzeit Uli und Annette, 1969«. Er hieß Ulrich, und alle hatten ihn Uli genannt. Uli und Annette, meine Eltern, dachte ich, wenn ich das Foto in die Nachttischschublade legte und das Licht ausmachte, im Dunkeln sagte ich es vor mich hin, Uli und Annette, meine Eltern, murmelte ich, und Uli, mein Vater, und mein Herz wurde dick vor Trauer und Sehnsucht, bis es meine Brust ausfüllte und mir den Hals zuschnürte.

Bei der Erinnerung daran spürte ich wieder den Druck in Brust und Hals. Ich lauschte auf das tröstliche Geräusch von Andreas' Atem und versuchte, nicht mehr daran zu denken, aber die Erinnerung blieb, bis ich zu ihm hinüberrutschte und mich an ihn drängte und er wach wurde und sich murmelnd umdrehte und den Arm um mich legte.

Wir waren fast eine Woche lang ununterbrochen zusammen, und man hätte meinen sollen, meine Schuldgefühle hätten sich endlich an ihn gewöhnt, aber bevor wir Silvester zusammen feiern konnten, musste ich noch zum Friedhof.

»Geh du nur«, sagte er. »Dann komme ich endlich mal wieder dazu, die Zeitung zu lesen. Und grüß deinen Mann.«

»Mach keine Witze«, sagte ich heftig.

»Entschuldige. Ich ziehe meine unpassende Bemerkung mit dem Ausdruck des Bedauerns zurück.«

Draußen war es kalt und grau, und als ich am Friedhof aus der U-Bahn kam, wehte mich ein eiskalter Wind an. Ich flüchtete in die feuchte Wärme der Friedhofsgärtnerei, um Jochens Rosen zu besorgen, aber dann blieb mein Blick an einem Gefäß voller samtiger, dunkelroter Rosen hängen.

»Die möchte ich«, sagte ich. »Alle. Binden Sie sie schön zusammen. Sie sind für ein Grab.«

»Dann nehme ich Lorbeer dazu«, sagte die Verkäuferin eifrig und schleppte den Blumeneimer hinter die Theke. »Möchten Sie auch eine Schleife? In stiller Trauer, in ewigem Angedenken, für immer in Liebe?«

Ich verstand sie nicht.

»Das wären die Aufschriften. Auf den Schleifen.«

»Nein, danke. Keine Schleife.«

Es wurde ein großes Gebinde, das nicht leicht zu tragen war, das mich aber ein bisschen gegen den eisigen Wind schützte, der über den Friedhof wehte. Es passte genau auf Jochens Grab und sah sehr gut aus zum Dunkelgrün des Efeus.

Ich sah auf den Stein, der von einer feinen Schicht aus Eiskristallen überzogen war. In stiller Trauer, in ewigem Angedenken, für immer in Liebe, dachte ich. Stimmt. Es ist mehr als das, es ist auch nicht so einfach, aber es stimmt. Es wird immer stimmen.

Und trotzdem feiere ich Silvester mit einem anderen Mann. Ich werde ihn umarmen und küssen und ihm ein gutes neues Jahr wünschen. Er wird der Erste sein, den ich in der Neujahrsnacht küsse. Richtig küsse. Du weißt ja, das bedeutet etwas für mich. Das warst sonst immer du. Nur du. Mein Leben lang. Nun ist er es.

Ich weiß nicht, ob es richtig ist, was ich tue. Du bist doch noch gar nicht so lange fort. Wäre es in zehn Jahren richtiger? Oder in zwei? Ich weiß nicht. Ich tue es jetzt einfach. Aber ich wollte es dir wenigstens sagen.

Der Wind trug feinen Schnee heran, der den Stein allmählich einhüllte, er machte Jochens Namen unleserlich und fing an, die Rosen zu bedecken.

»Jesus, nein«, sagte Frau Engler neben mir. Sie hatte die zauberische Fähigkeit, plötzlich und unerwartet neben mir zu stehen. »Sind die aber schön! Ist was Besonderes?«

»Ich weiß nicht«, sagte ich. »Mir war so danach.«

»Ach, sind die schön«, sagte sie und strich mit ihren gekrümmten Händen über die Köpfe der Rosen. »Das ist eigentlich fast ein bisschen schade, nicht? Weil jetzt werden sie bloß erfrieren. Aber ...«, rief sie sich zur Ordnung, »es ist ja für den Ihren. Und überhaupt, zum neuen Jahr.«

Sie sah mir aufmerksam ins Gesicht.

»Und Sie? Sie sind schon ganz blau um die Nase, Sie werden sich verkühlen, wenn Sie hier noch lange herumstehen.«

Sie selbst trug nur den alten, dünnen Parka über dem grauen Kostüm, keine Mütze, keine Handschuhe und auch keine Stiefel an den mageren, nylonbestrumpften Beinen.

»Und Sie? Frieren Sie gar nicht?«

»Mich friert nicht mehr«, sagte sie, wedelte abwehrend mit der Hand und ging weiter zu ihrem Grab.

»Frau Engler!«, rief ich und lief hinter ihr her. »Ich wollte Sie was fragen. Ich werde vielleicht nicht mehr so oft kommen. Schauen Sie ein bisschen nach meinem Grab?«

Sie sah mich wieder so aufmerksam an und nickte.

»Danke«, sagte ich und nahm ihre Hand. »Und ein gutes neues Jahr!«

Sie befreite ihre Hand aus meinem Griff.

»Sie werden sich noch verkühlen, und da haben Sie dann Ihr gutes neues Jahr.«

Ich verkühlte mich nicht nur, ich wurde richtig krank, ich lag hustend und niesend in Andreas' rotem Bett, umgeben von Kleenex-Schachteln, fühlte mich furchtbar, sah furchtbar aus und fühlte mich infolgedessen noch viel furchtbarer.

Ich wusste, dass Andreas nicht die Art von Mann war, dem äußere Schönheit über alles geht, aber man soll Männer auch nicht überfordern, vor allem, wenn man sie noch gar nicht so gut kennt. Vielleicht hasste er Menschen mit roten Nasen und geschwollenen Augen. Vielleicht hasste er Kranke überhaupt. Jochen hatte mich geliebt, wenn ich krank war, weil er fand, dass ich dann so süß aussah.

»Ich nehme mir ein Taxi und fahre nach Hause.«

»Das ist eine phantastische Idee«, sagte Andreas. »Mit über neununddreißig Fieber genau das Richtige.«

»Dann kann ich in Ruhe krank sein, und du bist mich los.«

Und ich konnte Thorsten anrufen. Ich konnte ihn unmöglich hierher kommen lassen. Er war Jochens ältester Freund, und er würde es mir nie verzeihen, wenn er mich im Bett eines anderen Mannes vorfand, wahrscheinlich nicht mal, wenn ich im Sterben läge, aber bestimmt nicht mit einer einfachen Grippe.

»Warum kannst du nicht hier in Ruhe krank sein?«

»Weil ich dir auf den Geist gehe und furchtbar aussehe. Und was willst du mit mir anfangen? Mir tut alles weh, ich kann mich nicht bewegen, und Luft kriege ich auch nicht. Du kannst nicht mit mir schlafen, ich bin zu gar nichts nütze.«

Er warf sein Haar mit einer wütenden Bewegung zurück.

»Himmel nochmal, Anna, du bist doch keine Nutte, die ich ficke.«

Ich kicherte krächzend. »Wäre ich aber gerne. Allerdings nur deine.«

»Meinetwegen fahr nach Hause, wenn du unbedingt willst. Aber du kannst auch hier bleiben. Ich mag es, wenn du da bist. Und du siehst nicht furchtbar aus. Du siehst süß aus, wie dieser Fernsehkobold mit der quietschenden Stimme. Du klingst auch so.«

»Findest du wirklich, dass ich süß aussehe?«

»Ja.«

»Na gut. Dann bleibe ich.«

Er verbeugte sich.

»Das Volk dankt.«

Von nun an schlief ich fast nur noch, und wenn ich aufwachte, bekam ich das Grippemittel, das Andreas in der Apotheke besorgt hatte, und Hühnersuppe und Lindenblütentee, was die Apothekerin als Ernährung für Grippekranke empfohlen hatte. Abends, nachdem ich ins Bad gewankt war und geduscht hatte, gab es ein Glas Sekt – gut für den Kreislauf, sagte die Apothekerin, die eine vernünftige Frau zu sein schien – und die Tagesschau, und ich schlief wieder ein.

In der Silvesternacht wurde ich vom Krachen und Zischen der Feuerwerkskörper wach, vom Läuten der Glocken und den Walzerklängen im Fernsehen. Dann standen wir am Fenster und sahen den Raketen zu, die hochstiegen und glitzernde Blumen an den Himmel malten und Sternenregen vergossen, und tranken Champagner und küssten uns, lange, tief. Richtig. Der zweite Mann in meinem Leben, den ich in der Neujahrsnacht küsste.

Er brachte mich wieder ins Bett und zog mir behutsam das Nachthemd aus.

»Nicht bewegen, du bist noch krank«, sagte er, als ich ihm dabei helfen wollte.

»Kann ich aber schon wieder. Mir geht es viel besser.«

»Darfst du aber noch nicht.«

Er streifte seinen Bademantel ab und legte sich neben mich: »Lass mich machen. Rühr ja keinen Finger«, und ich gehorchte und ließ mich von ihm lieben, ohne einen Finger zu rühren.

»Danke«, sagte ich, als er sich von mir löste und sich neben mir einrichtete. »Davon könnte ich mehr brauchen.«

»Kriegst du«, sagte er und schenkte Champagner nach. »Und mehr zu essen. Du bist schrecklich dünn geworden.«

Das war mir auch aufgefallen, als ich mich nach dem Duschen im Spiegel betrachtet hatte. Meine Schlüsselbeine und Hüftknochen waren gut zu sehen, meine Brüste dagegen fast gar nicht mehr.

»Findest du dünne Frauen sehr langweilig?«, fragte ich besorgt.

»Nein«, sagte er und machte den Fernseher an. »Ich finde nur langweilige Frauen langweilig. Und Frauen, die extrem dämliche Fragen stellen.«

»Gib mir bitte noch ein Glas Champagner. Alkohol hat viele Kalorien.«

Ich trank es aus und legte den Kopf an seine Schulter, und wir sahen den besonderen Film, den ein Privatsender für die Neujahrsnacht reserviert hatte. Es war irgendetwas in Schwarzweiß mit Humphrey Bogart, aber ich schlief bald wieder ein.

Als ich das nächste Mal aufwachte, war alles still, und durch das geöffnete Fenster drang der Geruch abgebrannter Feuerwerkskörper. Ich sah mich um, etwas hatte mich geweckt, aber es war nicht hier, es war etwas im Traum gewesen, ein Gedanke, eine Idee, ein plötzliches Wissen, das einen im Halbschlaf überkommt und wach werden lässt.

Ich stand auf, schloss leise das Fenster, machte Licht auf meiner Seite des Bettes und versuchte, mich zu erinnern. Tannen fielen mir ein, Steine, Rasen, blauroter Klinker, schwere Gesimse unter kleinen Fenstern – o ja, das war es! Das Foto von Karl Rode, auf dem er zwischen zwei Tannen zu sehen war, an einem Abhang mit Steinstufen, war vor dem Haus in Hannover gemacht worden, dessen Adresse ich auf Jochens Liste gefunden hatte, vor der hässlichen Vorstadtvilla mit dem traurigen Steingarten, an deren Gartentor ich so lange gestanden hatte.

Irgendetwas hatte er mit dem Haus zu tun, und Jochen

hatte es gewusst und war dem Hinweis nachgegangen, und ich würde hinfahren und mir das Haus ansehen und so lange dort bleiben, bis ich es auch wusste. Es war nur ein winzig kleiner Hinweis, aber immerhin, es war einer, der einzige, den ich hatte.

Ich sah Andreas an, der auf der Seite lag, mir zugewandt. Er hatte den unschuldigen Gesichtsausdruck, den manche Menschen auch als Erwachsene noch haben, wenn sie schlafen. Ich küsste seine braune Schulter. Ich hätte ihn am liebsten geweckt, um ihm zu erzählen, worauf ich gekommen war. Und was ich vorhatte. Aber vielleicht war es besser, wenn ich damit noch ein bisschen wartete. Er würde es hassen, wenn ich schon wieder verschwand.

Ich hasste mich allmählich auch dafür, dass ich immer gleich wieder verschwand.

9

Der Zug fuhr in weiten Kurven durch schwarze Felder und Stoppeläcker, auf denen Schneereste schmolzen. Das Land war flach, und die Dörfer und Bauernhöfe sahen nach Norddeutschland aus. Bald würden wir in Hannover sein.

»Hannover?«, hatte Herr Fischler gesagt. »Was wollen Sie denn in Hannover?«

»Ermitteln.«

»Und dazu brauchen Sie eine Pistole?«

»Wie soll ich mich denn wehren, wenn mir einer was tun will? Könnte ja sein.«

Er sah kopfschüttelnd auf die Pistole, dann auf mich.

»Ich glaube nicht, dass es Jochen recht wäre, wenn ich Ihnen das Schießen beibringe. Er war so sehr dagegen.«

»Glauben Sie, es wäre ihm lieber, wenn Sie mich so nach Hannover gehen lassen?«, fragte ich anklagend. »Schutzlos? Wehrlos?«

Er dachte ernsthaft darüber nach, einen besorgten Ausdruck in seinem Vogelgesicht.

»Wahrscheinlich nicht«, sagte er schließlich. »Na gut. Wenn Sie unbedingt meinen.«

Er betrachtete die Pistole genauer, und sein Gesicht hellte sich auf.

»Das ist ja eine Walther PPK. 7.65. Ohne Fingeranlage. Die ist von Jochen? Die ist aus dem Zweiten Weltkrieg, die muss er noch von seinem Vater haben.« Er drehte sie hin und her und wurde immer fröhlicher. »Eine feine Pistole. Eine der besten damals. Es gab noch die von Sauer. Und die Mauser, besonders die HSc. Und natürlich die P 08, aber die war ein bisschen groß und schwer.«

Er verlor sich in lautem Nachdenken über Pistolen, mit immer anderen Buchstaben- und Zahlenkombinationen, und ich dachte an das, was Jochen gesagt hatte: Harro ist verrückt nach Waffen. Er schießt allerdings auch gut. Er bringt seinen Freundinnen immer das Schießen bei. Warum, hatte ich gefragt. Damit sie ihn abknallen können, wenn er sie verlässt? Er will ihnen imponieren, hatte Jochen gesagt. Und es macht an. Schießen hat auch eine Art von Erotik. Wenn man diese Art mag.

»Die P 08 war Standardausrüstung bei der Wehrmacht«, sagte Herr Fischler gerade. »Manche nennen sie Parabellum, aber eigentlich sagt man nur P 08 …«

Ich unterbrach ihn.

»Und wann zeigen Sie mir nun, wie man schießt?«

Am Wochenende fuhren wir aufs Land zu einem Bauern, in dessen Scheune Herr Fischler seine Schießübungen veranstaltete.

»Na?«, sagte der Bauer und sah mich anzüglich an. »Wieder eine von den jungen Damen, die unbedingt schießen lernen wollen?«

Herrn Fischler schoss die Röte ins Gesicht.

»Das ist Herr Gradstetter«, sagte er würdig und stellte uns mit gemessenen Handbewegungen einander vor. »Frau Wolf. Ihr gehört die Firma, für die ich arbeite.«

»Nichts für ungut«, sagte Herr Gradstetter.

Es ergab sich, dass ich sehr gut schoss, obwohl ich es nicht schaffte, nur ein Auge zuzukneifen, eine Frau war und außerdem Linkshänderin. Drei solche Handicaps, und dennoch – Herr Fischler konnte es nicht fassen. Ich war ein Wunderkind, eine Naturbegabung, wie er sie noch nie gesehen hatte. Er ging immer ganz nahe an die Scheibe, wenn ich geschossen hatte, und fuhr mit dem Finger über die Stelle, wo ich getroffen hatte, um sicher zu sein, dass es kein Fleck war auf dem Pappkarton.

»Intuitiv«, sagte er kopfschüttelnd, und seine Fliege, die

ein rotgrünes Karo trug, zitterte. »Sie schießen intuitiv, anders kann ich es mir nicht erklären. Sie brauchen nichts mehr zu lernen, Sie brauchen nur noch zu üben. Ein bisschen. Aber denken Sie daran: Zielen Sie immer auf die Beine, auch in Notwehr, wenn Sie noch die Zeit haben. Der gute Schütze tötet nicht, außer bei der Jagd oder im Krieg.«

Er machte ein ernstes, ergriffenes Gesicht, während er diese Weisheit von sich gab, und ich tat ihm den Gefallen und blickte auch ernst und ergriffen.

»Na, wie schießt sie denn so, die Frau Chefin?«, fragte Herr Gradstetter, als wir seine Scheune wieder verließen.

»Wirklich sehr gut«, sagte Herr Fischler begeistert.

»Respekt«, sagte Herr Gradstetter und tippte mit zwei Fingern an seine Mütze.

Ich war auch begeistert. Ich konnte schießen, ich konnte mich wehren, und ich war eine wundersame, intuitive Naturbegabung, das war so, und das blieb so, auch wenn ich nie wieder eine Pistole in die Hand nehmen würde.

»Wann sind Sie denn so zurück aus Hannover?«, hatte Herr Fischler gefragt, als er vor meinem Haus gehalten hatte.

»Ich weiß es nicht. In ein paar Wochen vielleicht.«

»Machen Sie es nicht zu lange. Und passen Sie auf sich auf. Das können Sie ja jetzt. Es ist ein komisches Gefühl, wenn da keiner sitzt. In Jochens Büro, meine ich.« Er hatte aufmerksam in den Rückspiegel gesehen, obwohl hinter uns gar nichts zu sehen gewesen war. »Sandra geht es auch so. Ich meine, Frau Beifuss.«

Mein Gott, hatte ich gedacht. Ich kann schießen, ich bin ein Naturwunder, und sie fangen an, mich zu mögen. Oder wenigstens zu brauchen, damit Jochens Zimmer nicht so leer ist. Das ist doch schon mal was.

Der Zug fuhr in einen Bahnhof ein und hielt, und wir mussten lange warten. Das Stationsgebäude war alt und schön, mit Efeu an seinen Mauern, hölzernen Fensterläden und einem silbergrauen Schieferdach. Alles andere, das Vordach, die Bänke, die Fahrradständer, war neu und aus Metall und in einem besonders hässlichen Bedürfnisanstaltsgrün gestrichen. Es sah aus, als hätte das alte Haus eine wuchernde Krankheit aus grünem Metall.

Ich hatte mir einen Stadtplan von Hannover gekauft und ein Zimmer in der Nähe des Bahnhofs reserviert. Dann war ich zu meiner Mutter an den Bodensee gefahren.

»Aber was willst du denn in Hannover, Anna?«, hatte sie besorgt gefragt.

»Ich ermittle ein bisschen«, sagte ich. »Was ganz Unwichtiges, nur, damit ich es lerne. Ich arbeite doch in Jochens Firma mit. Hier und da, jedenfalls.«

Früher hätte sie sich mit einer Antwort, die so ausweichend und verharmlosend klang, nie zufrieden gegeben. Sie wurde allmählich alt. Oder vielleicht hatte sie auch einfach keine Lust mehr, immer für andere zu denken. Besonders für mich.

»Schön, dass du mich vorher nochmal besuchst.«

Ich gab mir einen Ruck.

»Ich wollte dich was fragen, Mama.«

Sie lächelte.

»Du hast so lange nicht mehr Mama zu mir gesagt ...«

»Ich wollte dich was fragen. Erzählst du mir von meinem Vater?«

Das Lächeln verschwand, ihr Gesicht verschloss sich und wurde starr, und das alte Sprich-nicht-Darüber stand darin.

»Wie kommst du denn darauf?«

Ich hatte geahnt, dass sie mich das fragen würde, und beschlossen, ihr eine ehrliche Antwort zu geben.

»Ich habe einen Mann kennen gelernt. Wir haben Weihnachten zusammen gefeiert. Und dann haben wir seinen Vater im Pflegeheim besucht. Er hat Alzheimer. Und da fiel mir mein Vater ein. Ich habe nur das Foto von ihm. Ich will endlich ein bisschen mehr über ihn wissen.«

Meine Stimme zitterte, und was ich sagte, klang steif und hölzern. Aber ich hatte es immerhin gesagt.

Sie hatte den Blick von mir abgewandt und sah aus dem Fenster, und ich sah auf ihr abwesendes Gesicht und wartete und spürte, wie sich der Angstschweiß feucht und klebrig unter meinen Achseln ausbreitete.

Nach einer langen Zeit, wie mir schien, seufzte sie und wandte sich mir wieder zu.

»Also, was willst du wissen?«

Rosemarie steckte den Kopf durch den Türspalt.

»Essen ist fertig, ihr Lieben. Kommt ihr? Lasst es nicht kalt werden.«

Meine Mutter zögerte, dann raffte sie sich auf.

»Rosemarie«, sagte sie mit der Stimme, die sie früher gehabt hatte und die klar und kräftig war, »wir haben etwas Wichtiges zu besprechen, Anna und ich. Warte nicht mit dem Essen auf uns. Und mach die Tür zu.«

Rosemarie öffnete den Mund, aber dann machte sie ihn wieder zu, zog den Kopf hastig zurück und schloss die Tür.

»Es gibt eigentlich gar nichts zu erzählen. Du weißt doch alles. Wir haben geheiratet, du bist auf die Welt gekommen, und dann ist er gegangen.«

»Aber was war er für dich? Und du für ihn? Und ich?«

»Alles«, sagte sie, »für mich war er alles.«

Sie zögerte, als überlege sie, ob da nicht noch etwas gewesen war.

»Außer dir natürlich«, fügte sie dann hinzu. »Und er? Er hat uns geliebt, sicher. Dich hat er immer ›Cara‹ genannt. Oder ›Mi Amor‹. Er konnte nur nicht mit uns leben, jeden Tag dasselbe, dieselbe Arbeit, dieselben Menschen, die Verantwortung für andere, nicht nur für sich, das konnte er einfach nicht. Er wurde richtiggehend krank davon. Kaum waren wir verheiratet, war er dauernd erkältet. Und dabei war er eigentlich so gesund. Er war ein wunderbar kraftvoller und gesunder Mann.«

Ihr Blick ging an meinem Gesicht vorbei zur Wand, blieb dort hängen und kehrte nach einer Weile zu mir zurück.

»Ich verstehe ja, dass er gegangen ist. Er konnte so nicht leben, wirklich nicht. Dafür war er einfach nicht gemacht. Aber ich kann es nicht vergessen. Und ich kann es ihm nicht verzeihen. Es ist wie eine Wunde, die nicht heilt. Ich habe ihm alles gegeben, alles, alles, mein Schönstes, mein Bestes, mein Innerstes, und er hat es genommen und hat mich stehen lassen.«

Ihr Blick glitt zurück zur Wand, ihre Augen wurden trübe und wie blind, und ihr Gesicht sah aus, als würde es jeden Moment auseinander fallen. Ich wagte kaum zu atmen. Ich hätte gern etwas gesagt, etwas Tröstliches, aber ich wusste nicht, was, es gab wohl auch nichts, und ich hätte sie gerne in die Arme genommen, aber das wagte ich auch nicht.

Nach einer langen Zeit sah sie mich wieder an, klar und konzentriert. Sie lächelte sogar.

»Darum bin ich froh, dass du einen neuen Mann hast. Ich hatte Angst, dass es dir mit Jochen auch so geht, dass du nicht von ihm loskommst. Ich bin wirklich sehr froh, Anna. Aber jetzt müssen wir rübergehen und essen und Rosemarie versöhnen. Sie ist bestimmt schrecklich gekränkt.«

Ich packte zwei Koffer und schickte sie nach Hannover. Dann räumte ich meine Wohnung auf und fuhr zu Andreas, zu unserem letzen Abend und unserer letzten Nacht, bevor ich wieder verschwand.

Er war eben erst aus der Kanzlei gekommen und trug noch seinen Anwaltsanzug und sein Anwaltsgesicht. Eine Falte stand zwischen seinen Augenbrauen, seine Schritte waren laut und seine Bewegungen heftig.

»Ich finde es zum Kotzen, dass du nach Hannover fährst.«

»Ich weiß«, sagte ich sanft.

»Kaum bist du da, bist du schon wieder weg. Ich hasse das.«

»Ich auch«, sagte ich sanft.

Er warf sein Jackett aufs Sofa, zerrte sich die Krawatte vom Hals und zog das Hemd über den Kopf.

»Komm ins Bett«, sagte er, auf eine Art, die ich nicht an ihm kannte und die mir überhaupt nicht gefiel. Aber ich wollte jetzt nicht streiten.

Es war das erste Mal, dass unsere Körper nicht zusammenpassten und unsere Seelen sich nicht berührten, wir mühten uns unbeholfen aneinander ab, und was wir miteinander taten, wirkte auf einmal wie eine absonderliche Betätigung, eine peinliche Verrichtung. Wir lagen aufeinander und bewegten uns mit verzweifelter Heftigkeit, und dann ging auch das nicht mehr, denn dann ging gar nichts mehr bei ihm, und wir lagen nur noch da, hilflos und erschöpft.

Irgendetwas musste ich jetzt tun. Liebevolles Verständnis zeigen, ihn annehmen, wie er war, und ihm zu verstehen geben, dass es mir ganz und gar nichts ausmachte. Aber wie? Und wenn ich in dieser beschissenen Situation auch noch behauptete, dass es mir nichts ausmachte, würde dann nicht alles noch viel schlimmer werden?

Ich legte vorsichtig meine Hand auf seine Brust.

»Sag jetzt bloß nicht, dass es dir nichts ausmacht«, sagte er ärgerlich.

»Du kannst ganz beruhigt sein«, sagte ich und spürte, wie ein Kichern in mir hochstieg, »es macht mir was aus, sehr viel sogar«, und legte mein Gesicht auf seine Brust und fing an zu lachen, und dann merkte ich, wie seine Brust sich bewegte, weil er auch lachte, Gott sei Dank.

»Ich hole uns was zu trinken«, sagte er, als wir fertig waren mit Lachen. »Ich glaube, es ist noch eine Flasche Wein im Kühlschrank. Und willst du was essen?«

»Ich will gar nichts. Ich will bloß bei dir sein.«

Wir blieben die ganze Nacht wach, wir wollten keine Zeit mit Schlafen versäumen, wir tranken den Wein in kleinen Schlucken, damit er lange vorhielt, und erzählten uns Geschichten aus unserem Leben oder lagen einfach nur beieinander und sahen zur Decke und manchmal vorsichtig auf die Uhr.

Ich erzählte ihm von meinem Vater. Es war neu und fremd und beängstigend, von ihm zu sprechen, zu einem anderen als Jochen, es war, als ginge ich auf dünnem Eis, auf einem unbekannten See, in einem unbekannten Land.

»Cara«, sagte er leise. »Mi Amor. Er hat dich bestimmt sehr geliebt. Und ich habe solchen Blödsinn geredet, auf dem Parkplatz.«

»Das konntest du doch nicht wissen«, sagte ich erleichtert.

Am anderen Morgen waren wir müde und glücklich und stritten uns noch ein bisschen.

»Ich sehe nicht ein, warum ich dich nicht zum Bahnhof bringen soll. Ich habe Zeit. Ich habe heute Vormittag keine Termine.«

»Weil ich es nicht will.«

»Warum nicht? Nenne mir einen überzeugenden Grund.«

Er redete wie ein Anwalt.

»Weil ich dir hier Auf Wiedersehen sagen will. Nicht auf dem Bahnhof.«

»Du kannst mir hier Auf Wiedersehen sagen. Und dann bringe ich dich zum Bahnhof.«

Er war haarspalterisch und erbsenzählerisch wie ein Anwalt.

»Ich will aber nicht.«

»Und ich will sicher sein, dass alles in Ordnung ist, wenn du abfährst.«

»Wenn Herr Anadakadian mich hinbringt, kannst du sicher sein. Du kannst ihn ja dann anrufen und fragen. Ich gebe dir seine Nummer.«

»Wer ist Herr Anadasowieso? Dieser armenische Taxifahrer?«

»Ja.«

»Dir ist es also lieber, dass dich ein armenischer Taxifahrer zum Bahnhof bringt und nicht ich?«

»Ja, verdammt«, sagte ich. »Weil ich dann auf dem Bahnhof nicht weinen muss. Wenn du mich hinbringst, muss ich weinen.«

»Warum?«

»Weil …, weil …, warum sollte ich weinen, wenn mich ein armenischer Taxifahrer zum Bahnhof bringt?«

Das wäre beinahe in eine Liebeserklärung ausgeartet. Beinahe. Ich war ganz knapp daran vorbeigerutscht. Jetzt auch noch eine Liebeserklärung, das wäre einfach zu viel gewesen.

»Ach so«, sagte er zufrieden. »Na gut. Das ist ein überzeugender Grund.«

In Hannover regnete es. Ich hatte vergessen, einen Regenschirm mitzunehmen, und musste mir einen kaufen. Ich fror, denn ständig wehte Wind, ein kleiner, kalter, scheußlicher Wind. Das Hotelzimmer war sehr teuer, aber es ging auf einen Hinterhof hinaus, an dem die Hotelküche lag, und es war so klein, dass ich mich jedes Mal am Bett stieß, wenn ich ins Badezimmer wollte.

Ich war zum ersten Mal in meinem Leben so lange allein in der Fremde, Heimweh klumpte in meiner Kehle und machte meine Augen feucht, und ich wäre am liebsten sofort wieder nach Hause gefahren, nur fort aus dieser fremden, nassen, kalten Stadt.

Tagsüber lief ich durch die Straßen und Parks, saß in dem trübseligen Café, das auch auf Jochens Liste stand, oder beobachtete die hässliche Vorstadtvilla, und abends hockte ich auf dem Hotelbett, bediente mich aus der Minibar, wartete auf Andreas' Anruf, sah fern und blätterte in »Fahndung, Observation und Ermittlung«, aber den Fall, dass der Ermittler in einer fremden Stadt von Heimweh zerrissen wird, hatte selbst der allwissende Johannes Kavka nicht vorhergesehen.

Nach einer Woche hätte ich beinahe Herrn Anadakadian angerufen. Er hatte mir gesagt, ich solle ihn anrufen, wenn ich Hilfe brauchte, er hätte Freunde in Hannover, aber er hatte damit wohl kaum gemeint, dass sie mich über meine Einsamkeit hinweg trösten würden.

Nach zwei Wochen war ich so weit, dass ich stundenlang fernsah, selbst die kleinen, klebrigen Pornofilme, die ein Regionalsender nach zwölf brachte, und dazu aß und trank ich aus der Minibar, und am anderen Morgen war der Papierkorb voller Schraubfläschchen und leerer Chips- und Erdnusstütchen, und ich fragte mich, was das Zimmermädchen von mir denken mochte, vermutlich das, was ich auch dachte, nämlich, dass ich auf dem besten Weg war, eine softpornosüchtige Minibarabhängige zu werden.

Ich riss mich zusammen und hörte wieder damit auf und stand noch länger vor der kleinen Villa, in der sich nie etwas regte oder veränderte, und lief noch länger durch die Straßen, um müde zu werden und abends früher einschlafen zu können.

Nach drei Wochen fing ich an, Hannover zu hassen, obwohl ich es inzwischen gut kannte und eigentlich gar nicht so hassenswert fand. Ich kannte auch die kleine Villa mit ihrem Steingarten und den Blautannen genau, und die Nachbarhäuser, ich konnte ja nicht immer nur auf die Villa starren, ich kannte jeden Schatten, jede Spiegelung im Glas, jeden Faltenwurf der Vorhänge, und so wurde mir eines Nachmittags klar, dass ich nicht die einzige Beobachterin war. Nebenan, in einem hellen Haus mit rotem Dach und Birken im Garten, gab es jemanden, der mich beobachtete.

Ich war fast erleichtert. Wenn jemand bemerkt hatte, dass ich immer hier stand, würde er irgendwann die Polizei rufen, und wie sollte ich denen erklären, was ich tat? Ich konnte ebenso gut gleich gehen, ins Hotel, meine Koffer packen und zurückfahren, zu Frau Beifuss und Herrn Fischler, die sehnsüchtig darauf warteten, dass wieder jemand in Jochens

Zimmer saß, und vor allem zu Andreas, der auch sehnsüchtig wartete …

Der darauf wartete, dass das hier schief ging und dass ich zurück käme und die verrückte Idee aufgäbe, Karl Rode zu finden und zu erfahren, ob er an Jochens Tod schuld war. Der hoffte, dass ich auch Jochen ganz und gar aufgab und ganz und gar ihm gehörte.

Aber kann man das, dachte ich, und sah auf das Fenster des hellen Hauses, hinter dem die Gardine sich bewegte und zuweilen ein Schatten zu sehen war. Kann man einen Menschen aufgeben und hinter sich lassen, den man geliebt hat? Nein, kann man nicht, ein Stück Liebe bleibt, sonst war es keine Liebe, ein Teil des Herzens bleibt besetzt, und ganz und gar wird man nie wieder jemandem gehören. Ich jedenfalls nicht.

Ich sah Jochen vor mir, wie ich ihn zuletzt gesehen hatte, wie er die Treppe hinunter lief und innehielt und sich umdrehte und zu mir hinauf sah und lächelte und winkte, ich sah seine Augen und die winkende Hand und die kahle Stelle auf seinem Kopf, die ihm Kummer machte und wegen der er das Haar so kurz trug, damit es voller wirkte, und hörte wieder sein Pfeifen, das im Treppenhaus verhallte, und mein Herz zog sich zusammen vor Liebe, und ich dachte: Gott behüte, dass ich das je vergesse.

Ich ging zur Gartenpforte des hellen Hauses und drückte auf den Klingelknopf unter dem Schild, auf dem »Geiger« stand. Der Türöffner summte fast sofort.

In der Haustür stand eine schöne alte Frau mit großen Augen, fein geschwungenen Brauen, gerader Nase und einem klaren Mund. Ihr graues Haar war glatt zurückgekämmt. Sie sah aus wie eine ägyptische Königin.

»Ich freue mich, Sie kennen zu lernen«, sagte sie. »Wie nett, dass Sie mal reinkommen. Legen Sie doch ab. Hier ins Wohnzimmer, bitte. Sie trinken sicher eine Tasse Tee mit mir, nicht wahr?«

Ich setzte mich vorsichtig in einen der geschwungenen Sessel, die mit Streifenstoff in Rosa und Beige bezogen waren. Das ganze Zimmer war rosa und beige und so hell und adrett wie das Haus.

Ich wartete geduldig, bis sie zurück war, Tee eingeschenkt und getrunken hatte.

»Es erscheint Ihnen vielleicht sonderbar, was ich hier tue«, sagte ich. »Aber bevor Sie die Polizei rufen ...«

»Warum sollte ich denn die Polizei rufen?«, fragte sie. »Das habe ich bei den anderen doch auch nicht getan.«

»Bei welchen anderen?«

»Den beiden jungen Männern, die vor ihnen da waren. Die sind allerdings viel eher zu mir gekommen. Ich habe mich schon gefragt, worauf Sie warten.«

»Und was wollten sie?«

»Sie waren wegen Karl hier. Das sind Sie doch auch, oder?«

Unsere Ermittler, dachte ich.

»Ich konnte ihnen nur gar nicht helfen. Das hat mir richtig Leid getan, besonders bei dem Letzten, der war nämlich ein ganz reizender junger Mann. So charmant, und er hatte so schöne Augen, große dunkelblaue Augen. Wunderschön. Das kann man sich gar nicht vorstellen.«

»Doch«, sagte ich. »Ich schon. Das muss mein Mann gewesen sein. Ich kenne sonst niemanden, der solche Augen hat. Aber er war eigentlich kein junger Mann mehr.«

»Finden Sie wirklich?« Sie überlegte. »Ach, ich bin zweiundachtzig, wissen Sie. Für mich ist praktisch jeder jung.«

»Wann war er denn hier?«

»Ungefähr vor zwei Jahren.«

Sie dachte nach.

»Wissen Sie, ich meine ja auch, wenn das stimmt, was über Karl gesagt wird, dann sollte er unbedingt gefunden und zur Rechenschaft gezogen werden. Ich möchte Sie so gerne dabei unterstützen. Ich weiß nur gar nicht, wie.«

»Ich suche ihn nicht nur deswegen«, sagte ich. »Mein Mann ist tödlich verunglückt, mit dem Auto, vor eineinhalb Jahren, und ich glaube, dass Herr Rode irgendwie daran beteiligt war.«

»Aber das ist ja furchtbar«, sagte sie erschrocken, doch in ihren Schrecken mischten sich Aufregung und Begeisterung. »Dann müssen wir wirklich ernsthaft versuchen, Karl zu finden. Ihr Mann war so nett.«

Ich verließ das Hotel und zog zu Frau Geiger. Ihr Gästezimmer war hell und adrett wie alles hier und doppelt so groß wie das Zimmer im Hotel, und wenn ich ins Bad wollte, musste ich mich nirgends mehr stoßen.

Von hier aus hätte ich die kleine Villa wunderbar beobachten können, Rund-um-die-Uhr-Beobachtung, Vierundzwanzig-Stunden-Observation, und das trocken, warm und gemütlich, aber es war nicht mehr nötig. Das hatte sie in all den Jahren schon gründlich besorgt.

Das Haus war möbliert, aber unbewohnt. Zweimal im Monat kam jemand von einer Hausverwaltung zur Kontrolle und veranlasste Reparaturen, wenn sie nötig waren. Viermal im Jahr kamen die Mitarbeiter einer Reinigungsfirma, um zu putzen, und ein Gärtner, der den Garten instand hielt. Mehr geschah nicht, seit vielen Jahren nicht. Ich war sehr enttäuscht.

Über Karl Rode wusste sie viel mehr. Er war ein Jahr alt gewesen, als seine Eltern in das Nachbarhaus gezogen waren, sie ein Jahr älter, sie hatten Kindheit und Jugend zusammen verbracht, worüber ich nun alles erfuhr, sie hatte auch viele Fotos, ich sah ihn gewissermaßen aufwachsen, und ich hörte geduldig zu und machte Notizen und studierte die Fotos, obwohl ich nicht wusste, was ich eigentlich damit anfangen sollte und wie es mir helfen würde, ihn zu finden, wenn ich genau über seinen ersten Schultag Bescheid wusste und was er in seiner Schultüte gehabt hatte.

»Und sehen Sie hier, Anna«, sagte sie und reichte mir eines dieser altmodischen Fotos mit gezacktem Rand. »Das war unsere Konfirmation. Vierunddreißig. Oder fünfunddreißig?«

Sie standen steif nebeneinander, er im dunklen Anzug, sie im schwarzen Kleid mit weißem Kragen, und umklammerten ihre Gebetbücher. Ihre Gesichter waren blank und kindlich unter den hässlich straff gekämmten Haaren, aber man konnte trotzdem sehen, wie hübsch sie waren.

»Sie waren so hübsch«, sagte ich. »Alle beide. Ein richtig schönes Paar. Haben Sie sich nicht ineinander verliebt?«

»Ach ja«, sagte sie. »Ein bisschen. Das konnte wohl kaum ausbleiben. Er hat mir meinen ersten Kuss gegeben. War das vor oder nach der Konfirmation? Ich glaube, danach. Aber es war nur eine ganz kleine Verliebtheit, und als ich dann meinen späteren Mann kennen lernte ...«

Sie nahm die Brille ab und drückte die Zeigefinger an die Stirn.

»Jetzt muss ich aber wirklich ins Bett. Ich bin schrecklich müde. Lassen Sie uns morgen weiterreden.«

Sie erhob sich ächzend und schwerfällig. Immer, wenn sie sich dem Ende ihrer Zeit mit Karl Rode und damit dem Ende ihrer Erzählung näherte, wurde sie schlagartig müde und sehr alt und konnte nicht mehr reden, und ich hatte sie im Verdacht, dass die plötzliche Erschöpfung dazu dienen sollte, sich meine Gesellschaft noch ein wenig länger zu erhalten.

»Gute Nacht, Anna«, sagte sie am Fuß der Treppe.

»Gute Nacht, Annemarie«, antwortete ich und sah ihr zu, wie sie schon wieder viel leichtfüßiger die Stufen hinaufstieg.

»Nennen Sie mich doch Annemarie«, hatte sie am ersten Abend gesagt, »und ich nenne Sie Anna, ich finde es ganz reizend, dass wir eigentlich denselben Namen haben.«

Ich blätterte im Fotoalbum. Karl und Annemarie im Laufstall, im Sandkasten, auf dem Schaukelpferd, mit Fahrrädern, neben seinem Geburtstagstisch auf der Veranda der kleinen Villa, mit braven Fotografiergesichtern. Sie trug lange Zöpfe, er einen kurzen Haarschopf über ausrasiertem Nacken und ein wenig abstehenden Ohren.

Auf dem letzten Foto standen sie im Steingarten vor den Tannen, da waren sie schon fast erwachsen, sie mit Bubikopf, er mit Mittelscheitel und männlich gerunzelter Stirn, sie hatten einander untergehakt und sahen ein wenig unsicher in die Kamera.

Bald danach hatte sie geheiratet und war weggezogen, und sie trafen einander nicht mehr, auch nach dem Krieg nicht, erst viel später, als sie nach dem Tod ihrer Eltern mit ihrer Familie wieder in dieses Haus gezogen war. Er kam manchmal, um seine Mutter zu besuchen, doch sie sahen sich kaum und waren einander sehr fremd.

»Er war ja ein großer Mann geworden, wohlhabend und erfolgreich. Als seine Mutter dann starb, kam er gar nicht mehr. Aber er hat das Haus nicht verkauft und lässt es erhalten, mit all den Möbeln und Bildern, ganz wie es früher war, wissen Sie.«

Sie hatte eine Weile geschwiegen.

»Sonderbar, nicht? Warum wohl? Es ist vieles so sonderbar, was Karl tut. Das, was man von ihm sagt. Und was mit Ihrem Mann passiert ist. Ich kann es mir nicht erklären. Dabei habe ich ihn gut gekannt. Damals jedenfalls.«

Ich hatte mich nie gefragt, warum er all das tat. Ich hatte immer nur wissen wollen, ob er Jochen etwas getan hatte. Ich würde ihn danach fragen, wenn ich ihn fand. Obwohl mir das noch viel unwahrscheinlicher erschien als je zuvor.

Ich schob das Album ins Regal und machte die Stehlampe aus. Wenigstens das Haus würde ich gerne sehen, dachte ich, wenn ich ihn schon nicht zu sehen kriege. Aber da habe ich auch schlechte Chancen. Ich kann die Hausverwaltung ja nicht gut fragen, ob ich mal rein darf zur Besichtigung. Dann habe ich sofort die »Freunde Deutschlands« auf dem Hals.

10

»Aber natürlich können Sie sich das Haus ansehen«, sagte Annemarie. »Ich habe die Schlüssel.«

»Die Schlüssel?«

»Ja, sicher. Die alte Frau Rode hat sie mir gegeben, weil sie ihre immer vergaß. Sie war so vergesslich geworden. Wollen wir gleich rübergehen?«

»Jetzt gleich?« Es war heller Vormittag.

»Ja, sicher. Wann wollten Sie denn gehen?«

Ich hätte mich bei Dunkelheit hinüberschleichen wollen, um mit einer Taschenlampe durch die Räume zu geistern. Das wäre sicher schwierig und auffällig gewesen. Jetzt gleich war es viel einfacher und dezenter.

»Jetzt gleich.«

Wahrscheinlich hat es sowieso keinen Sinn, dachte ich, sie haben bestimmt die Schlösser ausgetauscht, in all der Zeit. Aber dann haben wir es wenigstens versucht.

Wir gingen durch den Garten zur Vordertür, Annemarie drehte den Schlüssel im Schloss, die Tür sprang auf, einfach so, und wir traten ein und zogen sie behutsam hinter uns zu.

Es roch nach Putzmitteln und abgestandener Luft und Staub und Museum, und unwillkürlich gingen wir auf Zehenspitzen und sprachen mit gedämpfter Stimme. Annemarie öffnete eine Tür.

»Das ist das Wohnzimmer. Und da das Esszimmer. Die Kirschbaummöbel sind schön, nicht? Dahinter ist die Veranda.«

Es gab noch ein ernstes, dunkles Arbeitszimmer und eine weiß lackierte Küche und im ersten Stock ein Badezimmer, das meergrüne Fliesen hatte, und drei Schlafzimmer. In dem einen stand ein Doppelbett, über dem ein Kreuz hing, die beiden anderen waren die Zimmer von Karl und seinem Bruder gewesen, der im Krieg gefallen war. Rudolf hatte er geheißen.

»Dies war, glaube ich, das von Karl«, sagte Annemarie. »Die Möbel sind gleich, man sieht es nur an den Bildern.«

Die Wände waren voll gehängt mit Zeichnungen und Farbdrucken von Doppeldeckern und Propellermaschinen, außerdem gab es eine Menge Berglandschaften mit schroffen Gipfeln, hohen Tannen, segelnden Adlern und mit und ohne Berghütten.

»Doch, das ist Karls Zimmer. Er schwärmte für Flugzeuge. Und für die Berge. Sehen Sie hier, Anna«, sie wies auf eines der Landschaftsbilder, »da sind wir oft gewesen. Ach, ist das lange her, wir waren sieben oder acht. Die Familie Rode fuhr immer im Sommer dorthin, und ein paar Mal haben sie mich mitgenommen. Es war wunderschön, ganz einsam im Wald, man sah wochenlang keinen Menschen, als wäre man alleine auf der Welt. Wie im Paradies.«

Die Zeichnung zeigte eine Art übergroß geratener Berghütte aus schwarzem Holz mit Hirschgeweihen am Giebel vor dunklen Tannen. Ich hatte für Tannen und Berghütten nicht viel übrig, und das Paradies stellte ich mir sowieso anders vor.

»Wollen wir uns auch den Keller und den Dachboden ansehen?«

Wir wollten eigentlich nicht, aber wir taten es, damit wir nichts versäumten. Im Keller gab es eine alte Wäscheschleuder und in Weckgläser eingemachte Kirschen aus dem Jahr 1957, und der Dachboden war leer und staubig und hatte den feinen, warmen Holzgeruch, den alle Dachböden haben.

Sie schloss die Haustür sorgsam zu, und wir gingen unauffällig wieder hinüber, sie mit echter Gelassenheit, ich mit vorgetäuschter.

»So«, sagte sie fröhlich und legte die Schlüssel in die

Schublade der Flurkommode, »nun haben Sie auch das Haus gesehen.«

Sie war immer so fröhlich, wenn sie mir etwas Neues bieten konnte, das mich vielleicht ein wenig länger bei ihr bleiben ließ, und sie machte mir das Herz damit schwer, denn irgendwann musste ich ja doch gehen und sie wieder alleine lassen, egal, was sie mir bieten konnte.

»Und jetzt machen Sie Ihre Notizen, Anna, und ich mache unser Mittagessen. Es gibt Schweinefilet mit Bohnen. Das mögen Sie doch, oder?«

»Dieses Haus im Wald«, sagte ich, »wissen Sie noch, wo das war? Würden Sie es wiederfinden? Oder könnten Sie mir sagen, wie ich hinkomme?«

»Wahrscheinlich schon. Ich habe ein gutes Gedächtnis. Es war irgendwo in der Nähe von Innsbruck.«

»Wer weiß noch von dem Haus außer Ihnen?«

»Ich weiß nicht. Die Familie Rode ist immer hingefahren, vor allem in den zwanziger Jahren. Danach nicht mehr, glaube ich. Und nun sind sie alle tot. Außer mir. Und Karl vermutlich.« Sie hielt inne. »Ach so. Ich verstehe, was Sie meinen. Sie meinen, dass er dort ist?«

»Ich kann es ja mal versuchen. Was anderes fällt mir nicht mehr ein. Und vielleicht ist er ja wirklich dort. Es ist ganz einsam, man sieht keinen Menschen, haben Sie gesagt. Und umgekehrt: Kein Mensch sieht einen. Als ob man allein ist auf der Welt, haben Sie gesagt. Und keiner, der ihn kennt, weiß davon. Wahrscheinlich jedenfalls.«

Ihre Augen leuchteten vor Aufregung und Begeisterung, und sie sah wunderschön aus.

»Sehen Sie! War es nicht eine gute Idee, dass ich Ihnen das Haus gezeigt habe?«

Sie machte das Mittagessen, und ich fuhr in die Stadt, um Karten und Bildbände von der Gegend um Innsbruck zu besorgen. Aber noch während ich unterwegs war, wurde mir klar, dass mir das nicht helfen würde. Sie war erst sieben oder acht gewesen, sie würde mir den Weg zum Haus nicht auf der Karte zeigen können, egal, wie gut ihr Gedächtnis war. Wir konnten das Haus nur finden, wenn sie alles selber sah, die Landschaft, die Straßen, den Wald. Ich würde sie mitnehmen müssen.

Es machte mir Angst, wieder Auto zu fahren, nicht, weil ich aus der Übung war, sondern weil es mich an Jochen erinnerte und an seine letzte Fahrt, aber es ging nicht anders. Ich mietete einen hellgrünen Zweitürer mit sehr bequemen Sitzen, wegen Annemaries Rücken, und wir fuhren über Würzburg, wo wir übernachteten, nach Innsbruck, bezogen in einem Hotel mit buntbemalter Fassade zwei Zimmer mit Verbindungstür und durchforschten jeden Tag die Umgebung, um den kleinen Ort mit der ebenfalls bunt bemalten Zwiebelturmkirche zu finden, in dessen Nähe der Wald lag, durch den der Weg zum Haus führte.

Es dauerte zwei Wochen, bis wir ihn fanden. Für den Wald brauchten wir noch drei Tage. Es war Nachmittag, und ich war durch so viele Dorfstraßen gefahren und über so viele Waldwege geholpert, dass mir ein Stück hässliche Stadtautobahn eine Erholung gewesen wäre, als Annemarie plötzlich sagte: »Da! Das ist der Weg zum Haus. Ich bin ganz sicher. Das Kreuz stand damals schon dort, und auch sonst hat sich nicht viel verändert.«

Ich parkte den Wagen, und wir gingen zu Fuß weiter.

»Es ist ungefähr eine halbe Stunde«, sagte sie. »Damals sind wir auch immer eine halbe Stunde gelaufen, da konnte man hier noch gar nicht fahren.«

Wir gingen einen breiten Waldweg an einem Bachtal entlang, und nach einer halben Stunde tauchte der schwarze Giebel mit den Hirschgeweihen auf, dahinter die dunklen Tannen, viel höher als auf der Zeichnung. Sonst war vom Haus nichts zu sehen, es lag in einiger Entfernung vom Weg, von Büschen und Bäumen verdeckt und von einem hohen

Holzzaun umgeben, den ein imposantes Tor zur Straße hin abschloss. Seine Flügel standen offen.

»Früher konnte man das Haus von hier aus sehen«, flüsterte Annemarie. »Und der Zaun war noch nicht da. Kommen Sie, Anna, los, wir gehen einfach rein.«

»Auf keinen Fall«, flüsterte ich zurück und zog sie weiter. »Wir gehen noch ein Stück, als wären wir irgendwelche Spaziergänger, und dann kehren wir um.«

Wir erreichten den Wagen, als es anfing, dunkel zu werden, und fuhren zurück ins Hotel.

»Und jetzt legen wir uns noch ein Weilchen hin und machen uns frisch«, sagte Annemarie, wie jeden Abend, wenn wir von unserer Suche heimkehrten, was aber nur sie tat, denn ich saß herum und dachte nach und kämmte mir nur schnell die Haare, bevor wir uns im Hotelrestaurant trafen.

»Wir feiern«, sagte ich. »Ich lade Sie ein. Wir trinken Champagner und essen nur das Beste und Teuerste.«

»Au ja«, sagte sie, als sei sie wieder das kleine Mädchen, das vor fünfundsiebzig Jahren hier Ferien gemacht hatte. »Und morgen gehen wir rein!«

Ich hatte gewusst, dass das kommen würde, und war darauf vorbereitet.

»Nicht wir«, sagte ich. »Nur ich. Das geht nicht anders. Wenn wir beide hineingehen, und es passiert was, wer soll dann Hilfe holen? Wenn ich nach vierundzwanzig Stunden nicht zurück bin, dann rufen Sie die Nummer an, die ich Ihnen gebe.«

Es waren die klassischen letzten Worte des Helden oder der Heldin, bevor sie sich in die Fänge des Bösen begeben, sie waren albern und abgegriffen, aber Annemarie kannte sie so gut wie ich und akzeptierte sie mit Begeisterung.

»O ja, richtig«, sagte sie. »Das wäre unvorsichtig, da haben Sie Recht. Das hatte ich ganz vergessen. Wie gut, dass Sie daran gedacht haben. Man merkt eben, dass Sie Erfahrung haben in solchen Dingen.«

Ich wünschte, es wäre so, dachte ich und bestellte den besten und teuersten Champagner, den es auf der Karte gab.

Am anderen Morgen stand ich früh auf und war um halb zehn an der Stelle, wo der Wald sich öffnete, parkte den Wagen weit entfernt davon und machte mich auf den Weg. Ich ging langsam und sog die feine, frische Luft ein, in der schon der Frühling lag, obwohl es im Wald noch winterkalt und schattig war.

Ich überlegte, ob ich Angst hatte. Es wäre klug gewesen, Angst zu haben, denn ich hatte allen Grund dazu, aber ich hatte keine. Wirklich nicht. Seltsam. Ich war nur ein bisschen unruhig und unsicher, ob ich auch alles richtig machen würde, aber ich hatte keine Angst. Ich konnte mir einfach nicht vorstellen, was mir Schlimmes passieren sollte.

Das Tor stand offen, wie gestern, und ich tat, was Annemarie so gerne getan hätte, ich ging einfach rein. Der Weg wand sich zwischen Bäumen und Büschen hindurch und erreichte eine Wiese, und ich konnte endlich das Haus sehen.

Es sah ganz anders aus als auf der Zeichnung in Karls Kinderzimmer, es war keine Hütte, sondern ein mächtiges Haus, seine Balkone und Fensterrahmen waren aus ockergelbem Holz und seine Fensterläden rostrot, die hölzernen Wände schwärzlich vor Alter und das hohe Schindeldach sanft grau. Zu beiden Seiten des roten Haustores rankte etwas Immergrünes empor. Es war das schönste Haus, das ich seit langem gesehen hatte.

Ich war kaum ein paar Schritte über die Wiese gegangen, als jemand vor mir stand, ein breiter, braun gebrannter junger Mann in einem dunklen Anzug.

»Dies ist Privatbesitz«, sagte er. »Bitte verlassen Sie das Grundstück.«

Er hatte eine hohe Stimme, die nicht zu seinem massigen Körper passte, und einen angestrengten Gesichtsausdruck.

»Ich möchte zu Herrn Rode«, sagte ich.

»Hier gibt es keinen Herrn Rode«, sagte er.

Das war nicht anders zu erwarten gewesen, und ich hätte ebenso gut sofort umkehren können, aber etwas in seinem Gesicht und der Art, wie er sprach, machte mir Mut.

»Ich weiß, dass er hier wohnt«, sagte ich.

»Nein«, sagte er.

»Doch«, sagte ich.

Er schüttelte abwehrend den Kopf.

»Ich bin ganz sicher«, sagte ich.

Er schwieg und sah mir finster ins Gesicht.

»Was wollen Sie? Wer sind Sie?«

»Ich bin Anna Wolf. Aber das ist nicht wichtig. Sagen Sie ihm, ich komme von Annemarie. Von Annemarie aus Hannover, Ebereschenweg.«

Er sah mich immer noch ablehnend an, aber die Unsicherheit brach kleine Risse in sein angespanntes Gesicht und flackerte in seinen Augen. Er wusste nicht, was er tun sollte, und er hatte schreckliche Angst, etwas falsch zu machen. Jemand musste ihm bei der Entscheidung behilflich sein.

»Richten Sie es ihm wenigstens aus«, sagte ich. »Das ist auf jeden Fall richtig. Danach können Sie mich immer noch wegschicken. Aber ich glaube, er wäre sehr ärgerlich, wenn er gar nicht erfährt, dass ich da bin.«

»Bleiben Sie hier stehen, und rühren Sie sich nicht von der Stelle«, sagte er grob und ging ins Haus.

Es dauerte zehn Minuten, bis er wieder erschien. Er blieb in der Haustür stehen und winkte mich mit großartiger Geste heran. In seinem Gesicht stand eine Mischung aus Ärger und Erleichterung, er war froh, dass er es richtig gemacht hatte, aber ich hatte Recht gehabt, und das ärgerte ihn.

Ich musste an mich halten, um gemessenen Schrittes hinüberzugehen. Am liebsten wäre ich gerannt: Dort hinter dem roten Tor wartete Karl Rode auf mich.

Der junge Mann führte mich durch einen breiten, weißgekalkten Flur mit Fliesenboden zu einer Doppeltür, deren einen Flügel er öffnete, und ich trat in einen weiten Raum mit einer riesigen Fensterfront, durch die man auf sonnenbeschienenen Rasen blickte. Auch hier gab es rote Fliesen und einfache, weiße Wände, aber dazu kostbare alte Möbel und Teppiche, bunt bemalte Bauernmöbel und leuchtende Orientteppiche, ich hatte eigentlich für beides nicht viel übrig, aber diese hier waren herrlich in ihren Farben und Mustern und passten auf erstaunliche Weise zusammen.

Neben einem Lehnstuhl in der Nähe der Fenster stand Karl Rode.

»Guten Morgen«, sagte er.

»Guten Morgen.«

Er streckte mir die Hand entgegen.

»Wollen Sie so freundlich sein und herüberkommen? Ich bin ein alter Mann und nicht mehr sehr beweglich.«

Ich durchquerte das Zimmer und schüttelte seine Hand.

»Bitte setzen Sie sich«, sagte er und ließ sich mühsam in dem Sessel nieder, an dem er sich zuvor festgehalten hatte.

»Wie war Ihr Name?«

»Anna Wolf.«

Er schrieb etwas auf einen Zettel, drückte auf einen Klingelknopf und gab den Zettel dem jungen Mann im dunklen Anzug, der hereinkam.

»Und was kann ich für Sie tun? Sie sagten etwas von Annemarie? Aus Hannover, Ebereschenweg?«

»Annemarie wäre auch gerne gekommen«, sagte ich. »Sie ist in unserem Hotel in Innsbruck. Aber eigentlich hat sie nichts mit dem zu tun, weswegen ich hier bin. Sie hat mir nur geholfen, Sie zu finden.«

Er sah mich aufmerksam an. Er war ein schöner alter Mann, immer noch das passende Gegenstück zu Annemarie, mit grauem Haar, gut gestutztem Schnurrbart und altershellen Augen in einem mageren braunen Gesicht. Er trug eine gemusterte Krawatte über einem gestreiften Hemd zu einem karierten Jackett, eine kühne Zusammenstellung und in kühnen Farben, aber es passte außergewöhnlich gut zusammen, und wenn er sich seine Kleidung selbst aussuchte – und er sah aus wie ein Mann, der das tat –, dann war er auch für die Schönheit des Hauses und dieses Zimmers verantwortlich.

»Und weswegen sind Sie hier?«

»Mein Mann ist vor eineinhalb Jahren tödlich verunglückt. Mit dem Auto. Ich wollte Sie fragen, ob Sie etwas damit zu tun haben.«

»Wie hieß Ihr Mann?«, fragte er, schrieb wieder etwas auf einen Zettel und klingelte und wieder kam der junge Mann und nahm den Zettel entgegen.

Er schlug mühsam das eine Bein über das andere und legte die Hände darauf.

»Wie haben Sie mich gefunden?«

»Das verdanke ich Annemarie«, sagte ich. »Und ihrem guten Gedächtnis. Wir sind so lange herumgefahren, bis wir den Ort gefunden haben. Und die Stelle, wo der Weg in den Wald führt.«

»Sie ist vor einer Ewigkeit zuletzt hier gewesen«, sagte er. »Sehen Sie, viele – vor allem Männer natürlich – glauben, Frauen könnten sich im Gelände nicht orientieren und deswegen keine Kriege führen. Ich war noch nie dieser Meinung. Frauen wären die besseren Soldaten. Annemarie bestimmt. Und Sie anscheinend auch.«

Es war ein zweifelhaftes Kompliment, aber ich fühlte mich geschmeichelt. Und ich hasste es, dass es so war.

»Wie geht es ihr?«

»Sehr gut.«

»Sie war die schönste Frau, die ich je gekannt habe.«

»Das ist sie immer noch«, sagte ich.

Ich konnte es nicht leiden, wenn Frauen nur darum nicht mehr schön sein sollten, weil sie alt waren.

»Wir haben uns mal sehr geliebt. Leidenschaftlich. Eine ganz große Liebe. Hat sie Ihnen davon erzählt?«

»Schon«, sagte ich. »Aber so, wie sie davon gesprochen hat, war es eher eine flüchtige jugendliche Verliebtheit.«

Er stutzte, dann lachte er.

»Annemarie ist eine Dame. Damen sprechen nicht über ihre Leidenschaften.«

Ich war mir ziemlich sicher, dass sie es mir gesagt hätte, wenn es eine große Liebe gewesen wäre.

Es klopfte, und der junge Mann kam herein und reichte ihm ein Klemmbrett, an dem ein paar Blatt Papier befestigt waren, und einen silbernen Stift. Er setzte eine Halbbrille auf und las gemächlich und aufmerksam, zwischendurch las er laut und sah auf und blickte mich an.

»Dr. Jochen Wolf, achtundvierzig«, las er. »Anwalt, führt ein Ermittlungsbüro.«

Eine Weile blieb er still, dann hob er wieder die Stimme.

»Tödlicher Autounfall am 21. Juni gegen dreiundzwanzig Uhr auf der B 39 in der Nähe der Ortschaft Froschwangen. Fährt frontal gegen einen Baum. Unfallursache: Übermüdung.«

Er blickte hoch und sah mich an, und ich versuchte, mein Gesicht völlig leer sein zu lassen.

»Anna Wolf, dreißig, Buchhändlerin«, las er nach einer weiteren Weile. »Groß, sehr schlank, hellblondes Haar, auffallend helle Haut, auffallend starke dunkle Augenbrauen.«

Er warf mir über seine Brille hinweg einen Blick zu, der einen rot und warm werden lassen konnte, was mich überraschte bei einem so alten Mann, und mir außerdem schmeichelte, was ich wiederum hasste.

Nun las er stumm zu Ende, machte hier und da Notizen an den Rand der Blätter, und als er fertig war, schob er sie zurecht und klemmte sie ordentlich fest.

»Ja, Frau Wolf«, sagte er und nahm die Brille ab. »Wir haben tatsächlich etwas mit dem Tod Ihres Mannes zu tun. Er hat uns sehr belästigt, und wir haben ihn gebeten, damit aufzuhören, und als er das nicht tat, haben wir ihm unsere Bitte etwas nachdrücklicher unterbreiten wollen. Dass er dabei gestorben ist, lag nicht in unserer Absicht, aber man hat so etwas nicht immer vollkommen in der Hand. Ein kleiner Irrtum, ein Fehler, der Mensch ist fehlbar, die Technik auch. Leider. Es tut mir wirklich Leid.«

Er legte das Klemmbrett auf das Tischchen neben seinem Sessel und den silbernen Stift und die Brille darauf, mit einer Bewegung, die sagte: erklärt, erledigt.

Ich starrte auf die Brille und den Stift, mein Kopf war leer, es gab nichts darin, womit ich hätte fassen können, was er mir gesagt hatte.

Ich war wie ein kleines Mädchen gewesen, das unters Bett schaut und in den Schrank und die dunklen Ecken, nur um ganz sicher zu sein, dass der schwarze Mann bestimmt nicht da ist. Und dann steht er doch dort und sieht dich an.

Ich hatte nicht wirklich geglaubt, dass dieser alte Mann Jochen hatte umbringen lassen, ich hatte nur ganz sicher sein wollen. Und nun war es doch so. Und ich war überhaupt nicht darauf gefasst. Und schon gar nicht auf dies: ein kleiner Irrtum, ein Fehler, der Mensch ist fehlbar, die Technik auch, Ihr Mann ist tot, das war nicht unsere Absicht, leider, tut mir wirklich Leid.

Ich fiel. Ich fiel in ein grenzenloses und grundloses Meer von Entsetzen, Kälte und Dunkelheit.

Sie hatten ihn getötet, ja, sie hatten ihn umgebracht, aber sie hatten es nicht mal wirklich gewollt, es war ein Irrtum gewesen, ein ärgerlicher kleiner Fehler, ein dummes Versehen – und darum war mein Mann nun tot, und dieser alte Mann saß da und zuckte mit der Achsel und sagte, tut mir Leid.

Ich fiel und fiel und zerbrach in tausend Stücke, die in dem kalten, schwarzen Meer versanken.

Als ich wieder auftauchte, sah ich einen Mann mit kurzen schwarzen Haaren und einer schwarzen Hornbrille, der sich über meinen Arm beugte und eine Spritze herauszog.

»Na, also«, sagte er. »Da sind Sie ja wieder. Es war nur

der Kreislauf, nichts Schlimmes. Wie fühlen Sie sich? Besser?«

»Ich weiß nicht«, sagte ich.

»Ich lasse Sie eine Weile allein«, sagte er. »Bleiben Sie einfach liegen und erholen Sie sich. Wenn Sie etwas brauchen, klingeln Sie. Und einen schönen Gruß von Herrn Rode. Sie sollen sich keine Sorgen machen, Sie sind hier gut aufgehoben. Er möchte nachher mit Ihnen Tee trinken. Er lässt Sie dann holen.«

Er winkte mir auf sonderbare, linkische Weise zu und ging hinaus.

Ich lag auf einem breiten Bett, spürte Seide unter den Händen und sah auf leinenbespannte Wände. Ich wandte den Kopf hin und her. Auch dieses Zimmer war schön, mit chinesisch anmutendem Mobiliar in Schwarz und Rot, dickflorigen Teppichen und seidenen Vorhängen in einem gelblichen Ton, ein paar Kunstgegenständen aus Terrakotta und Jade und einem großen Strauß weißer Lilien.

Ich stand auf und ging ans Fenster. Das Zimmer musste über dem großen Raum liegen, denn man hatte von hier den gleichen Blick über den Rasen. Er war an allen Seiten von dichtem Tannenwald begrenzt. Zwei Männer in ebensolchen dunklen Anzügen und von der gleichen kräftigen Statur wie der junge Mann mit der hohen Stimme gingen am Rand des Waldes mit einem Hund entlang. Die Sonne stand schon ziemlich tief und war blass geworden. Ich sah auf die Uhr. Es war drei.

Ich gab mir Mühe, mich daran zu erinnern, was ich mit Annemarie ausgemacht hatte. Dass sie nach vierundzwanzig Stunden Andreas anrufen sollte. Vierundzwanzig Stunden, das war morgen Vormittag um elf. Ich hatte Zeit.

Ich legte mich wieder auf das Bett mit der gelbseidenen Decke und versuchte nachzudenken, darüber, was ich jetzt tun sollte oder was Andreas wohl tun würde, wenn Annemarie ihn anrufen würde, aber mein Kopf war noch immer leer, auch Andreas und Annemarie waren darin nur schemenhafte Gestalten, das Einzige, was wirklich Platz hatte darin, war Jochen. Bilder von ihm.

Wie er aussah, wenn er wütend war, zum Beispiel, dann war er blass und angestrengt, weil er sich so zusammennahm, er hatte Angst, die Beherrschung zu verlieren, er wollte immer ruhig und vernünftig über alles sprechen, und das gelang ihm auch meist, nur manchmal nicht, dann warf er etwas gegen die Wand, aber das passierte wirklich nur manchmal, und irgendwie warf er auch immer an mir vorbei.

Wie er an meinem Bett saß, nachdem ich das zweite Kind verloren hatte, er hatte mir einen riesigen Rosenstrauß mitgebracht, dessen Duft das Zimmer füllte, als sei ich eine erfolgreiche junge Mutter und keine elende Versagerin, und saß nur da und hielt meine Hand und sagte nichts, stundenlang.

Wie er aussah, wenn er unter der Dusche stand, wenn das Wasser über seinen großen, dünnen Körper lief und seine Ohren plötzlich ein wenig abstanden, weil sein Haar nass war, und er ein Auge zukniff und eine Grimasse schnitt, wenn ihm Wasser ins Ohr floss.

Wie er in seinem Auto gelegen hatte, mit eingedrücktem Brustkorb, das Gesicht auf dem Lenkrad, die Hände darum verkrampft, die Hände mit den langen, kräftigen Fingern, die ich so gerne gespürt hatte, in Dunkelheit und Kälte hatte er so gelegen, stundenlang, bis ihn jemand gefunden hatte.

Es klopfte, und bevor ich etwas sagen konnte, kam der junge Mann im dunklen Anzug herein.

»Herr Rode will mit Ihnen Tee trinken«, sagte er grob. Nach einem Moment des Nachdenkens fügte er widerwillig hinzu: »Wenn es Ihnen jetzt möglich wäre. Sagt er.«

»Es ist mir möglich«, sagte ich. »Sehr sogar. Ich komme.«

11

Er saß wieder in seinem Lehnstuhl am Fenster. Ein großer runder Tisch war davor gerückt.

»Es freut mich, dass es Ihnen besser geht«, sagte er, als ich mich setzte, auf einen gepolsterten Stuhl, den mir ein Mann in einer weißen Jacke in die Kniekehlen schob. »Der Arzt sagte, es sei nur der Kreislauf. Tee wird Ihnen gut tun.«

Der Mann in der weißen Jacke schenkte uns aus einer silbernen Kanne Tee ein und verließ den Raum. Der Tisch war üppig gedeckt mit fein belegten Broten, Rosinenbrot, zu dem es Butter, Marmelade und Honig gab, bunt glasierten kleinen Kuchen und zwei Karaffen mit Rum und Cognac.

Ich hatte Hunger, ich hatte seit dem Frühstück nichts gegessen, und das Frühstück schien ewig her zu sein und in einem anderen Leben stattgefunden zu haben. Ich aß und trank, während er vor einer Tasse Tee und einem angebissenen Gurkensandwich saß und mir zusah.

»Essen Sie nur«, sagte er. »Ich habe sonst nur meine eigene unergiebige und appetitlose Gesellschaft zum Tee, und es macht Freude, Ihnen zuzusehen. Aber lassen Sie Platz fürs Abendessen.«

»Abendessen?«

»Sie müssen heute Abend bei uns bleiben. Sie können ja im Dunkeln nicht mehr zurück. Ganz allein durch den dunklen Wald. Ich kann nicht dafür garantieren, dass es den bösen Wolf nicht doch gibt.«

Und auch nicht dafür, dass er draußen im Wald lebt, vielleicht wohnt er ja in einer überdimensionalen, geschmackvoll eingerichteten Berghütte, dachte ich und griff nach einem Lachsbrot mit Ei und schwarzen Pünktchen drauf, die aussahen wie Kaviar.

Irgendwann bekam ich das Gefühl, dass ich vielleicht etwas sagen sollte, anstatt nur dazusitzen und Essen in mich hineinzustopfen, irgendetwas Höfliches, Unverbindliches über das Wetter oder die allgemeine Lage oder sein gesundheitliches Befinden, aber mir fiel einfach nichts Unverbindliches ein.

»Warum tun Sie das eigentlich alles?«, fragte ich. »Meinen Mann töten? Sich hier verstecken? Bomben werfen lassen? Annemarie wüsste das auch gerne.«

Er verzog den Mund unter dem grauen Schnurrbart zu einem Lächeln.

»Ihre Gesellschaft ist auch sonst sehr anregend. Was für Fragen. Und Annemarie macht sich Gedanken über mich? Wie schmeichelhaft.«

Er schien wirklich geschmeichelt zu sein. Vom Interesse einer alten Dame und einer fremden jungen Frau. Sonderbar.

Ich hatte schon drei von den kleinen bunten Kuchen gegessen, einen dunkelbraunen mit einer Kaffeebohne obendrauf, einen grünen mit einer Pistazie und einen rosafarbenen mit einer halben Kirsche, aber ich nahm noch einen, einen hellgelben mit einem Stück Ananas. Sie schmeckten himmlisch.

Er trank seinen Tee und aß langsam das Gurkenbrötchen auf, und ich konnte sehen, dass ihn meine Fragen aufregten und dass er sich um Gelassenheit bemühte und darum, ein kleines Zittern seiner Hände zu verbergen.

»Eines nach dem anderen«, sagte er mit etwas gekünstelter Herablassung. »Ich habe mich hierher zurückgezogen, weil mir das Interesse der Welt, insbesondere der Medien und manchmal auch der Behörden, an meiner Person und meinen Aktivitäten lästig wurde. Ich bin ein alter Mann, der seine Ruhe braucht. Und was Ihren Mann angeht, das habe ich Ihnen schon erklärt. Sein Interesse wurde mir auch lästig.«

Er legte die Fingerspitzen aneinander. Nun hatte er auch seine Hände wieder unter Kontrolle.

»Und das andere? Ach, ich glaube nicht, dass Sie das verstehen werden. Sie sind ja schon die zweite oder dritte Generation, die diese unerträgliche Gleichmacherei betreibt. Nicht nur zwischen den Geschlechtern«, er blickte mit hochgezogenen Augenbrauen auf die Hose und das Jackett, das ich trug, »sondern zwischen den Menschen allgemein, den Völkern, den Rassen, den Staaten. Eine Angleichung und Vermischung, die uns zum Verhängnis werden wird, uns, den starken Völkern, die wir ökonomisch, mental und politisch stark sind. Indem wir den Schwachen helfen, sie bei uns aufnehmen, uns mit ihnen vermischen, schädigen wir uns. Und wir schädigen das System, denn es beruht auf Unterschieden und auf der Herrschaft von Stark über Schwach. Wir müssen die Unterschiede zulassen und fördern und unsere Herrschaft stärken, sonst wird das System untergehen. Das System, das ist natürlich diese Welt. Unsere Erde. Nichts weniger als das.«

Er sprach mit müder Arroganz, wie ein Lehrer, der einem besonders unbegabten Schüler denselben Sachverhalt wieder und wieder erklärt, ohne viel Hoffnung auf Erfolg.

»Verstehen Sie das?«

Es war derselbe Quatsch, den Walter mir so oft erzählt und den ich in »Deutschland« und in all den Büchern gelesen hatte, bloß etwas intelligenter und kühler formuliert, ohne das opernhafte Drumherum.

»Natürlich«, sagte ich. »Es ist ja nicht schwer. Ich habe so viel davon gehört. Und gelesen …«

»Wo haben Sie das gelesen?«, fragte er erstaunt.

»In ›Deutschland‹ zum Beispiel«, sagte ich.

»Ach das«, sagte er, »das ist die Simpelversion für die kleinen Leute, ein bisschen billiger Rassismus und dümmliches

Heldentum – Hell und Klar gegen Weich und Dunkel, Kampf der Volksideen und all das –, damit sich der Mann auf der Straße besser fühlen kann, wenn er einen Schwarzen sieht oder einen Vietnamesen. Opium fürs Volk, sozusagen. Nicht wirklich wichtig.«

Er sprach mit solcher Verachtung, dass sich etwas in mir zusammenzog und mir fast die Luft nahm.

»Und die kleinen Leute sind auch nicht wirklich wichtig, nicht wahr?«

»Genau«, sagte er. »Sie haben es erkannt. Ich wusste doch, dass Sie eine intelligente Frau sind. Wichtig sind nur wir, Menschen wie Sie und ich, intelligent, begabt und gut ausgebildet, die Elite eines starken Volkes. Wir müssen, zusammen mit den Eliten anderer starker Völker, die Führung des Systems behalten, sonst geht es unter. Und natürlich haben wir eine Fürsorgepflicht für die Schwachen, Dummen, Unterentwickelten, wir müssen uns um sie kümmern, aber wir dürfen sie nicht überhand nehmen lassen. Und um Gottes willen nicht an der Herrschaft beteiligen. Verstehen Sie? Es ist so einfach.«

Er sah mich gespannt an, mit einem halben, hoffnungsvollen Lächeln im Gesicht, dass ich mich überzeugen lassen, ihm vielleicht zustimmen würde. Er hatte das alles schon oft gesagt, das merkte man, aber er konnte sich immer noch daran begeistern, und die Begeisterung tat ihm wohl, sie machte ihm rote Wangen und ließ seine Augen leuchten und ihn viel jünger aussehen. Er sah überwältigend gut aus.

Ich dachte an Jochen. Er hatte nicht gut ausgesehen. Er war unauffällig gewesen, unscheinbar. Aber schön. Wirklich schön. Seine Augen, seine Hände, sein Lächeln. Und seine Wärme. Es war einem schon warm geworden, wenn man nur in seine Nähe gekommen war. Warm und schön war er gewesen.

Er wäre noch da, wenn es dich nicht gäbe, dachte ich. Ich legte die kleine gestickte Serviette, die ich in den Händen gehalten hatte, auf den Tisch und griff nach meiner Tasche. Wenn es ihn nicht mehr gibt, soll es dich auch nicht mehr geben.

»Satt?«, fragte er.

Ich nickte, nahm die Pistole aus der Tasche und richtete sie auf ihn.

Er zuckte zurück vor Überraschung und machte ausnahmsweise ein dummes Gesicht. Aber er fand schnell wieder zu sich und zu seiner eleganten Überlegenheit.

»Aber Frau Wolf«, sagte er, »seien Sie doch nicht so theatralisch. Was soll denn das? Können Sie überhaupt damit umgehen? Es sieht schon so sonderbar aus, wie Sie sie halten.«

Es war an der Zeit, dass ich ihm auch mal etwas erklärte.

»Das liegt daran, dass ich Linkshänderin bin«, sagte ich. »Es sieht immer sonderbar aus, wenn Linkshänder etwas halten, aber das heißt nicht, dass sie nicht damit umgehen können.«

Ich drückte den Sicherungsflügel hinunter, und das schien ihn zu überzeugen.

»Na gut«, sagte er. »Dann schießen Sie. Sie tun mir einen Gefallen damit. Ich will sowieso nicht mehr leben.«

Ich hätte beinahe die Pistole sinken lassen.

»Wirklich«, sagte er. »Es ist mein Ernst. Ich bin ein kranker Mann. Ich werde bald nicht mehr gehen können, nur noch im Rollstuhl sitzen. Ich kann nicht mehr schlafen, nur mit sehr starken Mitteln. Aber wenn ich die nehme, kann ich noch schlechter gehen und vor allem nicht mehr denken. Leider ist es nicht Krebs, was ich habe, ich werde also nicht so bald daran sterben. Ich habe schon oft darüber nachgedacht, mich umzubringen. Es erscheint mir nur so feige. Also schießen Sie ruhig. Sie tun mir wirklich einen Gefallen.«

Ich schob meinen Finger über den Abzug, immer wieder, bis das Metall warm wurde. Ich wusste nicht, was ich tun sollte. Ich wusste nicht, ob er es ehrlich meinte oder was er wirklich wollte, ich versuchte, es in seinem Gesicht zu lesen, aber in seinem Gesicht war wenig zu lesen, Unruhe war darin, aber auch Gleichmut und ein bisschen Amüsement, was vielleicht gespielt war, aber wie sollte ich das herausfinden?

Doch war das wohl auch nicht wichtig, viel wichtiger war herauszufinden, was ich denn nun wollte, ihn erschießen oder nicht, ehe ich weiter da saß, mit der Pistole in der Hand und dem Finger am Abzug, und ihn anstarrte.

Ich muss nachdenken, dachte ich, gut nachdenken, auch wenn dies nicht gerade der beste Moment zum Nachdenken ist. Wirklich nicht. Oder einfach schnell entscheiden. Erschießen oder nicht. Lieber Himmel, das kann doch nicht so schwer sein.

Nun mach schon, Anna, tu was, entscheide dich. Erschieß ihn, oder lass es.

Ich kann mich aber nicht entscheiden, ich weiß nicht, was ich tun soll.

Mach was, Anna, egal was, bloß tu endlich was.

Nur was?

Erschieß ihn. Er hat deinen Mann umgebracht. Er hat es verdient.

Ihn einfach so erschießen?

Ja, was sonst? Na los.

Nein. Nein, ich glaube, ich kann das nicht. Einfach so jemanden erschießen. Egal, was er getan hat. Schade. Aber es geht nicht. Ich kann es nicht.

Ich schob den Sicherungsflügel wieder hoch und legte die Pistole in den Schoß.

Er atmete auf, Erleichterung breitete sich in seinem Gesicht aus, und die war nicht gespielt. Er streckte mir die Hand hin.

»Darf ich die mal sehen?«

Ach ja. Er konnte es einfach nicht lassen, den tollen Kerl zu geben. Ich nahm das Magazin heraus und reichte sie ihm.

»Du lieber Himmel«, sagte er. »Jetzt sehe ich es erst. Das

ist ja eine Walther. Eine Walther PPK 7.65. Eine feine Waffe.« Er wog sie liebevoll in der Hand. »So eine hatte ich auch, die habe ich mir allerdings selbst gekauft. Üblicherweise bekamen wir die – wie hieß sie nochmal …«

Ich sah Herrn Fischler vor mir, wie er schwärmerisch über Pistolen sprach, und hörte seine Stimme.

»Die P 08«, sagte ich unwillkürlich. »Die war Standardausrüstung bei der Wehrmacht. Manche nannten sie auch Parabellum, aber eigentlich sagt man nur P 08.«

»Tatsächlich«, sagte er, »Sie haben Recht.« Er sah mich respektvoll an. Wegen so etwas! Weil ich wusste, wie so eine blöde Pistole hieß. »Aber sie war ein bisschen groß und schwer. Zu unhandlich.«

Zu unhandlich für was, dachte ich. Die kleinen bunten Kuchen in meinem Magen fingen an, nach oben zu wandern, und eine Welle von Übelkeit überflutete mich.

Da saß dieser alte Mann in seiner Luxusherberge und plauderte bei einer Tasse Tee über die Vorzüge und Nachteile von Pistolen. Vorhin hatte er mir mitgeteilt, dass er meinen Mann hatte umbringen lassen, irrtümlich, leider, aus Versehen. Und alle paar Wochen ließ er Bomben auf Baracken und Containersiedlungen werfen, die voller Menschen waren. Aber nicht aus Versehen.

Muss das toll sein, solche Macht zu haben, dachte ich. Über Leben und Tod. Selber alt und lahm und lebensmüde sein und nur noch den Tod vor Augen haben, aber beschließen, dass andere, die jung und gesund sind und unbedingt leben wollen, sterben müssen.

Und wie toll, sich für so großartig zu halten. Für etwas Besseres, für Elite, einsame Klasse. Zum Herrschen bestimmt. Andreas fiel mir ein und was er über seinen Vater gesagt hatte: Er hatte diese Art, sich für etwas Besseres zu halten, besser als alle anderen. Was ganz Besonderes eben. Wie habe ich das gehasst an ihm.

Ja. Genau.

»Was sind Sie doch für ein Schwein«, sagte ich. »Kriminell. Ein Mörder, ein Totschläger, ein Verbrecher.«

Er verzog den Mund zu einem kleinen, herablassenden Lächeln und zuckte mit der Achsel, als wolle er sagen: Ach, du. Was verstehst du schon.

»Und so feige. Sie lassen andere töten, aber Sie selbst sind zu feige, sich umzubringen.«

»Sie haben mich missverstanden. Ich finde es feige, mich umzubringen. Ich bin nicht zu feige dazu.«

»Ach was«, sagte ich. »Sie sind feige. Wer sich umbringt, ist entweder sehr verzweifelt oder sehr mutig. Ich weiß es, ich habe es versucht. Ich war verzweifelt, weil mein Mann tot war, und nicht bei Verstand, und dann ist es nicht schwer. Aber wer so was mit klarem Kopf tut, braucht sehr viel Mut. Und den haben Sie nicht.«

Ein Schimmer von Unbehagen ging über sein Gesicht.

»Das ist Unsinn«, sagte er scharf. »Ich habe oft genug bewiesen, dass ich Mut habe.«

»Aber nicht genug, um sich umzubringen. Sie haben Angst, Angst vor dem Nichts, in das Sie vielleicht gehen. Andere schicken Sie dahin. Aber Sie selber trauen sich nicht.«

Er schüttelte heftig den Kopf, aber seine braune Haut bekam etwas Graues, und in seine Augen trat ein Ausdruck von panischer Verzweiflung. Er wusste genau, wovon ich sprach. Ich hatte ihn getroffen. Es war mir nicht gelungen, ihn zu erschießen, aber nun hatte ich ihn doch noch getroffen, an einer weichen, empfindlichen Stelle.

»Sie sind vielleicht ein Held. Ein feiger alter Mann, der andere sterben lässt, aber selber Angst hat vor dem Sterben.«

Er starrte mich an, mit diesen verzweifelten Augen, sein Gesicht wurde schlaff und farblos, und sein Körper fiel in sich zusammen. Er schien zu schrumpfen, und plötzlich war er nicht mehr groß und gut aussehend und beeindruckend, sondern klein und grau und nichtig. Es war, als ob nur eine Hülle von ihm übrig blieb, weil kein Kern in ihm war, der ihn ausfüllte, nichts, womit er der Angst vor der Bedeutungslosigkeit und dem Tod und dem Nichts hätte standhalten können. Sein schönes Äußeres, der gut gestutzte Schnurrbart, die gebräunte Haut, der geschmackvolle Anzug, wirkte auf einmal lächerlich, wie eine alberne Verkleidung.

Er versuchte sich zusammenzureißen.

»Ich darf nicht einfach gehen«, sagte er mit dünner, heiserer Stimme. »Ich werde noch gebraucht. Für die Bewegung.«

»Das stimmt doch nicht. Machen Sie sich nichts vor. Glauben Sie wirklich, es geht nicht ohne Sie? Bestimmt geht es viel besser, wenn Sie nicht mehr da sind, alt und krank, wie Sie sind. Die anderen warten doch nur darauf, dass Sie endlich gehen und Platz machen, Herr Ahr zum Beispiel oder dieser weißhaarige Mann am Kamin ...«

In seinem Gesicht zuckte es. Ich hatte keinen Namen genannt, weil ich den Namen des Mannes am Kamin nicht kannte, aber er wusste offenbar, wen ich meinte, und anscheinend hatte ich Recht. Er sah mich gequält an und machte eine ungeschickte, abwehrende Bewegung mit der Hand. Hör auf, hieß das, bitte hör auf.

Ich hörte nicht auf, auch wenn ich mir fremd und sonderbar vorkam. Ich hatte noch nie jemanden mit Absicht gequält. Jochen hätte es gehasst. Ich hatte nie etwas getan, was Jochen gehasst hätte. Na gut. Dann war dies eben das erste Mal.

»Niemand braucht Sie«, sagte ich. »Sie sind kalt und egoistisch, Sie sind überflüssig, Sie sind eine Plage, gehen Sie, alle werden froh sein, wenn Sie fort sind. Niemand wird Sie vermissen!«

Mir fiel nichts mehr ein, ich hatte alles gesagt, ich war leer. Ich fühlte mich merkwürdig leicht, mein Körper prickelte, und in meinen Ohren rauschte es.

»Sind Sie nun fertig?«, fragte er.

»O ja«, sagte ich durch das Rauschen hindurch.

Er sah schrecklich aus, das Gesicht verfallen, die Augen tot, und seine Finger zitterten wieder. Er konnte es nicht mehr verbergen, als er auf den Klingelknopf drückte.

»Entschuldigen Sie mich bitte«, sagte er. »Ich muss mich vor dem Abendessen noch ein bisschen hinlegen. Wir essen um acht.«

Er hielt mir die Pistole hin, die er immer noch in der Hand hatte.

»Da. Das ist ja Ihre.«

Der Mann in der weißen Jacke kam und brachte mich zurück in das schöne Zimmer, wo eine Frau in einem schwarzen Kleid auf mich wartete und mir das Badezimmer zeigte und mich fragte, ob ich nicht ein Bad nehmen wolle, während sie meine Sachen zum Aufbügeln und Frischmachen mitnähme.

Ich nahm ein Bad, in duftendem Schaum, und wusch mir auch gleich die Haare, denn es gab dort Haarwaschmittel und einen Föhn und überhaupt alles, was man vielleicht brauchen könnte, Cremes, Kosmetik, Parfüm, selbst Tampons und Kopfschmerztabletten und sogar Präservative.

Ich föhnte meine Haare, cremte mich ein, besprühte mich mit zart duftendem Eau de Toilette, probierte den Lippenstift aus, ein klares Rot, das mir gut gefiel, und zog meine Sachen wieder an, die ich frisch und gebügelt auf dem Bett vorfand. Dann setzte ich mich auf das chinesisch wirkende Sofa und wartete darauf, dass es acht Uhr wurde.

Um viertel vor acht klopfte es, aber statt des Mannes in der weißen Jacke kam Wolfgang Ahr herein, der Rechtsanwalt von den »Freunden Deutschlands«. Er trug einen Smoking und das Haar noch kürzer als sonst und wirkte sehr adrett. Er war in aufgeräumter, geradezu übermütiger Stimmung.

»So was aber auch«, sagte er. »Frau Wolf! Wer hätte das gedacht. Was für eine Überraschung, Sie hier zu finden. Ich konnte es kaum glauben, als man es mir erzählte.«

Er nahm meine Hand, aber statt sie zu drücken, deutete er einen Handkuss an.

»Hübsch sehen Sie aus, wenn ich das sagen darf.«

Er war wirklich sehr aufgeräumt. Mir fiel nichts Besseres ein, als danke zu sagen. Beinahe hätte ich geknickst. Er hatte so etwas Altmodisches, Kavalierhaftes an sich.

»Ich dachte mir, ich hole Sie ab. Und begleite Sie nach unten.« Er hielt mir seinen Arm hin, damit ich mich einhakte. »Ach, noch eins«, er tätschelte meine Hand, die auf seinem Arm lag. »Sie haben den alten Herrn offenbar ziemlich aufgeregt. Nicht, dass er sich beklagt hat, aber ich kenne ihn gut. Jetzt hat er sich wieder erholt. Bitte, denken Sie daran, behandeln Sie ihn pfleglich, ja? Wir wollen doch nicht, dass er uns vom Stuhl kippt.«

»Keine Sorge«, sagte ich. »Ich werde ihn nie wieder aufregen.«

»Das ist schön«, sagte er und lächelte mich strahlend an, und wir gingen nach unten, ein seltsames Paar, in ein kleines Esszimmer, wo der alte Mann schon am Tisch saß und auf uns wartete.

Ich wachte davon auf, dass jemand mit mir sprach und mich am Arm fasste. Jetzt kommen sie, dachte ich, und machte die Augen auf und erwartete, Wolfgang Ahr vor mir zu sehen oder die Männer in den dunklen Anzügen, aber es war nur die Frau im schwarzen Kleid.

»Ich habe Ihnen einen Morgentee gebracht, Frau Wolf«, sagte sie. »Zum Aufwachen. Herr Rode erwartet Sie zum Frühstück. In einer Dreiviertelstunde.«

Neben mir auf dem Sofatisch stand ein Tablett mit glänzendem Silbergeschirr. Sie goss mir eine Tasse Tee ein, fragte: »Sahne? Zucker? Zitrone?«, und sah dabei nicht mich an, sondern blickte dezent fragend auf die Pistole, die meine Hand, die auf der Daunendecke lag, noch immer hielt.

»Nur Zucker«, murmelte ich, »aber viel«, legte die Pistole

neben das Tablett, setzte mich auf und trank aus der Tasse, die sie mir reichte. Es war ein zart parfümierter Tee, der herrlich schmeckte.

»Wie sind Sie überhaupt reingekommen?«, fragte ich. »Ich hatte doch abgeschlossen.«

»Ach«, sagte sie auf ihre dezente Art, »ich kann von außen öffnen. Für Notfälle. Brauchen Sie noch etwas?«

Ich schüttelte den Kopf, goss mir noch eine Tasse Tee ein und sah mich um. Das Zimmer lag hell und unberührt und unschuldig im Morgenlicht. Sie haben dir also nichts getan, dachte ich. Sie sind nicht mal hier gewesen, so wie es aussieht. Sie haben dich einfach schlafen lassen.

Es war ein seltsames Abendessen gewesen. Der alte Mann war von freundlicher Gelassenheit, Wolfgang Ahr dagegen heiter und liebenswürdig und nach zwei Gläsern Champagner geradezu ausgelassen, und beide erschienen mir wie Menschen, die mit sich im Reinen sind, die wissen, was sie zu tun haben, und auch, dass es das Richtige ist.

Ich lauschte ihren Gesprächen und sagte nicht viel, weil ich mich ein weiteres Mal mit Essen voll stopfen musste, denn ich war schon wieder ganz leer und hungrig. Der alte Mann wurde bald nach dem Essen sehr müde, und Wolfgang Ahr brachte mich wieder zu meinem Zimmer, küsste mir diesmal, champagnerselig, wirklich die Hand und wünschte mir eine gute Nacht. Ich verriegelte die Tür hinter ihm, lud die Pistole durch und legte sie aufs Bett und ging ins Badezimmer, um mir das Gesicht zu waschen und die Zähne zu putzen.

Ich stand da, blickte in den Spiegel, ohne etwas zu sehen, bewegte mechanisch die Zahnbürste, den Mund voller Schaum – und plötzlich überflutete mich schreckliche Angst. Eine überwältigende, erstickende Welle von Angst. Riesengroß. Haushoch. Es war, als käme die ganze Angst über mich, die ich nicht gehabt hatte, seit ich hierher gekommen war. All die Angst, die ich nicht mehr gehabt hatte, seit Jochen tot war.

Die Zahnbürste fiel mir aus der Hand, ich hielt mich krampfhaft am Waschbeckenrand fest, sah flüchtig mein bleiches Gesicht mit den erschreckten Augen im Spiegel, der Schaum rann mir in den Hals, ich konnte kaum atmen und mich nicht bewegen, ich konnte gar nichts dagegen machen, dass die Fluten der Angst über mich hinwegrollten, wieder und wieder und wieder.

Was konnten sie mir alles antun! Sie konnten mich quälen und demütigen und Schmerzen leiden lassen und mich töten und für immer verschwinden lassen, irgendwo im Wald oder weiter oben in den Bergen.

Sie konnten mir mein Leben nehmen und mich in das schwarze Nichts schicken, vor dem der alte Mann sich so fürchtete, und ich würde nie wieder die Sonne und den Himmel sehen und Luft atmen und Wärme spüren und die Haut und die Hände eines anderen Menschen. Nie wieder Andreas in meinen Armen halten. Nie wieder die Stimme meiner Mutter hören und ihr Lächeln sehen. Nie wieder.

Ich stand da und hielt mich am Waschbecken fest, bis der Ansturm der Angst abebbte und ich mich wieder bewegen konnte. Ich ging ins Zimmer, hockte mich auf das chinesische Sofa, zog die Beine hoch und verschränkte die Arme darum. Ich starrte abwechselnd auf die Tür und auf die Pistole und versuchte zu überlegen, was ich vielleicht tun könnte, um mein Leben zu retten.

Ich konnte die Pistole nehmen und das Zimmer verlassen und durch die Gänge schleichen und aus dem Haus und in den Wald, vorbei an den Männern in den dunklen Anzügen und ihren Hunden, und durch den Wald zu meinem Auto.

Klar. So würden es die Frauen in den Fernsehkrimis machen. Oder im Film. Und sie würden wahnsinniges Glück haben oder wahnsinnig gescheit und geschickt sein, oder ein wahnsinnig toller Mann würde auftauchen und sie vor ihren Verfolgern retten. Oder alles zusammen.

Mir fiel Wolfgang Ahr ein, wie er in meinem Büro gestanden und gesagt hatte: »Aber nein, im Ernst, Frau Wolf: Dies ist kein Detektivroman, dies ist das wirkliche Leben.«

Eben. Ich hatte keine Chance, aus dem Haus zu kommen und in den Wald und aus dem Wald wieder herauszufinden. Ich war nicht besonders geschickt und auch nicht so überwältigend gescheit, am hellen Tag nicht und schon gar nicht nachts im dunklen Wald, ich würde bestimmt alles falsch machen. Und so viel Glück, wie ich unter diesen Umständen brauchte, würde ich wohl kaum haben. Das Einzige, was ich hatte, war die Pistole. Aber wie trifft man, wenn es dunkel ist?

Die Angst zu sterben kam zurück und krümmte mich zusammen. Ich presste die Stirn auf die Knie, legte die Hände schützend über meinen Kopf und konnte gar nichts anderes tun, als mich von ihr schütteln zu lassen, bis es besser wurde.

Dann holte ich mir ein Glas Wasser aus dem Badezimmer und setzte mich wieder auf das Sofa. Was würde Johannes Kavka jetzt machen? Ich hatte »Ermittlung, Observation und Fahndung« nicht dabei, aber ich hatte so viel darin gelesen, dass ich sein Inhaltsverzeichnis vor mir sah und im Geiste darin blättern konnte. Ich fand nichts. Natürlich nicht. Johannes Kavka war so übermäßig klug, dass ihm so was bestimmt nie passiert war, und wenn doch, dann würde er sicher niemandem davon erzählen.

Was würde Jochen tun? Herr Fischler? Armin Gehrke? Der schreckliche Herr Adelmann? Herr Anadakadian? Ich dachte lange darüber nach, und dann musste ich mir eingestehen, dass sie wahrscheinlich auch alle zu klug waren für so etwas. Nur ich war anscheinend blöd genug dafür.

»Nein, im Ernst, Frau Wolf«, sagte ich zu mir. »Vergessen Sie's.«

Ich führte sonst keine Selbstgespräche, aber ich musste einfach mit jemandem reden. Es tat gut, meine Stimme zu hören.

»Vergessen Sie's. Vergessen Sie die anderen. Was machen Sie?«

Das, was du kannst, du großartiges Naturwunder, gab ich mir in Gedanken zur Antwort. Schießen. Und, falls noch Zeit und Gelegenheit dazu ist, reden. Das kannst du auch ganz gut. Vielleicht kannst du sie ja davon überzeugen, dass sie dich leben lassen. Und vielleicht kommen sie ja auch gar nicht.

Dann hatte ich die Pistole und die Daunendecke vom Bett geholt und es mir auf dem Sofa bequem gemacht, den Blick auf die Tür gerichtet, die Pistole in der Hand, und war lange wach geblieben und hatte darauf gewartet, dass etwas passierte. Und irgendwann war ich eingeschlafen und hatte so tief und traumlos geschlafen, als sei dies nicht die Luxusberghütte des Wolfes und ich nicht das Rotkäppchen.

Ich trank noch eine Tasse von dem Tee, stand auf, wusch mich und zog mich an und ging durch Gänge und Treppenhäuser, die von goldfarbenen, blumenartigen Lampen beleuchtet wurden, hinunter ins Esszimmer.

Der alte Mann saß bereits am Tisch und hob sich mit einer angedeuteten Verbeugung ein ganz klein wenig aus seinem Sessel.

»Kein Herr Ahr heute?«, fragte ich. »Er fehlt mir direkt. Ich hätte nicht geglaubt, dass er so nett sein könnte. Und so unterhaltsam.«

»Oh, unser Freund Ahr hat sehr verschiedene Seiten. Sehr gegensätzliche«, sagte er und zog mokant die Augenbrauen hoch. »Wenn er zufrieden ist, kann er ganz reizend sein. Aber Sie werden auf seine Gesellschaft verzichten müssen. Er ist schon wieder abgefahren. Er hat jetzt sehr viel zu tun. Haben Sie gut geschlafen?«

»O ja«, sagte ich. »So gut wie schon lange nicht mehr.«

»Das freut mich«, sagte er. »Ich lege Wert darauf, dass meine Gäste sich in meinem Haus wohl fühlen.«

Danach sagte er nichts mehr, und wir frühstückten schweigend.

»Ich sollte jetzt gehen«, sagte ich, als wir fertig waren. »Ich muss rechtzeitig zurück sein, sonst macht Annemarie sich Sorgen.«

Er quälte sich mühsam aus seinem Stuhl hoch und griff nach dem Stock, der am Tisch lehnte.

»Ich bringe Sie noch zum Tor.« Ich wollte protestieren, aber er ließ mich nicht zu Worte kommen. »Gönnen Sie mir das Vergnügen. Und keine Sorge, ich bin auch hier ganz – wie sagten Sie gestern? – kalt und egoistisch. Sie werden mich stützen müssen, und so habe ich noch einmal eine hübsche junge Frau am Arm.«

Im Flur erwartete uns der Mann in der weißen Jacke, half mir in meine Daunenjacke und ihm in einen Kamelhaarmantel und hielt ihm seinen Hut hin, einen schwarzen mit einer breiten Krempe. In dieser Aufmachung sah er aus wie ein italienischer Graf. Oder ein Mafia-Pate. Oder beides.

Er konnte wirklich kaum noch gehen, er schwankte und schob seine Füße mit ganz kleinen Bewegungen vorwärts, schwer auf den Stock gestützt und auf meinen Arm. Er atmete mühsam dabei, und wir konnten auf unserem Weg zum Tor nicht miteinander reden, aber war das nicht gut so, denn was gab es noch zu sagen?

Kurz vor dem Tor erreichten wir eine Bank, und er setzte sich, keuchend und mit zitternden Händen. Ich setzte mich neben ihn und wartete, bis er wieder reden konnte.

»So«, sagte er schließlich. »Nun habe ich Sie zum Tor gebracht. Bin ich nicht ein schneidiger Bursche?« Er reichte mir die Hand und versuchte nicht mehr, ihr Zittern zu verbergen. »Kommen Sie gut nach Hause. Und grüßen Sie Annemarie von mir.«

»Das mache ich«, sagte ich.

Am Tor drehte ich mich nochmal um, denn es kam mir so vor, als hätte ich seine Stimme gehört. Er saß aufrecht, hatte den Stock an die Bank gelehnt, die Hände auf die Knie gelegt, und sah mir nach. Ich winkte, und er tippte mit dem

Zeigefinger an die Hutkrempe, auf die lässige Art, wie es Männer in amerikanischen Filmen tun. Dann griff er neben sich auf die Bank, und ich sah, dass er eine Pistole aufhob, mit einem langen Lauf, und den Lauf in den Mund schob und abdrückte. Danach konnte ich seinen Kopf nicht mehr sehen.

Ich wandte mich um und rannte davon, in einer sonderbaren Mischung aus Entsetzen und Erleichterung.

Der Friedhof war eingesponnen in helles Grün und lag still unter einem grauen Himmel. Ich war von Würzburg aus durchgefahren, und die Stille tat mir gut. Das Grab war ein bisschen verwildert, kein Wunder, ich war ja lange nicht da gewesen. Aber Frau Engler war anscheinend auch lange nicht da gewesen.

Ich legte meine Blumen auf den Efeu, einen dicken Strauß Vergissmeinnicht, und dann stand ich da und sah auf den Stein und die Schrift, die in ihn eingraviert war.

Nun ist es endlich gut, weißt du, nun habe ich Ruhe, nun kann ich weitermachen, auch ohne dich. Ich weiß, dir wäre es nicht recht gewesen, aber ich muss ja damit leben, dass du tot bist und dass er schuld daran war, und das kann ich jetzt.

Sonst habe ich nicht viel erreicht. Karl Rode ist tot, aber nun macht Wolfgang Ahr weiter. Darum war er beim Abendessen so fröhlich, glaube ich. Der alte Mann hat noch dafür gesorgt, dass er alles übernimmt.

Ich müsste zur Polizei gehen. Aber ob die Polizei mir glaubt? Und wenn es so einfach wäre, hätten sie mich dann überhaupt weggelassen? Oder haben sie mich nur fürs Erste gehen lassen, und wenn ich sie anzeige, dann besuchen sie mich im privaten Bereich?

Ich habe Angst. Ich möchte so gerne weiterleben, gerade jetzt. Aber vielleicht wird die Polizei ja dann auf mich aufpassen. Oder Herr Anadakadian. Oder Andreas. Oder alle zusammen.

Ich weiß es nicht. Ich denke morgen darüber nach.

Ich hob das ausgebrannte Grablicht auf, das vor dem Stein lag, warf es in den nächsten Abfallbehälter und ging weiter zu Herrn Englers Grab. Wahrscheinlich war es ihr zu viel geworden, sich auch noch um unser Grab zu kümmern, wochenlang, während ich einfach gar nicht mehr kam. Sicher hatte sie sich darüber geärgert. Das wäre ja auch kein Wunder.

Aber ich wusste schon, dass es nicht so war.

Auf Herrn Englers Grab gab es keine Blumen mehr, nur noch den Erdhügel mit den vielen Kieselsteinen darin, der nach einer Beerdigung bleibt. Ein kleiner, verdorrter Kranz mit einer verblichenen Schleife lag darauf: »In stillem Angedenken, deine alte Kollegin Hilde.« Ein neuer Name war auf dem Stein eingraviert. Käthe Engler, geboren vor neunundsechzig Jahren, gestorben vor vier Wochen.

An frischen Gräbern darf man weinen, also weinte ich, und nicht nur wegen Frau Engler, sondern überhaupt, und das Weinen tat mir gut. Dann ging ich in die Friedhofsgärtnerei und bestellte einen riesengroßen Grabstrauß aus den dunkelroten Rosen, die ihr so gefallen hatten. Mit Schleife. Sie hatte Schleifen geliebt. »Sehen Sie bloß die schöne Schleife«, hatte sie oft gesagt, wenn sie die Kränze auf einem frischen Grab inspizierte.

»Und dann brauche ich noch Grabpflege«, sagte ich.

Die Frau hinter dem Tresen zog ein Auftragsbuch aus der Schublade.

»Es sind zwei Gräber. Käthe Engler und Jochen Wolf. Auf das von Frau Engler im Frühjahr Primeln, im Sommer Fleißige Lieschen und im Herbst Heidekraut.«

»Saisonale Bepflanzung«, murmelte sie und schrieb.

»Bei dem anderen nur den Efeu pflegen. Und einen Topf von den Primeln oder den Fleißigen Lieschen oder dem Heidekraut. Immer schöne große Pflanzen.«

»Nette Idee«, sagte sie. »Gehören die beiden irgendwie zusammen?«

»Ja«, sagte ich. »Irgendwie schon.«

Ich unterschrieb den Auftrag, bezahlte den Grabstrauß und ging. Die Türglocke schepperte wie die in dem Milchladen, in dem meine Mutter und ich immer Milch, Brot und Eier gekauft hatten, als ich klein gewesen war.

Am Straßenrand wartete das grüne Auto. Es hatte dasselbe Grün wie die Blattspitzen der Bäume und Sträucher. Ich ließ den Motor an und fuhr mit Schwung aus der Parklücke. Nach Hause. Ich freute mich darauf. Ich würde endlich wieder zu Hause sein.

Und dann zu Andreas. Oder lieber gleich zu Andreas?

Das rote Fenster

SERIE PIPER

1

Die Frau fiel. Sie fiel geräuschlos und grazil und landete mit einer eleganten Bewegung, bei der sie die Arme öffnete, vor meinen Füßen. Beim Aufprall schlug sie mir die Blumen aus der Hand.

Ich stellte die Champagnerflasche auf den Boden und beugte mich über sie. Ihre Augen waren geschlossen, ihr Gesicht bleich und wächsern. Sie sah aus, wie mein Mann ausgesehen hatte auf dem Metalltisch in der Leichenhalle. Ich versuchte, ihren Puls zu fühlen, aber ich fand ihn nicht.

Angst überflutete mich und nahm mir den Atem. Es war, als läge mein Mann hier, nach seinem Autounfall, und ich könnte ihm helfen, ihm in letzter Sekunde das Leben retten – wenn ich nur wüsste, wie!

Ich tastete weiter nach ihrem Puls, suchte mit der anderen Hand ihre Halsschlagader, versuchte mich zu erinnern, wie Mund-zu-Mund-Beatmung ging und was man tun musste, wenn man als Erster zum Unfallort kam, doch mein Kopf war leer, ich sah nur immer das Gesicht meines Mannes vor mir, wie er dagelegen hatte, auf dem Tisch in der Leichenhalle.

Schluchzen stieg in meiner Kehle hoch, und meine Hände zitterten.

Schuhe klapperten auf der Treppe: »Ist Ihnen was passiert?«

»Wieso mir? Sie ist die Treppe runtergefallen. Sie stirbt!«

»Sie stirbt nicht. Sie fällt oft, und ihr passiert nie was dabei.«

Ich sah hoch. Auf der Treppe stand ein Mädchen, das aussah wie die Prinzessin im Märchenbuch. Ihre Haut war weiß, ihr Haar lang und lockig, ihr Gesicht süß und unschuldig. Allerdings trug sie kein goldenes Gewand, sondern enge Jeans und ein stark ausgeschnittenes T-Shirt in Rosenrot.

Ich starrte sie an.

»Wirklich«, beteuerte sie. »Das macht ihr gar nichts.«

Die Frau seufzte, öffnete die Augen und sah mich blicklos an.

»Sie ist Epileptikerin«, sagte das Mädchen. »Die fallen öfters.«

Die Frau bewegte suchend die Augen: »Maria? Bist du da?«

»Ja, Mama«, sagte das Mädchen in gelangweiltem, herablassendem Ton. »Ist alles okay. Du bist bloß wieder gefallen. Und du hast die Blumen von der Dame demoliert.«

»Ich bin keine Dame«, sagte ich ärgerlich und gab der Frau auf dem Boden die Hand. »Ich bin Ihre neue Nachbarin. Anna Wolf.«

»Eva Silberhorn. Ich freue mich, Sie kennen zu lernen«, sagte sie ernsthaft. »Das ist meine Tochter Maria.«

»Den Blumen ist bestimmt nichts passiert«, sagte ich und wickelte sie aus dem Papier. »Sehen Sie. Sie sind ganz in Ordnung.«

»Oh, Lilien. Wie schön.«

»Hier. Ich schenke sie Ihnen.«

»Aber das kann ich nicht annehmen«, sagte sie, nahm sie und hielt sie ganz fest.

»Steh endlich auf, Mama«, sagte Maria ungeduldig. »Das sieht so blöd aus, wie du da rumliegst mit den Blumen. Wie aufgebahrt. Wie auf dem Friedhof.«

Ich streckte ihrer Mutter die Hand hin, aber Maria wies mich zurecht: »Sie brauchen ihr nicht zu helfen. Das kann sie alleine.«

Und wirklich war Frau Silberhorn so schnell auf den Füßen, wie ich es jemandem, der eben noch wie tot dagelegen hatte, nicht zugetraut hätte. Ebenso schnell verschwand sie, von Maria angetrieben, im Halbdunkel des Treppenhauses. Sie schaffte es gerade noch mir zuzuwinken, mit den Lilien.

Ich nahm die Flasche hoch und stieg hinter ihnen die Treppe hinauf. Die alten Holzstufen knarrten laut unter jedem Tritt. Alles knarrte hier, die Türen, die Böden, die Treppe. Die Fenster klemmten. Die Boiler gaben spuckende Geräusche von sich, die Toilettenspülung produzierte Töne, die wie Gewehrschüsse klangen, und in den Decken mit den geometrischen Stuckverzierungen zeigten sich schon wieder feine Risse.

»Schwingdecken«, hatte der Maler gesagt. »Alte Böden schwingen. Alte Decken auch. Da können Sie gar nicht so schnell streichen, wie da wieder Risse nachkommen. Abreißen müsste man die Hütte. Warum ziehen Sie auch in so eine wackelige alte Bude?«

Eben darum. Weil sie alt und wackelig war und mich nicht an die schöne Dachterrassenwohnung erinnerte, in der ich mit meinem Mann gelebt hatte. Weil ich aus ihren Fenstern ins Weite blickte, über die Gleisfelder, die zum Bahnhof führten, mit ihren Baracken und Stellwerken und wild wachsenden Büschen und Bäumen und Blumen. Birken und Hasel und Holunder und Weiden. Senfgelbe Rispen und lilablaue Blüten an halbhohen Stängeln.

Dahinter lag der Friedhof, auf dem mein Mann begraben war. Ich konnte ihn von hier aus sehen. Auch darum war ich hierher gezogen.

Ich legte die Champagnerflasche ins Kühlfach, schaltete den Boiler im Bad an und bezog das Bett. Als es klingelte, war ich gerade fertig damit, die Bücher ins Regal zu räumen und die zusammengefalteten Kartons in den Flur zu schleppen. Ich öffnete die Tür und hörte seinen Schritt auf der Treppe, seinen leichten schnellen Schritt, unter dem sogar die alten Stufen leiser knarrten als sonst.

Er trug seinen Anwaltsanzug und die große Aktenmappe, mit der er auf Reisen ging. »Ich bin gleich nach der Verhandlung in den Zug und am Bahnhof ins Taxi und hierher zu dir«, sagte er atemlos. »Verschwitzt, zerknittert und mit Paragraphen bedeckt. Nimmst du mich so?«

»Ich bin verschwitzt, zerknittert und mit Bücherstaub bedeckt. Nimmst du mich so?«

Er legte seine Hand auf mein Gesicht: »Das weißt du doch, Anna.«

»Nimm mich schnell«, sagte ich.

Er stellte die Aktentasche ab: »Wo ist dein Bett?«

Ich zog ihn durch den Flur und zeigte es ihm.

»Dein Bett gefällt mir«, sagte er nach einer Weile und löste sich aus meinen Armen. »Wackelt nicht. Quietscht nicht. Die Matratze ist fest. Ein feines Bett. Als ob es neu wäre.«

»Es ist neu. Ich habe es letzte Woche gekauft. Ich kann doch mit dir nicht in dem Bett liegen, in dem Jochen und ich geschlafen haben.«

»Natürlich nicht«, sagte er, aber sein Gesicht verdunkelte sich, wie immer, wenn ich von meinem Mann sprach.

»Champagner!«, sagte ich. »Ich habe Champagner für uns gekauft. Warte, ich hole ihn. Ich hatte auch Blumen, Lilien, aber ich habe sie verschenkt.«

»Du hast sie nicht zufällig auf den Friedhof getragen zu deinem Mann?«

»Natürlich nicht. Ich habe sie meiner Nachbarin gegeben, weil sie die Treppe hinuntergefallen ist.«

»Ach so.« Er lachte sein kleines kurzes Lachen, das ich liebte. »Das leuchtet ein. Menschen, die Treppen hinunterfallen, brauchen natürlich ein paar Blumen. Also bring den Champagner. Wir taufen dein neues Bett damit, neue Betten müssen mit Champagner getauft werden, wie Schiffe, wusstest du das?«

Wir tauften das Bett und redeten und weihten es noch einmal ein und redeten wieder lange, bis ich merkte, dass ich keine Antwort mehr bekam, weil er eingeschlafen war.

Ich lag in seinem Arm und lauschte auf seine Atemzüge

und versuchte auch zu schlafen, aber mein Herz klopfte laut und meine Augen öffneten sich immer wieder. Ich stand auf, goss die Reste aus unseren Gläsern in eines und wanderte durch meine Wohnung.

Die beiden Zimmer lagen im Halblicht der großen Lampen, die das Gleisfeld beleuchteten und die Sprossen der Bogenfenster auf den Holzboden malten. Ich öffnete leise das Wohnzimmerfenster. Der Saum des Himmels fing an, heller zu werden, Vögel zwitscherten versuchsweise, und kühle frische Sommermorgenluft drang herein. Ein Zug mit erleuchteten Fenstern fuhr langsam vorbei.

Die Küche und das lange, schmale Bad sahen auf einen verschachtelten Hinterhof. Eine große Birke wachte über Wäschestangen, Abfalltonnen und einen vernachlässigten Kinderspielplatz. Vorspringende Gebäudekörper nahmen das Licht oder ließen einen von ganz nahe in die Fenster der Nachbarn blicken. Doch die Küchentür hatte oben ein schönes Halbrund und führte auf eine Loggia mit einer Speisekammer und genug Platz für einen Stuhl und einen winzigen Tisch.

Das Bad hatte grüne Fliesen, eine löwenfüßige Badewanne und ein schmales, hohes Fenster hinter der Toilette. Das Fenster stand offen, und ein seltsamer rötlicher Schein lag davor, so als ginge in dieser allerersten Morgendämmerung die Sonne schon wieder unter.

Ich schob mich an der Toilette vorbei und streckte den Kopf hinaus. Das Licht kam aus einem Zimmer der Nachbarwohnung, es war ein sanftes rosenrotes Licht, und in diesem Licht stand das Mädchen von heute Nachmittag. Sie war nackt, ihr Haar fiel weit über die Schultern, ihre Haut schimmerte rosig, und die Spitzen ihrer vollen Brüste waren erstaunlich dunkel und sahen aus wie Himbeerbonbons.

Sie hielt ihre Brüste mit den Händen, ließ das Haar von einer Seite zur anderen schwingen und bewegte ihre glatten runden Hüften wie eine Tänzerin. Sie sah nicht in meine

Richtung, sie blickte konzentriert in eine Ecke des Zimmers und lächelte, wahrscheinlich sah sie in einen Spiegel, denn wie immer sie sich bewegte, ihre Augen richteten sich dorthin.

Überraschung und die Scham des unfreiwilligen Beobachters ließen mein Gesicht heiß werden. So hatte ich mich früher auch im Spiegel angesehen und mir vorgestellt, wie es sein würde, erwachsen zu sein und mich zu verlieben und mit einem Mann zu schlafen. Ich war dabei nicht nackt gewesen. Und schön auch nicht. Sie war wunderschön.

Aber sie war nicht allein. Aus der Ecke tauchte ein Mann auf, mit runden Schultern, Fettpolstern an den Hüften und einer großen Glatze über einem dunklen Haarkranz. Seine Hände, klein, dunkel, griffen nach ihren Brüsten und wanderten dann langsam über ihren Körper und zwischen ihre Beine.

Er hob sie hoch, setzte sie auf etwas, das ich nicht sehen konnte, sie öffnete bereitwillig die Schenkel, er drang mit einem Ruck in sie ein, und sein Hintern begann sich rhythmisch zu bewegen. Ich sah ihr Gesicht, sie blickte über seine Schulter, lächelnd, als sähe sie eine ferne schöne Landschaft.

Ich zog den Kopf zurück, lief ins Schlafzimmer, kroch ins Bett, drängte mich an Andreas und versuchte zu schlafen und zu vergessen, was ich gesehen hatte.

»Und? Wie geht es Ihnen in der neuen Wohnung?«, fragte Frau Beifuss, während sie die Blumen ordnete, die sie auf Jochens Schreibtisch gestellt hatte.

Sie war dagegen gewesen, dass ich umzog: »Aber das können Sie nicht machen, da hat der Herr Doktor gewohnt, solange ich ihn kenne! Warum schließen Sie nicht auch gleich das Büro?«

Sie war mit sechzehn in seine Kanzlei gekommen, um Rechtsanwaltsgehilfin zu werden, und als er die Kanzlei aufgegeben und das Ermittlungsbüro eröffnet hatte, war sie bei ihm geblieben und alles geworden, was er brauchte, Sekretärin, Ermittlerin, Prokuristin und Büroleiterin. Sie liebte ihn womöglich noch mehr als ich.

»Gut«, sagte ich.

»Aber es ist doch sicher schwer für Sie in der neuen Wohnung, nicht? So ganz allein.«

Was meinst du mit ganz allein?, dachte ich. Ohne Jochens Geist? Außerdem bin ich nicht allein, es gibt einen Mann in meiner Wohnung und meinem Bett, aber wenn ich dir das sage, fängst du bestimmt wieder an, mich zu hassen.

»Jochen hätte auch gewollt, dass ich mich aus der alten Umgebung löse und auf eigene Füße stelle«, sagte ich, ich sagte es nicht zum ersten Mal und fand es ziemlich blöd, aber es war das Einzige, was sie einigermaßen mit meinem Umzug versöhnte.

»Na gut«, sagt sie. »Wenn Sie meinen.«

Ich nahm meinen Terminkalender und wanderte hinüber zu Herrn Fischler.

Er saß gebeugt hinter seinem Schreibtisch und hatte die Hände um den Kaffeebecher gelegt, als fröre er. Sein Vogelgesicht mit der großen Nase und den kleinen Augen wirkte eingefallen, und die Fliege unter seinem Adamsapfel trug ein deprimierendes Muster in Grau und Dunkelrot. Er hatte eine neue Freundin, was ich von Frau Beifuss wusste, die auf wundersame Weise immer alles über ihn wusste, und seither war er montags meist müde und ganz heruntergekommen.

»Erschöpft. Der Mann ist total erschöpft«, sagte sie jeden Montag, halb empört, halb erfreut. »Das ist die neue Frau. Man fragt sich nur, was sie mit ihm macht, das ihn so erschöpft«, fügte sie hinzu und ließ die Augen mit vielsagendem Gesichtsausdruck durch den Raum schweifen.

»Guten Morgen, Herr Fischler«, sagte ich aufmunternd.

Er sah mich gequält an.

»Na, kommen Sie. Trinken Sie noch einen Schluck Kaffee.

Und nun die Termine. Was haben wir diese Woche für Termine?«

Er zog mühsam seinen Kalender heran, doch dann belebte er sich allmählich, während er mir die Termine diktierte. Es tat ihm immer gut, wenn er mir sagen konnte, was ich tun sollte.

»Heute nur Kleinkram«, sagte er. »Sie können die Ermittlungsberichte fertig machen. Morgen um halb elf ein wichtiger Termin bei Wegemeier. Einer unserer ältesten Kunden. Da machen wir alles, Videoüberwachung, Einstellungs- und Mitarbeiterüberprüfungen, Werttransporte und so weiter. Jetzt haben sie Probleme im Lager. Herr Wegemeier hat Jochen sehr geschätzt, und er wird sich bestimmt freuen, Sie kennen zu lernen. Aber ...«

»Ja?«

»Herr Wegemeier hält nicht viel von Frauen in unserem Gewerbe. Oder von Frauen in leitenden Stellungen. Er mag es auch nicht, wenn Frauen Hosen tragen. Oder Hosenanzüge, so wie Sie. Er ist nicht mehr der Jüngste und sehr altmodisch. Ich weiß, es ist albern ... Ich wollte es Ihnen nur sagen. Er ist wirklich ein guter Kunde. Eine Säule des Unternehmens. Er empfiehlt uns auch so gerne weiter.«

Er sah mich so besorgt an, dass ich lachen musste.

»Keine Sorge. Ich werde ihn nicht erschrecken. Und ich ziehe einen Rock an.«

»Mittwoch und Donnerstag haben wir jede Menge Besprechungen mit Außenmitarbeitern«, sagte er erleichtert, »hier ...« Er wies auf die Eintragungen in seinem Kalender, damit ich sie mir abschreiben konnte.

»Freitag.« Er betrachtete stirnrunzelnd seine Notizen. »Eine Besprechung wegen einer Personenschutzsache. Um zehn. Um halb zwölf die neue Videoüberwachungsanlage für das Kaufhaus Heiliger. Und um fünfzehn Uhr Rolf Schüler, einer unserer besten Leute, was Observation und Beweisbeschaffung angeht. Bei dem können Sie viel lernen.«

»Gut«, sagte ich, »danke.«

»Und die Termine von Frau Beifuss? Vergessen Sie die nicht!«, rief er hinter mir her, als ich schon fast draußen war.

»Aye, aye, Sir«, sagte ich und knickste und sah noch, wie er rot wurde vor Verlegenheit.

Wenn du das sehen könntest, Jochen, dachte ich. Vielleicht siehst du es ja. Dass ich deine Firma leite und die beiden mir zeigen, wie man das macht. Dass sie freundlich zu mir sind und nicht mehr kalt und abweisend wie damals, als du noch nicht so lange tot warst und sie es nicht ertragen haben, dass ich auf deinem Platz saß.

So lange tot? So lange bist du ja noch gar nicht tot. Nächste Woche ist Herbstanfang, dann sind es genau zwei Jahre und drei Monate. Das ist nichts. Und es ist eine Ewigkeit.

Ich liebte die Tage in der neuen Wohnung, sie waren hell und heiter, selbst wenn es regnete, denn das Gleisfeld mit seinen silbrigen Schienen, den Büschen und Bäumen, die gelb und rot wurden, und dem weiten Himmel darüber hatte immer etwas Fröhliches. Auch nachts war es schön, dann wurde es still dort, und nichts bewegte sich mehr, außer den erleuchteten Züge, die lautlos hindurch fuhren.

Aber ich fürchtete mich vor den Nächten, in denen im Hof das rote Fenster leuchtete, ab zehn oder elf. Manchmal ging das rosenrote Licht auch erst später an, nach Mitternacht, und glühte bis in die Morgenstunden.

Ich wollte es nicht, doch es zog mich hin, und dann beugte ich mich in meinem dunklen Bad aus dem Fenster und sah sie, nackt und rosig, mit ihrem schönen Körper und dem süßen Gesicht der Märchenbuchprinzessin.

Aber kein Prinz war bei ihr, sondern verschiedene Männer, viel älter als sie, ein oder zwei sogar richtig alt, faltig, fett und grauhaarig. Grobe waren dabei, die es so gewaltsam mit ihr machten, dass ich fast den Schmerz spürte, den sie fühlen musste, doch es gab auch andere, die zärtlich und liebevoll mit ihr umgingen.

Nur sie blieb sich auf sonderbare Weise immer gleich, sie hatte immer das Lächeln im Gesicht und wirkte abwesend, unbeteiligt, fast herablassend, so, als sei sie wirklich eine Prinzessin, egal, wer der Mann war und was er gerade mit ihr tat.

Sie war auf die Fensterbank gebeugt, ein großer Mann mit großer Nase und kurzen dunklen Haaren erhob sich hinter ihr, hielt sie an den Hüften und stieß so hart in sie hinein, dass ihr Kopf bei jedem Stoß einen Ruck tat. Es war scheußlich anzusehen, wie eine Vergewaltigung, aber ihr süßes Gesicht blieb gleichmütig, heiter, und sie lächelte.

Mir war, als sähe sie mir geradewegs in die Augen. Ich zog den Kopf zurück, schloss leise das Fenster, huschte aus dem Bad, verkroch mich im Bett und zog die Decke über den Kopf.

Meine Wangen waren heiß, mein Herz klopfte heftig. Ich hasste die Männer dafür, was sie mit ihr machten, und ich hasste sie, weil sie es mit sich machen ließ, aber vor allem hasste ich mich, weil ich zusah und nicht nur Abscheu, sondern auch Erregung dabei empfand.

Ich stand nie wieder nachts dort. Aber ich lag wach und starrte auf das Spiel von Licht und Schatten an der Zimmerdecke und sah trotzdem, was sich hinter dem roten Fenster abspielte, und grübelte, wie es dazu gekommen war und was ich tun konnte, damit es aufhörte.

Ich hätte am liebsten Andreas gefragt. Aber ich würde ihm das rote Fenster zeigen müssen, und er würde sie sehen, wie ich sie sah, schön, erregend, bezaubernd. Viel schöner und erregender als ich. Danach würde er an ihren Körper denken, wenn er mich sah, und sie berühren wollen, wenn er mich anfasste, und in sie eindringen, wenn er zu mir kam!

Ich krümmte mich bei dem Gedanken. Sie hatte alles, was ich nicht hatte. Ich war groß und dünn, klein waren meine

Brüste, blassblond mein Haar, schwer und schwarz meine Augenbrauen, breit mein Mund: ein magerer Breitmaulfrosch, keine Prinzessin.

Ich traf sie zwei Tage später im Flur, als sie gerade die Wohnungstür hinter sich zuzog. Sie hatte sich schön gemacht, die Haare gewaschen, die Augen geschminkt, und trug glänzende Satinhosen, ein bunt bedrucktes T-Shirt und große silberne Ohrringe.

»Hallo, Frau Wolf«, sagte sie.

»Hallo, Maria ...« Ich zögerte, blieb stehen und kramte nach meinem Schlüssel. Sie ging mit einem Lächeln an mir vorbei, die Treppe hinunter.

Na los, Anna. Mach schon. Ehe sie zu weit unten ist.

»Maria?«

»Ja?«

»Kann ich dich mal sprechen?«

»Klar«, sagte sie und sah mich erwartungsvoll an.

»Kannst du einen Moment reinkommen?«

Sie kam wieder herauf, folgte mir ins Wohnzimmer, setzte sich auf mein kariertes Sofa und sah sich um.

»Das gefällt mir«, sagte sie, »dass Sie keinen Teppich haben. Und keine Vorhänge und Gardinen. So ist es viel schöner. Irgendwie größer und weiter.«

»Genau«, sagte ich und hätte viel lieber über meine Einrichtung mit ihr gesprochen. »Ich ... ich wollte – wie soll ich das sagen ...«

»Ja?«, sagte sie aufmunternd, wie eine freundliche Lehrerin, die einem schüchternen Kind auf die Sprünge helfen will.

»Ich wollte mal mit dir darüber sprechen, was – was da nachts in deinem Zimmer passiert, Maria.«

»Ja?«, sagte sie wieder, aber diesmal klang es gekünstelt.

»Du weißt schon, diese Männer ...«

»Welche Männer?«

»Die nachts bei dir sind.«

»Wie kommen Sie darauf, dass nachts Männer bei mir sind?«

»Weil ich es gesehen habe«, sagte ich. »Wenn ich den Kopf aus meinem Badezimmerfenster strecke und nach rechts schaue, kann ich in dein Zimmer sehen.»

Ich sah ihr an, wie sie sich das vorstellte, und dann zog ein kleiner Schrecken ihre Augen zusammen, als ihr klar wurde, dass es stimmte.

»Ich weiß gar nicht, wovon Sie reden«, sagte sie, der klassische Satz, wenn man ganz genau weiß, wovon die Rede ist.

»Doch, das weißt du.«

Sie schüttelte den Kopf, ihr Gesicht verschloss sich und nahm einen widerständigen Ausdruck an.

Ich verstand sie gut. Was ging es mich eigentlich an, was sie tat?

»Ich will mich ja nicht in deine Angelegenheiten einmischen«, sagte ich, auch so ein klassischer Satz, wenn man gerade dabei ist, es zu tun, »aber – wie soll ich das sagen ...«

»Warum reden Sie überhaupt mit mir, wenn Sie nicht wissen, was Sie sagen sollen?«

Auch wahr, dachte ich. Verdammt, was mache ich hier eigentlich?

Weil ich mich so hilflos fühlte, wurde ich wütend: »Ich rede mit dir, weil ich mir Gedanken mache. Und weil ich mich frage, warum du das tust. Und weil ich will, dass du damit aufhörst.«

Ihre Augen weiteten sich, ich hatte sie erschreckt, aber auch berührt, ihr Gesicht wurde für einen Moment ganz weich, doch dann verschloss sie sich wieder und setzte ihre arroganteste Miene auf.

»Ich habe keine Zeit mehr«, sagte sie, in dem gelangweilten, herablassenden Ton, in dem sie manchmal mit ihrer Mutter sprach. »Ich muss jetzt wirklich gehen, ich komme sonst zu spät.«

Ich wurde noch wütender. »Dann geh doch zum Teufel«,

sagte ich, »und lass dich weiter von diesen alten Kerlen ficken.«

Sie kicherte wie ein kleines Mädchen und stand auf.

Gott, was bin ich blöd, dachte ich. Sie ist erst fünfzehn! Und es hilft ihr bestimmt nicht, wenn ich sie beschimpfe.

Ich folgte ihr in den Flur und kramte in meiner Tasche nach einer meiner Geschäftskarten: »Hier, das ist mein Büro. Da kannst du mich anrufen, falls mal was ist, ja? Du kannst natürlich auch immer hier rüber kommen. Ja?«

Sie steckte die Karte in ihre kleine Henkeltasche, die mit vielen bunten Steinen besetzt war. »Okay«, sagte sie freundlich. »Danke. Bis dann, Frau Wolf.«

Ich machte die Tür hinter ihr zu und lauschte auf das Klappern ihrer Absätze auf den Stufen. In der Luft hing der Geruch ihres Parfüms. Ich kannte es, es war ein teures französisches Parfüm, das nach Rosen duftete.

2

Der Winter kam früh in diesem Jahr. Mitte November holte der Frost die letzten Blätter von den Bäumen, es schneite, der Schnee gefror, und die Sonne schien von einem eisigen Himmel. Glitzernde Kälte lag über dem Gleisfeld und leuchtete durch meine Fenster.

Sie machte sich auch in meinen Zimmern breit. Ich stellte die Gasöfen auf die höchste Stufe und ließ sie ständig brennen, und wenn man daneben saß, war es warm, aber der Rest des Raumes blieb kühl. Ich trug Wollsocken und dicke Pullover und störte mich nicht an der Kälte. Dies war meine erste eigene Wohnung, ich liebte sie, sie war wunderschön, und wer liebt und Schönheit will, muss zuweilen ein paar Probleme in Kauf nehmen, finde ich.

»Du fühlst dich an, als ob du aus dem Kühlschrank kommst«, sagte Andreas, als ich zu ihm unter die Bettdecken schlüpfte. »Fass mich bloß nicht an.«

Er nahm meine Hände zwischen seine und pustete seinen warmen Atem in die Höhlung, küsste meine Nase warm, nahm mich vorsichtig in die Arme und rieb meine Haut und küsste mich, bis ich ganz und gar warm war. Dann hörte er auf und schob mich von sich.

»Nicht aufhören«, sagte ich. »Nicht gerade jetzt, wo mir endlich warm wird.«

»Zieh die Socken aus. Sie kratzen.«

»Ich kriege sofort wieder kalte Füße.«

»Eben«, sagte er. »Ich habe es allmählich satt, mit einer Frau zu schlafen, die ich erst auftauen muss. Die Skisocken trägt und eine rotgefrorene Nase hat. Nicht, dass du mich so nicht anmachst. Ich bin deinem Leib nun mal verfallen.«

Ich drückte mich an ihn und mein Leib konnte spüren, wie sehr er ihm verfallen war.

»Aber ich bin kein Eskimo, und ich sehe auch nicht ein, warum ich einer werden soll. Wir brauchten bloß zu mir zu gehen und hätten es wunderbar warm.«

»Bitte! Ich bin so gerne hier«, sagte ich. »Meine erste eigene Wohnung und mein erstes eigenes Bett! Ich finde es so schön, mit dir in meinem ersten eigenen Bett zu schlafen. Und ich mag es, wenn du mich auftaust.«

Ich küsste ihn überall, wo ich an ihn herankam, ohne dass sich die Bettdecken verschoben oder ich darunter erstickte.

»Komm«, murmelte er und zog mich auf sich.

»Vorsicht«, flüsterte ich. »Lass ja keine Luft unter die Decke kommen.«

»Ach, verdammt ...«

»Beweg dich einfach nicht. Lass mich machen. Ich verspreche dir auch, dass es wärmer wird. Ich rede mit Frau Cohn.«

Frau Cohn wohnte in der Wohnung unter mir, seit langer Zeit, und am anderen Morgen ging ich zu ihr und fragte sie, was sie gegen die Kälte tat.

»Nichts«, sagte sie. »Wenn es so kalt ist, lebe ich in der Küche. Ich habe ja noch den alten Herd, der hält schön warm. Kommen Sie rein und trinken Sie einen Kaffee mit mir.«

Ich setzte mich in ihre warme Küche, lauschte auf das Knacken der Holzscheite im Herd, aß unanständig viele ihrer selbstgebackenen Plätzchen und ließ mir von ihr erzählen, wie es früher hier gewesen war. Dann klingelte ich bei ihrer Nachbarin, die Britta Schäfer hieß und ein Antiquitätengeschäft besaß, wie man der Visitenkarte entnehmen konnte, die sie an ihre Tür geheftet hatte. Aber sie war nicht da.

Im Friseursalon im Erdgeschoss hatten sie schon vor langer Zeit eine anständige Heizung eingebaut, »schließlich sitzen unsere Kundinnen mit nassen Haaren hier«, sagte die Besitzerin und sah mich so vorwurfsvoll an, als hätte ich ihr eine Perversion unterstellt.

Der türkische Gemüsehändler im Geschäft nebenan trug eine Daunenweste und sagte, Obst und Gemüse hätten es gerne kühl. Der Ingenieur und der Steuerberater in den Büros im ersten Stock froren nicht, weil sie Gasetagenheizungen hatten.

Blieb nur Frau Silberhorn. Ich drückte auf ihren Klingelknopf und wünschte mir eigentlich, sie wäre nicht da, aber sie öffnete die Tür so schnell, als hätte sie dahinter gestanden und gehofft, dass jemand sie besuchen käme. Sie lächelte auch so. Erleichtert, weil nun jemand gekommen war.

»Ach, Sie sind es, Frau Wolf. Kommen Sie doch rein, es ist ja so kalt im Treppenhaus.«

Genau. Ich trat in ihren Flur und brachte meine Frage vor.

»Ach, Sie Arme. Daran hätte ich denken sollen. Dabei ist es ganz einfach, es schön warm zu kriegen. Kommen Sie weiter, ich zeige es Ihnen.«

Ich folgte ihr, und mir wurde klar, dass es bei ihr schon deshalb viel wärmer sein musste, weil ihre Wohnung übervoll war. Auf dem Teppichboden lagen persergemusterte Läufer, Vorhänge hingen über Gardinen, Polstersessel drängten sich neben Schrankwänden, Tischen und Tischchen, auf denen Blumenstöcke oder Kleinkram standen, und Kleinkram stand auch überall sonst, wo eine freie Fläche zu finden war. Alles war liebevoll arrangiert, adrett und sehr sauber.

Sie muss anders gestrickt sein als ich, dachte ich. Mich würde es in den Wahnsinn treiben, zwischen all dem zu leben. Vom Staubwischen gar nicht zu reden.

»Sehen Sie«, sagte sie und wies auf einen leise vor sich hin summenden Heizlüfter der kleineren Sorte.

»Reicht der denn?«

»Wenn Sie ihn genau am richtigen Platz und im richtigen Winkel aufstellen. Diagonal. Das ergibt dann, zusammen mit dem Gasofen, die ideale Warmluftzirkulation im Raum und beseitigt das Kälteloch«, deklamierte sie. »Merken Sie, wie warm es hier ist?«

Es war wirklich sehr warm. Andreas und ich hätten uns splitternackt auf ihrem falschen Perser lieben können und wären dabei noch ins Schwitzen geraten.

»Das hat sich mein ehemaliger Lebensgefährte ausgedacht. Er ist nämlich Ingenieur«, sagte sie stolz und erklärte mir genau, wo die Heizlüfter stehen mussten.

»Toll«, sagte ich, als sie fertig war.

Sie bezog meine Begeisterung auch auf ihre Einrichtung. »Sie müssen Marias Zimmer sehen«, sagte sie. »Das ist wunderschön.«

Marias Zimmer war ganz in Rosarot, rosa die Wände, rosenfarben die Lampenschirme und rosengemustert jedes Stückchen Stoff, das zu finden war, sogar der Teppich. Und überall saßen Teddybären, auf dem Bett, dem Schreibtisch, dem Regal, dem Nachttisch, und sahen uns mit ihren glänzenden Augen an, manche ernst, andere lächelnd. Wie gute Geister. Oder Wächter.

Sonderbarerweise war das Zimmer wirklich wunderschön. Es wirkte nicht kitschig, sondern witzig und ausgefallen, und der bräunliche Plüsch der Bären passte gut zum Rosarot der Rosen.

»Sehr schön«, sagte ich. »Wirklich sehr schön.«

Sie strahlte: »Es passt zu ihr, nicht wahr? Sie ist ja auch eine Rose, ich meine, sie sieht aus wie eine, finden Sie nicht? Und sie ist so glücklich hier.«

Das mit der Rose stimmte, aber dann fiel mir ein, was ich Maria in diesem Zimmer hatte tun sehen, in seinem unschuldigen rosigen Licht, und mir wurde kalt, obwohl es auch hier sehr warm war.

»Jetzt muss ich aber wirklich gehen«, sagte ich. »Ich habe Sie schon viel zu lange aufgehalten.«

»Aber Sie halten mich nicht auf«, protestierte sie. »Wirklich nicht. Ich freue mich, dass Sie da sind. Wollen Sie nicht noch bleiben und einen Kaffee trinken und sich ein bisschen aufwärmen?«

»Wirklich nicht. Danke. Vielen Dank. Ich muss mich beeilen, ich muss ja noch in die Stadt und Heizlüfter kaufen.«

Sie brachte mich zur Tür, und ich versuchte, nicht mehr an sie zu denken, an sie und ihre Tochter, während ich in die Stadt fuhr und im besten Elektrogeschäft den besten Heizlüfter besichtigte, den es gab.

»Flüsterleise«, sagte der Verkäufer. »Praktisch unhörbar. Elektronische Wärmeregulierung. Hundertfünfzig Prozent Leistung.«

Was ist da nur gewesen?, dachte ich. Warum hat sie diese Männer an sich ran gelassen, die Kleine? Sich von ihnen benutzen und beschmutzen lassen, zwischen ihren Stoffrosen und Plüschbären?

»Kommt von der NASA«, sagte der Verkäufer. »So heizen sie die Weltraumstationen.«

Und wie ist es möglich, dass ihre Mutter nichts davon weiß? So, wie sie redet, hat sie keine Ahnung, oder sie müsste eine verdammt gute Schauspielerin sein: ›Sie ist ja auch eine Rose. Und sie ist so glücklich hier.‹ Ach ja. Aber ich glaube nicht, dass Frau Silberhorn eine gute Schauspielerin ist. Ich glaube, sie glaubt wirklich, was sie sagt.

»Ist natürlich ein klein wenig aufwändiger im Preis«, sagte der Verkäufer. »Aber dafür kriegen Sie Qualität und Luxus. Keinen Schrott. Den vererben Sie noch.«

Ich verstehe das nicht, dachte ich. Das ist alles so sonderbar. Also ob ich es geträumt hätte. Ein scheußlicher Traum. Aber nun ist er vorbei. Ich habe das rote Licht lange nicht mehr gesehen. Sie hat damit aufgehört.

»Hoffentlich«, sagte ich.

»Hoffentlich?«, sagte der Verkäufer gekränkt. »Das ist kein Schrott. Das können Sie mir glauben.«

»Ich nehme zwei«, sagte ich, und der Gesichtsausdruck des Verkäufers wechselte von Beleidigtsein zu Begeisterung. »Oder lieber drei. Für alle Fälle.«

»Was machst du Weihnachten, Anna?«, fragte meine Mutter.

»Weiß ich nicht«, sagte ich.

»Willst du nicht kommen?«, fragte sie. »Und deinen Freund mitbringen? Ich würde ihn so gerne kennen lernen.«

»Ich weiß nicht«, sagte ich.

»Das hast du schon mal gesagt. Was soll das heißen?«

»Weiß ich nicht, heißt, weiß ich nicht«, sagte ich. »Ich weiß es einfach nicht, Mama. Ich sage dir Bescheid, wenn ich es weiß.«

Weihnachten war unsere Zeit gewesen, Jochens und meine. Im Herbst hatten wir uns kennen gelernt. Weihnachten hatten wir geheiratet.

Der Standesbeamte hatte uns erschrocken gemustert und den Blick in seine Unterlagen gerichtet, wo seine Augen die Stelle gesucht hatten, an der mein Geburtsdatum stand. Natürlich. Jochen war achtunddreißig und sah auch so aus. Ich war neunzehn und sah aus wie sechzehn.

Jochen drückte meine Hand. Der Standesbeamte sah wieder auf, lächelte uns erleichtert zu und begann zu sprechen.

Ich konnte mich nachher nie erinnern, was er gesagt hatte. Ich erinnerte mich nur daran, wie sein Mund sich bewegt und dass hinter ihm ein großer Blumenstrauß gestanden hatte, genau hinter seinem Kopf, sodass es ausgesehen hatte, als trüge er einen Heiligenschein aus Palmblättern und gelben und orangefarbenen Gerbera.

Irgendwann hörte er auf zu reden und deutete auf ein Blatt Papier, das Jochen unterschrieb und dann ich, mit unsicherer, krakeliger Schrift. Wir streiften einander die Ringe über und küssten uns, hastig und verlegen. Ich umarmte meine Mutter und die beiden Schulfreundinnen, die ich eingeladen hatte, und dann schüttelten mir Jochens alte Freunde und Frau Beifuss und Herr Fischler die Hand und wünschten mir alles Gute.

Im »Ratskeller« gegenüber vom Standesamt fand unser Hochzeitsempfang statt. Jochen hatte ein großes Büffet und

Mengen von Champagner bestellt, und die Kellner gingen umher und schenkten eifrig nach, was gut war, denn der Champagner löste die Steifheit unserer Gäste, die sich nicht kannten und nicht zueinander passten und sich wunderten, warum wir heirateten. So schnell! Wir kannten uns doch kaum, und wir mussten auch nicht. Und der Altersunterschied! Sie wurden sogar richtig fröhlich.

Wir waren sowieso fröhlich und tranken wenig, »denk an unsere Hochzeitsnacht«, sagte Jochen leise, wenn jemand mit uns anstoßen wollte, »wir haben nur die eine«, und gegen Abend verließen wir heimlich unser Hochzeitsfest und fuhren nach Hause.

Wir stiegen die vielen Treppen in seine Dachwohnung hinauf, die wir so oft hinaufgestiegen waren, wenn wir miteinander hatten schlafen wollen, hängten unsere Mäntel an den Garderobeständer und gingen ins Wohnzimmer. Dort stand ein großer Tannenbaum, der alles mit seinem Duft erfüllte.

»Gefällt er dir?«, hatte Jochen gefragt. »Schmuck habe ich auch. Wir können ihn gleich schmücken.«

»Erst die Hochzeitsnacht«, hatte ich geantwortet. »Wir haben nur die eine, denk daran.«

Und wir hatten nur neun Weihnachten gehabt. Am zehnten war er nicht mehr da gewesen, und ich hatte versucht zu sterben, weil ich es nicht aushielt, dass er nicht mehr da war und nie wieder da sein würde.

»Was ist mit Weihnachten, Anna?«, fragte Andreas und schnitt in sein Steak. »Wollen wir einen Baum kaufen? Ich habe keinen Weihnachtsbaum mehr gehabt, seit ich von zu Hause weg bin.«

Ich kaute und schluckte und schüttelte den Kopf.

»Was heißt das?«

»Nein, ich will keinen Baum.«

»Warum nicht?«

»Weil ich keinen will.«

Er suchte mit der Gabel Salatblätter auf seinem Teller zusammen: »Würdest du das bitte erläutern?«

»Ich will einfach keinen.«

»Diese Erläuterung sucht ihresgleichen. Was ist mit Geschenken?«

Ich schüttelte den Kopf.

»Mit anderen Worten: Du willst überhaupt nicht Weihnachten feiern.«

Ich nickte.

»Und warum?«

»Weil ich nicht will.«

Er sagte nichts mehr, er aß das Steak auf, indem er jeden Bissen sorgsam und gründlich abschnitt und sorgsam und gründlich kaute. Ich stopfte mich mit den Pommes frites voll, die ich zum Steak bestellt hatte.

»Es ist wegen deinem Mann, nicht?«, fragte er, als er fertig war.

»Wenn ich ja sage, wirst du wütend«, sagte ich. »Und wenn ich nein sage, lüge ich, und du weißt es.«

»Stimmt. Na gut, ich werde nicht wütend. Aber es ist Scheiße. Scheiße, Scheiße, Scheiße«, sagte er mit leiser wütender Stimme.

Der Mann am Nebentisch drehte sich um und musterte uns über seine Brille hinweg.

»Kannst du bitte woanders Scheiße sagen? Ich will nicht, dass sie uns hier hassen. Dann kriege ich keinen Bissen mehr runter.«

Er sah mir schweigend zu, wie ich mein Steak aufaß. Wir zahlten und gingen durch die winternebeligen Straßen zurück in meine Wohnung.

Wir sagten auch dort nichts, wir zogen uns aus und gingen ins Bett. Wer miteinander schläft, kann nicht miteinander reden, jedenfalls nicht genug, um sich zu streiten, und wir taten unser Bestes, um nicht zu Wort zu kommen.

Es war ein bisschen wie beim ersten Mal, da hatten wir

uns auch so heftig geliebt, aber damals waren wir beschwipst und unbefangen gewesen, unsere Körper einander fremd und unsere Lust leicht und harmlos.

Diesmal war sie stark und schwer. Ich löste mich auf in einem dunklen Taumel von Schmerz und Verzückung, und das einzige, was mich hielt, waren seine Hände und sein festes glattes Glied. Und als er kam, mit langen kräftigen Bewegungen, hörte ich ihn rufen: Anna, Anna, Anna, als wolle er sich auch auflösen, in mir.

Wir blieben liegen, wie wir waren, und lagen noch lange so, warm, weich, erlöst, in dem Frieden, der ohne Worte ist und ohne Gedanken.

»Also, gut«, sagte er am anderen Morgen beim Frühstück. »Kein Baum, keine Geschenke. Aber du kommst zu mir?«

»Ja«, sagte ich.

»Und Silvester feiern wir auch zusammen. Freunde von mir geben ein Fest, und ich hätte Lust, hin zu gehen. Willst du?«

Eigentlich nicht, dachte ich und sagte: »Ja.«

»Und Neujahr besuche ich meine Mutter. Sie hat gefragt, ob du mitkommen willst. Sie möchte dich gerne kennen lernen. Willst du?«

Ich schwankte, ich hätte noch mal ja sagen sollen, aber ich schaffte diese Jasagerei nicht mehr, und so sagte ich nein, und weil ich so schwankend war, kam es brüsk und ablehnend heraus.

Er kniff die Augen zusammen, als hätte ihn ein Windstoß getroffen: »Entschuldigung. Meine Mutter wollte dir nicht zu nahe treten. Was passt Euer Gnaden denn nun wieder nicht?«

Ich sah zum Fenster hinaus, über das Gleisfeld, das heute Grau trug, silbergraue Schienen und schwarzgraue Bäume und Büsche und graublaue und graugrüne Dächer. Dahinter leuchteten die roten Mauern des Friedhofs und die goldene Kuppel der Aussegnungshalle, und seine Bäume winkten.

»Nun?«, fragte er, im Ton eines ungeduldigen Lehrers. So redete er sonst nicht mit mir. So redete überhaupt niemand mit mir.

»Ich will nicht«, sagte ich heftig. »Meine Mutter will dich auch unbedingt kennen lernen. Und dann? Verloben wir uns dann? Oder heiraten wir gleich? Ich kann dich nur leider nicht heiraten, ich habe schon einen Mann!«

Sein Gesicht erstarrte.

»Ach, so ist das«, sagte er. »Und was bin ich? Der Kerl fürs Bett, von dem Euer Gnaden sich heiß machen und ficken und befriedigen lassen? So wie letzte Nacht? Und all die anderen Nächte? Und ich Idiot habe doch tatsächlich geglaubt, ich wäre dein Mann.«

»Das warst du auch, letzte Nacht«, sagte ich. »Und alle anderen Nächte. Das weißt du doch. Das musst du doch wissen.«

»Und sonst? Was bin ich sonst?«

Mein Geliebter, hätte ich sagen können. Mein Freund. Ich mag dich so sehr, und vielleicht liebe ich dich. Aber ich weiß es nicht. Ich bin mir nicht sicher. Ich habe Angst davor, jemand anderen zu lieben als Jochen. Das wäre, als würde ich ihn alleine lassen, da drüben in seinem Grab. Ich mag nicht mal darüber reden, ob ich dich liebe. Schon das kommt mir vor wie Betrug.

Sein Gesicht wurde noch unbewegter, seine Stimme sanft: »Keine Antwort ist auch eine Antwort.«

»Bitte, Andreas«, sagte ich. »Lass uns Zeit. Warte. Es ist so gut mit uns. Du bist so wichtig für mich. Und mein Mann ist doch erst zweieinhalb Jahre tot.«

Unter seinem Auge fing ein Muskel an zu zucken. Ich hatte schon wieder »mein Mann« gesagt.

Er blieb eine Weile still.

»Und wir kennen uns jetzt ein Jahr und acht Monate«, sagte er dann. »Ich habe dir viel Zeit gelassen. Ich habe viel auf dich gewartet. Darauf, dass du wieder auftauchst. Und gehofft, dass du nicht gleich wieder verschwindest, wegen deiner Schuldgefühle, weil du deinen Mann mit mir betrogen hast. Dann musstest du immer erst zum Friedhof, bevor du dich mit mir getroffen hast. Dann habe ich alleine Urlaub gemacht, weil du noch nicht so weit warst, mit einem anderen Mann Urlaub zu machen. Ich treffe meine Freunde allein, weil du dich noch nicht bereit fühlst, mit einem anderen Mann seine Freunde zu treffen. Ich hocke jedes Wochenende in dieser verdammten Wohnung, in der es kalt ist und die Böden knarren und die Boiler spucken, weil du unbedingt alleine wohnen und den Blick auf den Friedhof haben willst. Alles wegen deinem Mann. Oder nicht wegen deinem Mann. Dann leb doch mit deinem Mann, Anna. Zieh zu ihm auf den Friedhof.«

Er schwieg und blickte über meine Schulter auf das Bild, das hinter mir an der Wand hing, als hätte er es noch nie gesehen. Als gäbe es nichts Interessanteres auf der Welt.

Ich sah ihn an, seine dunklen Augen, die bräunliche Haut, die halblangen Haare, den schmalen muskulösen Oberkörper im offenen Ausschnitt des Bademantels. In der Schule hatten sie ihn »Häuptling« genannt, hatte er mir erzählt, weil er aussah wie ein Indianer.

Er blickte weiter an mir vorbei auf das Bild, gleichmütig und ruhig, aber die Ruhe war gespielt, und ich wusste, dass er darauf hoffte, dass ich etwas sagte.

Ich hätte etwas sagen sollen, aber ich konnte nicht. Ich wandte den Blick wieder von ihm ab und sah hinüber zum Friedhof, und irgendwann stand er auf und ging.

Zu Weihnachten war es warm und windig, wie im Frühling, die Weihnachtsmänner und Weihnachtsbäume und Weihnachtslieder wirkten fremd und komisch, und es wurde mir leicht gemacht, so zu tun, als gäbe es gar kein Weihnachten, als wäre das Ganze nur eine gewinnfördernde Veranstaltung der Kaufhausbesitzer und Weihnachtsmarktverkäufer.

Ich rief meine Mutter an und sagte ihr, dass ich Weihnachten nicht bei ihr feiern würde, weil ich es überhaupt nicht feiern würde, ließ mir von Herrn Fischler viel Arbeit geben, nahm ein besonders dickes von Jochens Büchern mit nach Hause, das »Der Schutz von Patenten, Marken und Warenzeichen« hieß, und beschloss, mein Schlafzimmer zu streichen. Die rosa Wände in Marias Zimmer hatten mir gefallen, das wollte ich auch haben, nicht in Rosa natürlich, in Gelb. Toskanagelb.

Ich las und schrieb Berichte und rührte Farbe und strich und unterhielt mich mit Frau Silberhorn, wenn ich sie im Flur traf, und mit Frau Cohn, wenn sie mich zu Kaffee und Plätzchen in ihre Küche einlud. Ich telefonierte mit meiner Mutter und traf mich mit Thorsten, der Jochens bester Freund gewesen war und der mich alle paar Wochen anrief und zum Essen einlud.

Ich ging zum Friedhof, über die weitgeschwungene Fußgängerbrücke, die über die Gleise führte, und besuchte Jochens Grab und das von Frau Engler, die ich nach seinem Tod auf dem Friedhof kennen gelernt hatte und die nun auch tot war.

Ich streifte durch die Einrichtungshäuser der Stadt und kaufte gelbe Vorhänge und einen goldgerahmten Spiegel, den ich über das Kopfende des Bettes hängte, und gelbe Bettwäsche, die sich so seidig anfühlte wie die von Andreas.

Abends lag ich zwischen den neuen Laken und dachte an ihn, mit der Sehnsucht, die nicht schmerzt, sondern behaglich brennt, weil sie weiß, dass sie bald befriedigt wird. Morgen rufe ich ihn an, dachte ich, und dann gehen wir auf das Fest und danach hierher.

Meine Gedanken wanderten weiter, zu seinem Körper, seinen Händen, Lippen, seinem Glied, mein Schoß drängte, und ich strich über meine Brüste und die Innenseiten meiner Schenkel, zart und vorsichtig, denn ich wollte meine Lust für ihn aufheben.

Ich wachte auf, weil es klingelte, schrill und heftig und unaufhörlich. Ich sah auf die Uhr – es war halb zehn –, die Sonne schien, es war Samstag und Silvester, und es gab keinen Grund, warum jemand so beharrlich klingeln sollte. Ich zog meinen Bademantel über und öffnete die Tür.

Draußen stand Frau Silberhorn, blass, ungekämmt und angetan mit einem monströsen Morgenmantel aus zotteligem blauem Synthetikflausch, der sie noch zarter und blasser und überhaupt ganz erbärmlich aussehen ließ.

»Kommen Sie schnell, Frau Wolf, bitte«, sagte sie mit atemloser, bedrängter Stimme, »Maria muss krank sein, ich kriege sie nicht wach. Und sie bewegt sich gar nicht.«

Sie lief zurück in ihre Wohnung. Ich lief hinter ihr her.

Maria lag auf dem Bett in ihrem Zimmer, in einem blauen Samtkleid, die langen Haare sorgsam über die Schultern gebreitet, die Hände unter dem Busen gefaltet, um den Hals ein großes goldenes Kreuz, das mit klaren Steinen besetzt war. Sie sah mehr denn je aus wie die Märchenbuchprinzessin. Wie Dornröschen oder Schneewittchen. Sie war auch so blass und reglos.

Ich fasste ihre Schulter und sagte laut: »Maria!«

»Das habe ich schon versucht«, sagte Frau Silberhorn.

»Haben Sie den Notarzt gerufen?«

»Nein«, sagte sie mit einem leisen Aufschluchzen. »Ich bin gleich zu Ihnen.«

Ich legte meine Hand auf Marias Stirn. Sie war glatt und kühl. Ich fühlte ihre Wangen. Sie waren auch glatt und kühl. Es war eine glatte Kühle, die ich kannte, die ich erst einmal gespürt und nie vergessen hatte. So hatte sich das Gesicht meines Mannes angefühlt, als er in der Leichenhalle gelegen hatte.

»Oh, Gott«, sagte ich. »Ich glaube, sie ist tot.«

»Oh, du mein lieber Gott«, schluchzte Frau Silberhorn.

3

Der Fernseher lief stumm. Frauen in Abendkleidern und Männer in Smokings wanderten durch eine künstliche Schneelandschaft und öffneten rhythmisch den Mund, zwischendurch bewegte eine Frau in einem lachsfarbenen Kleid mit Federbesatz die Lippen und lächelte ein eisernes Lächeln, und dann tauchte das Fernsehballett auf und tanzte, mit gespreizten Gliedern und eisernem Lächeln.

Wenn man länger zusah, fing man an, am Sinn des Lebens zu zweifeln und daran, ob es das Gute und Schöne noch gab auf der Welt, aber das war mir immer noch lieber, als in Frau Silberhorns kleines zerrissenes Gesicht zu sehen.

»Also, der Bekanntenkreis Ihrer Tochter, Frau Silberhorn«, sagte der Kriminalbeamte, »bestand aus zwei Mitschülerinnen, Elena Sonderbauer, fünfzehn, und Lissy Merker, auch fünfzehn. Außerdem drei weitere Mitschülerinnen, mit denen sie sporadisch Kontakt hatte. Dann Daniel Kammacher, achtzehn, mit dem sie befreundet war. Keine intime Freundschaft, sagen Sie. Und sonst? Sonstige Bekanntschaften?«

»Bekanntschaften?«, wiederholte Frau Silberhorn mit einer Stimme, die so klein und zerrissen war wie ihr Gesicht. »Sie kannte ihre Lehrer. Unsere Nachbarn. Frau Wolf hier zum Beispiel. Und Frau Cohn und Frau Schäfer. Und die Leute in den Geschäften, in denen wir einkaufen.«

Sie dachte angestrengt nach. Man konnte es beinahe hören. »Ihren Vater natürlich. Mein geschiedener Mann. Sie hat ihn regelmäßig besucht. Und ihre Großmutter, die hat sie auch regelmäßig besucht. Sie war so ein liebes Mädchen. Aber sind das Bekannte?«

»Nein«, sagte er, in der sanften, beruhigenden Art, in der er mit ihr sprach. »Das ist Familie. Davon weiß ich ja. Nein, ich meine Bekannte, Menschen, die sie – irgendwie – irgendwo – kennen gelernt hat …«

Ich vermied es, ihn anzusehen, und heftete den Blick fest auf den Bildschirm. Ich spürte seine Verlegenheit und dass er es auch vermied, zu mir hinzusehen.

Ich war bei ihm im Büro gewesen und hatte ihm von den Männern erzählt, die ich im roten Fenster gesehen hatte. »Aber Frau Silberhorn darf nichts davon erfahren. Bitte! Sie würde denken, ich spreche schlecht von ihrer Tochter. Es wäre schrecklich für sie. Können Sie mir versprechen, dass Sie ihr nichts sagen?«

»Das müssen Sie schon uns überlassen. Aber es sind ja ganz unbelegte Angaben, die Sie da machen, es gibt gar keinen Grund, Frau Silberhorn zu informieren – über etwas so Vorläufiges, In-der-Luft-Hängendes!« Er hatte mich streng angeblickt, und seine blauen Augen waren hervor getreten vor Ärger.

»Männer zum Beispiel«, sagte er jetzt behutsam zu Frau Silberhorn. »Kannte sie irgendwelche Männer?«

»Männer?«, fragte sie in einem Ton, als handele es sich um eine Spezies, die sie nur vom Hörensagen kannte. »Ihren Vater natürlich. Ihre Lehrer. Herrn Öztürk aus dem Gemüsegeschäft unten im Haus. Solche Männer. Ach, und Daniel. Ihren Freund. Aber der ist ja erst achtzehn.«

Ich dachte darüber nach, ob einer mit achtzehn schon ein Mann war oder nicht, während vor der verschneiten Landschaft kaum bekleidete brasilianische Tänzerinnen mit nickenden Federbüschen auf dem Kopf auftauchten.

»Und sonst? Sonst irgendwelche Männerbekanntschaften?«

»Nein.«

»Bekam sie viel Besuch zu Hause? In ihrem Zimmer?«

»Eigentlich nicht«, sagte Frau Silberhorn. »Manchmal

eine Schulfreundin. Oder Daniel. Aber der kam sie meistens nur abholen, wenn sie weggehen wollten. Ins Kino oder so.«

»Abends irgendwelche Besucher? Oder nachts?«

Ihre Stimme wurde immer kleiner und blasser: »Nein, natürlich nicht. Wer sollte sie denn nachts besuchen?«

»Sind Sie ganz sicher?«

»Natürlich. Ich bin doch immer da. Das müsste ich doch wissen, wenn meine Tochter Besuch bekommt.«

Bekam, dachte ich.

Im Fernsehen versammelten sich die Sänger und Sängerinnen und Tänzer und Tänzerinnen um die lächelnde lachsfarbene Dame und winkten und sangen und schwenkten Blumensträuße, und Buchstaben eilten über den Bildschirm und verkündeten, dass dies »Mit Musik ins Neue Jahr« gewesen war, und wenn man die CD zur Sendung kaufte, ging ein Prozent des Erlöses an das Kinderhilfswerk der Vereinten Nationen.

Ein Nachrichtensprecher tauchte auf. Ich sah hinüber zu den beiden. Frau Silberhorn, die immer noch den schrecklichen blauen Flauschmantel trug, seit Tagen trug sie ihn, als hätte sie kein anderes Kleidungsstück, sah hilflos auf den Kriminalbeamten, der in seinen Notizen blätterte.

»Na gut«, sagte er. »Das wäre es fürs erste, Frau Silberhorn. Kann ich Sie noch mal sprechen, Frau Wolf? Vielleicht drüben bei Ihnen, damit wir Frau Silberhorn nicht mehr belästigen müssen?«

»Das Fenster«, sagte er, als wir in meiner Wohnung waren, »an dem Sie Ihre Beobachtungen gemacht haben wollen – können Sie mir das mal zeigen?«

Ich führte ihn ins Badezimmer.

»Hier?«, fragte er. »Aber das Haus gegenüber ist doch viel zu weit entfernt.«

»Sie müssen sich rausbeugen und nach rechts schauen. Da, wo der rückwärtige Hausteil anschließt, das Fenster genau in der Ecke, das ist Marias Zimmer.«

Er schob sich umständlich an der Toilette vorbei, streckte den Kopf hinaus und verdrehte umständlich den Hals. Er verharrte länger in dieser Haltung, dann tauchte er umständlich wieder herein, schloss das Fenster und schlug die Hände gegeneinander, als habe er sich schmutzig gemacht.

»Ach so«, sagte er. »Also, so wollen Sie das beobachtet haben – diese ... äh ... Vorgänge. Gar nicht so einfach. Dafür muss man ja ziemlich gelenkig sein. Und ausdauernd.«

Ich wurde rot.

»Irgendwie schwer vorstellbar.«

Er zog irritiert die Schultern hoch und sah sich im Badezimmer um, als hoffe er, hier eine Erklärung für das schwer Vorstellbare zu finden.

Schließlich schüttelte er den Kopf, und sein Gesicht verlor das Dienstliche: »Wer kümmert sich um sie?« Er wies mit dem Daumen in Richtung von Frau Silberhorns Wohnung.

»Frau Cohn«, sagte ich. »Die Nachbarin von unten. Die beiden kennen sich schon lange. Und abends ich. Aber jetzt schläft sie sowieso bald ein. Sie wird früh müde.«

Frau Silberhorn schlief schon, als ich wieder in ihr Wohnzimmer kam. Ihr Oberkörper war zur Seite gesunken. Ich hob ihre Beine auf das Sofa, schob ein Kissen unter ihren Kopf, deckte sie zu und machte den Fernseher aus. Ich legte das Telefon in Reichweite auf den Couchtisch, löschte die Lampen bis auf eine und zog ihre Wohnungstür leise hinter mir zu.

Beim Zähneputzen dachte ich an die Nächte, in denen ich wachgelegen hatte nach Jochens Tod. Nachts ist der Schmerz noch viel grausamer als am Tag. Gut, dass sie wenigstens schlafen konnte. Ich beneidete sie fast darum.

Es regnete, ein kalter Januarregen, der mich mehr frieren ließ als Schnee und Frost. Er rann über den weißen Lack von Marias Sarg und das riesenhafte Gesteck aus rosaroten Rosen, das auf dem Sargdeckel thronte und Frau Silberhorn ein Vermögen gekostet haben musste.

Ich hörte ihr Schluchzen neben mir und die tröstenden Worte von Frau Cohn, die auf ihrer anderen Seite stand, den Regenschirm über sie hielt und ihr mit der behandschuhten Rechten über die Schulter strich.

Ich starrte auf den Sarg und die Rosen und dachte an Jochen. Sein Sarg war aus hellem Eichenholz gewesen, seine Rosen rosaweiß und zart und süß duftend, und er war an einem heißen sonnenhellen Junitag beerdigt worden.

Nässe drang durch meine Schuhsohlen, meine Hand, die den Regenschirm hielt, schmerzte vor Kälte, meine Nase lief, und ich versuchte, sie unauffällig hochzuziehen. Ich hatte vergessen, ein Taschentuch mitzunehmen.

Ich lauschte auf die Predigt des Pfarrers, nicht auf seine Worte, sondern auf den Ton seiner Stimme, in der Hoffnung, die ersten Anzeichen herauszuhören, dass er bald zu Ende sein würde, aber es schien eher, als sei er gerade erst dabei, sich warm zu reden.

Ich versuchte, an etwas anderes zu denken, etwas Schönes, Erwärmendes, aber mir fiel nur ein, wie die tote Maria ausgesehen hatte. Sie war niedergeschlagen und erstickt worden, mit ihrem Kopfkissen, und erst danach hatte der Täter sie auf das Bett gelegt und sorgsam aufgebahrt: das Kleid glatt gestrichen, das Kreuz an ihrem Hals gerade gerichtet, die Haare über die Schultern gebreitet, die Hände unter dem Busen gefaltet.

Liebevoll, dachte ich, beinahe zärtlich. Und dann hat er da gestanden und sein Werk betrachtet und das Zimmer verlassen und die Wohnung und ist an meiner Tür vorbei und die Treppe hinunter gegangen. Und vielleicht ist er heute hier. Oder sie, denn es kann auch eine Frau gewesen sein, sagt die Polizei.

Ich sah hoch. Gegenüber, auf der anderen Seite des Sarges, standen Marias Freundinnen und Daniel, ihr Freund, daneben, mit seiner zweiten Frau, die einen teuren karierten Schirm über ihn hielt, Marias Vater. Er trug einen grauen Lodenmantel und einen braunen Trachtenhut mit breiter Krempe. Sein Gesicht war darunter kaum zu erkennen, auch nicht, ob er weinte. Er hielt den Stiel einer rosaroten Rose zwischen den gefalteten Händen.

Die alte Frau auf seiner rechten Seite, unter einem billigen Taschenschirm, war seine Mutter, die Großmutter, die Maria so regelmäßig besucht hatte. Sie stand sehr aufrecht, mit erhobenem Kopf, ihr Haar war noch erstaunlich dunkel und ihr Gesicht in strengem Schmerz erstarrt.

Dahinter, zwischen den Grabsteinen, unter den alten Bäumen, war eine ansehnliche Trauergemeinde versammelt, Mädchen und Jungen aus ihrer Schule, eine Abordnung des Lehrerkollegiums, Nachbarn aus dem Haus und der Straße und viele andere, von denen ich nicht wusste, wer sie waren. Unter einem Meer von Schirmen lauter ernste, blasse Gesichter.

Und wahrscheinlich ist der dabei, der es getan hat, dachte ich und fror noch mehr.

Ich krümmte die Zehen in den feuchtkalten Schuhen, wechselte die Hand, die den Schirm hielt, und beobachtete den Weg des Regens, der über das glatte Weiß des Sarges rann und in die Grube tropfte, in der sie den Sarg nachher versenken würden, und dachte an Jochens Sarg, der auch in solcher Dunkelheit verschwunden war.

Der Pfarrer faltete die Hände und begann zu beten. Er sprach mit Hingabe und in immer neuen Variationen davon, dass Gott Maria Silberhorn in seiner unendlichen Liebe halte und behüte und sein Licht leuchten lasse über ihr. Sein Gebet nahm kein Ende, und das Tropfen des Regens und der Klang seiner Stimme und Frau Silberhorns Schluchzen vereinigten sich zu einem kalten Rauschen, das mich gefangen hielt, bis ich es nicht mehr aushielt.

Ich schob mich am Sarg vorbei und drängte mich durch

die Menge der Trauergäste, mein Schirm verfing sich in ihren Schirmen und blieb hängen, und der Regen, der immer stärker wurde, strömte über mein Gesicht, während ich davon lief.

Ich rannte über den knirschenden Kies, vorbei an Brunnen und Urnenpavillons, durch die Aufbahrungshalle, wo hinter Glasfenstern die Toten in ihren Särgen lagen, hinaus zum Taxistand. Ein einsames Taxi wartete dort, ich stürzte mich hinein und nannte dem Fahrer Andreas' Adresse.

Hoffentlich ist er da, dachte ich, hoffentlich.

Ich saß vor der Tür des Kriminalbeamten und blätterte mechanisch in den Broschüren über Verkehrserziehung und Falschgelderkennen und den Schutz gegen Einbrecher. Zwischendurch rief ich bei Andreas an, aber er meldete sich nicht.

Er war nicht da gewesen, als ich zu ihm gefahren war, und ich hatte mich auf die Stufe vor seiner Wohnungstür gesetzt und auf ihn gewartet. Ich hatte schon mal bis fünf Uhr früh dort gesessen, bis er endlich gekommen war. Diesmal kam er nicht.

Ich versuchte es wieder bei seiner Kanzlei. Dort lief immer noch der Anrufbeantworter, und die Stimme seiner Sekretärin verkündete, dass die Kanzlei ab heute wieder geöffnet sein würde. Wenn Sie eine Nachricht hinterlassen wollen, sprechen Sie bitte nach dem Piepton.

Die Tür öffnete sich, und der Beamte steckte seinen Kopf heraus: »Bitte, Frau Wolf.«

Ich sah im Vorbeigehen auf das Namensschild neben dem Türrahmen: Er hieß Herbert Gobineau. Dabei sah er gar nicht französisch aus mit seinen blauen Augen und den roten Haaren. Sogar seine Sommersprossen waren rot. Er wies auf den Stuhl vor seinem Schreibtisch und sah mich fragend an.

»Ich will Sie nicht belästigen«, sagte ich, »aber ich wüsste gerne, was los ist. Ich meine, was Ihre Untersuchungen ergeben haben.«

»Tut mir Leid«, sagte er. »Sie sind bestenfalls Zeugin, Sie haben keinerlei Recht auf Information. Das haben nur die Angehörigen.«

»Aber Frau Silberhorn weiß nichts.«

»Das war doch auch in Ihrem Sinne.«

»Eben«, sagte ich. »Deswegen muss ich ja zu Ihnen kommen.«

Er sah mich streng an.

»Bitte«, sagte ich. »Ich weiß, dass ich kein Recht darauf haben, aber – ich wohne nebenan, ich kannte Maria, ich bin jeden Tag drüben bei Frau Silberhorn. Und ich bin ja auch zu Ihnen gekommen und habe Ihnen etwas erzählt ...«

Dies war ein albernes Argument, ein Klein-Mädchen-Argument, und ich hatte es ohne große Hoffnung vorgebracht, doch es wirkte. Dabei war er eigentlich nicht der Typ Mann für so was. Er blickte noch strenger, suchte eine Akte aus dem Stapel auf seinem Schreibtisch und schlug sie auf.

»In ihrem Zimmer wurde nichts gefunden – aber auch ganz und gar nichts – von irgendwelchen Männern. Keine Fingerspuren, Haare, Hautpartikel, Spermaspuren oder sonst etwas. Ein paar frische Fingerabdrücke von ihr und ihrer Mutter und übermäßig viele Rückstände von Allzweckreinigern, Haushaltsdesinfektionsmitteln, Spirituslösung. Alles, was die Reinigungsmittelindustrie zu bieten hat. Frau Silberhorn hat anscheinend viel geputzt.«

Er blätterte um.

»Im Schrank versteckt zwei Päckchen Kondome. Ein bisschen Reizwäsche und Spermizidzäpfchen. Das sind spermatötende Vaginaltabletten. Und in ihrem Kalender hier und da abendliche Termineintragungen. Nur die Zeiten. Keine Namen. Nicht mal Anfangsbuchstaben.«

Er blätterte weiter und machte die Akte zu.

»Das ist alles. Diese letzten Punkte könnten eventuell für

Ihre Angaben sprechen – aber dass eine Fünfzehnjährige so was in ihrer Schublade hat, muss ja keinesfalls heißen, dass sie sich als Hobbynutte betätigt. Und die Termine? Das können Treffen mit Freunden sein, Fernsehsendungen, Filme, die sie aufnehmen wollte – was immer. So kurzfristig notiert, dass sie nicht hinzuschreiben brauchte, was es war. In dem Alter hat man ein gutes Gedächtnis.«

Er betrachtete seine Hände, die auf dem grünlichen Aktendeckel lagen, als hätte er sie noch nie gesehen. Seitlich der Fingernägel war die Haut gerötet und eingerissen, wahrscheinlich, weil er daran herumzupfte, wenn er nervös war, so wie ich.

»Und dann: Warum hat keiner was davon gemerkt? Gut, in das Fenster hat man nur Einblick, wenn man sich aus Ihrem Badezimmerfenster geradezu halsbrecherisch hinauslehnt. Wer macht so was schon? Aber diese Männer hätten durchs Treppenhaus gehen müssen. Das hätte doch mal jemand gehört. Oder mal einen davon gesehen.«

Es hatte keinen Sinn, aber ich sagte es trotzdem: »Im Erdgeschoss sind Läden, im ersten Stock Büros. Da ist abends keiner. Frau Schäfer im zweiten Stock ist selten da, glaube ich, ich habe sie jedenfalls noch nie getroffen. Frau Cohn sieht abends immer fern, und das furchtbar laut, weil sie nicht mehr gut hört. Und in meiner Wohnung wohnte vorher ein Student, der hatte selber viel Besuch, hat mir Frau Cohn erzählt.«

»Aha«, sagte er. »Begreiflich ist nur eines, nämlich, warum ihre Mutter nichts davon mitbekommen hätte, wenn es denn so gewesen wäre. Sie ist Epileptikerin und muss starke Medikamente nehmen, die sie müde machen. Zwischen neun und zehn Uhr abends schaltet sie ab und ist weg vom Fenster, total, bis zum nächsten Morgen.«

»Ja«, sagte ich. »So gegen zehn schläft sie immer ein, jeden Abend. Ich habe mich schon darüber gewundert.«

»Also«, er legte die Akte wieder auf den Stapel, »was immer Sie da beobachtet haben wollen – es gibt keinerlei Bestätigung dafür.«

»Das verstehe ich nicht. Ich habe es doch gesehen. Ich bin mir ganz sicher.«

Er sah mich an, forschend und auf einmal freundlich: »Sie haben Ihren Mann verloren, nicht? Vor zwei Jahren.«

»Vor zweieinhalb«, sagte ich. Und?, dachte ich. Was hat das damit zu tun?

Er stand auf und reichte mir die Hand: »Also dann, Frau Wolf. Alles Gute. Und wenn Sie noch mal Fragen haben, rufen Sie an. Das ist doch viel einfacher für Sie.«

Und was soll dies nun bedeuten, diese neue große Freundlichkeit?, dachte ich und ging, und erst, als ich die Tür hinter mir zugezogen hatte, begriff ich, was es bedeutete.

Ich öffnete sie wieder. »Herr Gobineau?«

Er sah auf.

»Ich weiß, was Sie denken. Aber ich bin nicht einsam und verlassen und leicht verwirrt, weil mein Mann tot ist. Ich habe mir das nicht eingebildet.«

Er errötete so schlagartig, wie es nur bei sehr hellhäutigen Menschen möglich ist: »Nein, natürlich nicht.«

Wenn ich jetzt sagte: und ich habe einen Mann, klug, schön, stark, der mich mindestens dreimal die Woche fickt, und das verdammt gut – ob das helfen würde?

Sein Gesicht war mittlerweile kirschrot und sehr verlegen. Ich machte die Tür wieder zu.

Während ich die steinerne Treppe hinunter stieg, rief ich bei Andreas an und ließ es unendlich lange läuten, als ob ich ihn so zwingen könnte, ans Telefon zu gehen. Dann versuchte ich es in der Kanzlei, und diesmal meldete sich endlich seine Sekretärin.

Er müsse jeden Moment kommen, er habe heute Nachmittag keine Termine, er sei verspätet aus dem Urlaub zurück und fange erst morgen an, sagte sie, verwundert, dass ich das nicht wusste.

Ich nahm ein Taxi. Ich wollte keine Zeit mehr verlieren.

Er saß hinter seinem Schreibtisch, in Jeans und einem grünen Pullover, den ich nicht kannte und in dem er sehr schön aussah. Seine Haare waren heller und seine Haut dunkler als sonst. Er war wohl in der Sonne gewesen.

»Hallo, Anna«, sagte er.

»Hallo, Andreas. Ich bin so froh, dass du wieder da bist. Wo warst du bloß die ganze Zeit?«

»Ich habe Urlaub gemacht.«

»Aber das wolltest du doch nicht.«

»Ich habe es mir anders überlegt.«

Er machte es mir nicht leicht. Egal, er war wieder da.

»Wann können wir uns sehen und miteinander reden?«, fragte ich.

»Jetzt«, sagte er. »Ich habe Zeit. Willst du Tee?«

Ich schüttelte den Kopf und setzte mich auf das Chippendale-Sofa. Er hatte die Kanzlei von seinem Vater übernommen, und alles hier war vollgestellt mit Chippendale, blassbraun und dackelbeinig.

Er kam hinter dem Schreibtisch hervor, setzte sich in den Sessel mir gegenüber und sah mich abwartend an, auf seine ruhige Art.

»Es tut mir Leid«, sagte ich. »Ich habe mich beschissen benommen. Entschuldige.«

»Ist schon gut.«

»Ich wollte dich eigentlich Silvester anrufen«, sagte ich. »Um auf das Fest zu gehen. Aber es kam so viel dazwischen.«

»Bei dir kommt immer was dazwischen. Besonders zwischen dich und mich.«

»Diesmal war es nicht meine Schuld«, sagte ich. »Wirklich. Das Mädchen von nebenan ist umgebracht worden, zu Hause, in ihrem Zimmer. Einen Tag vor Silvester. Ihre Mutter ist fast durchgedreht, ständig war die Polizei da, und dann die Beerdigung – sonst hätte ich angerufen.«

Er sah mich schweigend an, eine ganze Weile, wahrscheinlich musste er erst begreifen, was Maria zugestoßen war, aber dann schien es, als hätte er gar nicht verstanden, was mit ihr geschehen war, denn er sagte nur: »Schade, dass du es nicht getan hast. Ich habe so darauf gewartet.«

Es klingelte, im Flur entstand Bewegung, Stimmen waren zu hören.

»Aber nun bin ich ja da«, sagte ich.

Jemand klopfte an die Tür und öffnete sie auch gleich, und eine Frau kam herein, gefolgt von seiner Sekretärin, die sagte: »Es tut mir Leid, Dr. Moratt, aber die Dame …«

»Ich störe dich doch bestimmt nicht, Andreas«, sagte die Frau und lachte. »Das kann ich mir gar nicht vorstellen.«

Sie war klein und zierlich und hatte ein schmales Gesicht und dunkle Locken und sah ihm irgendwie ähnlich, und einen Moment lang dachte ich, sie sei seine Schwester, aber dafür war sie zu jung.

Er war aufgestanden.

»Du störst nicht«, sagte er, »nicht wirklich, jedenfalls«, und, zu seiner Sekretärin gewandt: »Ist schon gut, Frau Olmütz«, und dann zu mir: »Anna, das ist Susanne. Das ist Anna.«

Es war ein Wunder zwischenmenschlicher Kommunikation: Er hatte es geschafft, in einem Atemzug mit drei Frauen gleichzeitig zu sprechen.

Sie sagte »hallo« und lächelte mich an, und ich sagte auch »hallo« und lächelte auch, und dann küsste sie ihn auf die Wange: »Ich wollte dich überraschen. Ich liebe Überraschungen. Ich hoffe, du auch.«

Ich nicht, dachte ich. Ich hasse Überraschungen. Und die, die sie bringen.

»Ich habe es einfach nicht mehr ohne dich ausgehalten«, sagte sie, »denk mal, wir sind schon seit fünf Stunden getrennt.« Sie lachte wieder, ein klingendes melodisches Lachen, wie das von Frauen in alten Filmen.

Ich bin schon seit drei Wochen von ihm getrennt, dachte ich, und habe es auch ertragen. Sag, was du von ihm willst, und dann mach, dass du wieder rauskommst.

»Aber ich glaube, ich störe dich doch«, sie sah von ihm zu mir und wieder zu ihm, »du hast ernste Dinge zu tun. Du siehst auch so ernst aus. Ich warte draußen auf dich.« Sie lächelte mich um Verzeihung heischend an, öffnete die Tür, winkte und lächelte noch einmal in seine Richtung und verschwand.

All dieses Lächeln und Winken und melodische Lachen und schelmische Plaudern hätten bei mir albern gewirkt. Lächerlich und dumm. Bei ihr nicht, zu ihr passte es. Es war charmant und bezaubernd. Vielleicht musste man für so was klein und zierlich sein und so schöne Locken haben.

»Wer ist das?«, fragte ich.

»Susanne«, sagte er.

»Ja, ich weiß«, sagte ich. »Aber wer ist Susanne?«

»Wir waren zusammen in Urlaub.«

Ich hatte es immer noch nicht begriffen. »Aber das ist doch kein Grund, hier so rein zu platzen.«

»Wir sind zusammen, Susanne und ich«, sagte er. »Wir haben uns Silvester kennen gelernt und sind in Urlaub gefahren, und nun sind wir zusammen.«

»Du bist mit ihr zusammen? Aber du bist doch mit mir zusammen.«

»Nicht mehr. Jetzt bin ich mit ihr zusammen.«

»Einfach so? Eben noch ich, und jetzt sie?«

»Nicht einfach so«, sagte er, »ich habe lange auf dich gewartet. Wieder mal. Und dann habe ich es aufgegeben. Ich will nicht den Rest meines Lebens darauf warten, dass du kommst oder anrufst oder vor meiner Tür sitzt. Silvester habe ich Susanne kennen gelernt. Wir waren in Urlaub und nun sind wir zusammen«, wiederholte er. »Und auf die muss ich nicht warten.«

»Aber das geht nicht! Das kannst du nicht machen!«

Er sah mich an, gleichmütig, unbewegt, und hob die Schultern und ließ sie fallen, als wolle er sagen: Zu spät, ist alles schon gelaufen.

»Du hast noch Sachen bei mir«, sagte ich, als wäre das ein ernsthaftes Hindernis.

»Die hole ich mir irgendwann mal.«

»Und ich habe noch Sachen bei dir!«

»Die kannst du dir jederzeit holen«, sagte er. »Ruf nur vorher an, damit ich auch da bin. Und Zeit habe.«

Damit du uns nicht störst, hieß das. Der Gedanke daran, wobei ich sie stören könnte, schnitt wie ein Messer in mein Herz, buchstäblich, ich spürte einen scharfen Schmerz im Brustkorb, der mir die Luft nahm und Wasser hinter die Augen trieb.

Ich wusste nicht mehr, was ich sagen oder tun sollte, ich wusste nur, dass ich gleich weinen würde. Ich würde mich in Tränen auflösen und laut schluchzen, und er würde mir dabei zusehen. Gleichmütig. Unbewegt.

Bloß das nicht.

»Gut«, sagte ich und strengte mich an, so ruhig zu sein wie er. »Oder auch nicht, wie Jochen immer sagte.«

Ein Schimmer von Erstaunen zeigte sich in seinem Gesicht und das kleine Zucken unter dem Auge, das immer erschien, wenn ich von Jochen sprach.

»Dann gehe ich mal«, sagte ich und küsste ihn so zart auf die Wange, wie sie es vorhin getan hatte. »Mach es gut, Andreas.«

Er sah noch erstaunter aus, aber ich konnte den Anblick nicht genießen. Ich öffnete die Tür, ging durch die Diele, machte die Flurtüre auf, lief durch die Eingangshalle, riss die Haustür auf und rannte die Straße hinunter. Erst an der nächsten Ecke kamen die Tränen.

4

Jochens Grabstein war aus Granit, mit abgeflachten Kanten, die ein wenig schräg nach oben liefen und eine fein geschwungene Hohlkehle bildeten, bevor sie sich zu einem stumpfen Bogen trafen. Meine Augen hielten sich an ihm fest, mein Blick folgte seinen Formen und den Grautönen des Granit und blieb schließlich am Anthrazit der Buchstaben hängen, die Jochens Namen bildeten.

Ich hatte lange nicht mehr mit ihm gesprochen, ich hatte damit aufgehört, weil ich fand, ich sollte es mir nicht zur Gewohnheit werden lassen, auf den Friedhof zu gehen und mit jemandem zu reden, der unter der Erde lag, aber nun musste ich wieder damit anfangen.

Diese Scheiß-Tucke, sagte ich, mit ihren Locken und ihrem Liebreiz und ihrer süßen Stimme, nimmt ihn mir einfach weg. Und er lässt sich wegnehmen! Einfach so. Als gäbe es mich gar nicht. Trifft sie beim Silvesterfest und macht Urlaub mit ihr. Einfach so. Scheißkerl.

Und was wir miteinander getan haben, tut er nun mit ihr, küsst sie, wie er mich geküsst hat, streichelt sie, fickt sie, liebt sie. Aber das darf er nicht mit einer anderen tun. Es gehört uns. Und er gehört mir, sein Mund, seine Hände, seine Haut, alles an ihm gehört mir!

Ich schluchzte laut und zog die Nase hoch, und ein Mann in der nächsten Reihe sah herüber, nahm seine Pelzmütze ab und neigte grüßend den Kopf. Es war eine liebenswürdige altmodische Geste, fast ein bisschen komisch, wie er da zwischen den Gräbern stand, in der winterlichen Dämmerung, von dicken Schneeflocken umtanzt.

Ich nickte auch, putzte mir die Nase, warf dem Stein eine

Kusshand zu und ging hinüber zur Werkstatt des Steinmetzen, wo Frau Silberhorn schon auf mich wartete.

Sie stand, schmal, schwarz, zwischen Grabsteinen, Säulen und Steinquadern. Über ihrem blassen Gesicht leuchteten die blondierten Haare und eine hässliche lilafarbene Strickmütze. Neben ihr, auf einem Podest, ragte die Marmorfigur eines Engels empor, mit weichem Gesicht, wallendem Gewand und riesenhaften Flügeln, die so detailbesessen ausgearbeitet waren, dass man jedes Federchen erkennen konnte.

»Der Engel!«, sagte sie. »Genau das Richtige für Marias Grab! Er müsste nur größer sein. Und eine Rose in seinen Händen halten. Glauben Sie, das geht?«

Der Engel war so schon sehr groß und auch sonst nicht nach meinem Geschmack, er würde den Friedhof nicht gerade verschönern, aber ich sagte nichts, denn die Gestaltung von Marias Grab war ihr zur Besessenheit geworden, über der sie keine Ruhe mehr fand, und ich war froh, dass sie endlich etwas gefunden hatte, das ihr würdig und großartig genug erschien.

»Wir fragen den Steinmetz.«

Der Steinmetz schüttelte den Kopf: »Ausgeschlossen. Den da draußen können Sie haben, den gebe ich Ihnen billiger. So was führe ich sonst nicht. Aber anfertigen? Die Zeit habe ich gar nicht. Und das würde auch viel zu teuer. Mit dem Marmor, den Sie wollen, kommen Sie leicht auf zehntausend.«

»Das macht nichts«, sagte Frau Silberhorn. »Geld spielt keine Rolle.«

»Aber wovon wollen Sie das denn bezahlen?«, fragte ich.

»Ich habe doch mein Sparbuch.«

Sie sah den Steinmetz drängend an: »Bitte. Machen Sie es. Es ist ganz gleichgültig, was es kostet. Geld spielt keine Rolle!«

»Für mich auch nicht«, sagte er abweisend. »Ich habe genug. Aber Zeit ist wichtig. Und für so was ist sie mir zu schade.«

»Es ist doch für Maria«, sagte sie, als müsse er wissen, was das für sie bedeutete.

Er zuckte mit der Achsel.

»Er ist wirklich wichtig für Frau Silberhorn«, sagte ich.

Er zuckte wieder mit der Achsel.

»Sie braucht Schutz, meine Kleine«, sagte Frau Silberhorn, in dem singenden Ton, in den sie manchmal verfiel, wenn ihr Verstand der Realität von Marias Tod nicht mehr gewachsen war und nachgab: »Ihre Seele ist bei Gott, aber ihr Körper ist da unten in der Dunkelheit. Der Engel soll ihn beschützen und eine Rose in seinen Händen halten, denn sie war eine Rose, sie sah aus wie eine Rose und fühlte sich an wie eine Rose, seidenweich! Sie duftete sogar wie eine Rose!«

Der Steinmetz sah ihr zu bei ihrer Rede, mit zusammengekniffenen Augen und einem Gesichtsausdruck, als sei er Zeuge eines Naturereignisses, eines Wirbelsturms oder einer Flutwelle. Dann blickte er zu mir und erwartete offenbar eine Erklärung für diese sonderbare Erscheinung.

»Ihre Tochter ist ermordet worden. Sie war erst fünfzehn«, sagte ich mit Souffleusenstimme. »Damit wird sie nicht fertig. Natürlich nicht. Aber man kann es ihr ein bisschen leichter machen.«

Er sah durch das Fenster auf den Marmorengel, der im Licht der Hoflampe auf seinem Piedestal stand und mit seinen riesigen Flügeln wirklich etwas Beschützendes hatte, und ich konnte zusehen, wie es in seinem Kopf arbeitete, wie er Information zu Information fügte und zu einem Ergebnis kam.

»Ach, so ist das«, sagte er. »Ich verstehe. Na gut. Was bleibt mir übrig? Aber teuer wird es, meine Dame, das kann ich Ihnen nicht ersparen. Und es dauert. Vor Frühsommer ist gar nicht dran zu denken.«

»Oh, das macht nichts«, sagte Frau Silberhorn, wieder mit fester, erwachsener Stimme. »Geld spielt keine Rolle. Und Zeit auch nicht.«

Er zuckte einmal mehr mit der Achsel, drehte uns den Rücken zu, schaltete seine Schleifmaschine ein und hüllte sich in Steinstaub und Lärm.

Wir verließen die Werkstatt und gingen über den gepflasterten Weg zurück zur Straße. Es war ein langes, schmales Grundstück zwischen der Friedhofsmauer und den Feldern und Gewächshäusern der Friedhofsgärtnerei. Im Sommer war es fast verwunschen schön, aber jetzt lag es grau und trostlos im Halbdunkel zwischen der Hoflampe hinter uns und der Straßenbeleuchtung vor uns.

»Im Sommer ist es hier schön«, sagte ich versuchsweise, um sie abzulenken und vielleicht ein Gespräch in Gang zu bringen, das nicht von Marias Grab und seiner würdigen Ausgestaltung handelte: »Lauter Büsche und Bäume, an der Mauer wächst Efeu, und da drüben liegen die Blumenfelder der Gärtnerei.«

Sie antwortete nicht, und ich wusste, sie hatte mich gar nicht gehört. Sie hatte sich bei mir eingehakt, sie umklammerte meinen Arm so fest, dass es wehtat, und ging blicklos neben mir her, versunken in ihrer Welt, in der nichts anderes Platz hatte als Marias Tod.

Wir überquerten das Gleisfeld auf der Fußgängerbrücke. Auf der freien Fläche wehte ein kräftiger Wind, der die Brücke an ihrem höchsten Punkt leicht schwanken ließ. Es fühlte sich an, als ob mir der Teppich unter den Füßen weggezogen würde, und ich war froh, dass Frau Silberhorn meinen Arm so fest im Griff hatte.

Sie schien gar keine Angst zu haben, sie blieb stehen und lachte sogar. »Das hat Maria so gemocht, als sie klein war«, rief sie laut, gegen den Wind an, »das ist fast wie Fliegen, Mama, hat sie immer gesagt, wie Freisein. Als ob ich ein Vogel wäre.«

Sie überlegte einen Moment. »Das ist sie ja nun. Frei wie ein Vogel. Das hat sie sich immer gewünscht. Vielleicht ist sie darum von uns gegangen.«

So sprach sie immer vom Tod ihrer Tochter, in nichts sagenden blumigen Wendungen. Sie hat uns verlassen, sagte sie, oder: Sie ist für immer eingeschlafen. Es war, als hätte der Mord an Maria noch keinen Platz gefunden in ihrer inneren Welt.

Ich hatte ihren Arzt deswegen gefragt. »Das gibt es öfter«, hatte er gesagt, »dass Menschen unerträgliche Ereignisse einfach aus ihrem Bewusstsein ausklammern. Im Grunde ein sinnvoller Schutzmechanismus, vor allem, wenn es keine Möglichkeit gibt, das Geschehene konstruktiv zu verarbeiten. Und die hat sie nicht, so weit ich das sehe. Hoffen wir also, dass es so bleibt.«

»Vielleicht ist sie darum von uns gegangen«, wiederholte Frau Silberhorn. »Nicht wahr?«

Ich sagte ja und zog sie weiter, fort vom schwindelerregenden Schwanken der Brücke.

Ich rief Andreas an.

»Hallo«, sagte ich. »Hier ist Anna. Ich muss unbedingt mit dir reden.«

»Ich weiß nicht, worüber du noch reden willst, Anna.«

»Über uns natürlich«, sagte ich.

»Da gibt es nichts mehr zu reden.«

»O doch«, sagte ich. »Eine Menge.«

»Aber nicht mit mir. Zwischen uns ist alles klar. Wenn ich etwas zum Kotzen finde, dann ist es überflüssiges Beziehungsgequatsche.«

Ich hatte nicht gewusst, dass er so hart sein konnte. So erbarmungslos. Ich sagte ihm kühl auf Wiedersehen, legte den Kopf auf den Schreibtisch und weinte.

Mal wieder. Schon wieder. Erst hatte ich endlos um Jochen geweint, und nun fing ich wieder damit an. Würde ich den Rest meines Lebens damit zubringen, wegen der Männer in meinem Leben in Tränen zu baden?

Als ich fertig war damit und den Kopf hob, fiel mein Blick auf einen Kaffeebecher, einen Teller mit schokoladegefüllten Keksen und ein Päckchen bunter Papiertaschentücher. Hinter dieser aufgereihten Pracht stand Frau Beifuss und machte ein Gesicht wie eine Marktfrau hinter ihrem Stand.

Sie riss die Packung auf und schob sie mir hin. Die Tücher waren rot und mit goldenen Herzen bedruckt.

»Schön«, sagte ich.

»Gerade schön genug. Ich habe Ihnen frischen Kaffee gemacht. Ihrer war schon ganz kalt. Und Sie sollten mal was essen. Das wäre dem Herrn Doktor auch nicht recht, dass Sie so mager werden.«

Sie ging zur Tür: »Und sagen Sie ja Bescheid, wenn Sie was brauchen. Ich bin drüben!«

Ich trank den Kaffee und aß einen der Kekse. Ich war abstoßend heuchlerisch und verlogen. Weil ich sie in dem Glauben ließ, dass ich um Jochen trauerte, liebte sie mich. Wenn sie wüsste, dass ich wegen eines anderen weinte, würde sie mich hassen. Sie hatte mich eine ganze Zeit lang gehasst, am Anfang, als ich in Jochens Zimmer saß und sie fand, dass ich da nicht hingehörte. Sie konnte gut hassen.

Lieber nicht, dachte ich. Das ist zu viel, ohne Andreas' Liebe, aber mit Frau Beifuss' Hass, das hält kein Mensch aus. Warte mit der Wahrheit, bis du Andreas wiederhast. Fragt sich nur, ob du ihn wiederkriegst, in diesem Zustand.

Ich strich über meinen eingesunkenen Bauch und meine Brüste, von denen nur zwei schwache Erhebungen mit Nippeln übrig waren. Mein Hals war mager, mein Gesicht auch, und die Jochbeine traten hervor und machten es noch breiter, als es schon war.

Ich versuchte mich zu erinnern, wie Susanne ausgesehen hatte. Klein, zierlich, dunkle Locken, bräunliche Haut. Ein schmales Gesicht, ein kleiner Mund. Schlimm. Und die Figur? Sie hatte einen dunklen Pullover getragen. War der nicht ziemlich ausgefüllt gewesen für so eine kleine Frau? Wahrscheinlich war sie eine von den Frauen, die klein und zierlich sind und außerdem einen großen Busen haben. Mit anderen Worten: alles.

Ich zog den Teller zu mir heran und stopfte die widerlich süßen Kekse in mich hinein und überlegte, was ich anziehen würde, wenn ich zu Andreas ging, um meine Sachen zu holen. Er konnte schlecht nein sagen, wenn ich sagte, ich müsste unbedingt meine Sachen holen.

Etwas Helles, dachte ich, Schwarz macht zu schlank. Und ungeschminkt, nur dunkelroten Lippenstift, das mag er, und das Haar ganz glatt und glänzend, das mag er auch.

Aber als ich zu ihm kam, schien es, als würde er mich gar nicht sehen. Als hätte er seine Augen auf einen Punkt ein paar Zentimeter vor mir eingestellt, sodass er nicht mehr erkennen konnte, was dahinter lag.

»Hallo«, sagte er vage in meine Richtung.

»Hallo.«

»Wie geht's denn so?«, fragte er.

Ich kann es nicht leiden, wenn jemand »Wie geht's denn so?« sagt. Das tat er sonst nicht.

»Gut«, sagte ich. »Und dir?«

»Auch gut.«

»Gut siehst du aus«, sagte ich. Er trug wieder Grün, Hemd und Jackett in einem Graugrün, das ihn sehr schön machte. »Du trägst neuerdings oft Grün, nicht?«

»Stimmt«, sagte er. »Susanne mag Grün.«

Das Messer schnitt in mein Herz.

Er wies durch die geöffnete Tür ins Wohnzimmer: »Komm doch rein. Da sind auch deine Sachen. Willst du was trinken?«

Der Ton, in dem er fragte, sagte: sag bitte nein.

»O ja, gerne«, sagte ich.

»Tee?«

»O ja, sehr gern«, sagte ich, als hätte ich seit Jahren keinen Tee mehr bekommen.

Ich setzte mich auf das Sofa neben die Papiertüten, in denen meine Sachen waren, und sah mich um. Bunte Seidenkissen auf den Sofas. Zwei Birkenfeigen. Das Plakat einer Ausstellung über Barockmalerei an der Wand. Eine gemusterte Kokosmatte vor der Tür zu dem winzigen Steinbalkon. Lauter Dinge, die es früher nicht gegeben hatte.

Dafür gab es die schöne korallenrote Bettwäsche nicht mehr. Die Doppeltür zum Schlafzimmer, die immer ganz geöffnet gewesen war, stand nur einen Spalt weit auf, aber ich konnte sehen, dass das Bett nun grün war, froschgrün und grasgrün und spinatgrün in starken Mustern. Scheußlich.

Er stellte das Tablett auf den Tisch, goss ein und schob mir eine Tasse hin.

»Du hast die rote Bettwäsche nicht mehr«, sagte ich.

Er zuckte mit der Achsel.

»Susanne mag Grün«, sagte ich.

In seine Augen trat der Schimmer eines Lächelns, er stellte seinen Blick auf mich ein und sah mich das erste Mal richtig an.

»Du siehst auch gut aus«, sagte er. »Sehr gut.«

Das will ich hoffen, dachte ich. Dafür habe ich hart gearbeitet. Bitte beachte besonders das Rot meiner Lippen und den Glanz meiner Haare und die frisch angefressene Rundung meiner Brüste. Alles nur für dich.

Seine Augen wanderten an mir herunter und wieder hinauf, unsere Blicke trafen sich und blieben aneinander hängen, und ich wagte nicht zu lächeln und kaum zu atmen, damit nichts ihn von mir ablenken konnte.

Er nahm seinen Blick fort, aber nur, um gleich wieder zu mir zurückzukehren, und mir fiel ein, wie er mich früher oft angesehen hatte, still und nachdenklich und als ob er mich bis ans Ende aller Tage ansehen wolle, und wie ich dann gefragt hatte: Was denkst du jetzt, und er geantwortet hatte:

Du überschätzt mich, ich denke nicht dauernd, ich sehe dich einfach nur gerne an.

Ich lächelte bei dem Gedanken, er lächelte auch, vielleicht dachte er auch daran, und so saßen wir da und sahen uns an und spürten die Verbindung zwischen uns, all die warmen pulsierenden Verbindungen, die zwischen uns gewachsen waren, wie die Ranken von Schlingpflanzen, die erst weich und zart sind und später so stark und fest.

Aus dem Flur waren Geräusche zu hören, sein Lächeln verschwand und sein Blick wurde fern und unverbindlich, es war das Öffnen und Schließen einer Tür, das zu hören war, und eine Stimme rief: »Hallo, ich bin es!«

Ich kann es nicht ausstehen, wenn Menschen »Hallo, ich bin es!« in die Welt hinausschreien. Was soll das heißen? Wer ist ich?

Sie tauchte im Türrahmen auf, lächelnd, Tüten tragend, kam mit raschen Schritten herein, ließ die Tüten zu Boden gleiten, setzte sich neben ihn, küsste ihn und wandte ihr Lächeln mir zu.

»Hallo, Anna. Das ist schön, dass Sie da sind. Und ihr trinkt Tee. Nein, danke, ich brauche keine Tasse. Ich trinke einen Schluck aus deiner.«

Es schnitt in mein Herz, wie sie neben ihm saß, ihn küsste, aus seiner Tasse trank. Dass sie einen Schlüssel hatte und einfach so hereinkam. Dass alles, was sie tat, sagte: Ich bin hier zu Hause, ich gehöre hierher. Und er gehört mir.

»Anna wollte ihre Sachen holen«, sagte er, als sei es einer Erklärung bedürftig, dass ich bei ihm in seiner Wohnung saß.

»Ja, ich muss dann auch weiter«, sagte ich, atemlos, denn mein Herz tat weh, und der Schmerz nahm mir die Luft.

»Das ist aber schade«, sagte sie und meinte es anscheinend ehrlich. »So lerne ich Sie ja nie kennen. Ich habe alles für eine Ratatouille mitgebracht. Die ist schnell fertig. Wollen Sie nicht mit uns essen?«

»Nein, wirklich nicht«, sagte ich, »danke, das ist nett, ein andermal«, sah die Erleichterung in seinem Gesicht, nahm die Tüten und ging hinaus in den Flur. Er folgte mir, half mir in die Jacke, sagte: »Mach es gut, Anna«, ich nickte, und dann war ich draußen und stieg die Treppe hinunter und ließ es zu, dass der Schmerz mich überflutete.

Ich holte tief Luft und dachte: Nächstes Mal kommst du zu mir, dafür werde ich sorgen. Da kann sie nicht plötzlich hereinplatzen.

Das nächste Mal war ein kalter nasser Februartag, einer dieser Tage, an denen man nicht mehr daran glaubt, dass es je wieder Frühling wird. Ich hatte die Wohnung aufgeräumt, mich schön gemacht, Tee gekocht und seine Sachen nicht bereitgestellt, damit er nicht einfach danach greifen und gleich wieder gehen konnte.

Er wirkte müde, seine braune Haut hatte einen fahlen Ton, das Haar fiel ihm strähnig ums Gesicht, und seine Jacke war nass. Er sah aus wie jemand, den man mit ins Bett nehmen und wärmen möchte.

»Komm ins Wohnzimmer«, sagte ich, »und trink einen Tee mit mir.«

»Aber nur kurz«, er hockte sich ganz vorne auf die Sofakante, »ich habe nicht viel Zeit.«

Wir tranken Tee und sprachen übers Wetter, er fragte, wie es im Büro ging, ich fragte, wie es in der Kanzlei lief, und dann saßen wir da und redeten, wie früher, wenn wir uns abends trafen.

Anders als er hatte ich die Tür zu meinem Schlafzimmer weit offen gelassen, und das Gelb leuchtete und das Gold des Spiegels über dem Bett, und irgendwann stand er auf und sagte: »Was hast du denn mit deinem Schlafzimmer gemacht?«, und ging hinüber.

»Schön«, sagte er und sah sich um, wir standen nahe beieinander, unsere Schultern berührten sich, unsere Hände auch, und wir spürten die Wärme des anderen und die Nähe und das lebendige Pulsieren zwischen uns, und mein Herz wurde leicht.

Er legte den Arm um meine Schulter und zog mich an sich, und ich drückte mein Gesicht an seinen Hals und sog seinen Geruch ein und spürte seinen Mund auf meiner Wange und dann endlich seine Lippen auf meinen, weich und warm.

Es klingelte, und sein Körper wurde steif.

»Ich gehe nicht hin«, sagte ich.

»Das ist Susanne.«

»Susanne?«

»Ja. Sie holt mich ab.«

»Sie holt dich ab? Warum?«

»Weil wir essen gehen wollen«, sagte er, ging hinaus in den Flur und zog seine Jacke an. »Wo hast du meine Sachen?«

»Aber du kannst doch jetzt nicht gehen!«

»Warum nicht?« Er hielt den Kopf gesenkt und kämpfte mit seinem Reißverschluss.

»Weil du mich gerade noch geküsst hast! Weil ich dich liebe. Und weil du mich auch liebst. Darum!«

Er sah hoch. Sein Gesicht war gerötet, aber seine Augen waren klar und kühl.

»Nein«, sagte er. »Ich liebe dich nicht mehr. Ich bin mit Susanne zusammen, und ich bleibe mit ihr zusammen, damit das klar ist, Anna. Mit uns ist es aus, für immer und ewig. Wir hatten unsere Chance. Du wolltest nicht. Du kommst ein bisschen spät mit deinen Erkenntnissen und deinen Liebeserklärungen.«

Er sah sich um: »Wo hast du meine Sachen? Ich will Susanne nicht warten lassen.«

Ich wies auf den Flurschrank. Er öffnete die Tür, nahm seine Reisetasche heraus, in die ich alles gepackt hatte, machte die Tür sorgsam wieder zu und klappte den Kragen seiner Jacke hoch.

Ich sah ihm dabei zu und hatte ein Gefühl, wie es zum Tode Verurteilte kurz vor der Hinrichtung haben müssen:

noch ein paar Minuten, und alles ist zu Ende, und ich kann nichts dagegen tun.

Ich hätte mich am liebsten an ihn gehängt, mit meinem ganzen Körper, damit er nicht gehen konnte, wie es die Frauen in den griechischen Tragödien tun, aber ich nahm mich zusammen. Frauen in griechischen Tragödien waren selbst dabei noch würdevoll. Ich würde mich nur lächerlich machen. Noch lächerlicher.

Er sagte: »Also, dann, mach's gut«, und sah mich an, und in seinen Augen lag Triumph. Er hatte es mir gezeigt. Er hatte sich revanchiert für die Demütigung, dass ich ihn nicht so sehr gewollt hatte wie er mich.

Seltsamerweise half mir das, doch so etwas wie Würde zu finden. Ich öffnete die Wohnungstür und hielt sie ihm auf. Er zögerte, wollte etwas sagen, besann sich anders, hob die Schultern und ging. Im Treppenhaus fing er an zu pfeifen.

Ich schloss die Tür und schob den Riegel vor. Mir fiel ein, wie Jochen im Treppenhaus gepfiffen hatte, als er das letzte Mal ging und nicht wiederkam. Anscheinend verschwanden die Männer, die ich liebte, immer pfeifend aus meinem Leben.

An meinen Fenstern rüttelte der Wind, der über das Gleisfeld fegte, und Regen trommelte an die Scheiben, die leise klirrten. Ich spürte kühlen Luftzug und hörte die Wohnungstür klappern, denn durch die undichten Fenster im Treppenhaus zog es noch viel stärker. Es war, als würde das Haus von allen Seiten angegriffen.

Nachdem ich aufgewacht war, hatte ich eine Weile an Andreas und Susanne gedacht, das tat ich immer nach dem Aufwachen. Waren sie auch wach? Wahrscheinlich nicht, denn das Haus, in dem er wohnte, lag geschützt zwischen Bäumen und anderen Häusern. Wahrscheinlich schliefen sie friedlich in seinem schönen großen Bett. Oder sie lagen eng aneinander geschmiegt und redeten miteinander und lauschten auf das Heulen des Windes.

Oder sie liebten sich. Ich stellte mir genau vor, wie sie sich liebten, in allen Einzelheiten, bis zum Ende, wenn sie gelöst nebeneinander lagen. Es war, als ob ich in einer Wunde bohrte und zusah, wie das Blut heraus floss, es war qualvoll und selbstzerstörerisch und abstoßend, aber ich konnte nicht anders.

Danach hatte ich mich eine Weile lang gehasst, weil ich so dumm gewesen war und nicht begriffen hatte, dass ich ihn liebte. Dann war ich dazu übergegangen, ihn zu hassen, weil er auch so dumm und außerdem rachsüchtig war und mir nicht verzieh und nicht begriff, dass er mich liebte. Nur mich. Für immer und ewig.

Wenn ich an diesem Punkt angelangt war, schlief ich sonst wieder ein, doch der Sturm hielt mich wach. Ich lag da und starrte auf das Muster aus Licht und Schatten, das die Lampen über dem Gleisfeld an die Decke zeichneten.

Ich dachte an morgen. Vormittags kam ein neuer Klient, das war wichtig, auf Empfehlung eines guten alten Kunden, und also war es doppelt wichtig. Und es war schwierig. Er hatte den Leiter seiner Entwicklungsabteilung in Verdacht, der Konkurrenz zu nahe zu stehen. »So was ist immer äußerst diffizil«, hatte Herr Fischler gesagt und sorgenvoll den Kopf gewiegt.

Ich würde den grauen Hosenanzug tragen, mit der weißen Bluse, dazu dezentes Make-up und die Perlenkette von Jochens Mutter. Und ein reifes, erfahrenes Gesicht machen, damit der neue Kunde nicht gleich wieder ging, weil die Inhaberin von »A & E – Auskünfte und Ermittlungen« blass und mager war und aussah wie ein verkleidetes Schulmädchen.

Und nachmittags kam Rolf Schüler, unser bester Observierer und Beweismittelbeschaffer, bei dem ich lernen sollte, was ich als Inhaberin von »A & E« nach Herrn Fischlers Meinung wissen musste.

»Sie brauchen nicht alles zu können, aber Sie sollten alles

mal gemacht und gesehen haben und wissen, worum es geht«, sagte er, wenn ich Einspruch erhob, »das hat Jochen auch immer gesagt«, und sah mich mit hochgezogenen Augenbrauen an, und ich fügte mich.

Rolf Schüler hatte Jochen seit Ewigkeiten gekannt, seit der Zeit, als Jochen noch Anwalt und Schüler noch Polizeibeamter gewesen war, und ihn sehr gemocht – wer hatte Jochen nicht sehr gemocht? –, aber mich mochte er nicht.

»Haben Sie nicht jemand anderen, der mir zeigen kann, was ich wissen muss? Herr Schüler ist scheußlich zu mir. Er behandelt mich wie ein Stück Dreck.«

»Das habe ich befürchtet«, sagte Herr Fischler und sah einmal mehr sehr besorgt aus. »Er trauert um Jochen, wissen Sie. Er hat Jochen sehr gemocht.«

»Aber deswegen muss er mich doch nicht hassen.«

»Doch«, sagte Herr Fischler, »er ist eifersüchtig. Er hat Jochen geliebt, wissen Sie.«

»Sie wollen doch wohl nicht sagen ...«

»Nein. Natürlich nicht. Überhaupt nicht. Ganz im Gegenteil. Aber Jochen war sehr wichtig für ihn. So wie ein großer Bruder, wissen Sie. Und nun muss er sich erst an Sie gewöhnen, das ist alles.«

»Ach?«, sagte ich. »Und wenn ich mich nicht an ihn gewöhne? Ich würde ihn am liebsten rausschmeißen!«

Herr Fischler hatte mit schicksalsergebener Miene den Kopf geschüttelt: »Das können Sie nicht. Er gehört zur Firma, viel mehr als Sie oder ich. Jochen würde das nie erlauben. Er würde auch wollen, dass Sie bei Rolf lernen, damit er sich an Sie gewöhnt.«

Ich hatte es aufgegeben.

Ich drehte mich zur Wand, fort vom Fenster und seinen Licht- und Schattenspielen, und machte die Augen zu, aber meine Ohren lauschten weiter auf das Lärmen und Toben des Windes, und meine Gedanken hörten nicht auf zu wandern.

Schließlich hielt ich es nicht mehr aus. Ich holte mir in der Küche ein Glas Wasser und ging durch die dunkle Wohnung und sah dem Sturm zu, wie er Rauch aus den Schornsteinen riss, an den Geschirrtüchern zerrte, die am Gestänge von Frau Schäfers Küchenbalkons hingen, über den Dächern des Hofes die Wolken durch den Himmel scheuchte.

Und dann leuchtete plötzlich das rote Licht draußen vor dem Badezimmerfenster auf, wie früher, und ich sah hinaus und erwartete in der Unwirklichkeit der Sturmnacht, Maria zu sehen und einen der Männer, bis mir einfiel, dass Maria tot war und in ihrem Grab lag, unter Frau Silberhorns üppigen Rosensträußen, und unmöglich dort drüben sein konnte.

Ich starrte hinüber, und mein Herz schlug so laut, dass es in meinen Ohren dröhnte. Eine schmale schwarze Gestalt tauchte auf, die umher ging und Kerzen aufstellte und sie anzündete. Als alle brannten, verteilte sie wieder etwas im Raum, auch das zündete sie an, und ich sah Rauch aufsteigen, es waren Räucherstäbchen, vielleicht auch Weihrauch.

Aber sie hatte mir erzählt, sie ginge nur in das Zimmer, um es sauber zu machen, weil sie das Gefühl hätte, es sei etwas Schweres, Dunkles darin. Und wieso war sie wach? Sie schlief doch immer die Nacht durch, wegen der Tabletten.

Sie stand zwischen den Lichtern und den sich schlängelnden Rauchfäden, wie eine erloschene schwarze Kerze, sie tat nichts, bewegte sich nicht, es war, als konzentriere sie sich, als warte sie auf etwas.

Die Zeit verging, ich fror, mein Rücken tat weh, aber ich konnte nicht einfach wieder ins Bett gehen und nicht wissen, was mit ihr war und was sie tun würde.

Schließlich verglühten drüben die ersten Kerzen, und ich hörte von fern eine Uhr, die Uhr der alten Volksschule, die um sechs zum ersten Mal schlug. Ich war so müde und fror so sehr, dass ich nicht mehr denken oder fühlen konnte, ich war ganz leer und wartete einfach mit ihr, ohne Ende, ohne Sinn.

Als es gerade anfing hell zu werden, verstand ich auf einmal, was sie wach gehalten hatte, und warum sie dort stand und versuchte, das Schwere, Dunkle aus dem Zimmer zu vertreiben: Der Mord an Maria war in ihre innere Welt eingedrungen. Sie wusste jetzt, warum ihre Tochter von uns gegangen war.

5

»Ach, bitte, Herr Fischler, reichen Sie mir doch noch mal die Pralinen rüber«, sagte Frau Monschau. »Die sind ja herrlich. Wo haben Sie die nur her?«

»Betriebsgeheimnis«, sagte Herr Fischler in neckischem Ton, »Top Secret. Wird nicht verraten.«

Ich zuckte immer noch zusammen, wenn ich ihn so reden hörte. Frau Monschau kicherte: »Da muss ich also öfter zu Ihnen kommen.«

»So ist es, liebe gnädige Frau«, sagte Herr Fischler, »und ich brauche Ihnen wohl nicht zu sagen, dass Sie uns immer herzlich willkommen sind.«

Ich bekam ein Gefühl, das dem der Seekrankheit ähnelte. Frau Monschau lächelte und aß noch zwei Pralinen, ein Eierlikörherz und ein Nusshäufchen.

Ich hatte ihn gefragt, warum er sich so sonderbar benahm, wenn sie da war. »Was tut man nicht alles für Volk und Vaterland«, hatte er gesagt, Gott sei Dank wieder in seinem eigenen trockenen Ton. »Das Überwachungssystem in der neuen Betriebsanlage von ›Monschau Electronics‹ ist der beste Auftrag, den es zur Zeit gibt, und ich finde, wir sollten ihn kriegen. Und sie hat zwar keine Ahnung, aber ihr gehört die Firma, und sie entscheidet.«

»Ich wiege nachher bestimmt ein Kilo mehr«, sagte Frau Monschau. »Und Sie, Frau Wolf, mit ihrer Figur, wie machen Sie das nur, bei diesen guten Dingen?«

Wenn du jede Nacht aufwachen und dir vorstellen würdest, wie dein Mann mit einer anderen Frau schläft, würde dir auch der Appetit vergehen, dachte ich.

Es bestand keine Aussicht, dass Frau Monschaus Mann je

so etwas tun würde. Er war Geschäftsführer ihrer Firma, aber das war es nicht allein, er war auch sehr zärtlich zu ihr, nannte sie »Engelchen« und schien sie wirklich zu lieben.

»Halten Sie Diät? Zählen Sie Kalorien?«

Sie erwartete allmählich eine Antwort, auch Herr Fischler wurde unruhig, ich musste etwas sagen, irgendetwas Neckisches, Fröhliches, aber mir fiel nichts ein.

Die Tür öffnete sich, Frau Beifuss steckte den Kopf herein und sprach in durchdringendem Bühnenflüsterton: »Frau Wolf! Entschuldigen Sie die Störung. Eine wichtige Angelegenheit!«

»Ich komme«, sagte ich erleichtert und folgte ihr hinaus.

»Eine Dame ist da«, sagte sie, »eine Frau Silberhorn. Sie sagt, sie muss Sie unbedingt sprechen. Sie scheint irgendwie so ... belastet – ich dachte, Sie sollten wenigstens kurz mit ihr reden. Ich habe sie in Harros Zimmer gesetzt.«

Sie saß, schmal und schwarz, im Sessel vor Herrn Fischlers Schreibtisch und hielt sich an ihrer Tasche fest. Sie saß ganz ruhig und geduldig da, aber sie wirkte, als trüge sie das Leid der ganzen Welt, und ich verstand, warum Frau Beifuss mich geholt hatte.

Ich rollte Herrn Fischlers Drehsessel hinter seinem Schreibtisch hervor und setzte mich neben sie.

»Jemand hat Maria getötet«, sagte sie. »Wussten Sie das?«

Ich nickte.

»Aber sie wissen nicht, wer. Dabei ist es jetzt schon vier Monate her.«

»So was dauert«, sagte ich. »Es gibt kaum Anhaltspunkte, eigentlich gar keine. Es ist ein sehr schwieriger Fall, und die Polizei gibt sich alle Mühe. Sie müssen Geduld haben.«

Sie presste die Lippen zusammen und bewegte langsam den Kopf, von einer Seite zur anderen.

»Der Beamte, der dafür zuständig ist, ist wirklich kompetent und sehr engagiert. Er tut, was er kann.«

Sie nickte widerwillig.

»Er findet bestimmt raus, wer Maria getötet hat, darauf können Sie sich verlassen. Sie müssen nur warten.«

»Die haben so viel anderes zu tun. Und es ist ein schwieriger Fall, das sagen Sie ja auch.« Sie bewegte wieder den Kopf, noch langsamer. »Ich kann nicht einfach dasitzen und abwarten. Das kann ich nicht. Etwas muss geschehen.«

Sie öffnete ihre Tasche, suchte darin herum, fand einen Briefumschlag, entnahm ihm eine Visitenkarte und reichte sie mir. Es war eine meiner Geschäftskarten.

»Wo haben Sie die denn her?«

»Ich habe sie bei Maria gefunden. In ihrer Schreibtischschublade.«

»Und? Was ist damit?«

Sie senkte den Blick wieder in die Tiefe ihrer Tasche: »Ich wollte Sie bitten, dass Sie das übernehmen. Das Ermitteln.«

Ich sah auf die Karte. Es war noch eine von meinen alten. Unter »Auskünfte und Ermittlungen« stand »Dr. Jochen Wolf & Anna Wolf«. Jetzt hatte ich mich endlich dazu durchgerungen, Jochens Namen wegzulassen.

»Aber nicht so was«, sagte ich. »Das ist Sache der Polizei, da darf ich mich nicht einmischen. Und ich kann das auch nicht. Ich lerne es gerade erst.«

Sie sah mir stumm ins Gesicht. Stumm und störrisch.

»Wirklich!«

»Maria würde das auch wollen. Sie hat Sie so gerne gehabt. Sie fand Sie toll. Sie sind cool, hat sie gesagt, echt cool.«

Ich errötete: »Wirklich?«

»Bestimmt. Ich lüge nicht.«

»Aber bei mir dauert es viel länger als bei der Polizei. Wenn ich überhaupt etwas finde.«

»Das ist mir egal. Wenn ich nur weiß, dass Sie es machen, dann habe ich meine Ruhe. Ihnen vertraue ich ja. Bitte! Für Maria. Dann hat sie auch ihre Ruhe.«

Maria. Vielleicht würde sie noch leben, wenn ich mich um

sie gekümmert hätte, mich nicht hätte abschrecken lassen, mich damit nicht zufrieden gegeben hätte, dass das rote Licht nicht mehr brannte!

»Gut«, sagte ich. »Aber es wird nichts dabei heraus kommen. Ich rede mit allen, die Maria gekannt haben, und schreibe einen Bericht. Sie dürfen nicht enttäuscht sein.«

Sie nickte heftig und schloss ihre Tasche mit einem triumphierenden Knips des Schnappverschlusses.

Bei Herrn Silberhorn und seiner zweiten Frau gab es Kaffee und Kuchen, an einem perfekt gedeckten Tisch, auf dem alles zusammen passte, in einem perfekt eingerichteten Wohnzimmer, in dem auch alles zusammen passte.

»Ich weiß gar nicht, was Eva sich da vorstellt«, sagte Herr Silberhorn und sah mich unglücklich an. »Ich meine, was ich Ihnen erzählen soll. Sollte man das nicht lieber der Polizei überlassen?«

»Das finde ich nicht«, sagte seine Frau, die schlank und dunkelhaarig war und ebenfalls perfekt in ihr Wohnzimmer passte. »Du weißt doch, wie das bei der Polizei läuft.«

Er räusperte sich und wirkte noch unglücklicher.

Er gehörte zu den Menschen, bei denen man erst auf den zweiten Blick erkennt, dass sie geradezu schön sind. Er war für einen Mann nicht groß, ein wenig kleiner als ich, aber alles an ihm war wohlgebildet. Seine Haut hatte einen klaren Elfenbeinton, sein Haar war lichtbraun und lockig wie das seiner Tochter, seine Augen hatten ein warmes Braun, und selbst seine Fingernägel waren schön geformt.

»Erzählen Sie einfach«, sagte ich. »Alles, was Sie von Maria wissen, erinnern, was Ihnen einfällt.«

Er brachte es fertig, noch unglücklicher auszusehen.

»Mach schon, Werner«, sagte seine Frau.

Nun strengte er sich an, aber was er erzählte, war eine farblose Folge von Fakten und blieb so fremd und fern, als habe er Maria kaum gekannt.

Es wurde erst besser, als seine Frau sagte: »Zeig ihr doch mal die Fotos, Werner.«

Er holte eifrig einen Stapel Fotoalben herbei. »Ich bin nämlich ein leidenschaftlicher Fotograf«, sagte er, als er sich neben mich setzte, und das stimmte: Er hatte alles in Marias Leben fotografiert, von ihrem ersten Schrei bis zu ihrem letzten Weihnachten. Selbst von ihrem frischen Grab gab es ein Foto, das riesige Rosenbukett vom Sarg lag darauf und war noch nass vom Regen während der Trauerfeier.

Sie war ein kräftiges Kind gewesen, mit einem Anstrich von Biederkeit, das gehorsam und ein bisschen gezwungen für ihn lächelte und posierte, im Sandkasten, vor dem Schultor, dem Weihnachtsbaum, dem Geburtstagstisch, dem Riesenrad, am Meeresstrand. In den ersten Jahren war ihre Mutter noch mit auf den Bildern, später zuweilen die zweite Frau ihres Vaters, doch meist stand sie allein da.

Dann blühte sie auf, früh und plötzlich. Mit zwölf hatte sie füllige Brüste und runde Hüften und wirkte neben dem kindlichen Geburtstagstisch im aufgeräumten Wohnzimmer ihres Vaters seltsam deplatziert. Und scheu und befangen.

Ein Jahr später hatte sich auch das geändert, eine fast aggressive Selbstsicherheit ging nun von ihr aus und der ganze große Zauber ihres schönen Körpers und des süßen unschuldigen Prinzessinnengesichtes.

»Erstaunlich, nicht wahr?«, sagte Herr Silberhorn.

Ja, wahrhaftig, dachte ich. Was ist da mit ihr passiert?

»Wie diese Fotos ihre Farbbrillanz behalten! Ich kaufe auch immer sehr teure Filme. Das lohnt sich eben.«

Die ganze Zeit, während wir in das gehorsam lächelnde Kindergesicht seiner toten Tochter geblickt hatten, hatte er von nichts anderem geredet als von Belichtung, Weitwinkel, Farbqualität, und ich wurde plötzlich schrecklich wütend und ungeduldig und war froh, dass er schnell durch den Rest des Albums blätterte.

Das letzte Foto zeigte sie in einem dunklen Kleid, mit hohen Schuhen und dem steinbesetzten Kreuz um den Hals, neben einem Tischweihnachtsbaum mit riesigen Schleifen in dem gleichen aufdringlichen Blau, in dem auch die Sofas, die Vorhänge und Frau Silberhorns Pullover gehalten waren.

»Das hat sie getragen, als wir sie gefunden haben«, sagte ich. »Das Kleid und das Kreuz.«

Er starrte stumm auf das Bild, und seine Frau sagte: »Na, das ist schön, dass sie das öfter getragen hat. Ich dachte, das hatte sie nur an, wenn sie hier war. Das hat mein Mann ihr nämlich geschenkt, zur Konfirmation. Es war ziemlich teuer, vierzehnkarätiges Gold mit Weißtopas, und das in der Größe. Aber wir dachten, es sollte was Ordentliches sein, zu dem Anlass. Möchten Sie noch Kaffee?«

Ich wollte keinen mehr, ich spürte seinen Geschmack säuerlich und übelkeitserregend im Mund und sagte, ich müsse gehen, und wand mich so schnell zwischen Sofa und Couchtisch hervor, dass ich den Tisch fast umgestoßen hätte, und war so schnell im Flur, dass sie kaum hinterher kamen, aber ich wollte nur noch raus.

Draußen war Frühling, weicher, warmer Frühling unter einem graublauen Himmel, von dem das Weiß der Häuser grell abstach und noch greller das Rosa der Zierobstbäume in den ordentlichen Gärten. Ich dachte daran, wie Maria das letzte Mal hier heraus gekommen war, in der Weihnachtsnacht. Vielleicht war sie auch froh gewesen, endlich draußen zu sein, und war auf ihren hohen Schuhen erleichtert durch den Schneematsch zum wartenden Taxi gestöckelt.

»Wir haben ihr immer ein Taxi spendiert«, hatte die Frau ihres Vaters gesagt, »das ging ja nicht, dass sie nachts alleine nach Hause fuhr, mit der S-Bahn. Aber wenn es dann natürlich in der eigenen Wohnung passiert ...«

Das Ende des Satzes hatte sie in der Luft hängen lassen und mich mit ihren dunklen Augen eindringlich angesehen.

Ich setzte mich ins Auto und wühlte in meiner Tasche nach meinem Notizbuch. Marias Großmutter, die alte Frau

Silberhorn, hatte auch solche Augen, dunkel und durchdringend. Sie hatte mich auch so angesehen.

»Ein Segen, dass mein Mann das nicht mehr erlebt hat«, hatte sie gesagt und den schwarzen Blick theatralisch auf mich gerichtet. »Sein einziges Enkelkind! Und kommt so zu Tode. Es hätte ihm das Herz gebrochen!«

Aber das war ja schon gebrochen, dachte ich und unterdrückte ein hysterisches Kichern. Herr Silberhorn senior war ein Jahr zuvor an einem Herzinfarkt gestorben.

»Aber es war nicht mehr zu brechen«, sagte sie. »Sehen Sie! Darum sollten wir nicht klagen über das, was geschieht. Wir wissen nicht, welche Gnade sich darin verbirgt.«

Mit der Handkante wischte sie nicht existierende Krümel von der gläsernen Platte auf dem runden Holztisch. Unter dem Glas war eine Spitzendecke eingeschlossen wie Schneewittchen in seinem Sarg.

Ich fragte, übervorsichtig, damit sie sich nicht wieder so erregte: »Können Sie sich vielleicht vorstellen, wer das … wie das passiert ist?«

»Wie denn? Wie denn?«, fragte sie erregt zurück. »Das ist doch unvorstellbar! Wir haben immer gearbeitet, wir haben immer unsere Pflicht getan, wie konnte so etwas passieren? Dieses Haus hier«, sie breitete die Arme aus, »haben wir mit eigenen Händen gebaut, mein Mann und ich, alle die Häuser hier sind selbstgebaut, von unseren Freunden und Nachbarn, wir hatten ja nichts, nur das Stückchen Land! Man hat geschafft, gespart, einander geholfen …«

Sie fuhr mit der Handfläche über den Tisch, als wolle sie die Spitzen unter dem Glas noch glatter streichen. »Und wir sind immer sauber geblieben, ehrlich, gerade, ordentlich. Wir haben uns nichts vorzuwerfen! Nein, nein, ich weiß nicht, wie das passiert ist. Hier wäre das nicht passiert!«

Sie atmete tief, wie um Kraft zu schöpfen.

»Und auch nicht in unserer Familie! Man soll nicht richten, Eva ist ein braves Mädchen, aber sie ist nicht stark, sie ist nicht hart genug, und ich habe meinem Sohn gleich gesagt: Heirate sie nicht, sie ist nicht zum Heiraten. Sie ist schwach! Weich! Schwach und weich.«

Ihre Mischung aus starrer Strenge und pathetischer Leidenschaftlichkeit machte mich immer nervöser. Ich sah von ihr weg in das Zimmer, das immer noch eingerichtet war mit den Möbeln der fünfziger Jahre und an dessen weißen Wänden nichts hing als ein Kreuz, ein altmodischer Regulator, der laut tickte, und ihr Hochzeitsfoto.

Sie war sehr jung gewesen und sehr hübsch, mit dunklen Augen und dunklen Locken und viel Entschlossenheit im Gesicht, Maria sehr ähnlich, nur ohne die schöne Klarheit, die Maria gehabt hatte. Aber sie hatte auch den Ausdruck von Hoffnung in den Augen getragen, den fast jeder, der so jung ist, noch in den Augen hat.

Es war mir plötzlich schrecklich sinnlos erschienen, die alte Frau mit Fragen nach dem Tod ihrer Enkelin zu quälen, und ich hatte mich bedankt und mir noch ihren geliebten Garten zeigen lassen, bevor ich gegangen war.

Ich blätterte in meinem Notizbuch nach den Namen von Werner Silberhorn und seiner zweiten Frau und strich die beiden. Ich hatte mit fast allen gesprochen, die mir etwas über Maria erzählen konnten, nur nicht mit Frau Silberhorns ehemaligem Lebensgefährten, dem Ingenieur. Er wohnte nicht mehr in der Stadt.

Auf dem Nachhauseweg fuhr ich durch Andreas' Straße, das tat ich oft, auch wenn ich nicht recht wusste, warum. Ich sah die beiden schon von weitem, sie räumten das Auto aus, Vorratspackungen Toilettenpapier und Flaschenträger und bunte Riesenplastiktüten mit dem Namenszug eines Großmarktes.

Ich fuhr vorbei, sie zeigte ihm eine Flasche und sprach und lachte, und im Rückspiegel sah ich, wie er seine Hand auf ihre Wange legte und sie umarmte, und das Letzte, was ich sah, war ihre Hand mit der Flasche, die sie hochhielt, und seinen Rücken, wie er sich über sie beugte.

Das Messer schnitt immer noch so scharf, der Schmerz war immer noch so heftig, ich hätte fast einen Wagen übersehen, der Vorfahrt hatte, und konnte gerade noch bremsen. Ich fuhr an den Straßenrand und legte den Kopf aufs Steuerrad.

Du weinst jetzt nicht, Anna, sagte ich zu mir. Nimm dich zusammen. Vergiss ihn. Such dir einen Mann, der dir hilft, ihn zu vergessen. Du fährst jetzt auch nicht nach Hause, um den Tag zu vertrauern mit Gedanken an die beiden. Du denkst überhaupt nicht mehr an sie. Tu was, lerne, arbeite, finde einen Mann.

Ich wusste nicht, wo ich gerade jetzt einen Mann hätte finden sollen, also blätterte ich in meinen Notizen nach etwas, was ich tun konnte. Ich ging alles durch, es war alles erledigt, ich würde ins Büro fahren müssen, um Arbeit zu finden, aber dann stieß ich doch noch auf etwas: neben dem Namen von Marias Freundin Lissy Merker stand »Café Zugluft«, unterstrichen, mit Ausrufungszeichen versehen.

Es war ein Café in der Nähe der Schule, in dem sich die Mädchen trafen, und Maria war früher oft da gewesen. Ich hatte es mir ansehen wollen, der Vollständigkeit halber und um das zu üben, was Rolf Schüler »Observation in kleinen geschlossenen Locations« nannte.

Das Café Zugluft lag an einem traurigen grauen Platz, der aus einer Ansammlung von Bus- und Straßenbahnhaltestellen bestand. Es war in den siebziger Jahren renoviert worden und seither nie wieder und wirkte mit seinen lila Plastiksitzen, den Kugellampen und der großgemusterten Tapete in verblassten Lilatönen wie ein Raumschiff aus einer anderen Galaxie.

Ich setzte mich an einen der winzigen Tische und bestellte bei der freundlichen großbusigen Bedienung einen Kaffee. Hinter der Theke stand eine weitere freundliche großbusige

Frau mit stark blondierten Haaren und übermäßig viel Gold behangen: Frau Zugluft. Lissy Merker hatte mir von ihrer Leidenschaft für Schmuck erzählt.

Um mich herum saßen lauter Mädchen, und die Luft war dick von Zigarettenrauch. Ich dachte daran, wie wir in der Eisdiele am Park gesessen und geraucht hatten, weil wir es zu Hause nicht durften. Das hatte sich anscheinend nicht geändert. In der Eisdiele hatte ich dann später Jochen kennen gelernt. Ach, Jochen.

Es waren kaum erwachsene Gäste da. Zwei ältere Damen an einem Tisch am Fenster. Ein Paar Anfang zwanzig, er hatte ein Bier vor sich stehen, sie eine Piccoloflasche Sekt. Hinten, in der Nähe der Mäntel, ein Mann hinter einer Zeitung. Er war groß, hatte große knochige Hände und große Füße in schweren schwarzen Schuhen unter einer hellbraunen Cordhose.

Ich trank den Kaffee und sah mich um und betrachtete auch jedes der Mädchen genau, bis ich das Gefühl hatte, genug getan zu haben. »Nicht unbedingt unauffällig observieren in kleinen geschlossenen Locations«, hatte Rolf Schüler gesagt. »Unter Umständen ist auffällig observieren unauffälliger.«

Ich zahlte und warf einen letzten Blick in die Runde. Der Mann neben den Mänteln war mit seiner Zeitung fertig, rührte Sahne und Zucker in seinen dritten Kaffee und sah hinüber zu den Mädchen.

Er kam mir bekannt vor, vielleicht, weil er Herrn Fischler ähnlich war, groß und dünn, mit einer großen Nase und kurzen dunklen Haaren. Er trug einen Rollkragenpullover.

Ich stand auf und wandte mich zum Ausgang, und da wusste ich plötzlich, woher ich den Mann kannte. Ich hatte ihn bei Maria gesehen, nackt, nachts im roten Fenster. Öfter. Sehr oft.

Ich setzte mich wieder hin.

Er hieß Karl-Heinz Kauffmann und war leitender Ingenieur in einer Maschinenfabrik. Er war neununddreißig, geschieden, hatte zwei Kinder, eine Tochter, acht, einen Sohn, sechs, und lebte allein in einer geräumigen Neubauwohnung in der Nähe des Nordparks, die sicher nicht billig war.

Er fuhr einen kompakten Stadtwagen, der auch nicht billig gewesen war, ging zweimal in der Woche zum Handballspielen und oft ins Kino und war am Wochenende ziemlich regelmäßig im Café Zugluft zu finden, nachmittags, wenn die lilagepolsterten Wandbänke vollbesetzt waren mit jungen Mädchen.

Mittwochs und freitags kam er nach der Arbeit gleich nach Hause, und so saß ich am Mittwochabend im Auto vor seinem Haus und wartete. Um fünf vor sieben sah ich ihn kommen und durch die gläserne Eingangstüre verschwinden und gab ihm und mir noch fünf Minuten, bevor ich bei ihm klingelte. Der Türöffner summte fast sofort.

Er stand im Türrahmen und sah mich fragend an.

»Guten Abend, Herr Kauffmann«, sagte ich. »Ich möchte mit Ihnen sprechen. Über Maria Silberhorn.«

Er machte eine Bewegung, als wolle er die Türe zuschlagen.

»Tun Sie es nicht«, sagte ich. »Sie müssen sie bloß wieder aufmachen.«

Er ließ die Hand sinken und starrte mich an.

»Wäre es nicht besser, Sie lassen mich rein?«, fragte ich.

Er nickte wie betäubt, und ich trat ein und schloss die Tür hinter mir. Mir fiel ein, was ich eines der Mädchen im Café Zugluft über einen Jungen hatte sagen hören: Er ist so cool, und ich bin so uncool!

Ich war auch so cool. Und er so uncool. Hoffentlich blieb es so.

Sein Wohnzimmer war groß, hatte große Fenster, war mit einer großen blauen Sitzlandschaft und einem Breitwandfernseher möbliert und wirkte unbewohnt. Ich setzte mich auf ein Eckchen des Riesenmöbels, während er hilflos stehen blieb.

»Setzen Sie sich doch«, sagte ich. »Sie wissen, dass Maria tot ist, und auch, wie sie gestorben ist, nicht wahr? Sie sind nachts oft bei ihr gewesen, Herr Kauffmann, und haben mit ihr Geschlechtsverkehr gehabt. Ziemlich gewaltsam. Das scheint Ihnen Spaß zu machen. Sie könnten sie auch getötet haben.«

Er saß auf der anderen Ecke der Sitzlandschaft, die großen Hände auf den Knien verkrampft. »Aber das habe ich nicht getan!«, sagte er mit rauer Stimme. »Und woher wissen Sie das überhaupt? Dass ich da war? Und das – das andere?«

»Dafür gibt es Zeugen«, sagte ich.

Er schüttelte ungläubig den Kopf. »Aber das kann nicht sein. Da war doch keiner.« Er dachte nach. »Hat sie etwa Aufnahmen gemacht?«

»Nein«, sagte ich. »Sie hat nichts damit zu tun, sie ist ganz unschuldig …« Ich hielt inne, denn das schien mir das falsche Wort für Maria zu sein, aber dann dachte ich, dass es gar nicht so falsch war. »Ja. Ganz und gar unschuldig.«

»Oh ja«, sagte er, mit veränderter Stimme, fast zärtlich, »das war sie wirklich. Unschuldig. Unberührt. Irgendwie unberührbar. Darum war ich ja auch so – so gewaltsam. Ich wollte sie berühren, sie öffnen. Sie hat mich fasziniert.«

Er beugte sich vor und blickte mich eindringlich an: »Ich bin sonst nicht so. Das ist überhaupt nicht meine Art, das müssen Sie mir glauben. Und ich hätte sie nie umgebracht, ich könnte niemanden umbringen, und sie schon gar nicht. Das müssen Sie mir einfach glauben.«

Er sprach in flehentlichem Ton und hatte auch die Hände zu einer flehenden Geste geöffnet, und ich konnte nicht widerstehen: »Aber ich glaube Ihnen ja.«

Das war uncool, und er reagierte sofort darauf. Er lehnte sich zurück und ging zum Angriff über: »Wer sind Sie überhaupt? Und wie kommen Sie eigentlich dazu, mich so zu überfallen? Ich sollte die Polizei rufen.«

Darauf war ich vorbereitet. Ich hatte es regelrecht geübt: »Tun Sie das. Ich bin private Ermittlerin und stehe mit der Polizei in Kontakt. Natürlich werde ich Ärger kriegen, weil ich ihnen einen wichtigen Zeugen vorenthalten habe, der als Täter in Betracht kommt. Aber das ist nichts im Vergleich mit dem Ärger, den Sie kriegen. Es ist mir überhaupt kein Problem, nachzuweisen, dass Sie bei Maria waren. Ich kann sämtliche Termine vorlegen und sehr detaillierte Beschreibungen davon, was Sie mit ihr gemacht haben.«

Ich hatte mühsam drei Abende rekonstruiert, an denen er bestimmt da gewesen war. Aber er würde wohl kaum so genau nachfragen. Hoffentlich.

»Ich kann aber auch nicht zur Polizei gehen – wenn Sie mir sagen, was ich wissen will.«

Er rieb sich mit den Händen das Gesicht und starrte mit leeren Augen auf die Wand hinter mir.

»Na gut«, sagte er nach einer Weile. »Aber jetzt brauche ich was zu trinken. Möchten Sie auch was? Bier oder Mineralwasser? Ich glaube, ich habe auch noch eine Flasche Sekt im Kühlschrank. Einen halbtrockenen Rieslingssekt. Frauen mögen den.«

Und Mädchen, du Schwein, dachte ich und sagte: »Mineralwasser«, obwohl ich den halbtrockenen Rieslingssekt gerne probiert hätte.

Er hatte Maria vor einem Jahr im Café Zugluft gesehen und angesprochen, nicht dort, sondern auf der Straße. Ich glaubte ihm nicht, dass es erst ein Jahr her war, das sagte er vermutlich nur, weil sie da schon vierzehn gewesen war, aber es war jetzt nicht der Zeitpunkt, darüber zu streiten.

Sie war sofort bereit gewesen, sich mit ihm zu treffen, und war auch bald mit ihm ins Bett gegangen.

»Sie war noch Jungfrau«, sagte er, »aber sie war gar nicht

schüchtern oder unsicher.« Er schüttelte den Kopf, als würde es ihn immer noch erstaunen. »Sie war ganz ruhig.«

Ich dachte an ihr Gesicht im roten Fenster, unbeteiligt, abwesend, beinahe herablassend, und wusste, was er meinte.

Dabei ist es doch das, was dich scharf macht, dachte ich, ihre Scheu und ihre Scham, und wenn du sie gehabt hast, sie geöffnet, wie du das nennst, dann interessieren sie dich nicht mehr, dann lässt du sie fallen und suchst dir die Nächste. Nur mit Maria hat das nicht geklappt.

»Sie hat sich nicht von Ihnen berühren lassen«, sagte ich. »Und darum sind Sie hängen geblieben, nicht wahr?«

»Genau so war es«, sagte er und nickte, immer noch erstaunt.

»Und weiter?«

»Nichts weiter. Ich war öfters bei ihr. Aber das wissen Sie ja. Und dann habe ich in der Zeitung von ihrem Tod gelesen. Das war ein ganz schöner Schock. Erst wollte ich zur Beerdigung gehen, aber das habe ich dann lieber gelassen. Ich war kürzlich mal am Grab. Ich frage mich, warum sie noch keinen Grabstein hat. Wissen Sie, warum?«

Ich fand, das ging ihn nichts an. »Wo waren Sie, als Maria getötet wurde? Am dreißigsten Dezember, zwischen elf und ein Uhr nachts?«

Er brauchte nicht zu überlegen.

»Skiurlaub«, sagte er erleichtert. »Da war ich im Skiurlaub. Vom zweiten Feiertag bis zum fünften Januar. In Südtirol. Ich gebe Ihnen die Nummer vom Hotel, die können das bestätigen.«

Aber nicht, dass du nicht zwischendurch mal rüber gefahren bist, dachte ich.

»Wem haben Sie von ihr erzählt?«

»Niemandem natürlich.«

»Wirklich niemandem?«

Er schüttelte den Kopf. »Bestimmt nicht.«

»Wie kamen dann die anderen Männer zu ihr«, fragte ich,

»wenn nicht über Sie? Die kann sie doch nicht alle auf der Straße oder in Cafés getroffen haben.«

»Welche Männer?«

»Solche wie Sie«, sagte ich. »Ältere Männer, die scharf sind auf junge Mädchen. Einige waren noch wesentlich älter als Sie.« Und dicker und scheußlicher, fügte ich in Gedanken hinzu.

Er war starr vor Überraschung: »Ich habe keine Ahnung.«

»Sie war doch keine Nutte, sie hat sich bestimmt nicht an die Straße gestellt, um Typen aufzureißen.«

»Nein«, sagte er. »Sie war keine Nutte. Wirklich nicht. Sie wollte nichts dafür. Ich habe ihr immer mal was mitgebracht oder bin mit ihr einkaufen gegangen, Klamotten, Schmuck, so was, und darüber hat sie sich gefreut, sehr sogar, fast wie ein Kind – aber sie hat nie darum gebeten. Sie hat auch nie nach Geld gefragt. Sie war so. Es war ihr nicht wichtig. Aber was wollte sie dann mit den Typen? Ich verstehe das nicht.«

»Gibt es Lokale für so was? Wo man so junge Mädchen kennen lernen kann?«

Er schüttelte er den Kopf: »Eines gab es mal. Aber nicht lange.«

»Wieso?«

»Die Polizei ist ja nicht blöd. Besonders, wenn die Mädchen sehr jung sind.«

»Und sonst?«

»Sonst weiß ich wirklich nichts«, sagte er.

»Denken Sie nach«, sagte ich. »Je eher Ihnen etwas einfällt, desto eher sind Sie mich los. Es gab außer Ihnen noch vier Männer, die regelmäßig bei ihr waren. Irgendwo muss sie die ja kennen gelernt haben.«

Er vertiefte sich ins Nachdenken. Ich sah durchs Fenster in die Äste der Bäume vor dem Haus. Ihre Blätter waren noch ganz klein und hellgrün. Sie hatten etwas Fröhliches und Hoffnungsvolles, diese zarten Blätter, obwohl es ziemlich kalt war und angefangen hatte zu regnen.

Hier drinnen gab es keine Hoffnung. Auch keine Verzweiflung. Bloß Leere.

»Vielleicht ...«, sagte er schließlich. »Ein Mädchen hat mir mal was erzählt, von einem Kerl, der Mädchen vermittelte, in seiner Wohnung, glaube ich. Er war selber auch scharf auf sie, aber danach ... Ich könnte sie anrufen. Mal sehen ...«

Er ging hinaus und kam mit einem Adressbuch und seinem Handy zurück, blätterte in dem Buch, fand die Nummer und tippte sie ein.

Er lauschte in den Hörer. »Abgestellt. Vielleicht ist sie gerade im Kino. Vielleicht ist das auch längst nicht mehr ihre Nummer.«

»Sehen Sie doch mal im Telefonbuch nach«, sagte ich.

»Ich weiß ihren Nachnamen nicht.»

Wozu auch, dachte ich. Wenn man sie nur schnell haben will, solange sie noch ganz frisch sind.

»Dann versuchen Sie es wieder. Ich bleibe so lange hier, bis sie drangeht, und wenn es ewig dauert.«

Er sah mich erschrocken an. Ich fand die Vorstellung auch schrecklich.

Wir hatten Glück. Nach einer dreiviertel Stunde meldete sie sich.

»Hallo, Simone. Karl-Heinz hier. Welcher Karl-Heinz? Na, hör mal ...« Er stand auf und ging nach nebenan.

Er kam mit einem Zettel zurück, den er vor mich hinlegte. »Winfried Schwörer« stand darauf und eine Telefonnummer.

»Sie müssen sich auf Simone beziehen, wenn Sie ihn anrufen, sonst legt er wieder auf.«

Ich stand auf. »Ich behalte unser Gespräch für mich. Es wäre gut, wenn Sie das auch täten.«

»Aber natürlich«, sagte er, brachte mich zur Tür und sah

mich treuherzig an: »Ich habe wirklich nichts damit zu tun. Mit dem Tod von Maria. Das ist Ihnen doch klar, oder? Ich könnte so was nicht. Ich kann mir das gar nicht vorstellen.«

Was heißt das schon?, dachte ich. Man kann sich so vieles nicht vorstellen. Ich hätte mir auch nicht vorstellen können, dass Entjungfern dein Hobby ist, das Entjungfern, Benutzen, Verletzen von jungen Mädchen. Von halben Kindern. Wie weit ist es von da zum Töten?

»Klar ist gar nichts«, sagte ich. »Das muss sich erst noch herausstellen. Aber wie auch immer: Sie sind ein armseliger Arsch. Ein Mistkerl.«

Das Letzte, was ich von ihm sah, war sein gekränktes Gesicht.

6

In den Ritzen der Steinplatten auf dem Weg zur Werkstatt wuchs Gras und an den schattigen Stellen Moos. Büsche trugen weiße und rosa Blüten, es gab eine große Kiefer, zwei kleine Eichen und einen Walnussbaum mit schweren ledrigen Blättern. Und überall standen und lagen Steine, noch roh oder schon geformt, zu Brunnen, Skulpturen, Grabmälern.

Stille herrschte, die Türen zum Büro und zu den Räumen der Werkstatt standen offen, und ich sah in jeden hinein und fand ihn schließlich im letzten, wo er im Halbdunkel auf einer Kiste saß und aus einem Kaffeebecher trank. Über ihm an der Wand hing der Gräberplan des Friedhofs und eine Tafel mit verschiedenen Schrifttypen.

»Ja?«

»Ich bin Anna Wolf. Ich wollte fragen, wie weit Sie sind mit dem Marmorengel für Frau Silberhorn.«

»Warum kommt sie nicht selber?«, fragte er ärgerlich.

»Sie traut sich nicht. Sie haben gesagt, sie soll sich zum Teufel scheren und Ihnen nie wieder unter die Augen kommen. Jetzt hat sie Angst vor Ihnen.«

»Und Sie?, fragte er finster. »Haben Sie auch Angst vor mir?«

»Nein«, sagte ich, »aber vielleicht kriege ich ja noch welche, wenn Sie sich Mühe geben.«

Im halben Licht war zu erkennen, dass er lächelte.

»Ich hätte sie nicht anbrüllen sollen«, sagte er und stand auf. »Hat mir auch gleich Leid getan. Aber dieser verdammte Engel macht mich richtig fertig. Ich habe so was lange nicht mehr gemacht. Wollen Sie ihn sehen?«

Ich nickte und folgte ihm durch den Hof zu einer Tür auf der anderen Seite des Büros. Er schloss sie auf, und in dem Raum dahinter gab es nichts als einen Hocker mit Werkzeug und, auf einem Podest vor dem großen Fenster, die Figur des Engels.

Er war noch nicht ausgearbeitet, aber es war schon deutlich zu erkennen, dass er nicht aussah, wie Engel auszusehen haben. Er war kräftig gebaut mit großen Händen und Füßen und kurzen glatten Haaren und einem breiten, ernsten Gesicht, ohne jede Lieblichkeit. Er hatte auch keine Flügel.

»Ist nichts, oder?«, fragte der Steinmetz.

»Oh, doch«, sagte ich. »Das ist der erste richtige Engel, den ich je gesehen habe. Ein wirklicher richtiger Engel, der einen behütet und beschützt.«

Er sah mich von der Seite an. »Ist das Ihr Ernst?«

»Natürlich.«

»Aber er hat keine Flügel.«

»Eben«, sagte ich. »Richtige Engel haben keine Flügel.«

Er blickte auf den Engel und schwieg, murmelte »mhm«, und schwieg wieder. Schließlich wandte er sich mir zu und sah mich an, auf eine offene forschende Art, wie es sonst nur Kinder tun. Seine Haut war von der Sonne rotgebrannt, sodass seine grünlichen Augen hell wirkten und das hellblonde Haar und die Stoppeln seines Dreitagebarts fast weiß.

Ich wurde rot und verlegen, weil er mich so ansah, und spürte eine warme Welle durch meinen Körper gehen und wusste nicht, was ich sagen sollte, also lächelte ich ihn an, und so standen wir da, bis er sagte: »Sie können der kleinen Dame sagen, dass es was wird mit ihrem Engel. Aber sie soll ja nicht hier auftauchen. Sie bringt mich immer dazu, sie anzubrüllen. Wenn Sie kommen wollen – jederzeit.«

Ich reichte ihm die Hand, und er wies seine Handflächen vor und sagte: »Dreckig«, doch als ich meine Hand nicht zurückzog, nahm er sie und umschloss sie ganz fest. Auf unsicheren Beinen ging ich den Plattenweg entlang, und als ich mich noch mal umdrehte, lehnte er in der Tür der Werkstatt und sah mir nach, und ich ging rasch weiter.

Ich schaffte es nicht mehr zu Jochens Grab, ich musste ein Taxi nehmen, um rechtzeitig im Büro zu sein, und während der Fahrer mir die Weltwirtschaftslage erklärte und die Probleme des Aktienmarktes, saß ich da und spürte das Strömen unter der Haut und das süße Schmelzen im Schoß, das ich lange nicht mehr gespürt hatte. Und nur, weil mich ein Steinmetz mit seinen grünlichen Augen angesehen hatte! War ich schon so ausgehungert, dass mich ein Mann bloß mal richtig anzusehen brauchte? Verrückt!

»Das kann man wohl sagen«, sagte der Fahrer. »Die sind alle verrückt, diese Banker und Broker! Die werden uns noch in den Untergang treiben, das sage ich Ihnen.«

Auf meinem Schreibtisch lag ein Zettel mit einer Telefonnummer und dem Vermerk »bitte zurückrufen«. Ich ging hinüber zu Frau Beifuss und hielt ihn ihr hin.

»Keine Ahnung«, sagte sie mit pikierter Unschuld. »Der Mann hat nach Anna gefragt und nur seine Telefonnummer hinterlassen. Seinen Namen wollte er nicht sagen.«

Ich ging zurück in mein Zimmer und widerstand der Versuchung, die Türen hinter mir zuzuschmettern. Sie wusste genau, dass sie nicht an mein Telefon gehen sollte, wenn ich nicht zu ihr hinübergestellt hatte. Aber wenn ich ihr das jetzt zum hundertsten Mal sagte, würde sie noch unschuldiger schauen und zum hundertsten Mal antworten: »Oh, tut mir Leid, das habe ich vergessen. Der Herr Doktor wollte das immer so.«

Ich wählte die Nummer und wartete mit Herzklopfen darauf, dass er sich meldete: »Schwörer?«

»Hier ist Anna. Sie haben gesagt, ich soll zurückrufen.«

»Was ist das: Büro Wolf?«

»Das Büro von meiner Tante«, sagte ich. »Da bin ich meistens nach der Schule.«

»Was für ein Büro?«

»Ein Schreibbüro.«

»Hast du kein Handy?«

»Das ist kaputt«, sagte ich wahrheitsgemäß.

»Na gut«, sagte er. »Du kannst kommen. Das geht in Ordnung. Morgen zum Beispiel, um sieben. Kannst du da?«

Er diktierte mir die Adresse und schärfte mir ein, nicht vor dem Haus herumzustehen, sondern gleich zu klingeln, und nicht auf den Aufzug zu warten, sondern sofort die Treppe hinauf zu gehen in den ersten Stock, wo er wohnte, und ich brauchte kein großes Schauspieltalent, um aufgeregt und ängstlich immer nur ja zu sagen.

Als er endlich aufgelegt hatte, ging ich hinüber ins Bad und betrachtete mich im Spiegel. Ich hatte keine Falten und wirkte schrecklich jung, überhaupt nicht wie einunddreißig. Aber wie sechzehn? Oder fünfzehn oder vierzehn?

Ich fuhr nicht allein zu Winfried Schwörer, sondern mit Herrn Anadakadian. An einem kalten Winterabend vor zwei Jahren war ich das erste Mal zu ihm in sein Taxi gestiegen, ich hatte dringend Hilfe gebraucht an diesem Abend, und er hatte es gemerkt und mir geholfen.

Ich saß auf dem Beifahrersitz und versuchte so zu tun, als sei ich nicht nervös. Unter meinem Regenmantel trug ich eine knappe bauchfreie Hose, wie die meisten Mädchen im Café Zugluft. Der BH, den ich mir gekauft hatte, weil alle Mädchen dort einen getragen hatten, schnürte meine Rippen ein wie ein Stahlkorsett. Ich bekam nur mühsam Luft, und mein Herz dröhnte.

Herr Anadakadian sah immer wieder zu mir hinüber und fuhr so behutsam, als befürchte er, ich würde mich auflösen oder in meine Einzelteile zerfallen. »Sie müssen dort nicht unbedingt hin?«, fragte er schließlich. »Sie könnten zurück treten von dieser Verabredung, oder?«

»Schon«, sagte ich. »Aber dann würde ich mich nachher schrecklich ärgern.«

Er schnalzte mit der Zunge und hob die Schulter und sagte nichts mehr.

Wir waren in einem der ehemals dörflichen Vororte, die die Stadt geschluckt hatte und die nun gar nichts mehr waren, nicht Dorf, nicht Stadt, sondern nur noch eine hässliche Ansammlung von Hochhaussiedlung, Gartenvillen und Bauernhäusern, garniert mit Kirche, Supermarkt und Tankstelle.

Winfried Schwörer wohnte in der Hochhaussiedlung.

»Am Erlenanger«, sagte Herr Anadakadian, »Nummer fünf. Das ist es.«

Ich sah auf den Eingang und die Treppe aus Waschbeton und den gepflasterten Vorplatz, auf dem ein Baum und zwei Sträucher in Pflanztrögen standen.

»Soll ich nicht lieber hier warten?«, fragte Herr Anadakadian.

»Nein. Das fällt auf. Das will er nicht. Ich rufe Sie an, wenn ich fertig bin.«

Ich gab mir einen Ruck und stieg aus und lief über den Platz und die Treppe hinauf und klingelte. Der Türöffner summte, und ich ging hinauf in den ersten Stock und einen langen halbdunklen Gang entlang bis zu dem Lichtstreifen, der aus einer offen stehenden Wohnungstür fiel.

Er stand im Türrahmen, zog mich herein, machte die Tür hastig zu und zog mich weiter, durch den Flur in ein Wohnzimmer. Dort blieb er stehen und sah mich an.

»Also, du bist Anna«, sagte er. »Ich bin Winfried.«

»Hallo«, sagte ich mit schwacher Stimme.

»Gib mir deinen Mantel.«

Er trat ein wenig zurück und musterte mich gründlich von oben bis unten, dann hob er meinen Arm und drehte mich, sodass er mich auch von der Seite und von hinten betrachten konnte. Ich versuchte, mein Gesicht von ihm weg zu wenden, damit er nicht so genau sehen konnte, dass es nicht das Gesicht einer Fünfzehnjährigen war.

Schließlich nickte er, als wäre er zufrieden, und mir wurde leichter. Er wies auf ein mit altrosa Samt bezogenes Sofa. »Ich hole uns was zu trinken.«

Ich setzte mich. Das Zimmer hatte etwas seltsam Plüschiges: Stilmöbel, Kaufhaus-Perser, billige Stiche und ein großer schnörkeliger Kristallspiegel zwischen Wandlampen mit Kerzenbirnen und Glasanhängern. Die dunkelroten Samtvorhänge passten schlecht zu der modernen Fensterfront und dem Betonbalkon davor.

Er kam zurück, stellte eine Piccoloflasche Sekt auf den Tisch und holte Gläser aus einer Vitrine. Er war wohl Ende fünfzig und hatte ein braun gebranntes Gesicht und braun gebrannte Hände und dickes graumeliertes Haar und war sorgfältig angezogen, mit Krawatte und Einstecktuch. Typ älterer Gentleman. Überhaupt nicht mein Typ. Aber ich war ja nicht hierher gekommen, um einen Mann zu finden, der mein Typ war.

Er setzte sich neben mich, reichte mir ein Glas, wir stießen an und tranken.

»So«, sagte er, legte eine Hand auf mein Knie und fing wieder an, mich zu betrachten. Stumm. Seine Hand strich über meinen Schenkel.

»Simone«, sagte ich, meine Stimme war dünn und rau, und ich räusperte mich, »ich soll Sie von Simone grüßen.«

Er knöpfte meine Bluse auf, zog den BH herunter, strich über meine Brüste und rieb meine Brustwarzen zwischen den Fingern.

»Sie hat mir von Ihnen erzählt. Sie hat gesagt, ich soll Sie mal anrufen.«

Ich hatte mich noch nie von einem fremden Mann anfassen lassen, schon gar nicht von einem, den ich nicht leiden konnte, und ich hatte gedacht, es müsse schrecklich sein, einfach unerträglich. Aber es war bloß ein bisschen widerlich.

»Maria!«, sagte ich. »Maria hat mir auch von Ihnen erzählt.«

Er wanderte mit dem Mund über meine Brüste. Sein borstiges graues Haar kratzte an meinem Kinn, und Haarwassergeruch stieg in meine Nase.

»Maria«, wiederholte ich. »Sie kennen doch Maria!«

Er nahm eine meiner Brustwarzen zwischen die Lippen und lutschte an ihr, und ich spürte seine Zähne. Seine Hand öffnete meine Hose. Ich wich zurück.

»Maria«, sagte ich.

»Welche Maria?«, fragte er ungeduldig.

»Maria Silberhorn.«

Er zog erschrocken die Luft ein und hielt inne. Ich kam wieder näher und öffnete meine Beine.

»Die kennen Sie doch, nicht wahr?«

Er schob die Hand in meinen Slip, und ich spürte seine Finger zwischen den Schenkeln. Seine Fingernägel waren lang und scharf und schnitten in mein Fleisch.

»Ja, die kenne ich«, sagte er.

Das Gästezimmer meiner Mutter hatte etwas von einem Museum. Es enthielt ein Sammelsurium von Möbeln aus diversen Epochen des letzten Jahrhunderts, Babyschuhe, Kinderzeichnungen und Puppen von mir, zwei ziemlich missratene Ölbildkopien, die meine Urgroßeltern darstellten, und überall Fotos, an den Wänden, auf der Kommode, im Regal: alte bräunliche Familienbilder, schwarz-weiße aus ihren jungen Jahren, bunte seit meiner Geburt. Ihr Leben, mein Leben.

Nur einer fehlte, aber von dem gab es auch nur ein einziges Foto, und das hatte sie mir gegeben, an meinem achtzehnten Geburtstag. Ich hatte es immer bei mir.

Es war ein Schnappschuss von ihrer Hochzeitsfeier in einem Restaurant, meine Mutter war schwanger und schön und glücklich, und er hatte lange Haare und einen Schnurrbart und trug ein weites weißes Hemd, wie ein Pirat, und hatte den Arm um sie gelegt und sah sie an und lachte und schien auch glücklich zu sein.

Ein Jahr danach war er gegangen. Eines Tages war er einfach fort gewesen. Es täte ihm sehr Leid, und sie würde ihm hoffentlich verzeihen, schrieb er in einem Brief, den sie auf dem Küchentisch fand, aber er könne so nicht leben, er müsse frei sein, er würde irgendwo in Australien oder Neuseeland neu anfangen. Er hätte ein Sparbuch für mich angelegt, das mir bei meiner Volljährigkeit ausgezahlt werden sollte.

Sie sprach nie von ihm, und ich fragte nie, und wenn ich an ihn dachte, stellte ich ihn mir in den roten Ebenen Australiens vor oder auf den grünen Hügeln Neuseelands, in dem weißen Hemd, mit dem Bart und den langen Haaren, jung und hübsch und lachend, wie auf dem Foto.

Ich schob es zwischen die Bilder, die vorne auf der Kommode standen. Auf dem einem saß ich als Baby auf einer Bank, zwischen meiner Mutter und Rosemarie, die Mamas älteste Freundin und meine Patentante war, das andere zeigte die beiden bei ihrer Pensionierungsfeier, bevor sie in dieses Haus gezogen waren, und das dritte mich beim Anschneiden der Torte an meinem dreißigsten Geburtstag, fröhlich lachend, doch unter der dünnen Schicht von Fröhlichkeit war mein Gesicht starr vor Schmerz, denn Jochen war noch kein Jahr tot gewesen.

An der Lampe lehnte mein Teddybär und sah mich mit seinen glänzenden schwarzen Augen an. Ich nahm ihn hoch, strich über sein Fell und spürte seine beruhigende Gegenwart, wie früher, im Dunkeln oder nach einem bösen Traum.

Später hatte ich Jochen, dachte ich, und dann Andreas, die waren auch so ein guter Schutz gegen Furcht und Finsternis. Obwohl man das eigentlich nicht vergleichen kann, Männer sind schließlich keine Teddybären, aber in diesem einen Punkt haben sie die gleiche Funktion.

Ich dachte an Maria und die Bären in ihrem Zimmer und wie viel Schutz sie gebraucht und nicht bekommen hatte.

Und Winfried fiel mir ein. »Ich bin einmal bei ihr zu Hause gewesen«, hatte er gesagt. »Diese Stofftiere! Wir sind schließlich nicht im Kindergarten.«

Doch, hatte ich gedacht, in gewisser Weise schon. Sie sind auch noch Kinder. Das ist es ja, was dich scharf macht. Aber so deutlich willst du nicht daran erinnert werden, nicht wahr?

Als ich sicher gewesen war, dass er Maria gekannt hatte, hatte ich ihn von mir geschoben.

»Was ist denn nun schon wieder los?«

»Schluss mit dem Gefummel, Winfried. Ich bin nicht fünfzehn, ich werde zweiunddreißig. Viel zu alt für Sie.«

Er starrte mich an.

»Ich bin private Ermittlerin und untersuche den Tod von Maria Silberhorn«, sagte ich.

Er wackelte fassungslos mit dem Kopf.

»Sie haben Maria gekannt, und Maria hat über Sie andere Männer kennen gelernt. Die kommen alle als Täter in Frage. Sie natürlich auch. Wenn Sie mir erzählen, was Sie wissen, bleibt es unter uns. Wenn nicht, gehe ich zur Polizei und zeige Sie an.«

Sein Gesicht wurde fahl und verlor seine Konturen, und er sah nicht mehr aus wie ein Gentleman. Alles, was von ihm übrig blieb, war ein ältlicher, kunstgebräunter Mann, der geil war auf junge Mädchen.

Es wurde sehr schwierig, mit ihm zu reden, denn er blieb fassungslos. Er konnte nicht glauben, dass dies ihm passierte, von allen Menschen ausgerechnet ihm, er fürchtete um sein Ansehen und seinen guten Ruf, was immer er darunter verstand, und zwischen Aufbegehren, Verzweiflung und Panik wurde er widerspenstig und quengelig wie ein Kind: »Warum soll ich überhaupt mit Ihnen reden? Es ist doch sowieso schon egal. Das ist mein Ende! Eine Katastrophe! Warum gerade ich?«

Weil er sich wie ein Kind aufführte, fing ich an, wie eine

strenge Mutter mit ihm zu reden, und das half ein bisschen.

Er hatte Maria durch ein anderes Mädchen kennen gelernt, er hatte mit ihr geschlafen und sie nach einer Weile mit anderen Männern bekannt gemacht, und dann hatte er sie aus den Augen verloren. Das war alles, mehr gab es dazu nicht zu sagen.

»Oh, doch. Wie alt war sie beim ersten Mal?«

Er zögerte, zu lange, er war nicht so geistesgegenwärtig wie Karl-Heinz Kauffmann.

»Sagen Sie mir die Wahrheit, Winfried. Es ist doch sowieso schon egal.«

»Zwölf«, sagte er.

»War sie noch Jungfrau?«

»Ach, keine Rede. Die war vielleicht abgebrüht, die Kleine. Nichts Mädchenhaftes, nichts Unschuldiges, gar nichts.«

Ich hätte ihn am liebsten geschlagen. Im Vergleich zu ihm war Karl-Heinz Kauffmann nachgerade charmant. Aber er hatte natürlich gelogen. Maria war nicht vierzehn gewesen, als er sie angesprochen hatte. Er war ihr erster Mann gewesen, vor Winfried, vor allen anderen, also musste sie zwölf gewesen sein. Vielleicht auch jünger.

»Wie ist das vor sich gegangen mit den anderen Männern, Winfried?«

Er hatte sie in seiner Wohnung miteinander bekannt gemacht, und dann hatten sie sich mit ihr zurückgezogen, in den Schlaftrakt, wie er das nannte. Für die Vermittlung und das Zur-Verfügung-Stellen der Räumlichkeiten hatte er eine Provision verlangt. So drückte er sich aus.

»Und sie? Hat sie Geld genommen?«

Er zögerte. »Genommen schon. Wenn man es ihr gegeben hat. Aber sie war nicht scharf darauf. Sie hat nie danach gefragt. Jedenfalls bei mir nicht. Irgendwie – irgendwie war es eher so, dass man noch froh sein musste, wenn sie es nahm.«

»Wie eine Prinzessin, nicht wahr?«

»So ungefähr«, sagte er. »Die war vielleicht arrogant, die kleine Nutte.«

»Sie war keine Nutte.«

Er fuhr auf: »Was wissen Sie denn schon davon?«

»Mehr als Sie.«

»Wenn Sie sowieso alles wissen, brauchen Sie mich ja nicht zu fragen. Ich sage kein Wort mehr.«

»Oh, doch. Wie ist es weiter gegangen?«

Nach einer Weile kam sie nicht mehr, sondern empfing die Männer bei sich zu Hause, und er sah sie nie wieder. Oder nein, einmal noch, da hatte er sie zufällig auf der Straße getroffen, und sie hatte ihm ihr Zimmer gezeigt, diese schreckliche Kleinmädchenbude, und danach hatte er dann wirklich genug gehabt von ihr.

Das war alles. Mehr wusste er nicht. Ob ich nicht endlich aufhören könnte, ihn zu quälen?

»Nein. Wo sind Sie gewesen am dreißigsten Dezember, zwischen elf und ein Uhr nachts?«

Er hob Schultern und Augenbrauen und tat sehr überlegen: »Keine Ahnung.«

»Denken Sie nach. Sehen Sie in Ihren Kalender.«

Er blätterte im Kalender, aber da stand nichts, also dachte er nach. Er hatte ein kleines Geschäft für gehobene Herrenausstattung gehabt, doch seit dem Tod seiner Mutter, die ihm ihr Haus vermacht hatte, arbeitete er nicht mehr und lebte von der Miete, die das Haus einbrachte. Vermutlich war es schwer, sich zu erinnern, was man an einem bestimmten Abend getan hatte, wenn man die ganze Zeit nichts tat.

»Ich weiß es wirklich nicht«, sagte er schließlich gereizt. »Wozu auch? Ich war es nicht, natürlich nicht, ich würde so etwas nie tun. Und jetzt reicht es, ich sage kein einziges Wort mehr.«

»Doch. Winfried! Ich brauche die Namen und Adressen

und alles, was Sie über die Männer wissen, mit denen Sie Maria bekannt gemacht haben.«

Er wand sich, das ginge nicht, das sei Denunziation, Verrat, das ginge gegen Anstand und Ehre, das könne ich nicht verlangen. Ich musste ihm fest versprechen, dass ich bestimmt niemandem sagen würde, von wem ich sie wusste, und dann rückte er mit Namen heraus und Telefonnummern und was er sonst noch alles über die Männer wusste.

Anstand und Ehre, dachte ich. Ach ja. Was würdest wohl du tun, damit keiner erfährt, dass du so was gar nicht hast?

Er war redselig geworden, nun, da er anderen schaden konnte, und ich hatte die Flucht ergriffen und Herrn Anadakadian angerufen und war unbeschreiblich erleichtert gewesen, in der frühsommerlichen Abendluft zu stehen und sein Taxi zu sehen und dann ihn: ein guter Mann, Gott sei Dank, kein abscheulicher armseliger Arsch.

Gute Männer. Jochen. Andreas.

Ich hatte noch manchmal bei ihm angerufen, wenn er bestimmt nicht da war, um seine Stimme auf dem Anrufbeantworter zu hören. Und ich hatte mir ausgemalt, dass er sich vielleicht doch melden würde, und ich würde sagen: Hallo, hier ist Anna, und er würde antworten: Anna, wie schön, dass du anrufst, ich habe so darauf gewartet!

Aber eines Nachmittags war eine andere Stimme auf dem Anrufbeantworter zu hören gewesen, melodiös und charmant: »Hallo, lieber Anrufer, dies ist der Anschluss von Andreas Moratt und Susanne von Rakorny, wir können gerade nicht ans Telefon gehen, bitte hinterlassen Sie uns eine Nachricht, wir rufen gerne zurück. Adieu!«

Es hatte so scharf geschnitten, dieses »Wir«, dieses »Uns«. Erst hatte ich gar nicht verstanden, was es bedeutete. Aber dann hatte mich das Begreifen überrollt wie eine dunkle Flut: Sie war zu ihm gezogen. Es war endgültig vorbei.

Ich drückte meinen Teddybär an mich. Hinter mir öffnete sich die Tür, und ich hörte die Stimme meiner Mutter: »Der

Kaffee ist fertig. Komm schnell, Anna, Rosemarie ist noch beim Einkaufen.«

Ich beeilte mich.

»Erzähl mir was«, sagte sie, nachdem ich den ersten Schluck Kaffee getrunken hatte. »Am Telefon redet es sich so schlecht. Wie geht es dir? Was macht die Firma?«

Und was ist mit deinem Freund, das willst du doch eigentlich wissen, dachte ich ärgerlich, aber dann sah ich ihr Gesicht und schluckte den Ärger runter.

Sie war alt geworden, seit ich sie zuletzt gesehen hatte, mager und müde, sie hätte um diese Zeit längst braun sein müssen, sie wurde so leicht braun, aber ihr Gesicht war immer noch gelblich blass. Nur ihr Haar war dicht und lockig wie immer, fast noch mehr als sonst, und das ergab einen seltsamen Kontrast zu dem schmalen blassen Gesicht.

»Ach, Mama«, sagte ich, »mir geht es gut und der Firma auch. Frag doch gleich nach Andreas.«

Sie lachte erleichtert. »Andreas heißt er also. Ein schöner Name. Gefällt mir.«

»Vergiss es«, sagte ich. »Wir sind auseinander. Seit einem halben Jahr.«

»Oh, Anna. Warum hast du mir denn nichts davon gesagt?«

Komische Frage, dachte ich. Weil wir das nie tun. Wir haben unsere Probleme immer alleine gelöst, jede für sich, unser Leben lang.

»Du erzählst mir ja auch nichts«, sagte ich.

»Schon«, sagte sie. »Aber ich bin deine Mutter.«

»Das spielt doch jetzt keine Rolle mehr.«

Sie sah in ihre Kaffeetasse. »Stimmt«, sagte sie nach einer Weile. »Wollen wir das ändern? Uns ein bisschen mehr erzählen?«

Sie sah auf. Sie war sehr verlegen, aber sie sprach tapfer weiter: »Ich möchte so gerne manches anders machen, solange ich – solange ich noch nicht zu alt dazu bin, zu unbeweglich, weißt du?»

Ich war auch sehr verlegen, so hatten wir noch nie miteinander geredet, und war ausnahmsweise froh, als Rosemarie zurück kam und das Zimmer mit ihrer lauten Stimme und dem starken Rosa ihres Jogginganzuges füllte, sodass für nichts anderes mehr Platz blieb.

7

Seine Werkstatt war eine seltsame Ansammlung von Bauten: An eine Art Scheune mit einem großen Tor und einem Taubenhaus auf dem Giebel schlossen sicht rechts zwei Schuppen an und links, entlang der Friedhofsmauer, eine Reihe kleiner Häuser, zwei aus Holz, drei aus Stein. Sie waren zu verschiedenen Zeiten einfach aneinander gebaut worden und hatten zweiflügelige Fenster mit Läden und hohe Dächer, von denen die beiden ersten noch mit Schindeln, die anderen mit Ziegeln gedeckt waren.

Immer standen alle Türen offen, und manchmal lehnte er in einer von ihnen und wartete auf mich.

»Ich wusste, dass Sie kommen«, sagte er und lächelte mit seinen grünlichen Augen.

»Woher haben Sie das gewusst?«, fragte ich und wunderte mich, dass ich so fließend sprechen konnte, wo doch mein Kopf leer war und mein Herz hämmerte und es mir außerdem vorkam, als würde ich fliegen.

»Ich denke immer an Sie«, sagte er. »Da weiß man so was.«

Darauf standen wir nur da und sahen uns an.

»Der Engel ist fertig«, sagte er nach einer Weile. »Wollen Sie ihn sehen?«

Ich folgte ihm in den Scheunenbau, in dem Steine aufeinander gestapelt waren und ganz vorne der Engel stand.

Er hatte sich verändert, seit ich ihn zuletzt gesehen hatte, er war schlanker geworden, sein Haar länger, sein Gesicht weicher. Er hatte nun starke Augenbrauen, und sein Mund war ziemlich breit. Zwischen zwei Fingern der linken Hand hielt er die Blüte einer Heckenrose.

»Er sieht ja aus wie ich.«

»Stört Sie hoffentlich nicht.«

»Ich weiß nicht«, sagte ich. »Es ist seltsam. Er ist sehr schön. Ein richtiger Engel. Schöner als ich.«

»Finde ich gar nicht«, sagte er.

Ich sah ihn jetzt lieber nicht an, ich sah weiter auf den Engel, aber ich spürte, wie seine Hand meine berührte, und öffnete meine Hand und schob sie in seine, die fest, warm und trocken war, wie seine Steine.

Seine Finger liebkosten meine Handfläche, meine Finger antworteten, das Strömen unter meiner Haut wurde stärker, und mein Schoß pulsierte. Es war wie ein Liebesakt, nein, es war einer, und ehe ich es mich versah, stöhnte ich laut und kam.

Ich stand im Halbdunkel der Scheune, spürte seine festen Finger in meiner Handfläche, hörte ihn heftig atmen, starrte auf mein eigenes Gesicht in Marmor und wusste nicht, was ich tun oder sagen und ob ich mich schämen sollte.

Er zog mich nach draußen ins Helle und sagte: »Es wird Zeit, dass ich mit dem Auftrag fertig werde. Sag der kleinen Dame, sie soll kommen und den Engel anschauen. So schnell wie möglich.«

Ich sah ihn an. Seine Augen waren dunkel geworden und sein Gesicht sehr rot. Auf dem Rot wirkten die Stoppeln seines Dreitagebartes wie Silber.

»Ja«, sagte ich. »Morgen. Hoffentlich gefällt er ihr.«

Wir lösten langsam unsere Hände voneinander.

»Bis morgen«, sagte er. »Hoffentlich gefällt er ihr.«

Er gefiel ihr nicht. Er war überhaupt nicht so, wie sie ihn hatte haben wollen, er hatte keine Ähnlichkeit mit dem erhabenen Flügelwesen, das im Hof stand, und ich sah, wie verstört und hilflos sie war.

Wir waren alle drei hilflos, wir sahen in unbehaglichem Schweigen auf den Engel, bis er sich räusperte.

»Sie brauchen ihn nicht zu nehmen«, sagte er. »Ich behalte ihn, und Sie gehen zu einem Kollegen und der macht

Ihnen genau so einen, wie Sie ihn haben wollten. Für einen guten Preis. Oder Sie kriegen den da draußen. Geschenkt.«

»Aber das kann ich nicht annehmen«, sagte Frau Silberhorn. »Sie haben sich so viel Mühe gemacht.«

»Überlassen Sie das nur mir.«

»Ich weiß nicht, ob das recht ist.«

»Aber ich.«

»Sie können doch nicht den ganzen Verlust tragen …«

Sein Gesicht wurde so finster, dass sie erschrocken schwieg, und dann standen wir wieder da und blickten auf den Engel.

Schließlich sagte Frau Silberhorn mit ganz kleiner, vorsichtiger Stimme: »Ich hätte gerne den im Hof, aber …«

Mir reichte es.

»Nichts aber«, sagte ich, hakte sie unter und zog sie mit mir. »Sie kriegen den im Hof. Geschenkt. Und jetzt gehen wir zu Maria.«

Sie kaufte noch einen der riesenhaften Rosensträuße, die sie auf Marias Grab zu legen pflegte, und dann gingen wir über den Friedhof und betrachteten die Grabsteine anderer Leute und deren Inschriften und besprachen die Inschrift für Maria, doch bevor wir ihr Grab erreichten, kam Wind auf, der Staub hoch wirbelte und Papier aus den Abfallkörben riss. Der Himmel wurde dunkel, und ein Gewitter brach über uns herein.

»Schnell weg hier«, schrie ich, »der Blitz könnte uns treffen.«

»Das ist mir egal!«, rief sie fröhlich. »Dann komme ich ja zu Maria.«

Aber mir nicht, dachte ich. Noch nicht jedenfalls. Erst will ich noch zu ihm.

Ich nahm sie an der Hand und rannte mit ihr bis unter die Arkaden der alten Friedhofsmauer. Auf der Steinbank vor der Urnengräberwand saß schon jemand, eine kleine dicke Frau, die eine Schiebermütze trug und eine Sonnenbrille und viel billigen Schmuck an Fingern und Handgelenken.

Sie betrachtete uns interessiert durch ihre Sonnenbrille und fragte, wen wir besuchten, sie selber sei auf dem Weg zu ihrem Mann, den sie vor kurzem verloren habe, fügte sie hinzu, und Frau Silberhorn und sie vertieften sich in ein leidenschaftliches Gespräch über die geliebten Verblichenen.

Ich saß daneben, starrte missmutig auf die Wand des Wassers, das vom Himmel fiel, horchte auf den Donner und sah nach den Blitzen und hoffte, dass es bald vorbei sein würde. Dass ich hinüberlaufen könnte. Dass er noch da sein würde. Aber es nahm kein Ende.

Irgendwann unterbrach die kleine Frau ihr Gespräch mit Frau Silberhorn und fing an, laut zu beten: »Lieber Gott, bitte lass den Regen aufhören, damit ich heute noch an das Grab von meinem lieben Mann komme.«

Ich war beeindruckt von ihrer Kühnheit, ich hätte nie gewagt, Gott zu bitten, das Wetter zu beeinflussen, ganz gleich, aus welchem Grund, aber vielleicht hatte sie ja Erfahrung damit, und tatsächlich, kaum hatte sie geendet, donnerte es noch einmal kurz, und der Regen ließ nach.

»Sehen Sie«, sagte sie, »er hat mich gehört«, und wandte sich wieder Frau Silberhorn zu.

Doch wenn Gott sie gehört hatte, dann hatte er nicht die Absicht, ihre Bitte zu erfüllen, denn das Gewitter kehrte mit neuer Gewalt zurück.

Schließlich hielt ich es nicht mehr aus.

»Aber die Blitze!«, sagte Frau Silberhorn, und die kleine Frau schüttelte missbilligend den Kopf.

Die Werkstatt lag still, als ich keuchend im Hof stand, die Türen waren geschlossen, und auch der Engel mit den Flügeln war fort. Ich stellte mich unter das Vordach der Scheune und starrte auf das Firmenschild über der Bürotür: Marek Amberger, Steinmetz und Bildhauer.

Wenn ich die kleine dicke Frau wäre, dachte ich, würde

ich Gott jetzt bitten, dass er kommt. Aber ich habe nicht ihr Vertrauen. Und nicht ihre Kühnheit.

Die Bürotür öffnete sich, er trat auf die Schwelle und sah zum Himmel hinauf, dann blickte er in den Hof und sah mich und rannte durch den Regen herüber.

»Du! Du bist doch gekommen.«

Ich nickte.

»Du bist ja ganz nass. Und atemlos. Bist du durch das Gewitter gelaufen?«

Ich nickte wieder.

Er lächelte, und seine Augen leuchteten grün in seinem nassen geröteten Gesicht.

»Ich frage mich manchmal, wo das enden soll«, sagte Frau Beifuss und blickte mit großer Geste um sich, als frage sie die ganze Welt.

»Keine Ahnung«, sagte ich.

»Wo alles einmal endet«, sagte Herr Fischler dumpf. »Im Grab.« Er hörte auf, im Zeitschriftenfach zu kramen, und schlurfte aus dem Zimmer.

»Sehen Sie, das ist es, was ich meine – zum Beispiel«, sagte sie. »Er ist ein Häufchen Elend, es ist nicht zum Ansehen. Diese Frau hat ihn verlassen, Sie wissen schon, die, wegen der er montags immer so erschöpft war. Aber glauben Sie, es geht ihm besser? Es geht ihm schlechter. Er trauert ihr nach. Er isst nichts, er trinkt den ganzen Tag nur Kaffee. Schwarz. Er vergisst alles. Wenn ich ihn nicht ständig erinnern würde …«

»Ich vergesse auch so viel in letzter Zeit«, sagte ich. »Ich bin wirklich froh, dass Sie da sind.«

»Eben. Wo würde das enden? Das ist es, was ich meine. Aber Ihnen geht es ja wenigstens gut dabei. Richtig hübsch sehen Sie aus. Rund sind Sie geworden. Und Sie haben so rote Backen.«

Sie brachte es fertig, dass ich mir vorkam wie »Heidi«. Aber sie meinte es gut. Hoffentlich.

Das Telefon klingelte.

»Auskünfte und Ermittlungen, Sandra Beifuss?« Sie lauschte und runzelte die Stirn und ließ die Sprechmuschel langsam und widerwillig an ihren Busen gleiten: »Für Sie, Frau Wolf. Dieser Herr Amberger.«

Ich ging in mein Zimmer und machte die Türe hinter mir zu.

»Hallo, Anna«, sagte Marek.

»Bitte, Marek«, sagte ich. »Ruf mich direkt an. Sie fängt wieder an mich zu hassen, wenn sie rauskriegt, dass du – dass ich …«

»Geht mich natürlich nichts an«, sagte er, »aber ist es nicht allmählich Zeit, dass sie erfährt, dass du nicht auch tot bist, wie dein Mann?«

»Schon«, sagte ich. »Aber nicht gerade jetzt. Sie ist furchtbar, wenn sie einen hasst.«

»Mich hasst sie schon«, sagte er. »Deshalb rede ich ja so gerne mit ihr. Ich mag Frauen mit starken Gefühlen. Wie mag es wohl sein, wenn sie einen liebt?«

Komisch, dachte ich. Ich weiß gar nicht, ob sie jemanden liebt. Außer ihrer Mutter.

»Ich habe Zeit heute Abend. Du auch?«

»Ich komme«, sagte ich. »Sobald ich hier fertig bin.«

Ich wandte mich wieder dem Computer zu. »Männer Maria (Aussage Winfried S. mit Ergänzungen)«, hatte ich zuletzt geschrieben: »*Dr. Dietrich, Joachim,* zweiundfünfzig, Rechtsanwalt, verheiratet, zwei Töchter, Haus am Park. Tätigkeitsschwerpunkte: Arbeitsrecht und Arzthaftungsrecht. *Dr. Kammheber, Klaus,* sechsundsechzig, pensionierter Schulleiter, verheiratet. *Littner, Anton,* einundsechzig, Bauunternehmer, wohlhabend, geschieden. Baut Häuser mit teuren Eigentumswohnungen wie ›Palais Röntgenplatz‹ oder ›Residenz am Schlossrondell‹, die er verkauft. *Nippes, Peter,* zweiundvierzig, Journalist, verheiratet, eine Tochter, ein Sohn, schreibt für liberale, auch linke

Zeitungen und Zeitschriften. Autor mehrerer Bücher. Lebt in Köln.«

Ich hatte mit Dr. Dietrich angefangen, in seiner Kanzlei angerufen und nach einem Termin gefragt, wegen einer missglückten kosmetischen Operation. Ich hatte mir genau überlegt, was für eine Operation das war und warum ich sie für missglückt hielt, aber das wollte seine Sekretärin gar nicht wissen.

»Dr. Dietrich macht Arzthaftungsrecht nicht mehr«, sagte sie. »Ich gebe Ihnen einen Termin bei Dr. Mailinger.«

»Aber ich muss unbedingt zu Dr. Dietrich.«

»Dr. Mailinger ist ausgewiesener Fachmann für solche Fälle«, sagte sie. »Fast noch mehr als Dr. Dietrich.«

»Ja, schon«, sagte ich, »aber ...«

Na komm, Anna, was aber? Lass dir was einfallen!

»Ich will nur zu Dr. Dietrich. Dr. Dietrich ist – ist mir so empfohlen worden, wissen Sie. Ich soll nur zu Dr. Dietrich gehen.«

»Ach, wirklich? Von wem denn?«

»Ja, also – wenn ich das wüsste ... Es war auf einem Fest, da empfahl mir jemand Dr. Dietrich. Er war auch Anwalt, und er sagte, gehen Sie nur zu Dr. Dietrich, das müssen Sie mir fest versprechen, dass Sie nur zu Dr. Dietrich gehen, Dr. Dietrich ist ein Könner im Arzthaftungsrecht. Einer der ganz wenigen wirklichen Könner!«

»Ach, wirklich?«, wiederholte sie erschüttert. »Ja, dann – lassen Sie mich schauen.« Sie seufzte. »Diese Woche ist alles voll. Außer – wenn Sie heute gleich könnten? Um halb eins?«

Dr. Dietrich gefiel mir, und das nicht erst jetzt. Er hatte mir schon gefallen, als ich ihn im roten Fenster gesehen hatte. Besser als die anderen jedenfalls. Er war immer sehr zärtlich zu ihr gewesen, hatte manchmal einfach nur dagesessen und sie auf dem Schoß gehalten und gestreichelt.

Er kam mir lächelnd entgegen, gab mir die Hand und

sagte: »Da hat mich aber jemand weit über den grünen Klee gelobt. Ich fürchte, dass ich Ihre Erwartungen enttäuschen muss. Aber ich will mein Bestes tun. Bitte setzen Sie sich. Wie kann ich Ihnen helfen?«

Er war groß und schlank und wirkte sehr jung – jung und schüchtern, und als habe er sich mit dem angegrauten Haar, dem Schnurrbart und dem gediegenen Anzug nur als Erwachsener verkleidet.

»Ich fürchte, ich muss Sie auch enttäuschen«, sagte ich. »Ich wollte unbedingt zu Ihnen, aber nicht als Klientin. Ich bin private Ermittlerin und untersuche den Tod von Maria Silberhorn. Sie haben sie gut gekannt, nicht wahr?«

Sein Lächeln erlosch, und seine Augen weiteten sich vor Schrecken, doch dann wurde sein Gesicht ganz ruhig.

»Ach so«, sagte er, »aha«, und lehnte sich mit einem Aufseufzen in seinem Sessel zurück, wie jemand, der erleichtert zur Kenntnis nimmt, dass etwas eingetreten ist, was er schon lange erwartet hat. Erleichtert, obwohl es nichts Gutes ist.

Ich sagte mein Sprüchlein auf: »Sie sind ein wichtiger Zeuge und kämen auch als Täter in Betracht, und eigentlich müsste ich zur Polizei gehen, aber wenn Sie meine Fragen beantworten, tue ich es nicht.«

»Aha«, sagte er wieder. »Und wer oder was ermächtigt Sie, erstens, als Ermittlerin zu agieren, und das, zweitens, in dieser Angelegenheit zu tun?«

Das war mal eine gute Frage.

»Ich habe das Ermittlungsbüro von meinem Mann geerbt, als er starb«, sagte ich, »vor fast drei Jahren. Marias Mutter hat mich gebeten, Marias Tod zu untersuchen. Weil es ihr bei der Polizei nicht schnell genug geht und sie es nicht erträgt, dass nichts geschieht.«

Er machte ein zweifelndes Gesicht. Ich fand es auch nicht sehr beeindruckend.

»Es gibt etwas anderes, das mich ermächtigt«, sagte ich

und erzählte ihm, was ich im roten Fenster gesehen hatte. Nicht nur von ihm, sondern auch von den anderen. Ziemlich ausführlich und ziemlich detailliert.

»Gut«, sagte er, als ich fertig war. »Ich frage nicht, woher Sie das wissen und warum Sie damit nicht wirklich zur Polizei gehen. Ich kann ja froh sein, wenn Sie es nicht tun.«

Er ließ Kaffee kommen und sagte seiner Sekretärin, er wolle bis zum nächsten Termin nicht gestört werden. Dann lehnte er sich zurück und sah mich erwartungsvoll an.

»Erzählen Sie einfach. Wann haben Sie Maria kennen gelernt, zum Beispiel? Wie alt war sie da?«

Es war kurz vor ihrem dreizehnten Geburtstag gewesen, bei Winfried. Er hatte sie bei einem Glas Sekt miteinander bekannt gemacht und sich dann zurückgezogen, und sie waren bald hinüber gegangen in Winfrieds Schlafzimmer.

Er hatte sich sofort heftig in sie verliebt.

»Sie war so reizend«, sagte er. »Das können Sie sich nicht vorstellen.«

»Doch«, sagte ich. »Wie die Prinzessin im Märchen, nicht?«

Er lächelte. »So ungefähr. Aber es war viel besser als im Märchen. Ich bekam die Prinzessin. Und das sofort.«

Klar, dachte ich. Wenn man die Prinzessin in einer Art Privatpuff kennen lernt. In einem für kleine Mädchen.

Dieser Gedanke war ihm wohl auch gekommen, denn sein Lächeln verzerrte sich, und er wurde rot.

Er war ihr dritter Mann, jedenfalls sagte sie ihm das, als er sie fragte – nach Karl-Heinz Kauffmann und Winfried, dachte ich –, und er wäre es gerne geblieben. Er wollte sie für sich, ihr irgendwann eine kleine Wohnung einrichten, ihr eine gute Ausbildung finanzieren.

Aber sie wollte nicht. Sie lernte noch mehr Männer kennen, schlief mit ihnen und machte ihn quälend eifersüchtig. Und weil sie Winfried nicht mochte, beschloss sie eines Tages, dass die Männer nun zu ihr kommen mussten, in die

Wohnung ihrer Mutter, in ihr Zimmer mit den Bären und den Rosen.

»Ich fand es ziemlich schrecklich. Nicht nur, weil ihre Mutter zwei Zimmer weiter schlief. Sie wohnte in einer eher unerfreulichen Gegend, in der Nähe des Bahnhofs, wissen Sie, in einem Haus, das reichlich renovierungsbedürftig war ...« Er schüttelte sich. »Ich hätte sie so gerne da rausgeholt. Nur ihr Zimmer, das war ganz reizend. So wie sie.«

Die Gegend ist auch reizend, dachte ich. Aber das siehst du natürlich nicht, du mit deiner Villa am Park.

»Wollte sie Geld von Ihnen?«

»Nie! Ich habe ihr trotzdem was gegeben, regelmäßig, damit sie versorgt war, für Notfälle, oder sich auch mal was leisten konnte.«

»Wie viel?«

»Zweihundertfünfzig im Monat.«

»Wie lange?«

»Solange wir uns kannten«, sagte er. »Bis zu ihrem Tod. Zweieinhalb Jahre ungefähr.«

Ich rechnete nach. Das waren fast achttausend. Wo war das Geld geblieben? Sie hatte kein Sparbuch gehabt, in ihrem Zimmer war es nicht, sie hatte sich auch nichts dafür gekauft. Ich hatte alles gründlich durchgesehen, vor allem ihr Schmuckkästchen und ihren Kleiderschrank, und nichts gefunden, dessen Herkunft ihrer Mutter geheimnisvoll erschienen war. Oder das auffallend teuer gewesen wäre.

»Ach ja«, sagte er, »in den letzten Monaten wollte sie nicht mehr, dass ich zu ihr nach Hause kam.«

»Wissen Sie, warum?«

»Sie sagte, dass jemand sie angesprochen hätte, wegen dem, was in ihrem Zimmer vor sich ging, irgendwer, ich weiß nicht, wer es war.«

Ach so, dachte ich. Darum war ihr Fenster danach immer dunkel. Und darum hat die Polizei in ihrem Zimmer auch nichts von den Männern gefunden, nicht die geringste Spur.

Frau Silberhorn hat fast drei Monate Zeit gehabt zum Putzen.

»Ich habe uns dann was im Hotel gemietet – was Feines, mit Salon und Marmorbad. Das hat ihr großen Spaß gemacht.« Er lächelte bei der Erinnerung.

Er schwieg, ich auch, er dachte an sie, und ich sah ihm dabei zu, dann sagte er: »Ich habe Fotos von ihr. Wollen Sie sie sehen?«

Ich nickte.

Er nahm ein Bild von der Wand, hinter dem sich ein kleiner Tresor befand, öffnete ihn mit einem Schlüssel an seinem Schlüsselbund und kam mit einem Umschlag zurück.

»Sehen Sie«, sagte er und breitete die Bilder vor mir auf dem Tisch aus. Es waren vor allem Schnappschüsse, Momentaufnahmen einer fröhlichen und zuweilen überwältigend kindlichen Maria, an einem Tisch auf einer Restaurantterrasse, vor einem teuren schwarzen Sportwagen, am Ufer eines Badesees in einem rosenroten Bikini, mit einer Eistüte in der Hand vor den Fontänen eines Brunnens, auf einem Volksfest mit einem riesigen Plüschbären im Arm. Er saß am Fußende ihres Bettes.

Aber es gab auch eine Serie von Bildern, die er in der Hotelsuite gemacht hatte, Schwarz-Weiß-Fotos, die sie nackt auf einem Sofa zeigten, und auf denen sie kühl und erwachsen wirkte und sehr schön war.

»Schön«, sagte ich.

»Ja, nicht wahr?« Er sah auf, zum Fenster hin, und sein Blick verlor sich. Nach einer Weile atmete er tief, legte die Fotos langsam und sorgfältig aufeinander, schob sie in den Umschlag und reichte ihn mir: »Darf ich sie Ihnen geben? Mir tun sie nur weh, und es ist ohnehin ziemlich riskant, sie aufzubewahren. Jetzt erst recht.«

»Was glauben Sie«, fragte ich, »warum tat sie das, mit all diesen Männern schlafen?«

Er hob die Schultern: »Ich weiß es nicht. Ich habe sie gefragt …« Er lächelte schief. »Die typische Freierfrage, wenn sie auch keine Hure war: Das ist doch nichts für dich, warum machst du so was? Weil ich es will, hat sie gesagt. Mehr nicht, mehr sagte sie nicht dazu. Aber warum sie es wollte? Ich weiß es nicht.«

»Wer könnte sie getötet haben? Und warum?«

»Das frage ich mich auch. Ich habe nicht die geringste Ahnung. War sie schwanger?«

Ich schüttelte den Kopf und schob ihm ein Blatt Papier hin, mit einer genauen Beschreibung all der anderen Männer.

»Kennen Sie einen von denen? Oder haben Sie vielleicht mal einen gesehen?«

Er las sorgfältig und überlegte ernsthaft.

»Den habe ich, glaube ich, gesehen«, sagte er und tippte auf die Beschreibung von Peter Nippes. »Im Flur bei Herrn Schwörer oder unten vor dem Haus. Aber ich bin mir nicht sicher.«

»Kennen Sie noch andere Männer, mit denen Maria Kontakt hatte?«

Er schüttelte den Kopf. »Nein. Aber auch wenn – ich würde es Ihnen nicht sagen. So was mache ich nicht.«

Ich sah auf seine schmalen blassen Hände mit dem breiten Ehering an der einen und einem schönen alten Herrenring an der anderen, aus rötlichem Gold, mit einem großen Brillanten.

»Eine Zwölfjährige in einem Privatpuff ficken, das machen Sie schon.«

Er richtete sich auf und sah mich an: »Sie wollte es. Und mir schien, sie wusste, was sie wollte und was sie tat.«

»Würden Sie das auch bei Ihren Töchtern sagen?«

Seine Augen trübten sich, und sein Gesicht lief rot an, in einem ungesunden, bläulichen Rot.

»Was wissen Sie von meinen Töchtern?«

»Nichts«, sagte ich. »Nur dass Sie welche haben. Und dass sie ungefähr in Marias Alter sind.«

Ekel verzog seinen Mund, seine Augen wurden kalt, und er machte eine heftige Handbewegung, als wolle er mir verbieten, seine Töchter zu erwähnen, in diesem Zusammenhang, in einem Atemzug mit Maria.

Wenn Maria von ihnen gesprochen hätte, dachte ich, gefragt, wie sie aussehen, wie sie heißen, was sie machen, Interesse an seinem Zuhause und seiner Familie gezeigt hätte und womöglich die Sehnsucht, dazuzugehören? Hätte er da auch so reagiert: kalt, angeekelt, aggressiv?

»Wo waren Sie«, fragte ich, »am dreißigsten Dezember zwischen elf und ein Uhr nachts?«

»Im Winterurlaub, mit meiner Familie«, sagte er, und sein Gesicht war wieder glatt und freundlich. »In Vorarlberg ... Das heißt, ich habe in der Woche noch gearbeitet und bin erst später gefahren, am Freitag, gegen Abend. Freitag, das war ja wohl der dreißigste, oder?«

Ich hatte mir den Namen und die Telefonnummer seines Hotels notiert und war aufgestanden.

»Danke für Ihre Hilfe.«

»Nichts zu danken«, hatte er gesagt. »Ich danke Ihnen.«

Ich hatte nicht gefragt, wofür. Ich hatte es gar nicht wissen wollen.

Mareks Bett stand unter dem Fenster, und ich konnte direkt in den Himmel sehen. Er war weit und zartblau und so klar, als sei er frisch gewaschen.

Ich setzte mich auf und öffnete den angelehnten Fensterflügel. Es hatte in der Nacht geregnet, der Efeu an der Friedhofsmauer war nass, die Platten des Hofes auch, und Mareks Wäsche hing feucht und schwer an der Leine. Es war sehr früh, die Sonne war noch nicht zu sehen, nur die Schwalben schossen schon durch den Himmel, mit gedämpften Rufen, als nähmen sie Rücksicht auf die schlafende Welt.

Ich sah wieder hinunter in den Hof, auf die Bank, auf der

wir gestern Nacht gesessen und Rotwein getrunken hatten, auf die Töpfe und Kästen mit Geranien, Bohnenranken und Kräutern, und hatte plötzlich das Gefühl, dies sei ein Film, den ich schon mal gesehen hatte, und ein trauriger dazu.

Ich kroch zurück unter die Decke und lauschte nach draußen und hoffte, dass er bald zurück käme vom Laufen und mir die Angst nehmen würde und die Traurigkeit, und darüber schlief ich ein und wurde erst wieder wach, als ich seine Hand zwischen meinen Beinen fühlte und seinen Körper an meinem, feucht und kühl vom Duschen.

Ich war noch weich und wund von der Liebe der letzten Nacht, aber ich ließ mich von ihm auf den Bauch drehen und von seinen kräftigen Händen an den Hüften hochziehen. Er konnte mich immer haben, und ich mochte es, wenn er mich einfach nahm, ohne Wort, ohne Frage, und schämte mich deswegen, aber selbst die Scham war noch erregend.

Er kam mit einem leisen Seufzer, ließ sich auf den Rücken fallen, zog mich an sich, bettete meinen Kopf auf seiner Schulter, legte sein Bein über meine und seine Füße an meine Füße und war erst zufrieden, als wir fest ineinander ruhten und uns überall berührten. Als brauchte er nach den Unwägbarkeiten der Lust die warme Versicherung der Nähe.

»So ist es gut«, murmelte er. »Weck mich, wenn ich einschlafe.«

Ich murmelte auch etwas und wartete darauf, dass er einschlief, und dann lag ich da, eingehüllt in seine Wärme, das Geräusch seines Atems und den Geruch seiner Haut.

Irgendwann zuckte er: »Jetzt bin ich doch eingeschlafen. Du weckst mich nie.«

»Ich mag es, wenn du schläfst und mich hältst«, sagte ich. »Bleib liegen, ich mache Frühstück.«

»Nichts da außer Kaffee. Lass uns rübergehen zu Frau Seelig.«

»Ah, der Herr Marek und das Fräulein Anna«, sagte Frau Seelig und ließ ihre Kaffeemaschine zischen. »Guten Morgen. Das Große mit Kaffee für den Herrn Marek. Wie immer. Für Sie auch, Fräulein Anna?«

Ich unterdrückte ein Kichern und nickte.

»Lach nicht«, sagte Marek leise. »Du hast ihr gefallen, wenn sie dich mit Vornamen nennt. Sei lieber froh. Wenn sie wen nicht mag, wird es schwierig mit ihr. Dann müssten wir woanders frühstücken.«

»Kommt das häufiger vor? Dass sie wen nicht mag?«

»Wieso? Wen meinst du?«

»Ich weiß nicht – wen auch immer«, sagte ich vage.

»Ach so«, sagte er, »eher selten. Ich bin nicht so oft mit Frauen hier. Ich habe nicht so viele Frauen.«

Ich lächelte Frau Seelig zu, die geschäftig Brot, Butter, Marmelade und Orangensaft auf dem Tisch gruppierte, und griff nach einem Croissant.

»Ich weiß, was wir machen«, sagte Marek, als er mit dem Rührei fertig war und mit einer Brotkruste über den Teller wischte. »Wir fahren aufs Land.«

»Wohin?«

»Das wirst du schon sehen«, sagte er. »Eine Überraschung. Aber da draußen gibt es nichts zu essen. Ich frage Frau Seelig, ob sie uns belegte Brote einpackt. Und eine Thermoskanne mit Kaffee.«

Wir fuhren in seinem hellgrünen Lieferwagen mit der roten Firmenaufschrift hinaus, ein Stück die Autobahn entlang, über Landstraßen, durch Dörfer und winzige Weiler, vorbei an Feldern und Wegrandkapellen, bis er hielt.

»Da sind wir«, sagte er.

»Hier?« Wir waren auf einer weiten freien Fläche, wo es nichts gab als zuweilen ein paar Büsche und Bäume, so weit das Auge reichte. »Aber hier ist doch nichts.«

»Eben«, sagte er. Er griff nach der Tüte mit den belegten Broten. »Komm mit.«

Er nahm meine Hand, und wir gingen die Straße entlang, bis zu einer größeren Gruppe von Büschen und Bäumen.

Von der Straße zweigten Wege ab, aus Kies oder Asphalt, die zu Quadraten oder Rechtecken führten, die aussahen wie Hausgrundrisse. Sie waren umgeben von Rasenstücken und Erdflächen, die vielleicht einmal Beete gewesen waren.

»Was ist das?«, fragte ich.

»Das war mal ein Dorf«, sagte er. Er machte eine weit ausholende Bewegung. »Es gab noch eins. Und ein paar Bauernhöfe.«

»Aber wo ist das alles geblieben?«

»Hier bauen sie den neuen Flughafen. Die Leute sind entschädigt worden und haben jetzt woanders neue Häuser. Bessere wahrscheinlich, modernere. Aber das hier war ihre Heimat.«

»Das ist ja schrecklich!«

»Ja«, sagte er. »Aber irgendwie ist es auch schön.« Er breitete die Arme aus. »Sieh doch nur … Es ist so weit und frei.«

Am Dorfplatz, um den sich die Hausgrundrisse kreisförmig gruppierten, standen mächtige alte Kastanien.

»Als Nächstes schlagen sie die Bäume. Und dann wird alles zubetoniert. Vorher wollte ich noch mal hierher.«

Am Ausgang des Dorfes gab es an einem Weiher eine Wiese, umwuchert von Holunderbüschen und Brennnesseln. Wir setzten uns ins hohe Gras, aßen die Brote und tranken den Kaffee, hörten auf die trägen mittäglichen Vogelstimmen und das Summen der Insekten, und plötzlich war es schön. Als ob jemand die Welt berührt und angehalten hatte. Als ob es nichts mehr gab, das uns vom Wirklichen ablenken konnte. Und was immer das Wirkliche war, hier schien es, als wären wir ihm ganz nahe.

8

Anton Littner hatte sein Büro in seinem Haus. Sein Haus lag in einem Prominentenort an einem Prominentensee und war eine riesige rustikale Scheußlichkeit mit Sicherheitstor und vier Garagen und einem Fahnenmast auf dem Dach, an dem die deutsche Fahne hing. Es lag auf einem parkartigen Seegrundstück, das wunderschön gewesen wäre, wenn sich jemand mit ein paar Sprengsätzen des Hauses angenommen hätte.

Herr Anadakadian fuhr langsam daran vorbei. Er sagte nichts, aber er hatte eine anschauliche Art auszudrücken, was er dachte. Er drückte das Kinn herunter, runzelte die Stirn, presste die Lippen unter dem schwarzen Schnurrbart zusammen und sah aus wie jemand, der denkt: hassenswert.

Er wendete, fuhr zurück und hielt vor dem Tor.

»Ich warte hier«, sagte er. »Haben Sie meine Nummer?«

»Gespeichert«, sagte ich. »Aber es kann dauern.«

Er machte das Steingesicht, das er immer machte, wenn er etwas keiner Reaktion für würdig befand.

Ich drückte auf den bronzenen Klingelknopf, nannte der Lautsprecherstimme meinen Namen und musste mich mit meinem ganzen Körper gegen das Gittertor lehnen, damit es sich öffnete.

Das Büro befand sich in einem weitläufigen Anbau, es gab eine weitläufige Empfangshalle und eine Empfangsdame, die mich in einen weitläufigen Raum geleitete: »Einen Moment noch, Herr Littner ist gleich für Sie da, Frau Wolf. Darf ich Ihnen einen Kaffee bringen?«

Ich trank den Kaffee und betrachtete die Titelbilder der Hochglanzzeitschriften auf dem Glastisch und das Meublement, das aus einem Einrichtungshaus für reiche Leute stammte, die für ihr gutes Geld was sehen wollten: teure Stoffe, schwere Teppiche, Kristallglas, Blattvergoldung und ein paar schöne alte Möbel und Bilder, die in dem fetten Luxus leblos und verloren wirkten.

Die Frau kam wieder, sagte: »Bitte, Frau Wolf. Herr Littner lässt bitten«, und führte mich in eine Art Saal, der noch reicher möbliert war und eine überwältigende Aussicht auf den See hatte. Hinter einem großen Schreibtisch stand Anton Littner auf.

Er war der Mann, den ich zuerst bei Maria im roten Fenster gesehen hatte und noch oft danach: mittelgroß und dicklich, mit runden Schultern und einem dunklen Haarkranz unter einer großen Glatze.

Ich sah seinen fetten Rücken wieder vor mir, den bleichen Hintern, die kleinen dunklen Hände – sie waren stark behaart, darum waren sie mir so dunkel erschienen –, die grob nach ihrem Körper griffen. Ich hatte ihn besonders widerlich gefunden, beinahe übelkeitserregend, und nun stand er hier, in einem teuren Anzug, der seinen Bauch verbarg, und lächelte mich liebenswürdig an.

Er bot mir einen Platz auf einem der Sofas vor der Fensterfront an, ließ Kaffee und Gebäck kommen und blickte auf den Zettel, der neben seine Kaffeetasse lag: »Sie wollten mich sprechen, weil Sie etwas Besonderes suchen. Eine Exklusivimmobilie. Die Gräfin Tauentzien hat uns empfohlen, aha …« Er überlegte, wer sie war, er kam nicht drauf, natürlich nicht, denn es gab sie nicht. »Sehr schön. Das freut mich. An was hatten Sie gedacht?«

»An Informationen«, sagte ich. »Ich bin private Ermittlerin und untersuche den Tod von Maria Silberhorn. Sie haben sie gut gekannt. Vielleicht haben Sie ihr etwas getan, vielleicht sind Sie nur Zeuge. Wenn Sie mir sagen, was ich wissen will, gehe ich nicht zur Polizei.«

Er zeigte keinen Schrecken und keine Fassungslosigkeit,

wie die anderen, sondern schüttelte den Kopf, lachte, halb verblüfft, halb amüsiert, und wies auf den Zettel: »Und das stimmt alles nicht?«

»Nein.«

Er musterte mein Gesicht, meinen Körper, meine Kleidung: »Und du bist nicht zufällig eine kleine Nutte, die von einer anderen kleinen Nutte dies und das gehört hat und sich nun was abholen will bei mir? Damit du nicht zur Polizei gehst?«

Diesmal war die Fassungslosigkeit mein Teil. So etwas war mir noch nie passiert. Nie hatte jemand so mit mir gesprochen. Ich starrte in seine fragenden Augen und wusste nicht weiter.

Er wartete eine Weile, dann räusperte er sich, zog die Augenbrauen hoch und sah mich auffordernd an.

Na los, Anna, du bist dran. Sag was. Tu was. Tu wenigstens so, als ob.

Ich holte eine Geschäftskarte aus der Tasche und schob sie ihm hin: »Das ist mein Ermittlungsbüro.«

»Ihres? Dafür sehen Sie mir ein bisschen jung aus.«

»Ich bin zweiunddreißig. Ich habe es von meinem verstorbenen Mann geerbt.«

»Mein Beileid.«

»Ich stehe in engem Kontakt mit der Polizei. Vor allem mit Herbert Gobineau, der die Ermittlungen im Fall Maria Silberhorn leitet.«

Das klang geschwollen und war stark übertrieben, aber ich fand es beeindruckend.

Er nicht. Er holte aus einem alten Schrank eine Flasche und zwei Cognacgläser, schenkte ein, schob mir eines hin und nahm einen Schluck aus seinem.

»Und was wissen Sie nun?«

Ich erzählte ihm, was ich gesehen hatte, wenn er bei Maria gewesen war.

»Sie wissen was«, sagte er, als ich fertig war. »Gut. Gehen

Sie zur Polizei damit, das stört mich nicht. Ich habe keine Frau, die mir Szenen macht, und was die Leute von mir denken, ist mir egal. Ich ficke gerne kleine Mädchen, das ist so. Keine Kinder, wohlgemerkt!« Er hob den Zeigefinger. »Das wollen wir festhalten. Sie sollten schon ein bisschen was dran haben. Wie Maria. So habe ich es gerne. Und jeder wird mir glauben, dass ich sie für sechzehn gehalten habe. Mindestens. Und dass ich sie nicht umgebracht habe. Warum sollte ich? Ich nehme mir einen guten Anwalt.«

Ich wusste wieder nicht, was ich tun sollte. Es gab wohl nichts mehr zu tun. Ich konnte nur noch gehen.

Ich griff nach meiner Karte, doch bevor ich aufstehen konnte, sagte er: »Nun laufen Sie doch nicht weg. Ich erzähle Ihnen ja, was Sie wissen wollen. Glauben Sie, mir ist egal, was der Kleinen passiert ist? Sie war eine Süße, mit einer tollen Figur, und hat immer einen guten Job gemacht. Trinken Sie mal einen Schluck von dem Cognac, der ist gut – nein, ich habe was anderes, das mögen Sie bestimmt.«

Er brachte mir ein Glas mit etwas Grünem darin, das süß und würzig und wunderbar schmeckte. Es war unmöglich, bei einer Zeugenvernehmung Alkohol zu trinken, aber dies war auch eine unmögliche Zeugenvernehmung, also war es schon egal.

Er erzählte mir nichts Neues, im Gegenteil, es erinnerte mich sehr an das, was ich schon gehört hatte. Sie war gerade dreizehn geworden, als er sie bei Winfried kennen gelernt hatte, sie hatte keine Umstände gemacht, »nie zickig und immer zu allem bereit«, sie hatte nie nach Geld gefragt, er hatte ihr aber welches gegeben, »wer einen guten Job macht, soll auch dafür bezahlt werden, und zwar anständig«, er hatte sie immer wieder besucht und war nicht von ihr losgekommen, sie war irgendwie etwas Besonderes gewesen. Im Gegensatz zu den anderen war er gerne in ihrem Zimmer gewesen, denn es hatte ihn angemacht, sie »zwischen dem ganzen Kinderkram so richtig ranzunehmen«.

Was bist du doch für ein bezaubernder Mann, dachte ich.

»Was glauben Sie?«, fragte ich. »Warum hat sie mit all diesen Männern geschlafen?«

»Warum tun Frauen das? Geld, Dummheit, Geilheit? Obwohl – geil oder dumm war sie nicht, und Geld wollte sie nicht. Ich glaube, es machte sie an, dass wir geil waren auf sie – es tat ihr irgendwie gut … So was in der Art – schwer zu sagen.«

»Wer könnte sie getötet haben, und warum?«

»Keine Ahnung«, sagte er, »wohl kaum einer von ihren Kunden, warum auch? Hatte sie einen Freund? Ist der dahinter gekommen und ausgerastet? Das könnte ich mir noch am ehesten denken.«

Ich legte ihm die Beschreibungen der anderen Männer vor, und er las sie gründlich, aber er kannte keinen von ihnen, hatte nie einen von ihnen gesehen und wusste auch sonst von niemandem, der Maria noch besucht hatte.

»Wo waren Sie am dreißigsten Dezember, zwischen elf und ein Uhr nachts?«

Er lachte: »Wenn ich das so genau wüsste! Ich war eine Woche in Kitzbühel und habe ziemlich einen drauf gemacht.«

Ich ließ mir den Namen und die Telefonnummer seines Hotels geben, klappte das Notizbuch zu und schob meine Karte zwischen die Seiten.

»Danke für Ihre Hilfe«, sagte ich und stand auf.

»Keine Ursache«, sagte er und brachte mich zur Tür. »Und sagen Sie Bescheid, wenn Sie wissen, wer es war.«

Mal sehen, dachte ich. Wohl kaum. Eher nicht.

Ich taumelte, als ich ins heiße helle Sonnenlicht trat. Das Gittertor stand offen, eine der Garagen auch, und ein junger Mann in einem dunkelblauen Anzug polierte die Windschutzscheibe eines silberfarbenen Mercedes. Auf der anderen Straßenseite, im Schatten unter einem Baum, lehnte Herr Anadakadian an seinem Taxi und rauchte. Er warf die Zigarette weg und kam herüber.

»Was ist mit Ihnen?«, fragte er und musterte mich kritisch. »Hat er Sie betrunken gemacht?«

»Nein«, sagte ich, »es war nur ein Glas.«

»Von was?«

»Ein grünes Getränk. Schnaps oder so. Ich weiß nicht. Ich trinke nie so was.«

Er schnalzte auf sehr ablehnende Weise mit der Zunge, fasste mich vorsichtig um die Schultern und führte mich zum Wagen: »Was tun Sie in solchen Häusern? Bei solchen Menschen?«

Herr Fischler leuchtete. Er schwebte. Er war ein einziges leuchtendes Schweben, liebenswürdig und glückselig und jeden Tag mit einer anderen wunderschönen Fliege geschmückt. Die er heute trug, schien aus gesponnenem Gold zu sein.

»Die Frau«, sagte Frau Beifuss, nachdem er mit einem Becher Kaffee hinausgeschwebt war. »Sie wissen schon, die ihn verlassen hatte. Sie ist zu ihm zurück gekommen. Gott sei Dank. Das war ja kein Leben mehr.«

»Er ist auch nicht mehr so mager, oder?«

»Oh, nein! Er isst wieder und tut Sahne und Zucker in den Kaffee.«

Ich war dankbar für Herrn Fischlers Leuchten, denn es erhellte das Büro und die trüben Tage. Es war August, aber der Himmel war grau und schwer, als hätte jemand einen Deckel über die Welt gestülpt, und es regnete und war so kalt, dass man die Heizung anmachen musste.

Ich drückte mich tief in Jochens Schreibtischsessel, zog die Füße unter die Oberschenkel, legte meine Hände um den Becher und trank den heißen Kaffee in kleinen Schlucken. Auf dem Bildschirm flimmerte »no signal«, und Jochens Zimmer mit den dunkelgelben Vorhängen, den abgenutzten Büromöbeln und dem braunen Teppichboden wirkte bei diesem Wetter wie eine Grabkammer.

Auf dem Schreibtisch stand sein Bild, in dem silbernen Rahmen, in dem eine Fotografie von mir gesteckt hatte, als er noch gelebt und hier gesessen hatte. Er hockte auf einem Steinmäuerchen inmitten grüner Wiesen, in einer gelben Öljacke und einem dicken Pullover, das Haar zerzaust, mit einem versonnenen Lächeln im Gesicht. Er hatte die Unterarme auf die Schenkel gestützt, und seine Hände hingen zwischen den Knien herab. Seine schönen Hände mit den langen kräftigen Fingern. Ach, Jochen.

Ich stellte das Bild wieder an seinen Platz.

Daneben lag eine Postkarte von der Nordsee: Dünen, Strandhafer und Schaumkronen auf blauem Meer.

Den Text auf der Rückseite der Karte wusste ich auswendig: »Es ist kühl & die Sonne scheint & der Wind weht & das Meer rauscht. Wir haben es gut. Marek & David.« Das »David« hatte ein Fünfjähriger geschrieben, mit Buchstaben sehr unterschiedlicher Größe und einem seitenverkehrten D am Schluss. Daneben hatte er eine Sonne gemalt. Schön.

Mareks Sohn David. Er hatte kein Kind gewollt, hatte er mir erzählt, und die Beziehung zu Davids Mutter war darüber in die Brüche gegangen. Aber nun konnte er sich sein Leben ohne David nicht mehr vorstellen. Und er machte ganz lange Ferien mit ihm, nur mit ihm, und schrieb solche Postkarten mit Meer und Himmel, die einen sehnsüchtig werden ließen.

Ich nahm das Bild und die Karte und schob sie in die Schreibtischschublade, tippte auf die Maus, sodass der Computer mit einem leisen Seufzer ins Leben zurückkehrte, und las den gelben Zettel, der an der nächsten Klarsichtmappe klebte. »Partnerobservation Hr. Kleinhans ./. Fr. Kleinhans, Zusammenfassung und Bewertung von Verlauf u. Ergebnis (negativ), Begleitbrief, Rechnung«, hatte Herr Fischler notiert.

O Gott, ich hasste Partnerobservationen. Ich konnte einfach nicht verstehen, warum einer mit uns redete und nicht mit seiner Frau, wenn er glaubte, dass sie ihn betrog.

Dabei betrog Frau Kleinhans ihren Mann gar nicht. Die häufigen Abwesenheiten, wenn er vom Büro aus zu Hause anrief, und ihre beunruhigende Wesensveränderung – sie war schlanker und hübscher und auffallend lebensfroh – hatten ihren Grund darin, dass Frau Kleinhans eine Weight-Watchers-Gruppe und einen Fitnessclub besuchte und schon acht Pfund abgenommen hatte.

Ach je, ach je, dachte ich. Liebe Frau Kleinhans, warum hast du deinem Mann denn nichts davon gesagt? Nun muss er unsere fette Rechnung zahlen. Aber anscheinend redet ihr überhaupt wenig miteinander. Das solltet ihr ändern, ihr Lieben. Ob ich das wohl vorsichtig andeuten kann in der Ergebnisbewertung? Oder im Begleitbrief?

Es klopfte, die Tür öffnete sich, und Herr Fischler erschien, groß und leuchtend: »Haben Sie einen Moment Zeit, Frau Wolf?»

»Ja, sicher. Klar doch. Kommen Sie rein.«

»Könnten Sie rüberkommen, in mein Zimmer?«

Ich folgte ihm verblüfft und traf im Flur auf Frau Beifuss, die auch verblüfft aussah.

Auf seinem leergeräumten Schreibtisch standen Kerzenleuchter, ein Kühler mit einer Flasche Champagner, Gläser, Schälchen mit Chips und Salzstangen und ein ebensolcher silberner Rahmen wie drüben bei mir, mit einem Foto darin.

»Nur ein ganz kleiner Umtrunk«, sagte Herr Fischler, goss mit bebender Hand Champagner in die Gläser und reichte sie uns. »Bitte stoßen Sie mit mir an, Frau Wolf, Sandra: auf meine Verlobung!«

»Harro!«, rief Frau Beifuss, und ich sagte: »Herr Fischler!«, und er strahlte und ließ sich gratulieren und wies den goldenen Ring an seiner linken Hand vor. Wieso war uns der nicht längst aufgefallen?, fragten wir. Er hatte ihn eben erst angesteckt! Es sollte wirklich eine Überraschung sein! Auch den Champagner hatte er in einer Kühltasche hereingeschmuggelt!

Er bat uns, Platz zu nehmen, schenkte nach und bot das Salzgebäck an, aber wir wollten vor allem das Foto sehen, und er wollte uns vor allem das Foto zeigen. »Silke!«, sagte er stolz und sah uns erwartungsvoll beim Betrachten zu.

Silke war groß und schlank, trug ein elegantes dunkles Kostüm und hatte ein zartes Gesicht und vielleicht ein bisschen zu lange und zu blond gefärbte Haare. Sie war auffallend attraktiv, fanden wir. Wunderhübsch. Einfach bezaubernd. Und wie alt war sie? Was machte sie beruflich?

Sie war vierunddreißig und Pharmareferentin, intelligent, selbstständig und erfolgreich und, wie wir ja sehen konnten, eine hinreißende Frau, sie war sein Ideal, das hatte er sofort gewusst, es war Liebe auf den ersten Blick gewesen! Er hatte noch mehr Fotos. Wollten wir die auch sehen?

Natürlich wollten wir, und es gab auch noch mehr Champagner, einen guten und teuren, »ganz was Exklusives«, sagte Frau Beifuss, die über alles Bescheid wusste, sogar über Champagner, obwohl sie behauptete, sonst nie welchen zu trinken, und als ich in mein Zimmer zurückkehrte, war ich beschwipst, und draußen wurde es Abend.

Ich versuchte weiter zu arbeiten, aber es ging nicht mehr, ich war ganz wirr und schaffte es kaum, den Computer abzuschalten, und dann saß ich da und sah in den trüben Augustabend und das schwere nasse Grün der Bäume, mein Kopf dröhnte, mein Mund war trocken, und plötzlich hatte ich das Gefühl, ich wäre ganz alleine auf der Welt und würde es immer bleiben.

Ich sprang auf und lief hinaus, aber Frau Beifuss und Herr Fischler waren schon gegangen, nur der Duft und die Wärme der Kerzen hingen noch in seinem Zimmer.

Ich ging zurück und rief meine Mutter an.

»Anna!«, sagte sie. »Wie schön, dass du anrufst. Wir sind nur gerade im Aufbrechen, zu Freunden. Kann ich dich später noch erreichen?«

»Ja.«

»Ich rufe an. Jetzt muss ich Schluss machen, Rosemarie wartet schon im Wagen. Bis nachher, Anna.«

Ich wählte Mareks Nummer, aber es meldete sich nur die mechanische Frauenstimme, die mir sagte, was ich schon wusste, dass der Teilnehmer vorübergehend nicht zu erreichen war, und vorschlug, es später noch mal zu versuchen. Der Teilnehmer wollte in seinen Ferien mit David nicht gestört werden und war praktisch nie zu erreichen.

Ich blätterte in meinem Adressbuch. Schulfreundinnen und Kolleginnen aus meiner Zeit als Buchhändlerin, die ich manchmal traf. Jochens alte Freunde, die ich nicht mehr gesehen hatte, weil sie nach seinem Tod bestimmen wollten, was ich tun sollte. Keiner, den ich jetzt anrufen konnte.

Halt, Thorsten, auch ein alter Freund von Jochen, aber den konnte ich anrufen. Ich hatte ihn auch angerufen, als ich die Tabletten genommen hatte und wieder aufgewacht war.

Ich ließ es lange läuten, bis er sich endlich meldete.

»Hallo, Thorsten, hier ist Anna.«

»Anna! Wie geht es dir?«

»Geht so«, sagte ich. »Kannst du … könnten wir uns vielleicht sehen?«

»Ich bin nicht da. Ich bin auf Fortbildung. In Karlsruhe.«

»Ach so.«

»Morgen ist Schluss hier. Ich fahre ein bisschen früher, dann bin ich um acht bei dir. Okay?«

»Okay«, sagte ich. »Danke. Bis morgen.«

»Anna?«

»Ja?«

»Ist es so schlimm, dass du – ich meine – du machst keinen Blödsinn? Keine Tabletten oder so?«

»Bestimmt nicht«, sagte ich. »So schlimm ist es nicht.«

Das Gleisfeld trug trübes Grau und nassglänzendes Grün, dazu Regenschleier und das Schwarz von Amseln und Krähen. Ein Intercity, über dessen blinde Fenster die Tropfen rannen, schob sich langsam hindurch.

Ich hatte Marias Akte vor mir liegen und betrachtete die Liste ihrer Männer – Kunden, Benutzer, Missbraucher? –: Karl-Heinz Kauffmann, Winfried, Joachim Dietrich, Anton Littner, Klaus Kammheber, Peter Nippes.

Klaus Kammheber hatte ich erzählt, dass ich vor fünfzehn Jahren seine Schülerin gewesen war, in England lebte und nach langer Zeit einmal wieder da wäre und einige der Menschen wiedersehen wollte, die in meiner Jugend wichtig für mich gewesen wären.

Er hatte sofort ja gesagt und mich zu sich nach Hause eingeladen. Das hatte ich schlecht ablehnen können. »Ich möchte aber Ihre Frau auf keinen Fall stören.«

»Das tun Sie nicht. Sie ist für ein paar Tage verreist. Ich habe sozusagen sturmfreie Bude.«

Er war ein schlanker Mann mit schütterem, grau meliertem Haar, gut gekleidet – Wolljacke zur Leinenhose, Seidentuch im Hemdausschnitt –, und mit gutbürgerlichen Manieren. Angezogen sah er wesentlich besser aus als nackt. Nackt war er nur ein alter Mann mit hängenden Schultern und hängendem Fleisch, und der Kontrast zwischen ihm und Maria war fast obszön gewesen.

»Anna Heger?«, sagte er, hielt meine Hand fest und sah mich forschend an. Ich hatte ihm meinen Mädchennamen genannt. »Aber ich müsste mich doch an Sie erinnern können!«

»Ich war nicht Ihre Schülerin, Herr Kammheber«, sagte ich. »Ich bin private Ermittlerin und untersuche den Tod von Maria Silberhorn. Sie haben sie gekannt. Sie könnten sie auch getötet haben. Wenn Sie meine Fragen beantworten, gehe ich nicht zur Polizei.«

»Dr. Kammheber, bitte«, sagte er und zog eine Augenbraue hoch. »Wovon sprechen Sie?«

Ich erzählte ihm, was ich im roten Fenster gesehen hatte, wenn er bei Maria gewesen war.

Er hörte mir ruhig und mit mildem Erstaunen zu und schüttelte den Kopf: »Interessante erotische Phantasien – aber warum erzählen Sie mir das? Ist Ihnen nicht wohl? Kann ich Ihnen irgendwie helfen?«

Seine Geistesgegenwart und sein schauspielerisches Talent überraschten mich.

»Das sind keine Phantasien, Dr. Kammheber, sondern Realität, und das wissen Sie genau.«

»Junge Mädchen bilden sich oft derartiges ein. Das ist nichts Ungewöhnliches. Außerdem ist dieses bedauernswerte Mädchen tot, wenn ich Sie richtig verstanden habe, und was immer sie Ihnen erzählt haben mag …«

Seine blasierte, verlogene Art machte mich zornig: »Junge Mädchen bilden sich nichts dergleichen ein. Und Maria hat mir auch nichts erzählt. Ich habe Sie mit ihr gesehen, durchs Fenster. Ich wohne nebenan.«

Er fiel so plötzlich in sich zusammen, dass ich erschrak. Sein Gesicht wurde schlaff, sein Mund öffnete sich, und seine Augen füllten sich mit Tränen, von denen eine langsam an seiner Nase herunter rann.

Er hustete. »Meine Frau«, sagte er mit erstickter Stimme, »meine Frau darf das nie erfahren, auf keinen Fall, sie würde mich verlassen, sie versteht das einfach nicht …«

»Von mir erfährt sie bestimmt nichts.«

Er wurde willfährig und fügsam und beantwortete meine Fragen mit eintöniger Stimme und sehr genau, wie ein braver Schüler, und ich wusste nicht, was ich ekelhafter fand, seine Überheblichkeit oder seine Willfährigkeit oder seine kalte graue Genauigkeit.

Sie war dreizehn gewesen, als er sie kennen gelernt hatte, und danach hatten sie sich regelmäßig getroffen, alle zwei Wochen, zweieinhalb Jahre lang, bis zum Spätsommer letzten Jahres, als sie ihm erzählt hatte, dass jemand sie auf die Vorgänge in ihrem Zimmer angesprochen hätte. Da hatte er den Kontakt beendet.

»Warum?«

»Es schien nicht mehr tunlich.«

So sprach er weiter, sachlich, exakt, als wäre das Ganze ein bürokratisches Vorkommnis, bis ich es nicht mehr aushielt: »Sagen Sie mal, war Ihnen denn nicht klar, dass es nicht richtig ist, mit einer Dreizehnjährigen zu schlafen, auch wenn sie es anscheinend will? Sie sind doch Lehrer – Pädagoge!«

»Aber es war eine pädagogische Beziehung!«, sagte er mit aufflammender Begeisterung. »Das Ideal einer pädagogischen Beziehung, denn es war eine ganzheitliche, die den Eros mit einschloss! Auch in diesem Bereich kann und will ja der junge Mensch vom reifen, weisen Älteren lernen!«

»Und Ihre Schülerinnen? Haben Sie zu denen auch solche Beziehungen gehabt?«

»Natürlich nicht. Das sieht die Schulordnung nicht vor. Es wäre im schulischen Rahmen auch gar nicht durchführbar. Und bei weitem nicht alle Schüler eignen sich für diese umfassende Art der Pädagogik.«

Einen Moment lang hatte ich das Gefühl gehabt, er wollte sich über mich lustig machen, aber so, wie er mich angesehen hatte, war es ihm ernst. Er hatte seine Lust auf kleine Mädchen mit einem irren Ideal verkleidet.

Während der Weihnachtsferien war er Skilanglaufen gewesen im Bayerischen Wald, ausnahmsweise ohne seine Frau, die zu ihrer kranken Schwester nach Augsburg gefahren war. Er hatte mir den Namen und die Telefonnummer des Hotels gegeben, in dem er gewohnt hatte.

Ein S-Bahn-Zug bewegte sich durch das Gleisfeld. Er war über und über mit Graffiti bedeckt, mit Blitzen, Sternen, explodierenden Sonnen. Auf dem letzten Wagen stand in großen klobigen Blockbuchstaben: Do it.

Einer fehlte noch: Peter Nippes. Dafür musste ich nach Köln fahren. Dann konnte ich auch gleich mit dem ehemaligen Lebensgefährten von Frau Silberhorn sprechen, der Georg Vanderbek hieß und in Aachen wohnte.

Ich blätterte durch die Akte. An einer Liste von Marias Männern haftete ein gelber Klebezettel: »Notizen? Geld?« Was hatte ich damit gemeint?

Ach ja. In ihrem Kalender hatte sie nur die Zeiten vermerkt, keine Namen, nicht mal Anfangsbuchstaben, und in ihrem Adressbuch hatte man auch nichts gefunden. Ich hatte sechs Männer ausfindig gemacht, mit denen sie regelmäßig Kontakt gehabt hatte. Deren Telefonnummern konnte sie nicht alle im Gedächtnis behalten haben. Warum auch? Irgendwo musste sie sie notiert haben.

Und wo war das Geld? Oder das Sparbuch? Die Kontokarte? Sie hatte von den meisten Geld bekommen, zusammen eine ganze Menge, und anscheinend nichts davon ausgegeben. Es musste auch irgendwo sein.

Es klingelte, ich ging öffnen und hörte Thorsten die Treppe hinauf springen, immer zwei Stufen zugleich nehmend. Es klang, als sei er fünfzehn und nicht einundfünfzig. So alt wie Jochen. So alt, wie Jochen jetzt wäre.

»Hallo, Anna«, sagte er und küsste mich in seiner scheuen Art auf die Wange. »Wie geht es dir?«

»Gut.«

»Was war denn?«

»Ach, nichts. Herr Fischler hat sich verlobt, und ich habe zu viel Champagner getrunken, und danach war mir scheußlich zumute. Das war alles. Ich hätte dich gar nicht anrufen sollen.«

»Doch. Du musst mich immer anrufen, wenn so was ist. Versprich's mir.«

Ich versprach es.

Wir gingen in ein neueröffnetes spanisches Restaurant, das in der Zeitung sehr gelobt worden war, und das geschmorte Kaninchen und die Paella und der Wein waren auch wirklich gut, aber eigentlich war es mir egal. Wichtig war nur, dass ich mit Thorsten hier sitzen und reden konnte. Vor allem über Jochen. Niemand kannte Jochen besser als er.

»Wie er Schlittschuhlaufen gelernt hat«, sagte Thorsten. »Das war typisch für ihn. Er hat geheult vor Wut, weil er es nicht gleich konnte, er fiel dauernd hin, aber er hat nicht aufgehört, bis er sich auf den Dingern halten konnte. Nachher hatte er überall Schürfwunden und Blutergüsse, und seine Mutter musste mit ihm zum Arzt.«

»Oh, ja«, sagte ich. »Was war das für ein Theater mit seinem ersten Computer. Aber da hat er nicht geweint. Er hat sich aufgeführt wie Rumpelstilzchen.«

Thorsten lachte. Hinter ihm öffnete sich die Restauranttür. Andreas kam herein und hielt die Tür auf für Susanne, die lächelnd Regentropfen aus ihren Locken schüttelte. Natürlich. Ich hätte es wissen können. Er las die Restaurantkritiken auch so gerne.

Ich legte langsam die Gabel auf den Teller.

»Ist was?«, fragte Thorsten. »Sollen wir lieber nicht von Jochen sprechen?«

»Doch, doch.«

Sie sahen sich nach einem freien Tisch um und wählten einen in unserer Nähe. Ich heftete meinen Blick fest auf Thorsten.

»Erzähl weiter«, bat ich. »Erzähl mir mehr von Jochen.«

Er erzählte, aber ich hörte ihn bald nicht mehr, ich sah nur seine Augen und seine Sommersprossen und seinen Mund, der sich bewegte. Dann murmelte er etwas von Händewaschen und stand auf, und nun hatte mein Blick nichts mehr, woran er sich festhalten konnte, und glitt hinüber.

Susanne war über den Teller gebeugt und entgrätete einen Fisch, und Andreas sah mich an. Unsere Blicke tauchten ineinander, und es schien gar keine Zeit vergangen zu sein, die lebendige Verbindung, die zwischen uns bestanden hatte, war immer noch da, und ich spürte den Impuls, aufzustehen und hinüber zu gehen. Mich neben ihn zu setzen und später mit ihm nach Hause zu gehen.

Susanne hob den Kopf und reichte ihm auf der Gabel ein Stück Fisch, und er wandte den Blick von mir ab und öffnete den Mund. Ich sah fort.

Ich sah nicht wieder hin. Wir gingen bald, und ich sorgte dafür, dass wir auf dem Weg zur Tür nicht an diesem Tisch vorbei kamen. Die Luft draußen war schwer von Feuchtigkeit, es war wärmer geworden, und aus den Bäumen tropfte es. Aber es regnete nicht mehr, und wir gingen zu Fuß zurück.

»Alles in Ordnung, Anna?«, fragte Thorsten, als wir vor meinem Haus angelangt waren.

»Oh, ja«, sagte ich, küsste ihn auf die Wange und drückte die Haustür auf. »Und danke. Vielen, vielen Dank.«

Ich stieg langsam die Treppe hinauf. Die alten Stufen knarrten verhalten, als nähmen sie Rücksicht auf meinem Kummer oder die späte Stunde oder beides.

Früher war es so einfach, dachte ich, ich hatte meinen Mann und alles war gut. Nun habe ich einen alten Geliebten mit einer neuen Frau und einen neuen Geliebten mit seinem Sohn an der Nordsee, und nichts ist gut. Dabei will ich bloß einen Mann zum Lieben. Warum ist das so verdammt schwer?

Blöde Frage, sagte ich zu mir, während ich in meiner Tasche nach dem Wohnungsschlüssel wühlte. Liebe ist schwer, das weiß jeder, nur du nicht, weil sie mit Jochen nur gut und einfach war. Du hast keine Ahnung. Zweiunddreißig und keine Ahnung von der Liebe.

Ich fand den Schlüssel nicht. Ich leerte die Tasche auf den Dielenboden, aber er war nicht da. Keinen Mann und nicht mal ein Bett zum Schlafen.

Frau Cohn hatte einen Schlüssel, aber es war halb zwölf, und sie schlief bestimmt schon und bestimmt nicht mit ihrem Hörgerät. Ich versuchte es trotzdem und lauschte lange dem Läuten nach. Dann setzte ich mich auf die Stufe vor ihrer Tür, zog meine Jacke fester um mich und lehnte den Kopf an den Türrahmen.

Jemand rüttelte an meiner Schulter und fragte, wer ich sei. Ich sagte: Niemand, und: Lass mich in Ruhe, aber das Rütteln hörte nicht auf. Ich öffnete die Augen.

Eine Frau mit braungebranntem Gesicht und kurzen braunen Haaren starrte mich an: »Wer sind Sie? Was machen Sie hier?«

»Und Sie? Was machen Sie hier?«

»Ich wohne hier«, sagte sie und wies auf die Tür, an der die Visitenkarte der Antiquitätenhändlerin hing. Britta Sowieso.

»Ich auch«, sagte ich.

»Warum schlafen Sie dann auf der Treppe und nicht in Ihrer Wohnung?«

»Weil ich meinen Schlüssel vergessen habe.«

Sie betrachtete mich. »Sie sind Frau Wolf, nicht?«

Ich nickte.

»Kommen Sie mit. Ich habe ein Sofa. Mehrere, um genau zu sein.«

9

Ich trat aus dem Bahnhof und erschrak, denn über mir ragten die Türme des Doms in den Himmel. Man erwartet keinen Dom, wenn man aus einem Bahnhof tritt.

Ein junger Mann kam auf mich zu, zierlich und dunkel, mit großen Augen in einem schmalen Gesicht, das aussah wie die Gesichter der Heiligen auf den Ikonen. Er passte gut zum Dom.

»Hallo«, sagte er. »Mein Onkel Aram hat mich geschickt. Ich bin Tigran Anadakadian.«

»Hallo. Ich bin Anna Wolf.«

Er nahm mir die Reisetasche aus der Hand, ging voran zu einem alten roten Ford und brachte mich ohne ein weiteres Wort zu dem Hotel, in dem ich ein Zimmer bestellt hatte. Er bremste bravourös vor der gestreiften Markise über dem Eingang und überreichte mir eine computergedruckte Karte, auf der sein Name stand und eine Handy-Nummer: »Wenn Sie irgendwas brauchen oder irgendwohin wollen, rufen Sie mich an.«

»Das kommt gar nicht in Frage«, sagte ich. »Ich dachte, Sie wären auch Taxifahrer wie Ihr Onkel. Ich miete mir ein Auto. Sie haben bestimmt was anderes zu tun.«

Er schüttelte den Kopf. »Ich bin Student und habe Semesterferien. Und ich kriege Stress mit Onkel Aram, wenn ich Sie alleine rumlaufen lasse. Also bitte, rufen Sie an.«

»Na gut«, sagte ich widerwillig und nahm ihm meine Reisetasche weg. Wenn ich schon ohne ihn nichts tun durfte, wollte ich meine Sachen wenigstens selber tragen. »Können Sie mich um zwei abholen?«

Pünktlich um zwei klingelte das Telefon. »Ein Herr Anadakadian für Sie, Frau Wolf«, sagte die Rezeptionistin. »Er wartet im Wagen, sagt er.«

Er hatte den Arm auf das geöffnete Fenster gelegt und trug eine Sonnenbrille, die ihn, wie die meisten dunkelhaarigen Männer, aussehen ließ wie einen Mafioso. Ich nannte ihm die Adresse, zu der ich wollte, und er musste erst im Stadtplan nachsehen, wo das war, aber er schaffte es, seine dunkle Würde dabei nicht zu verlieren.

Er hielt in einer ruhigen baumbestandenen Straße, nicht weit vom Rheinufer entfernt, vor einem Holzhaus mit Sonnenkollektoren auf dem Dach, das von schöner und vermutlich teurer Schlichtheit war und in einem sorgsam naturbelassenen Garten lag.

»Ich bin gleich wieder da«, sagte ich und stieg aus, um einen Blick auf das Namensschild zu werfen. Es war aus buntbemalter Keramik und trug die Aufschrift »Familie Nippes«, darunter die Figur eines Hundes und die Worte »cave canem«. Was immer das hieß. Es klang wie Latein, aber ich hatte in der Schule kein Latein gehabt.

»Also«, sagte ich, als ich mich wieder neben ihn setzte, »der Mann ist Journalist und arbeitet zu Hause. Ich will ihn alleine sprechen. Wir müssen feststellen, wann seine Frau und die Kinder weg sind, ganz bestimmt und mindestens zwei Stunden lang. Das heißt vor allem: warten.«

Dies tat er, unbewegt, wortlos, während ich in Peter Nippes' Büchern blätterte, die ich mir besorgt hatte, oder Notizen machte, wenn etwas passiert war.

Es passierte nicht viel. Frau Nippes fuhr mit den Kindern zum Einkaufen und Eisessen, und Peter Nippes führte zweimal den Hund aus, einen langhaarigen, schwarz-weißen Hund, der mir harmlos und freundlich erschien.

Gegen Abend fuhren wir zurück ins Hotel, und am anderen Morgen waren wir früh wieder da, ein Stück weiter weg unter einem der Bäume, sodass wir Eingang und Garagenausfahrt gut im Blick hatten, ohne selber aufzufallen.

Wir saßen drei Tage lang dort, in dem roten Auto, unter den Bäumen. Es waren Ahornbäume, deren Blätter von einer weißlich grauen Schicht überzogen waren, die aussah wie Schimmelpilz.

»Was ist das?«, fragte ich.

Tigran zuckte mit der Achsel. »Keine Ahnung.«

»Tut keiner was dagegen?«

»Sie fallen sowieso ab.« Achselzucken. »Und im Frühjahr sind sie wieder frisch und grün.«

Achselzucken. Reglos und stumm da sitzen, die schmalen braunen Hände – sie erinnerten mich an Andreas' Hände, und ich versuchte nicht hinzusehen – auf den jeansblauen Oberschenkeln. Unbewegt in Nippes' Büchern lesen, die ich zwischen die Vordersitze gelegt hatte. Mich nicht ansehen, nur zu mir herüberschielen, wenn er dachte, ich merkte es nicht. Nur reden, wenn ich etwas fragte, und dann die Worte so widerstrebend hergeben, als wären es Goldkörner.

Dabei konnte er auch anders. Wenn wir hinter Frau Nippes herfuhren, war er geschickt und gesprächig und viel besser in »Observation motorisiert« als ich, schon weil er besser Auto fuhr. Aber danach wieder Schweigen, Achselzucken, Einsilbigkeit.

Frau Nippes arbeitete halbtags in einer Naturwaren-Boutique. Sie führte morgens zuerst den Hund aus, dann brachte sie die Kinder fort, das Mädchen in die Schule, den Jungen in den Kindergarten, und danach wandte sie sich offenbar sich selber zu, denn wenn sie kurz vor zehn wieder erschien und davonfuhr, war sie sorgfältig zurecht gemacht. Ab jetzt war Peter Nippes allein, bis halb eins.

Ich drückte auf den Klingelknopf unter dem Schild. Es dauerte eine Weile, dann rauschte und knackte es in der Sprechanlage, und eine Stimme sagte: »Ja?«

»Ich – mein Name ist Anna Wolf«, sagte ich, und meine Aufregung war nicht gespielt. »Ich lese Ihre Bücher so gerne und wollte fragen, ob Sie mir Ihren Namen hineinschreiben – und vielleicht eine Widmung?«

Schweigen, nur das Rauschen war zu hören. »Na gut«, sagte er. »Ja, sicher. Kommen Sie rein.« Das Gartentor summte laut.

Er stand in der Haustür, in Jeans und einem Sweatshirt, auf dem »Pennsylvania Panthers« stand, und sah mir mit angestrengter Höflichkeit entgegen.

»Guten Morgen, Herr Nippes«, sagte ich, »vielen Dank, dass Sie –«

»Ach, keine Ursache«, sagte er kurz. »Geben Sie her.«

Aber ich hatte alle seine Bücher in einer Plastiktüte mitgebracht, und die konnte er nicht in der Haustür stehend signieren, er musste mich also hinein bitten, in die Diele und weiter in sein Arbeitszimmer, in dessen Mitte ein großer Holztisch stand. Auf einer freien Ecke des Tisches, neben Zeitschriftenstapeln und einer Vase mit Dahlien, breitete er die Bücher aus.

Er schrieb hastig seinen Namen hinein, und erst beim letzten fiel ihm das mit der Widmung wieder ein, und er hielt inne und fragte: »Wie war noch mal Ihr Name?«

»Gut, dass Sie ihn vergessen haben.«

Er sah auf. Er hatte blaue Augen, aschblondes Haar, einen kleinen Mund und einen ziemlich kümmerlichen Dreitagebart.

»Ich bin private Ermittlerin und untersuche den Tod von Maria Silberhorn. Ich brauche Informationen von Ihnen. Wenn Sie meine Fragen beantworten, gehe ich nicht zur Polizei.«

Seine Augenbrauen hoben sich: »Was? Wovon reden Sie?«

Ich sagte es ihm. Ich konnte mich gut an ihn erinnern, im roten Fenster, groß und dünn und sehr rosa in dem rötlichen Licht, weil er so hellhäutig war.

Er blickte wieder in das Buch und bewegte den Stift in der

Hand wie einer, der überlegt, was er schreiben soll, eine ganze Weile lang, und ich sah auf seine Hand und überlegte, was ich tun sollte. Ihn anstoßen und sagen: He, hier bin ich, sagen Sie doch auch mal was?

Ich räusperte mich vorsichtig.

Er legte den Stift auf die aufgeschlagene Buchseite und schloss die Finger zur Faust. Angst durchschoss mich wie eine Flamme, und ich griff nach meiner Tasche, in der die Pistole lag, die alte Wehrmachtspistole, die ich in Jochens Schreibtischschublade gefunden hatte und mit der mir Herr Fischler gezeigt hatte, wie man schießt.

Er sagte leise: »Du Drecksstück«, und seine Hand fuhr hoch und schlug mir ins Gesicht, so kräftig, dass es meinen Kopf herumriss und ich fiel. Ich hörte, wie ich hart aufschlug, doch ich spürte keinen Schmerz, nur das Kratzen des groben Teppichs an meiner Wange und meinem nackten Unterarm.

Er hockte sich auf mich und schlug mir ins Gesicht, rechts, links, rechts, links, und sagte: »Du Drecksstück«, wieder und wieder, mit schwerer hasserfüllter Stimme.

Dann griff er nach meinem Hals und drückte mir die Kehle zu. Ich ertrank in Panik, ich zappelte und trat, aber ich trat in die Luft, meine Arme waren von seinen Knien gefangen, und meine Hände umklammerten die Tasche mit der Pistole, die mir nicht mehr helfen konnte.

Ich rang nach Luft, und schwarze Angst schlug über mir zusammen. Ich starb, wenn nicht etwas passierte. Wenn ich nicht etwas tat. Wenn mir nicht etwas einfiel. Aber nur Jochen fiel mir ein, wie er in seinem Auto gesessen hatte und auf den Baum zuschleuderte und auch gewusst hatte, dass er sterben musste, wenn nicht noch irgendetwas passierte.

Mein Kopf schien zu platzen, in meinen Ohren rauschte es, aber durch das Rauschen hindurch hörte ich plötzlich Jochens Stimme. Ich tat, was sie sagte, und stieß Peter Nippes meine Tasche mit der Pistole darin zwischen die Schenkel.

Er fuhr mit einem Aufschrei zurück.

»Tritt ihm in die Eier, Mädchen, und renn«, hatte Jochen den Frauen in den Fernsehfilmen immer geraten, wenn ein Mann über sie herfiel.

»Warum soll sie rennen?«, hatte ich gefragt.

»Wenn er sie erwischt, nachdem sie ihm in die Eier getreten hat, bringt er sie um. Also denk dran, Anna, erst treten, dann rennen, so schnell du kannst.«

Rennen konnte ich nicht, aber ich rutschte von ihm weg und schaffte es, die Pistole aus der Tasche zu kramen, auf ihn zu richten und den Sicherungshebel herunter zu drücken.

Sein Gesicht war von Schmerz und Wut verzerrt, er keuchte: »Du verdammtes mieses Drecksstück«, kam hoch und kroch auf mich zu.

Die Pistole schien ihn nicht zu beeindrucken, es sah wohl zu erbärmlich aus, wie ich sie hielt, mit zitternden Händen und bestimmt nicht so, als ob ich damit schießen konnte. Ich hatte auch noch nicht oft damit geschossen, nur einen Nachmittag lang, aber ich hatte jedes Mal getroffen, und Herr Fischler hatte gesagt, ich sei eine wundersame intuitive Naturbegabung.

Ich schoss vor seine Hände, schrak zusammen, weil es so laut dröhnte in dem kleinen Raum, und sah erstaunt, wie die Kugeln Löcher in den Teppich schlugen. Er zögerte, aber er kroch weiter, ich schoss noch einmal und noch einmal, über die Wut in seinem Gesicht zog sich eine Schicht von Angst, und er machte endlich halt.

Gott sei Dank. Ich rutschte noch weiter weg, lehnte mich gegen den Schreibtisch, zog die Knie hoch und stützte meine Hände mit der Pistole darauf.

Das Schlafzimmer von Frau Anadakadian erinnerte mich an das meiner Großmutter: cremefarbener Schleiflack, rosa Stoffbespannung hinter gläsernen Schranktüren und ein Frisiertisch mit einem dreiteiligen Spiegel und einem zierlichen Hocker davor. Auf seiner Glasplatte standen die Fotos von Frau Anadakadians Kindern und ein Bild ihres Mannes Stepan, der vor fünf Jahren an Krebs gestorben war.

Ich lag auf ihrer Seite des Bettes, in geblümter, nach Weichspülerfrühling riechender Bettwäsche, neben mir das frisch bezogene Bett ihres toten Mannes. Es erinnerte mich an die Nächte in meinem halbleeren Bett, nach Jochens Tod, und ich hätte viel lieber auf dem Sofa geschlafen, aber das war gar nicht in Frage gekommen.

»Man hat Sie halbtot geschlagen, nicht mich! Oh, nein, ich schlafe auf dem Sofa, wenn ich überhaupt schlafe in dieser Nacht! Und gehen Sie jetzt hinüber und hinein ins Bett, und ich bringe Ihnen Suppe und Tee und Tropfen und Eis für Ihr Gesicht!«

Sie hatte die Hände zusammengelegt und die Augen zum Himmel erhoben, als sie mich gesehen hatte: »Gott im Himmel! Was hat man Ihnen getan! Sie sind Anna, nicht? Mein Schwager Aram hat mir berichtet von Ihnen. Wie ist das geschehen?«

Ihr Blick fiel auf Tigran: »Und du? Was hast du getan, als das geschehen ist? Wo warst du? Was hat dein Onkel Aram gesagt? Er hat gesagt, pass auf sie auf. Und? Was hast du getan? Was wird dein Onkel Aram sagen?«

»Nichts«, sagte ich, und meine Stimme kam tief und rau aus meinem geschwollenen Hals. »Wir werden es ihm nicht erzählen. Es geht ihn gar nichts an.«

Dazu hatte sie geschwiegen, doch ihr Gesicht hatte gesagt, dass ihr der Gedanke gefiel.

Ich drehte mich auf die Seite, aber es war die, auf die ich gefallen war, sie schmerzte und brannte. Ich versuchte es mit der anderen, und Frau Anadakadians Familie sah mich von der Frisierkommode aus an: kläräugige Brautpaare, junge Mütter und Väter mit frischgetauften Säuglingen, Erstklässler mit Schultüten, ein Junge und ein Mädchen mit Roller Blades, und Tigran, halb erwachsen und etwas unbeholfen in einem schwarzen Anzug mit festlicher heller Krawatte. In der Mitte, in einem großen silbernen Rahmen, stand ein Bild ihres Mannes, der genauso aussah wie Herr Anadakadian, nur schmaler und grauhaariger und ernster, und davor eine Rose in einer Silbervase und eine Kerze mit einem Kreuz darauf.

Ach ja. Glückliche Paare und süße Kinder. Und ein toter Mann. Ich drehte mich wieder auf den Rücken und sah zur Decke und dachte an Peter Nippes. Das machte mich wenigstens nicht traurig.

Er hatte auf dem Boden gehockt und erbittert auf die Kugellöcher im Teppich gestarrt: »Sie kommen einfach hier rein und machen alles kaputt. Mein Haus. Meine Familie. Was soll ich meiner Frau sagen? Meinen Kindern?«

Er befeuchtete seinen Zeigefinger und glättete die zerfetzten Fasern des Teppichs.

»Was geht Sie das an – mit wem das Mädchen geschlafen hat, oder wer sie getötet hat? Ich bestimmt nicht. Kümmern Sie sich um Ihre eigenen Angelegenheiten, verschwinden Sie, lassen Sie mich in Ruhe!«

Ich hustete. Mein Hals war eng und trocken, und ich hätte gern etwas getrunken.

Er sah auf. »Was wollen Sie noch von mir?«

Eigentlich nichts mehr, dachte ich. Mir reicht's. Ich würde wirklich gerne verschwinden.

»Wann haben Sie Maria kennen gelernt?«

Zu meinem Erstaunen antwortete er sofort, mit kühler Sachlichkeit, und wurde ganz ruhig dabei, als wäre er froh, sich auf dem sicheren Boden einfacher Fragen und Antworten zu befinden. Sein Gesicht entspannte sich, und er sah fast wieder aus wie der Peter Nippes auf den Umschlagfotos seiner Bücher, nett, offen, ungekämmt-jungenhaft, der kritische alternative Journalist, der Preise bekommen hatte für seine engagierte Berichterstattung über Umweltkriminalität.

Er hatte sie im Frühsommer kennen gelernt, vor zwei Jahren, bei Winfried. Warum so weit weg von zu Hause? Nun, weil er solche Mädchenbekanntschaften überhaupt nur weit weg von zu Hause hatte. Er hatte durch Winfried schon öfters Mädchen kennen gelernt, denn normalerweise wechselte er bald zur nächsten, wenn sie anfingen ihn zu langweilen, oder weil sie anhänglich wurden oder fordernd.

Bei Maria war das anders gewesen. Sie hatte alles getan, was er von ihr verlangt hatte, wie die billigste Hure, aber sie war dabei fern geblieben und ganz unabhängig, und er hatte immer das Gefühl gehabt, sie würde ihn sofort vor die Tür setzen, wenn ihr danach wäre. Das hatte ihn gefesselt – und ihre Schönheit und die sonderbare Unschuld, die ihr blieb, egal, was sie tat.

Am dreißigsten Dezember war er beruflich in Frankfurt gewesen und hatte im Hotel gewohnt.

Nein, er konnte sich nicht vorstellen, wer sie getötet haben könnte oder warum. Sie war sehr hübsch und außerdem nett und gescheit gewesen und zugleich völlig unkompliziert. Problemlos. Warum hätte jemand sie töten sollen?

Ich beeilte mich mit den Fragen, denn mein Körper wurde schwer und begann zu schmerzen. Ich würde bald nicht mehr beweglich sein. Ich würde bald nicht mal mehr vom Boden hochkommen.

Ich stand schnell auf, als wir am Ende waren, und packte die Bücher wieder in die Plastiktüte.

Er sah mir dabei zu. »Und? Was nun?«

»Das war's. Bleiben Sie da sitzen, bis ich weg bin«, sagte ich.

Aber er wiederholte nur: »Was nun?«, und strich mit den Händen über die Kugellöcher im Teppich, als versuche er auf magische Weise, sie zu schließen. Sie ungeschehen zu machen. Alles ungeschehen zu machen. Dass ich hier gewesen war. Dass Maria tot war. Dass er sie gekannt hatte. Dass es noch einen anderen Peter Nippes gab, der keine Preise bekam, sondern in anderen Städten kleine Mädchen fickte.

Auf dem Weg zum Gartentor kam mir der Hund entgegen. Der langhaarige, schwarz-weiße, mittelgroße Hund. Ich hatte ihn ganz vergessen.

»Haustiere! Behalten Sie immer die Haustiere im Auge, vor allem Hunde!«, hatte Rolf Schüler gesagt. »So ein verdammter Köter kann alles versauen.«

Der Hund sah mich mit seinen dunklen Augen fragend an. Ich hielt ihm die Hand hin und sagte: »Hallo, Hund«, und anscheinend gefiel ihm die Art der Ansprache, denn er schnüffelte an meinen Fingern, wedelte mit dem Schwanz und begleitete mich zum Tor. Wir waren einander wert, er als Wachhund und ich als Ermittlerin.

Tigran saß im Wagen, hinter Sonnenbrille und dunkler Würde verschanzt, und blickte unbewegt nach vorne.

»Fahren Sie«, sagte ich. »Wir sind hier fertig.«

Ich klappte die Sonnenblende herunter und betrachtete mein Gesicht im Spiegel. Es war rot und geschwollen, am Jochbein saß ein bläulich schillernder Fleck, mein Mund war schief, denn die Oberlippe war aufgeplatzt, und meine Augen waren dick. Um meinen Hals zog sich ein unregelmäßiges Muster rötlicher Abdrücke. Ich sah schrecklich aus: gedemütigt, geschunden, vernichtet.

Ich klappte die Blende wieder hinauf und sah auf den Fluss und versuchte, an etwas anderes zu denken, aber es war zu spät. Tränen schossen mir in die Augen, und Übelkeit stieg in mir auf.

»Halten Sie. Schnell. Sonst kotze ich Ihnen das Auto voll.«

Er fuhr rechts ran und bremste so scharf, dass ich nach vorne fiel und der Sicherheitsgurt tief in meinen Körper schnitt.

»Hey, wie sehen Sie aus? Was ist passiert?«

Er hatte es auch schon gemerkt.

Ich fingerte am Gurtschloss, riss die Tür auf und stolperte die Böschung hinunter. In meinem Magen war nur das Frühstück, aber ich würgte lange, als müsse ich alles ausspucken, was in mir war.

Er half mir hoch, als das Würgen endlich nachließ, legte den Arm um mich und wischte mir die Mischung aus Tränen, Rotz und Speichel aus dem Gesicht. Dann griff er in seinen Rucksack und reichte mir eine große Plastikflasche Cola: »Hier. Das tut Ihrem Magen gut, und Sie können den Mund damit ausspülen.«

Er sah mir dabei zu, und ich gab ihm die Flasche zurück und sagte: »Sehen Sie mich nicht an. Ich sehe furchtbar aus.«

»Stimmt«, sagte er.

Er legte seine Hand vorsichtig auf meine Wange. Nicht nur seine Hand war Andreas' Händen ähnlich, sondern auch seine Art, sie auf meine Wange zu legen.

Ich lehnte mich an ihn, und er legte auch den anderen Arm um mich und hielt mich fest. Über seine Schulter hinweg sah ich den Fluss, der breit und behäbig dalag, mit freundlichen Lastschiffen darauf. Obwohl die Sonne schien und es fast Mittag war, lag Dunst über dem Wasser, und es roch nach Wärme, Feuchtigkeit und dem Gras der Uferwiesen.

»Was ist Ihnen denn passiert?«, fragte Georg Vanderbek, als ich die Sonnenbrille abnahm.

Es war eine riesengroße Sonnenbrille aus den siebziger Jahren, die Frau Anadakadian aus einer ihrer Schubladen gekramt hatte und die das halbe Gesicht verdeckte, sodass ich mit ihr ziemlich normal aussah. Ohne sie konnte ich meinen Anblick selbst kaum ertragen.

»Ich hatte Ärger mit einem Zeugen.«

»Das muss aber ein sehr ärgerlicher Zeuge gewesen sein«, sagte er und lachte.

Mehr als das, dachte ich. Und es war überhaupt nicht witzig.

Er schien zu spüren, was ich dachte. »Setzen Sie sich. Machen Sie es sich bequem. Ich hole uns Kaffee.«

Ich setzte mich auf eines der starkfarbigen Sofas. Das Zimmer war liebevoll und mit einer Neigung zu Mustern, Messing und Seidenblumen eingerichtet, aber es schien, als sei die, die es eingerichtet hatte, nicht mehr da, denn es wirkte unbelebt und verlassen, auch wenn es sehr sauber war.

Georg Vanderbek stellte zwei Becher Kaffee, Süßstoff und eine Dose mit Kondensmilch auf den Tisch und setzte sich auf das andere Sofa. Er war ein breiter Mann mit einem breiten Gesicht und vielen kleinen dunkelblonden Locken auf einem ebenfalls breiten Schädel. Sein wohlgebauter Körper war wohl nicht nur der Natur, sondern auch dem Fitness-Studio zu verdanken, und seine Locken sahen nach Friseur aus.

»Wie geht's Eva?«, fragte er.

Darüber musste ich erst nachdenken. »Sie geht jeden Tag zum Friedhof. Und eigentlich ist sie ganz fröhlich. Irgendwie lebt sie jetzt mit der toten Maria statt mit der lebendigen. Verstehen Sie?«

»Ich müsste sie mal wieder anrufen«, sagte er. »Aber dann redet sie die ganze Zeit von Mia. Das halte ich nicht aus.«

»Mia?«

»So hat sie sich genannt, als sie klein war. Später wollte sie lieber Maria heißen, und alle mussten sie so nennen. Sogar ihre Mutter.« Er lächelte. »Bloß ich nicht. Ich durfte weiter Mia sagen.«

»Sie hat Sie geliebt, nicht wahr?«

»Doch, ja«, sagte er. »Und ich sie auch. Sie war fünf, als ich Eva kennen lernte, und wir waren fast wie Vater und Tochter. Was heißt fast? Ihr richtiger Vater war ja nicht mehr da. Den hat sie immer mal besucht, an den hohen Feiertagen, aber das war's auch schon.«

»Warum hat er die beiden eigentlich verlassen? Frau Silberhorn hat mir das nicht so recht erzählen wollen.«

»Sie redet nicht gern darüber. Zum einen war es die Frau, seine zweite, meine ich. Das ist eine, die kriegt, was sie will, und ihn wollte sie unbedingt. So wirkt er ja ziemlich schlafmützig, aber er kann auch sehr durchschlagend sein. In der Versicherung, wo er arbeitet, ist er wirklich gut. Sie war seine Kollegin. Heute ist er da wahrscheinlich ein ganz hohes Tier.«

Er nahm einen großen Schluck Kaffee. »Aber vor allem war es Evas Krankheit. Die Epilepsie. Die wurde damals diagnostiziert. War zwar gar nicht so schlimm, besonders am Anfang, aber ihn hat es furchtbar gestört. Kranksein, und dann noch so was? Gesund, normal, ordentlich, das war sein Ding. Stark. Tüchtig. Sauber. Perfekt. Er hat mir mal erzählt, dass er schreckliche Angst hat, Maria könnte das auch haben. Er hat darüber geredet, als wäre es die Pest.«

Er schüttelte sich. »So viel zu Werner Silberhorn. Sie wollten doch über Maria reden, oder?«

Ich nickte.

Nun redete er über sie, sprunghaft, ungeordnet, und zwischendurch war seine Stimme schwer von Liebe und Trauer, und er schluckte und schwieg eine Weile.

Phantasievoll war sie gewesen! Lange Geschichten hatte sie sich ausgedacht und mit Plüschtieren und Puppen und Plastikfiguren durchgespielt. Und verträumt war sie gewesen. In der Schule hatte sie erst lernen müssen, aufzupassen und sich zu konzentrieren.

Sie hatte unbedingt Ballerina werden wollen und ihre Mutter dazu gebracht, sie in der Ballettschule der Oper vorzustellen. Aber man hatte sie abgelehnt, und sie hatte wochenlang geweint und gewütet deswegen und war nicht zu trösten gewesen.

Sie war so gerne bei ihm gewesen! Wenn er handwerkerte oder las oder fernsah, hatte sie oft stundenlang bei ihm gesessen und gespielt und ihn nicht gestört oder doch nur ganz selten. »Georg«, hatte sie dann gesagt, »hörst du mich? Ich sag dir was.«

Ich ließ den Minirekorder in der Tasche und machte keine Notizen, sondern hörte nur zu und dachte an das Kind, das ich auf den Fotos von Werner Silberhorn gesehen hatte und das so bieder und fast ein bisschen beschränkt gewirkt hatte. Ganz anders als das, von dem Georg Vanderbek mir erzählte. Das Kind auf den Fotos hatte offenbar seinem Vater gefallen wollen.

Vanderbek redete und redete, wie getrieben, und ich kam mir in dem vollen Zimmer mit den schweren Gardinen, die den Blick nach draußen verschlossen, wie eingesperrt vor. Wie in einer Gruft, zusammen mit den Resten ehemals lebendiger Gefühle und Beziehungen.

Weil ich es nicht mehr aushielt, unterbrach ich ihn: »Warum sind Sie gegangen, wenn es so schön war?«

Er zuckte zusammen.

»Tut mir Leid. Ich wollte nicht –«

»Ist schon gut«, sagte er. »Die Frage ist berechtigt.« Er zögerte. »Hören Sie, Sie werden doch nicht weitersagen, was ich Ihnen hier erzähle? Und schon gar nicht Eva?«

»Bestimmt nicht. Darauf können Sie sich verlassen.«

Er räusperte sich. »Ich halte es nie lange mit einer Frau aus. Mit den beiden noch am längsten, immerhin vier Jahre. Viereinhalb sogar. Wegen Mia, aber auch wegen Eva. Ich bin nicht treu, wissen Sie, das liegt mir nicht, ich habe immer so meine Geschichten nebenher, hatte ich auch bei ihr, aber sie hat mich gelassen. Sie hat nie gefragt, wo ich gewesen war, sie hat sich einfach gefreut, dass ich wieder da war. Und sie war eine feine Frau, gut im Bett, wenn ich das mal so sagen darf, sie kochte gut, und dann war das eine so gemütliche Wohnung ...«

Er sah sich um. »Noch viel gemütlicher als die hier.«

Noch voller, dachte ich. Noch mehr Kleinkram. Noch mehr abzustauben.

»Ich hätte bleiben sollen. Eigentlich habe ich es auch gewollt. Es war mal Zeit, dass ich wo blieb. Aber dann hat's mich doch gepackt, und ich bin abgehauen. Ich weiß, das war schlimm für die beiden. Wir waren wie eine Familie. Und für die Kleine war ich praktisch der Vater.«

Er starrte vor sich auf den Couchtisch, der aus Marmor war, aus weißem und schwarzem Marmor. Kerzenleuchter standen darauf, Seidenblumen in Kristallglas und eine Figur aus Messing, die eine Frau darstellte, mit einem weiten Rock.

Er sah sie an, als habe er sie noch nie gesehen, und nahm sie hoch, und es gab einen feinen süßen Klang, denn es war eine Glocke, deren Klöppel unter dem Rock hing.

Er schüttelte den Kopf und stellte sie wieder hin. »Und ich denke immer: Wäre ich doch da geblieben. Dann wäre das nicht passiert.«

So ist es, dachte ich. Du weißt gar nicht, wie recht du hast.

Ich hatte ihm eigentlich von Maria und den Männern erzählen und ihn fragen wollen, wie er darüber dachte. Er kannte sie gut, besser als alle anderen, vermutlich auch besser als ihre Mutter. Aber er sah so gepeinigt aus, dass ich es nicht übers Herz brachte. Es würde eine Pein ohne Ende werden, wenn er davon erfuhr.

Er murmelte etwas von Kaffeemachen und ging hinaus.

Ich betrachtete die Schrankwand, die ein paar Bücher, Zeitschriftenstapel, mehrere Reihen CDs und Videokassetten enthielt. Hinter Vitrinentüren gab es Gläser, Silberzeug und in einem der oberen Regale eine Reihe von Fotos in Standrahmen.

Ich ging hinüber und sah sie mir an: ein älteres Paar in Fotoatelierpositur, ein Gruppenbild von einer heiteren Familienfeier, Vanderbek mit einem Tennisschläger im einen und einem Pokal im anderen Arm. Das Foto einer hübschen zierlichen Frau in einem türkisfarbenen Abendkleid und, ein wenig nach hinten gerückt, ein Bild von Maria und ihrer Mutter.

Eva Silberhorn stand an einer Parkbank, in Jeans und

T-Shirt, das Haar noch ungefärbt, das Gesicht noch glatt und jung, und lachte, und an ihrer Hand, auf der Banklehne, balancierte Maria wie eine Ballett-Tänzerin, die Wangen kleinmädchenhaft rund, die langen Haare zu einem Knoten aufgesteckt. Ihr Gesicht war eine rührende Mischung aus Anspannung und Stolz.

»Da kannten wir uns ungefähr ein Jahr«, sagte Georg Vanderbek neben mir. »Mia war gerade in die Schule gekommen. Nettes Bild, nicht?«

Ich nickte.

Er reichte mir einen Kaffeebecher und wies mit dem anderen auf das Bild der Frau im Abendkleid. »Stefanie. Die erste Frau, die mich verlassen hat. Dabei wäre ich bei der gerne geblieben. Wegen ihr habe ich das Haus hier gekauft.« Er seufzte. »Eigenartig, nicht? Da will ich mal eine unbedingt, und dann ausgerechnet die, die mich nicht will.«

Eben darum, dachte ich. Findest du das wirklich so eigenartig?

Die Luft war so dick von hilflosem Kummer und Selbstmitleid, dass ich es nicht mehr aushielt. Ich gab ihm den Kaffeebecher zurück.

»Ich muss jetzt gehen«, sagte ich. »Vielen Dank.«

»Schon?«, sagte er. »Schade. Ich hätte Sie gerne zum Essen eingeladen. Um die Ecke gibt's einen guten Italiener.«

»Wirklich nicht. Danke.«

Er ging langsam und widerwillig voraus zur Tür. Im Flur fragte er: »Was haben eigentlich die anderen gesagt?«

»Welche anderen?«

»Evas andere Männer.«

»Welche anderen Männer?«

»Sie hatte doch noch andere Männer, außer Werner und mir«, sagte er. »Zwei vor mir und einen nach mir, glaube ich.«

»Davon hat sie mir nichts gesagt.«

»Ist aber so. Eva ist eine richtige Frau, wissen Sie, die

brauchte immer sofort wieder einen Mann, die konnte gar nicht ohne.«

Ach so, dachte ich. Nun weiß ich endlich, was eine richtige Frau ist.

»Wissen Sie was über diese anderen Männer?«, fragte ich.

»Aber ja«, sagte er zufrieden. »Wo möchten Sie darüber reden? Hier oder beim Italiener?«

10

»Silber, edles Porzellan, Kristallglas«, deklamierte Frau Beifuss. »Spiegel, Leuchter, Teppich, Kamelhaardecke. Eine Städtereise. Ein Kunstgegenstand. Etwas fürs Auto …«

»Hören Sie auf!«

Sie sah stolz auf ihre Liste: »Ein Fitnessgerät. Etwas für Sport, Freizeit, Hobby … eine Pistole zum Beispiel. Er schießt doch so gerne.«

»Eine Pistole? Zur Hochzeit?«

»Ach so. Ja, das geht nicht. Das wäre wie ein schlechtes Omen. Wie ein Fluch, der über ihrer Ehe liegt.«

Ich stellte mir vor, wie Herr Fischler und Silke in der neuen Wohnung, von der er uns ständig erzählte, von dem Fluch heimgesucht würden, mit Türenknarren, Käuzchenschrei und dumpfem Glockenschlag, und kicherte.

Frau Beifuss blieb ernst. »Also keine Pistole«, sagte sie und strich diesen Punkt auf ihrer Liste.

»Sollten wir ihn nicht einfach fragen?«

»Männer haben doch von so was keine Ahnung. Aber ich habe mit ihr telefoniert. Sie sagt, nichts für den Haushalt, sie haben schon alles. Und sie würden sich am liebsten überraschen lassen. Na, wir haben ja genug Auswahl.«

Und wir würden endlose Diskussionen haben. Sie fand sich nicht eigensinnig und rechthaberisch, und ich fand mich nicht eigensinnig und rechthaberisch. Aber zusammen waren wir es. Ich wünschte mir einen Moment lang, Herr Fischler würde nicht heiraten.

Das Telefon klingelte. Sie hob ab.

»Für Sie, Frau Wolf«. Sie reichte mir den Hörer. »Eine Frau Januszek.«

»Hallo, Rosemarie«, sagte ich erleichtert.

»Hallo, Anna«, sagte Rosemarie.

»Ist irgendwas? Deine Stimme klingt so komisch.«

»Ich –« Sie räusperte sich und holte tief Luft. »Ich tue jetzt etwas, was deine Mutter nicht will. Sie hat mir verboten, darüber zu sprechen. Sie hat gesagt, sie redet nie wieder ein Wort mit mir, wenn ich dir davon erzähle. Ich sage es dir trotzdem …«

»Aber was denn?«

»Deiner Mutter geht es nicht gut. Bitte komm. Ich glaube, dann würde es ihr besser gehen.«

»Aber was hat sie denn?«

Sie holte wieder tief Luft, und es klang, als wäre sie am Ertrinken: »Sie hat Krebs, ich meine, sie hatte Krebs, nicht so schlimm, nur eine Schwellung im Hals, und jetzt hat sie wahrscheinlich keinen mehr und eigentlich eine gute Prognose, sagt die Ärztin. Aber sie ist so furchtbar erschöpft von der Chemotherapie. So dünn, so schwach. Sie isst nicht. Sie schläft die ganze Zeit. Ich habe solche Angst. Wenn sie – oh, Gott, ich darf gar nicht daran denken. Dann wäre ich ganz allein. Bitte komm«, wiederholte sie beschwörend. »Ich glaube, dann würde es ihr besser gehen.«

Ich hatte noch nie erlebt, dass Rosemarie Angst hatte. Dass sie es zugab, kam einem Wunder gleich. Es erschreckte mich beinahe mehr als alles andere: dass meine Mutter Krebs hatte und dass sie mir nichts davon gesagt und dass ich nichts davon gemerkt hatte.

»Ich komme«, sagte ich. »Um vier bin ich da.«

»O ja«, sagte sie. »Ich warte auf dich. Bis um vier, Anna.«

Sie stand vor dem Gartentor, als ich in die Straße einbog, und sah aus, als hätte sie seit unserem Gespräch dort gestanden und gewartet. Ihr weißes Haar leuchtete wie immer, sie trug etwas Weites, Wallendes in starkem Rosa, wie immer, doch ihr Gesicht unter dem vollen Pony war klein und verschreckt.

Sie öffnete die Autotür, noch bevor ich den Motor ausgemacht hatte, zog mich heraus und drückte mich an sich.

»Oh, Gott sei Dank, Gott sei Dank, dass du da bist. Komm, sie liegt oben in meinem Zimmer. Nein, lass den Wagen und das Gepäck, das mache ich, geh du rauf!«

Meine Mutter schlief auf Rosemaries Chaiselongue, bedeckt von Rosemaries Kaschmirdecke, neben sich ein Tischchen mit Rosemaries schöner alter Biedermeieruhr, einer Topfpflanze und einem Obstteller. Dies alles, und mittendrin meine schlummernde Mutter, wirkte dramatisch und unwirklich und beinahe komisch, und mir wurde ein bisschen leichter.

Sie war wirklich sehr dünn, ihre Haut sonderbar glatt und gelblich und ihr Kopf von winzigen Löckchen bedeckt, als hätte man sie geschoren. Sie wirkte jung und verletzlich mit dem glatten Gesicht und den kurzen Haaren.

Ich setzte mich vorsichtig auf die Chaiselongue und sah sie an, und nach einer Weile öffnete sie die Augen, als hätte sie meinen Blick gespürt.

»Anna«, sagt sie und lächelte.

»Hallo, Mama.«

»Wie schön, dass du da bist.«

Ich nahm ihre Hand, und sie lag nur da und sah mich an und lächelte. Dann wanderten ihre Augen zur Tür und weiteten sich vor Erstaunen.

Dort stand Rosemarie, die Hände andächtig vor dem Mund gefaltet. Sie legte den Finger auf die Lippen, machte eine Art segnender Gebärde und verließ auf Zehenspitzen das Zimmer.

»Was ist mit ihr?«, fragte meine Mutter besorgt. »Geht es ihr nicht gut?«

»Sie hat eine Scheißangst, dass du stirbst und sie alleine lässt«, sagte ich.

»Rosemarie hat Angst?«

»Ja, stell dir vor.«

Sie lächelte, schüttelte den Kopf und schloss die Augen. Das Lächeln blieb in ihrem Gesicht hängen, während sie einschlief, es hatte etwas Zartes, Schwebendes, so hatte ich sie noch nie lächeln sehen, und plötzlich begriff ich, warum Rosemarie Angst hatte.

Ich saß ganz still und sah auf ihr Gesicht und das schreckliche Lächeln. Stirb nicht, Mama, flüsterte eine Stimme in mir, bitte stirb nicht. Dann bin ich ganz allein.

Sie schlief fast immer in den nächsten Tagen, und ich saß bei ihr und sah durch die geöffnete Balkontür in die Obstbäume auf der Wiese hinter dem Haus. Es war warm, ein kleiner Wind ging, silbergrün waren die Blätter der Apfelbäume, graugrün die der Pflaumenbäume, und nur das helle Grün der Kirschbäume hob sich stark und leuchtend vom Grau des Himmels ab.

Grün, dachte ich, Susanne mag Grün. Wer hat das gesagt? Andreas hat das gesagt, irgendwann im letzten Winter. Andreas. Marek. Tigran. Was für ein Durcheinander von Männern in meinem Leben.

Tigran. Sein magerer brauner Körper, beinahe noch jungenhaft, war ungewohnt leicht und schmal in meinen Armen gewesen, sein Mund hatte nach dem süßen gewürzten Tee geschmeckt, den es bei seiner Mutter gab, und seine Art, mich zu lieben, war wunderbar heftig.

»Dein Herz klopft so stark«, sagte er und schob seine Hand zwischen seinen Brustkorb und meinen. »Und ein bisschen unregelmäßig. Ist irgendwas nicht in Ordnung damit? Hast du Herzrhythmusstörungen?«

Er studierte Medizin im zweiten Semester.

»Nein«, sagte ich. »Aber so, wie du mit mir umspringst, ist es doch kein Wunder, wenn ich Herzklopfen kriege.«

Er schwieg, und ich konnte beinahe hören, wie es in ihm arbeitete. Nach einer Weile machte er Licht, zog seinen Arm unter meiner Schulter hervor und sah mich ernst an.

»Willst du …« Er räusperte sich. »Willst du damit sagen, es ist nicht gut für dich?«

»Nein«, sagte ich. »Ich will damit sagen, es ist gut. Sehr gut.«

Seine Augen leuchteten auf, und er legte seine Hand auf meine Wange und strich über meine Blutergüsse.

»Bitte! Sieh mich nicht an. Mach das Licht wieder aus. Ich will nicht, dass du mich als das Monster in Erinnerung behältst, mit dem du das Bett geteilt hast.«

Dies befand er keiner Antwort für würdig. »Meine Mutter hat mir eine Salbe für dich mitgegeben.«

Er sprang aus dem Bett, hockte sich vor seinen Rucksack und begann, darin herum zu wühlen. Ich sah ihm dabei zu und lauschte auf die Regungen meines Gewissens.

Seine Mutter hatte gesagt, er müsse sich um mich kümmern, sein Onkel, er solle auf mich aufpassen, aber sie hatten damit bestimmt nicht gemeint, dass er das in meinem Bett tun sollte. Ich hatte ihn nicht verführt, wahrhaftig nicht, aber ich war verantwortlich dafür, denn ich war die Ältere. So viel älter! Zwölf Jahre. Er war zwanzig.

Immerhin zwanzig, sagte ich zu meinem Gewissen, alt genug. Er darf wählen, Alkohol trinken, Auto fahren, und er kann es, auch Lastwagen und Motorräder, er war bei der Bundeswehr und hat mit riesigen Lastern Hilfsgüter in Katastrophengebiete gebracht! Da wird er wohl selber verantworten können, mit wem er ins Bett geht.

Aber er sah so jung und wehrlos aus, wie er nackt vor dem Rucksack kniete, dass ich die Augen zumachte und sie erst wieder öffnete, als ich seine Finger auf meinem Gesicht fühlte und die Salbe roch.

»Es ist schon viel besser«, sagte er. »Dein Bindegewebe ist äußerst stabil und regenerationsfähig. In ein paar Tagen wird man kaum noch was sehen.«

»Danke«, sagte ich, langte hinüber und machte die Lampe aus, sodass nur noch das Nachmittagslicht durch die

Vorhänge drang. Ich streichelte seine glatte Haut, küsste seine weichen Lippen und seinen Hals und seine Brust und hörte sein Seufzen und spürte an meinem Bauch, wie seine Erregung wuchs, bis er es nicht mehr aushielt. Er schob mich auf den Rücken und drang so schnell und stark in mich ein, dass ich laut stöhnte.

»Darf ich das so?«, fragte er erschrocken. »Springe ich zu sehr mit dir um?«

»Überhaupt nicht«, sagte ich, »mach weiter, bitte.«

Ich war länger geblieben, damit mein Gesicht Zeit hatte zu heilen, und hatte mir ein anderes Hotel gesucht, ein kleines zwischen Bahnhof und Dom, und wir waren in den Dom gegangen und in die Museen und hatten am Flussufer Picknick gemacht und viel Zeit in dem kleinen Hotel verbracht, bevor ich wieder fuhr.

»Ich könnte dich nach Hause bringen«, hatte er gesagt.

»Lass mich lieber mit dem Zug fahren«, hatte ich geantwortet. »Ich rufe dich an.«

Er hatte mich zum Bahnhof gebracht und meine Reisetasche ins Abteil getragen und kurz seine Hand auf meine Wange gelegt. Wieder draußen auf dem Bahnsteig, hatte er die Sonnenbrille aufgesetzt und unbewegt da gestanden, bis der Zug abfuhr.

Ich betastete mein Gesicht. Es war verheilt, nur über dem Jochbein lag noch ein grünlichgelber Schatten. Aber es fühlte sich immer noch wie wund an und tat weh, wenn ich drückte.

Die Zimmertür knarrte und öffnete sich, Rosemarie erschien im Türspalt, legte den Finger auf die Lippen und winkte mich heran.

Ich kannte sie mein Leben lang, und mein Leben lang war sie mir zu laut gewesen, zu rücksichtslos, zu eigensüchtig. Nun, da sie auf einmal leise und achtsam war, ging sie mir schrecklich auf die Nerven und machte mich auf unerklärliche Weise wütend.

»Was ist denn?«, zischte ich.

»Ihr Mittagessen«, flüsterte sie.

»Bring es doch her! Wir müssen sie sowieso wecken, damit sie es essen kann.«

Behutsam trug sie ein Tablett herein, und ich strich meiner Mutter über die Wange und sagte: »Aufwachen, Mama. Essen.« Sie öffnete die Augen, lächelte, setzte sich auf und ließ sich den Morgenmantel um die Schultern legen. Rosemarie schob das Tischchen mit dem Tablett heran. »Rindfleischbrühe. Hühnerbrust in Sahnesoße. Und Creme Caramel!«, deklamierte sie. Sie schlug eine Leinenserviette auf und breitete sie meiner Mutter über den Schoß. »Und du musst alles aufessen, bitte, Annette!«

Sie huschte hinaus. Ich verdrehte die Augen. Meine Mutter lächelte, das schreckliche schwebende Lächeln.

Von der Suppe nahm sie ein paar Löffel, vom Huhn zwei Bissen, kaute ewig und ließ schließlich die Gabel sinken.

»Bitte, Mama«, sagte ich.

Sie schüttelte weiter den Kopf.

»Iss wenigstens die Creme Caramel. Die magst du doch so gern.«

Nach drei winzigen Happen legte sie den Löffel hin und schob das Tischchen von sich.

»Bitte, bitte!«, sagte ich. »Rosemarie jammert mir die Ohren voll, wenn du nichts isst.«

»Iss du es. Dann merkt sie es nicht.«

Sie legte sich zurück, zog die Decke über sich und sah mir beim Essen zu, und als ich fertig war, schloss sie die Augen und schlief wieder ein, Zufriedenheit im Gesicht.

Ich saß vor dem abgegessenen Tablett, den säuerlichen Essensgeruch in der Nase. Der Wind war stärker geworden und hatte die Balkontüren zugedrückt. Die Luft im Zimmer war dumpf, und der graue Himmel draußen ließ das Licht trüb und glasig erschienen, als wären wir unter Wasser.

Ich sah auf das stille Gesicht meiner Mutter und hatte

plötzlich das Gefühl, sie wäre schon tot und ich ganz alleine auf einem kalten Planeten in einem leeren Weltall. Ich sprang auf und ging hinaus auf den Balkon.

Sie stirbt nicht, dachte ich und blickte auf die Nachbargärten, deren Beerenbüsche, Gemüsebeete und Wäscheleinen etwas Beruhigendes hatten. Sie ist erst achtundsechzig, und der Krebs ist weg, wahrscheinlich jedenfalls, und an der Chemotherapie stirbt man nicht, außer manchmal, sagt die Ärztin, wenn die Immunabwehr stark herabgesetzt ist. Oder die Lebenskraft gering. Oder der Lebenswille.

»Das scheint bei Ihrer Mutter der Fall zu sein«, hatte die Ärztin hinzugefügt, und wenn sie nicht bald wieder esse, müsse sie in die Klinik, zur künstlichen Ernährung. »Das bringt sie bestimmt um«, hatte ich geantwortet. »Sie will nicht an Schläuche und Maschinen, auf gar keinen Fall. Wir können sie doch nicht festbinden!«

Der Nachbar, ein großer, dünner, alter Mann, der seine Stangenbohnen erntete, nahm die Mütze ab, verbeugte sich in meine Richtung und winkte. Er verwechselte mich mit meiner Mutter. Ich winkte zurück.

»Bleibst du ein bisschen?«, hatte sie am ersten Nachmittag gefragt. »Natürlich bleibe ich«, hatte ich gesagt und hinzufügen wollen: bis nächste Woche, aber als ich die Freude in ihrem Gesicht gesehen hatte, hatte ich es hinunter geschluckt. Dafür musste sie erst Krebs kriegen, hatte ich gedacht, damit ich das mal sage. Hätte ich es doch früher gesagt. Verdammt.

»Na, meine kleine Anna?«, sagte mir jemand ins Ohr, und ich erschrak so sehr, das ich zusammenfuhr und einen kleinen Sprung tat.

»Rosemarie! Schleich dich doch nicht so an! Und flüstere mir nicht ins Ohr!«

»Entschuldige! Ich wollte Annette nicht wecken. Sie schläft sich gesund. Und hast du gesehen? Sie hat alles aufgegessen. Ach, ich bin so froh.«

Verdammt, dachte ich. Sie schläft sich nicht gesund, und sie hat auch nicht alles aufgegessen.

»Sieh mal«, sie winkte heftig, »da ist Herr Adler. Unglaublich rüstig, dieser Mann. Und so aufmerksam. Schippt uns den Schnee und mäht den Rasen. Er kann sich nur nicht recht für eine von uns entscheiden, der Arme. Dabei wollen wir ihn beide nicht.«

Das hast du mir schon dreimal erzählt«, dachte ich.

»Ich geh mal wieder runter«, sagte sie. »Ach, und ich habe dir Nudelauflauf gemacht. Den hast du doch als Kind so gemocht. Du bist viel zu dünn, genau wie deine Mutter.«

Ich hasse Nudelauflauf, dachte ich.

Ich stand noch eine Weile am Geländer und sah Herrn Adler zu, wie er die Bohnenranken heraus riss und das Beet harkte, bis es so adrett aussah, als hätte er es gesaugt. Dann winkte er, wies mit großer Geste auf einen Korb mit Bohnen und machte die Bewegung des Bringens.

Ich hasse Bohnen, dachte ich und ging hinein.

Meine Mutter lag immer noch da wie Dornröschen. Rosemarie hatte die abgeblühte Topfpflanze durch eine üppige Begonie ersetzt, eine Thermoskanne mit Tee daneben gestellt und eine weitere Decke über meine Mutter gebreitet.

Ich setzte mich auf den Rand der Chaiselongue und sah ihr beim Schlafen zu und dachte lange nach.

»Na gut, Mama«, sagte ich schließlich. »Ich bleibe. Solange du willst.«

Erst musste ich noch nach Hause und etwas erledigen.

»Oh, Frau Wolf, das tut mir schrecklich Leid mit Ihrer Mutter«, sagte Frau Beifuss. »Homöopathie! Sie behandeln sie doch sicher mit Homöopathie, nicht wahr? Mit klassischer Homöopathie!«

Ich nickte. Sie war die dritte, die mich das fragte, und ich wollte nicht noch einen Vortrag über die Heilkräfte der Homöopathie hören, ob klassisch oder nicht.

»Kommen Sie dann etwa nicht zu meiner Hochzeit?«, fragte Herr Fischler, der nur einen einzigen Gedanken im Kopf hatte, der ihm wirklich wichtig erschien.

»Natürlich komme ich«, sagte ich.

Er verließ zufrieden das Zimmer.

»Und was ist mit seinem Hochzeitsgeschenk?«, fragte Frau Beifuss.

»Kaufen Sie es alleine, das erspart uns viel. Wir würden uns bloß streiten, das wissen Sie doch.«

Sie lachte: »Ich sage Bescheid, wenn ich was habe. Es wird Ihnen bestimmt auch gefallen.«

Marek rief an. »Bist du endlich wieder da?«, fragte er.

»Du warst sechs Wochen auf Amrum«, sagte ich. »Fast sieben. Ewig lang!«

»Eben. Und kaum bin ich wieder da, verschwindest du. Sehen wir uns heute?«

»Ich weiß es noch nicht«, sagte ich. »Ich komme, sobald ich kann.«

Rosemarie rief an, um mir zu sagen, dass sie die Gardinen im Gästezimmer gewaschen und meine Lieblingsblumen hineingestellt hätte. Und dass meine Mutter heute Mittag nichts gegessen hätte. Und wann ich denn käme.

Ich war gerade erst gefahren. »Sobald ich hier fertig bin«, sagte ich ungeduldig.

»Wann ist das, Anna?«

»Morgen. Oder übermorgen. Ich weiß es einfach nicht.«

Ich wusste es nicht, weil ich noch nie einen Bericht für die Polizei geschrieben hatte. Er musste sehr gut werden, genau so, wie es das »Handbuch der Kriminalistik« vorschrieb, das in Jochens Regal stand und auf dem Schreibtisch von Herrn Fischler und bestimmt auch bei Herbert Gobineau.

Ich saß da und starrte auf den Inhalt des Ordners »Maria S.«, den ich ausgedruckt und auf dem Schreibtisch ausgebreitet hatte. Ihr ganzes Leben auf Papier. Dazu die Bilder, die Joachim Dietrich von ihr gemacht hatte.

Auf einem Foto trug sie einen rosenroten Bikini und stand bis zu den Knien im Wasser eines Sees. Auf einem anderen hielt sie einen Plüschbären im Arm, ein Lebkuchenherz hing an ihrem Hals, sie lächelte mit schräg geneigtem Kopf, und hinter ihr waren Jahrmarktbuden zu erkennen. Ich suchte ein Vergrößerungsglas aus der Schublade und entzifferte die Aufschrift auf dem Herz: »Mein lieber Schatz«.

Die Fotos ihres Vater fielen mir ein, sie waren ähnlich wie diese, nur dass sie dort angespannt posiert und bemüht gelächelt hatte. Hier wirkte sie gelöst und ausgelassen und viel mehr wie ein Kind, das von seinem Vater fotografiert wird. Als wäre Joachim Dietrich ihr Vater gewesen.

Nur dass man mit seinem Vater nicht schläft, dachte ich. Aber es gibt ja Beziehungen mit großem Altersunterschied, in denen viel steckt von Vater und Tochter, und warum nicht? Sie hatte keinen Vater, der war gegangen, und sicher hatte sie Sehnsucht nach einem.

Das könnte ihr Verhältnis zu Joachim Dietrich erklären. Aber zu den anderen? So viele Ersatzväter?

Sie hatte auch viele Väter gehabt. Vanderbek hatte mir erzählt, was er davon wusste. Frau Silberhorn hatte nicht darüber sprechen wollen: »Das ist doch so lange her. Ist das noch wichtig?«

»Vor mir gab's zwei«, hatte Vanderbek gesagt. »Der erste hieß Rudi Gerne, der andere Bernhard Schuster. Waren beide Finanzbeamte im Stadtsteueramt, da hat Eva damals noch gearbeitet. Und nach mir kam noch einer, der hieß Helmut, glaube ich.«

»Und wo sind die alle geblieben?«, hatte ich gefragt.

»Der Rudi ist wieder nach Berlin, wo er herkam. Der Bernhard – na ja, da bin ich gekommen. Und Helmut? Soweit ich weiß, ist der zurück zu seiner Frau.«

»So viele Väter. Und alle sind gegangen.«

»Ja, Scheiße, nicht? Wem sagen Sie das«, hatte er schuldbewusst geantwortet.

Ich sah auf ihr weiches vertrauensvolles Gesicht über dem großen Lebkuchenherz und dachte an die Bilder ihres Vaters, auf denen sie bemüht war, ihm alles recht zu machen, und an das Foto in Vanderbeks Regal, auf dem sie stolz und glücklich wirkte und so sicher, dass sie einen Vater gefunden hatte.

Aber dann ging auch Vanderbek. Alle gingen. Wie schrecklich muss das für sie gewesen sein, dachte ich. Bestimmt verstand sie nicht, warum, sie war ja noch ein Kind. Vielleicht dachte sie, sie wäre es nicht wert, dass mal einer blieb. Kinder denken so was. Und wie hilflos muss sie gewesen sein. Wie ohnmächtig. Sie konnte nichts dagegen tun. Sie konnte immer nur hoffen und sich anstrengen und es ihnen recht machen, damit sie vielleicht blieben. Aber das half auch nicht.

Auf den Schwarz-Weiß–Fotos, die Dietrich im Hotelzimmer von ihr gemacht hatte, nackt auf dem Sofa, sah sie ganz anders aus als auf den bunten Schnappschüssen: abwesend, unbeteiligt, beinahe herablassend, mit einem fernen Lächeln.

So hat sie auch immer im roten Fenster ausgesehen, dachte ich, wenn die Männer bei ihr waren. Sie wirkte nie leidenschaftlich oder lustvoll. Eher wie jemand, der etwas Notwendiges absolviert, aber nicht widerwillig, sondern zufrieden, geradezu heiter, mit ihrem ewig gleichen leichten Lächeln. Beinahe triumphierend.

Frau Beifuss kam herein und legte die Post auf den Tisch.

Ich deckte Marias nackten Körper ab, sodass nur der Kopf zu sehen war.

»Schauen Sie mal«, sagte ich. »Wie sieht das Mädchen aus?«

»Hübsch. Sehr hübsch.«

»Das auch. Und sonst?«

Sie sah genauer hin. »Selbstbewusst. Wie eine, die kriegt, was sie will. Die weiß, wo es lang geht.«

»Aha«, sagte ich. »Interessant.«
»Stimmt es?«
»Ich weiß es nicht. Aber wenn Sie es sagen ...«
»Sie nehmen mich auf den Arm!«
»Nein«, sagte ich. »Sie haben einen guten Blick für Menschen.«
Sie verließ zufrieden das Zimmer.

Ich nahm die Hand vom Foto. Ihr weißer Körper mit seinen vollen glatten Rundungen war sehr schön. Sie hatte die Nacktfotos eigentlich nicht machen wollen, hatte Dietrich mir erzählt. Sie hatte es nur getan, weil er es unbedingt gewollt hatte.

Aber warum sieht sie dann aus wie eine, die bekommt, was sie will?, dachte ich.

Und dann verstand ich es plötzlich. Weil sie es bekam. Weil sie endlich etwas hatte, weswegen die Männer blieben. Sie hatte sich Väter gesucht, die sie halten konnte, indem sie ihnen etwas gab, was sie unbedingt haben wollten: ihren Körper. Sie war nicht mehr ohnmächtig, sie hatte die Macht ergriffen.

Jedenfalls schien es so. Bis einer von ihnen sie niederschlug und mit ihrem Kopfkissen erstickte.

Diesmal saß ich nur kurz vor Herbert Gobineaus Tür, obwohl ich gerne gewartet hätte. Am liebsten für immer. Aber er holte mich bald herein und war in so beschwingter Stimmung, dass er eigentlich nur verliebt sein konnte. Oder frisch befördert. Er trug ein blaues Hemd in der Farbe seiner Augen und hatte sein schönes rotes Haar schneiden und sich einen kurzen Bart wachsen lassen, der seinen Mund umrahmte und ihn aussehen ließ wie einen französischen König.

»Hallo, Frau Wolf«, sagte er. »Wie geht's Ihnen? Was kann ich für Sie tun? Ein paar Auskünfte über den Fall Silberhorn gefällig?«

Ich sah ihn entgeistert an.

Er hob die Hände und lächelte breit: »Ein kleiner Scherz.«

Ich fand es gar nicht komisch.

Ich öffnete meine Aktenmappe, nahm den Bericht heraus und legte ihn vor ihn hin. »Das wollte ich Ihnen geben, Herr Gobineau.«

»Aha«, sagte er fröhlich, »was ist denn das?«

»Ein Bericht. Über die Männer, die ich bei Maria Silberhorn gesehen habe, durch mein Badezimmerfenster. Ich habe sie gefunden.«

Er starrte mich an, sein Kopf ruckte nach vorne, er senkte den Blick auf das Papier und begann zu lesen, stumm, unbewegt. Ich versuchte, lautlos zu atmen. Das einzige Geräusch im Zimmer kam vom Umblättern der Seiten.

Als er fertig war, hob er langsam den Kopf. Seine Augen traten stark hervor und waren dunkel vor Zorn.

»Und davon sagen Sie mir nichts? Seit Ende April? Wir haben September. Vier Monate! Und Sie sagen mir nichts! Pfuschen stattdessen selber herum! Das ist Behinderung der Polizeiarbeit, Unterschlagung von Beweismitteln, Amtsanmaßung! Freiheitsstrafe bis zu zwei Jahren in schweren Fällen, und dies ist einer!«

»Ja«, sagte ich.

»Was soll das heißen, ja?«

»Sie haben Recht«, sagte ich. »Es war falsch. Es tut mir sehr Leid.«

»Davon habe ich nichts. Und das getötete Mädchen auch nicht. Oder ihre Mutter. Warum haben Sie das getan? Nennen Sie mir einen guten Grund!«

Ja, warum?, dachte ich. Weil ich es selber machen wollte. Beweisen, dass ich es kann. Weil ich es dir zeigen wollte, weil du mir nicht geglaubt, sondern mich für leicht verwirrt gehalten hast. Und weil ich Schuldgefühle hatte wegen Maria. Aber das sind lauter schlechte Gründe.

»Es gibt keinen guten Grund«, sagte ich.

Er sah mich immer noch so an, mit wildem, zornigem Blick, und dachte nach.

»Sie können gehen«, sagte er nach einer Weile. »Fürs erste. Sie halten sich zur Verfügung.«

»Ich muss an den Bodensee.«

»Sie machen jetzt keinen Urlaub. Sie bleiben hier.«

»Meine Mutter lebt dort. Sie war sehr krank und erholt sich nur schwer und wartet auf mich. Aber ich komme jederzeit her, wenn Sie mich brauchen.«

Er überlegte, blickte voller Abscheu auf den Bericht und dann auf mich und machte mit den Händen eine wedelnde Bewegung Richtung Tür, in der Art, wie man Hühner scheucht. Oder die Dienerschaft entlässt.

Ärger stieg in mir hoch, und ich wollte aufbegehren, aber dann dachte ich, dass dies nicht der Tag des Aufbegehrens war, sondern der Tag von Sack und Asche, und ging.

11

Frau Silberhorn saß auf ihrem Sofa mit der tigergemusterten Plüschdecke, die Hände im Schoß verkrampft. Ihrem schwarzen Kleid sah man inzwischen an, dass es das einzige Kleidungsstück war, das sie trug, und ihr Haar war halb blond, halb dunkel, weil sie es nicht mehr färbte. Ihr Gesicht war bleich und gedunsen, die Augen gerötet. Sie hatte Anfälle, weil sie ihre Tabletten nicht regelmäßig nahm und nicht genug schlief, hatte Frau Cohn mir erzählt.

Auf dem Sideboard, zwischen Leuchtern, Keramikfiguren und einem hässlichen Teddybär aus Stroh, stand ein großes Foto von Maria. Es zeigte sie, wie wir sie gefunden hatten, in dem blauen Samtkleid, mit dem Goldkreuz um den Hals. Ihr Haar war in der Mitte gescheitelt und zu einem Pferdeschwanz zurückgebunden, und ihr Gesicht war zart und hübsch und sehr rührend, weil sie so ernsthaft und erwachsen auszusehen versuchte.

Ich zeigte auf das Bild: »Wie alt war sie da?«

»Dreizehn«, sagte sie, »dreizehn Jahre und drei Monate. Das war bei ihrer Konfirmation. Sie war ein bisschen früh dran, aber sie wollte unbedingt zusammen mit ihrer Freundin konfirmiert werden.«

Sie war auch sonst ein bisschen früh dran, dachte ich. In der Zeit davor hatte sie Dietrich und Littner kennen gelernt. Und mit ihnen geschlafen.

»Das ist mein Bericht«, sagte ich und legte den rosenroten Hefter, den ich extra besorgt hatte, vor Frau Silberhorn auf den Tisch.

Sie nahm ihn mit beiden Händen, legte ihn auf den Schoß, betrachtete ihn und strich über das opalisierende Plastikmaterial. »Schön«, sagte sie. »Die Farbe. Und dass es so schillert. Das hätte ihr gefallen.«

»Darum habe ich ihn ja auch gekauft.«

Sie lächelte, schief und müde.

Ich hatte gedacht, sie würde hineinschauen, nachfragen, wissen wollen, ob das alles war, ob ich nicht mehr heraus gefunden hatte. Aber sie saß einfach nur da und sah auf den Hefter.

»Die Polizei war hier«, sagte sie. »Sie haben ihr Zimmer noch mal durchsucht. Und die ganze Wohnung. Sie haben etwas gefunden, in ihrem alten Kinderversteck, unter einem losen Bodenbrett, da drüben in der Ecke. Da liegt jetzt der Teppichboden drüber. Und der Teppich. Ich hatte es ganz vergessen. Wissen Sie, was sie gefunden haben?«

Ich schüttelte den Kopf.

»Einen Zettel mit Namen und Telefonnummern. Lauter Leute, die ich nicht kenne. Lauter Männer. Und Zehntausend. Zehntausend! In großen Scheinen ist das gar nicht so viel. Es hat gut in ihr Versteck gepasst.«

Die Telefonnummern, dachte ich. Und das Geld. Ich hab's doch gewusst: Es musste irgendwo sein.

»Wie viele Namen waren es?«, fragte ich. »Wissen Sie das noch?«

Sie überlegte, ohne sich über meine Frage zu wundern. »Sechs«, glaube ich. Sie zählte in Gedanken nach. »Ja, sechs.«

Dann habe ich alle gefunden, die sie gekannt hat, dachte ich.

»Ich begreife das nicht«, sagte sie. »Ich verstehe es nicht. Wissen Sie, was das bedeutet?«

Ich sagte nein und wurde rot, weil es eine so fette Lüge war. Aber sie sah nicht auf, sie blickte weiter auf das schillernde Plastik.

»Ich habe die Beamten gefragt, aber die haben gesagt, sie wissen es auch nicht.«

»Sie werden es Ihnen bestimmt sofort sagen, wenn sie es wissen«, sagte ich, nur um etwas zu sagen.

»Ja, nicht wahr?« Sie hob endlich den Blick. »Es muss ja auch nichts Schlimmes sein, nicht?«

Ich zögerte. Ihre Augen baten: sag ja.

»Genau.« Ich lächelte sie an. »Es muss gar nichts Schlimmes sein.«

Ich stand auf. »Ich muss jetzt fahren. Denken Sie daran, Ihre Medikamente zu nehmen, Frau Silberhorn?« Sie nickte, aber ganz gedankenlos, wie ein Kind, das brav nickt, weil man ernst mit ihm spricht. »Und wenn etwas ist, rufen Sie mich an, bei meiner Mutter. Ich gebe Ihnen die Nummer.«

Im Flur kamen wir an Marias Zimmer vorbei, dessen Türe offen stand. »Die haben solche Unordnung gemacht, die Leute von der Polizei«, sagte sie, »und so viel Dreck. Aber jetzt ist alles wieder ganz sauber.«

Das Zimmer war penibel aufgeräumt und vollkommen staubfrei und roch nach Putzmitteln und Chemieblumen. Und feucht und dumpfig. Wie ein frisch desinfiziertes Mausoleum. Selbst die Plüschbären wirkten, als wären sie gewaschen und gebürstet.

»Die Bären sehen aus, als wären sie frisch gewaschen. Und gebürstet«, sagte ich.

»Das sind sie auch«, sagte sie.

»Wirklich?«

»Natürlich. Das mache ich immer. Sie stauben sonst so ein.«

Zorn stieg in mir auf und machte mir das Gesicht heiß. Verdammt, dachte ich, hättest du dich doch mal um sie gekümmert statt um ihr Zimmer.

Es war lange die Frage gewesen, wo Herrn Fischlers Hochzeitsfeier stattfinden sollte, denn es schien keinen Ort zu geben, der diesem Ereignis angemessen war: das Schlosshotel, das Sternerestaurant, der Kaisersaal im Stadtpalais?

Schließlich beschlossen sie, eine Hochzeitsreise in die Karibik zu machen und nur eine kleine Feier zu geben, im »Ratskeller« gegenüber dem Standesamt, wo alle anderen Hochzeit feierten und wo auch Jochen und ich Hochzeit gefeiert hatten.

»Karibik!«, sagte Frau Beifuss, ungewohnt schwärmerisch. »Sand, Meer, Palmen! Perlentaucher und Korallenbänke! Wir sind übrigens Ehrengäste, hat er Ihnen das schon gesagt?«

»Wirklich?«

»Wir gehören zu dem ganz kleinen Kreis, der bei der Trauung dabei ist und nachher am Tisch von Braut und Bräutigam sitzt. Ich habe sie schon angerufen und gefragt, was sie anzieht.«

»Warum?«

»Damit wir nicht schöner sind als die Braut. Oder auffallender. Sie trägt ein Complet in Apricot. Ich habe mir was in Grau gekauft. Graue Seide.«

»Na gut«, sagte ich. »Ich kaufe mir auch was Graues, dann sehen wir aus wie Zwillinge.« Sie kicherte. Sie war klein und hatte einen großen Busen und dicke dunkelrote Haare. »Oder wie ein Komikerduo.«

»Das schon eher«, sagte sie glucksend.

Ich kaufte mir einen grauseidenen Hosenanzug mit Stehkragen, in dem ich aussah wie eine traurige chinesische Nonne, ziemlich genau so, wie ich mich fühlte, und erst kurz bevor ich ging, malte ich mir wenigstens die Lippen an.

Ich saß zwischen Herrn Fischlers Vater und seinem Bruder. Sie waren groß, dünn und dunkelhaarig wie er und hatten die gleiche würdige Art, die er bei wichtigen Anlässen an den Tag legte, und ich aß mich mühsam durch das siebengängige Menü und bekam sogar Sehnsucht nach Frau Beifuss, die auf der anderen Seite des Brautpaares mit Silkes Vater redete und lachte.

Nach dem Essen kamen die Reden und die Walzer. Die

Fischlers waren bei aller Würde wunderbare Walzertänzer, leichtfüßig und sicher und mit Selbstverständlichkeit nach links wechselnd, und ich tanzte mit allen dreien und dachte an Jochen.

Er hatte gar nicht tanzen können. Aus seiner Tanzstundenzeit hatte er etwas herüber gerettet, das er »Slowfox« genannt hatte, eine simple Schrittfolge, die er mit schlurfenden Füßen zu langsamen Melodien vollzogen und es dabei mir überlassen hatte, meine Füße vor seinen in Sicherheit zu bringen. Und ich hatte es geliebt.

Meine Kehle wurde dick und mein Lächeln immer schwerer, und schließlich hielt ich es nicht mehr aus und flüchtete in die Toilette, wo heitere erhitzte Frauen vor den Spiegeln standen und ihr Make-up erneuerten. Ich floh weiter in eine der Kabinen und saß auf dem Toilettendeckel, bis jemand heftig an die Türe klopfte: »Sie sind schon so lange da drin. Ist Ihnen nicht gut?«

Es war eine dicke Frau in einem grünen Paillettenkleid mit Perlengehängen über dem Busen, die hin- und herschwankten, weil sie so heftig atmete. Ich bedankte mich für ihre Fürsorge und ging wieder hinaus.

Neben der Männertoilette, zwischen der Telefonkabine und dem Zigarettenautomaten, lehnte Rolf Schüler an der Wand und rauchte. Er trug einen Smoking, hatte seine störrischen dunklen Locken kurz scheren lassen und sah düster aus.

»Hallo, Frau Wolf«, sagte er.

»Hallo, Herr Schüler«, sagte ich. »Warum stehen Sie denn hier draußen?«

»Solche Feste sind nicht mein Ding. Und hier ist mir schon gar nicht nach feiern.«

»Mir auch nicht«, sagte ich. »Ich muss immer an meine Hochzeit denken.«

»Ich auch«, sagte er.

»Wegen Jochen?«

»Das war mal eine schöne Hochzeit. Jochen war so glücklich.«

»Ich auch«, sagte ich. »Tanzen Sie?«

»Eigentlich nicht. Nur so eine Art –«

»Slowfox?«

»Das wäre stark geschmeichelt. In etwa.«

»Würden Sie mit mir tanzen?«

»Gerne«, sagte er. »Aber sind Sie sicher, dass Sie wissen, was Sie tun?«

»Ganz sicher«, sagte ich.

Er tanzte wie Jochen, und nach einer Weile nahm er mich dabei auch so in die Arme, und ich legte meine Wange an seine glatte Smokingschulter, wie ich es bei Jochen getan hatte, und spürte den Geruch nach Zigarettenrauch, wie bei Jochen.

Um zwei endete das Fest, indem Silke ihren Brautstrauß aus apricotfarbenen Rosen hinter sich warf. Ich duckte mich und hoffte, dass Frau Beifuss ihn fangen würde, aber es war Silkes Schwester, die ihn erwischte.

Er fuhr mich in seinem scheußlichen Geländewagen nach Hause und brachte mich zur Haustür und stand neben mir, während ich mit unsicheren Händen aufschloss. Dann nahm er meine Hand und küsste sie und sagte: »Gute Nacht. Und vielen Dank.«

Ich sah ihm nach, wie er zu seinem Auto ging und auf die Fernbedienung drückte. Die Blinker leuchteten, aber er stieg nicht ein, sondern drückte immer wieder, und die Lichter gingen an und aus und an und aus.

Er kam langsam zurück und sah mich fragend an. Ich ließ mich in seine Arme fallen.

Es regnete jeden Tag. Der Regen verwandelte das Herbstlaub in eine schmierige Masse, nässte die Mauern der Häuser und legte metallische Schleier um die Welt, wie Gefängnisgitter.

Ich ging jeden Tag mit meiner Mutter spazieren. Das Gehen tat ihr gut, also kaufte ich Gummistiefel und einen besonders großen Schirm, und wir wanderten stundenlang durch die Siedlung. Sie stammte noch aus der Hitlerzeit, ihre Straßen waren eng und die Häuser grau und dumpf unter hohen Giebeln, und über jeder Haustür prangte ein schwerfälliges Steinrelief, auf dem das wunderbare Leben in der nationalsozialistischen Volksgemeinschaft zu sehen war.

Wenn wir wieder zu Hause waren, gab es Essen, Mastfutter mit Fleisch, Butter und Sahne, von Rosemarie mit Leidenschaft gekocht und gepriesen, danach legte meine Mutter sich hin, und dann gingen wir wieder spazieren.

Die Abende verbrachten die beiden vor dem Fernseher, mit Malzbier, Erdnüssen, Kartoffelchips und allem, was dick machte, und ich saß in meinem Zimmer und schrieb Berichte oder saß einfach nur da und fragte mich, was ich hier tat. Aber ich hatte mir vorgenommen, zu bleiben, bis meine Mutter wieder fünfzig Kilo wog, und also blieb ich.

Ein paar Mal fuhr ich den langen Weg nach Hause und übernachtete dort, bei Marek oder in meiner Wohnung, und einmal kam Tigran mich besuchen, aber ich fuhr immer schnell wieder zurück, denn meine Mutter wurde unruhig, wenn ich nicht da war.

Als Herbert Gobineau anrief und mich barsch anwies, in die Stadt zu kommen, war ich nahezu froh. Ich machte mich sogar ein bisschen schön, weil ich so froh war, und dann saß ich geduldig und sanftmütig auf der Bank vor seiner Tür, starrte auf den gelblichen Ölfarbenanstrich der Wände und sah den Vorübergehenden nach. Als mir vor lauter Sanftmut schon ganz elend war, öffnete er endlich die Tür: »Tut mir Leid, dass Sie warten mussten. Das war nicht meine Absicht. Setzen Sie sich.«

Er faltete die Hände auf der Schreibtischplatte und betrachtete sie, dann hob er den Kopf und sah mich prüfend an.

»Also«, sagte er, »über die in Ihrem Bericht dargestellten Fakten, Überlegungen, Schlussfolgerungen hinaus: Was können Sie mir noch mitteilen?«

Ich verstand ihn nicht.

»Ist Ihnen noch irgend jemand oder irgend etwas begegnet, der oder das von Bedeutung sein könnte und den oder das Sie vergessen haben oder für unwichtig gehalten oder was auch immer?«

Ich schüttelte den Kopf.

»Denken Sie nach«, sagte er. »Gründlich. Wir haben Zeit.«

Ich dachte gründlich nach.

»Tut mir Leid«, sagte ich. »Aber mir fällt wirklich nichts ein. Ich habe mir immer gleich Notizen gemacht. In meinem Bericht steht alles, was ich weiß.«

»Aha«, sagte er und betrachtete wieder seine gefalteten Hände, und ich betrachtete ihn, und so saßen wir eine Weile da, bis ich einen Vorstoß wagte.

»Ist es keiner von ihnen gewesen?«

Er schüttelte langsam den Kopf, während er weiter auf seine Hände blickte.

Wer war es dann?, dachte ich. Wen gibt es denn noch? Den reinen Fremdtäter aus dem »Handbuch für Kriminalistik«, der nur durch Zufall auf sein Opfer trifft? Aber der wird doch wohl kaum Freitagabend bei Silberhorns geklingelt haben und die Treppe hinaufgestapft sein, um zu sehen, welches Opfer ihm der Zufall beschert.

»Wir haben noch mal alle überprüft«, sagte er, während er seine Augen durch das Zimmer wandern ließ, als spräche er nicht mit mir, sondern mit dem Raum oder der Menschheit im Allgemeinen.

»Angefangen bei der Familie. Frau Silberhorn schlief, und ihr Arzt sagt, dass sie mit den Medikamenten, die sie nimmt, auch nichts anderes tun konnte. Herr Silberhorn war im Kino, wie seit Jahren jeden Freitag, in einem kleinen Kunstkino, und die Platzanweiserin kennt ihn gut und würde beeiden, dass er da war. Die zweite Frau Silberhorn hatte Besuch. Daniel, der Freund, war im Skiurlaub, viele andere auch, und so geht das weiter, jeder kann belegen, wo er war, jedenfalls nicht in ihrem Zimmer, und keiner hat es getan.«

Ich gab einen vorsichtigen Laut des Mitgefühls von mir.

»Was hat Frau Silberhorn gesagt?«, fragte ich. »Ich meine, wegen der Männer?«

»Sie leugnet die Tatsachen. Sie glaubt es einfach nicht.«

Gut, dachte ich. Oder?

»Und Marias Vater?«

»Das pure Entsetzen. Absolutes Nichtbegreifen.«

Wir schwiegen eine Weile. Man konnte gut mit ihm schweigen.

»Was ist mit Georg Vanderbek?«, fragte ich.

Er blätterte in der Akte, die vor ihm lag. »Er hatte einen Zusammenbruch. Er hat nur immer wiederholt, dass es seine Schuld ist, dass das alles nicht passiert wäre, wenn er da geblieben wäre.«

Er hob den Kopf und sah mit leerem Blick durch das Fenster in den Himmel: »Das entspricht ja wohl auch den Tatsachen.«

Trauer und Mitleid und das furchtbare Gefühl des Unwiederbringlichen stiegen in mir auf und drückten mir die Kehle zu. Ich konnte ihn nicht ansehen, ich sah auf den Kalender, der hinter ihm an der Wand hing. Er war das Werbegeschenk eines Drogeriemarktes, »Tierkinder« stand darauf, und das Abreißblatt zeigte zwei balgende Bärenjungen.

Ich dachte an die Pein im Gesicht von Georg Vanderbek, an die bleiche verquälte Frau Silberhorn und das stolze, frohe Kindergesicht von Maria auf dem Foto in Vanderbeks Regal.

Vorbei. Gewesen. Unwiederbringlich. Und bloß, weil er nicht geblieben ist.

Ich schluckte, damit ich nicht anfing zu weinen.

»Ist was?«, fragte er. »Ist Ihnen nicht gut?«

»Haben Sie das Foto gesehen? In seinem Regal?«

»Ich habe nicht mit ihm gesprochen. Das waren die Kollegen in Aachen.«

Ich stand auf. »Ich kann nichts mehr dazu sagen. Ich will auch nicht. Ich will gar nicht mehr daran denken.«

Er lehnte sich so heftig in seinem Drehsessel zurück, dass die Lehne gegen die Wand schlug. Sein Gesicht lief dunkelrot an und seine Augen traten hervor.

»Glauben Sie, ich will? Darum geht es nicht! Das ist ohne Belang! Sie haben sich unverantwortlich, fahrlässig und gesetzeswidrig in diese Angelegenheit eingemischt, aber Sie haben das gründlich getan, Ihr Bericht ist in manchen Punkten nicht gänzlich laienhaft, das muss man Ihnen zugestehen. Sie kennen den Sachverhalt gut, also denken Sie gefälligst darüber nach, und wenn Ihnen etwas einfällt, sagen Sie Bescheid. Umgehend. Sofort.«

In meiner Wohnung war es kalt und roch dumpf und staubig. Ich öffnete die Fenster, wischte Staub, wo ich ihn deutlich sehen konnte, saugte, machte die Gasöfen an und ging einkaufen.

Es regnete natürlich, und der Supermarkt war voller Menschen, tropfender Regenschirme und sperriger Einkaufswagen. Ich stieß mit meinem gegen Warenständer und Kühltruhen, bis ich ihn stehen ließ und nur schnell das Nötigste besorgte, Eier, Butter, Brot, Käse und eine Flasche Rotwein.

Draußen merkte ich, dass mein Schirm noch am Wagen hing, aber ich ging nicht mehr zurück, sondern rannte durch den Regen, überquerte die Straße zwischen Autos hindurch, sprang über eine Wasserlache an der Bordsteinkante und stolperte und fiel schwer auf die Knie.

Ich kniete in der Pfütze, schwach vom Schock des plötzlichen Falls, und kam nicht mehr hoch, bis eine alte Frau mir half. Ich stopfte die Tüte, aus der Rotwein und Ei tropften, in einen Papierkorb und ging weiter, langsam, denn meine Knie zitterten und fingen an schrecklich wehzutun.

Zu Hause suchte ich Fasern meiner zerrissenen Hose aus den Wunden, tupfte mit zusammengebissenen Zähnen Jod darauf und klebte Mull darüber. Ich machte mir eine Kanne Tee, stellte die halbe Flasche Rum, die Andreas dagelassen hatte, auf das Tablett und verkroch mich aufs Sofa.

Ich trank eine Tasse Tee mit viel Rum, zog Jochens schwere Kamelhaardecke über mich und versuchte zu schlafen, aber der Schmerz in den Knien und die Gedanken, die durch meinen Kopf ratterten wie Spielzeuglokomotiven, hielten mich wach.

Maria, ratterten die Gedanken. Maria, Maria, Maria. Du bist tot, und keiner hat dich getötet. Es gibt dich nicht mehr, aber keiner ist dafür verantwortlich. Du hast dein Leben verloren, und keiner hat es genommen.

Im Herbst wärest du mit der Schule fertig gewesen. Du wolltest Kostümbildnerin werden, das war dein Traumberuf, du hattest schon eine Lehrstelle, du hast dich darauf gefreut, und du wärest sicher gut gewesen.

Das wird nicht mehr sein. Und alles andere auch nicht, dass du dich richtig verliebst, zum Bespiel, und mit einem Mann schläfst, den du schön findest, statt dich von falschen Vätern benutzen zu lassen. Du wirst es nicht erleben, nichts wirst du mehr erleben, und es gibt nicht mal jemanden, den man deshalb anklagen und bestrafen kann.

Ich trank eine Tasse Tee mit viel Rum, machte die Augen zu und versuchte an nichts mehr zu denken.

Maria, Maria, lärmten die Gedanken. Es ist auch meine Schuld, dass du tot bist. Ich habe mich nicht um dich gekümmert. Nur einen kleinen mageren Versuch habe ich gemacht. Du hättest dir helfen lassen, du hast mich bewundert, mich für eine tolle Frau gehalten. Aber ich habe mich damit zufrieden gegeben, dass das rote Licht nicht mehr brannte.

Ich griff nach der Fernbedienung, wanderte durch die Fernsehprogramme und blieb immer dort, wo es bestimmt nichts zum Denken gab, und trank noch mehr Tee mit noch viel mehr Rum.

Als ich aufwachte, lag graues Licht im Zimmer, aus dem Fernseher kamen die eiligen bunten Bilder und quäkenden Stimmen eines Zeichentrickfilms, und die Luft war heiß und stickig von der Gasheizung. In meinem Kopf rotierten scharfe Messer, und mir war zum Sterben übel.

Erst begriff ich nicht, was mit mir los war, aber dann sah ich die leere Rumflasche. Ich hatte einmal einen Kater gehabt, mit siebzehn, weil ich süße Cocktails getrunken hatte. Dies war der zweite.

Ich schwankte in die Küche, machte Kaffee und schwankte weiter ins Bad, wo ich Wasser und Eiswürfel ins Waschbecken füllte und meinen Kopf hinein steckte, wie ich es Paul Newman in einem Film hatte tun sehen. Danach trank ich den Kaffee, wie Paul Newman, aber mein Magen rebellierte, und ich musste wieder ins Bad, wo ich alles ausspuckte, was in mir war.

Ich zog mich an und stopfte die feuchten Haare unter eine Mütze. Die dünne Schicht aus verkrustetem Blut auf meinen Knien war aufgesprungen, und die Wunden taten so weh, dass ich kaum die Treppe hinunter kam.

Vor den Briefkästen stand Britta Schäfer und sah ihre Briefe durch. Ich wollte hinter ihr vorbei schleichen, aber sie blickte hoch: »Ach, Sie sind es. Ich dachte, es wäre Frau Cohn. Sie gehen so langsam.«

Sie sah mich genauer an: »Was ist mit Ihnen? Sie sehen aus wie das Leiden Christi.«

Ich öffnete den Mund, aber es kam nichts heraus. Mein Verstand war gelähmt und meine Stimmbänder auch.

»Aha«, sagte sie. »Sie haben gebechert. Scharfe Sachen. Sie riechen wie ein Matrose. Das ist gefährlich, das sollten Sie wissen, Sie sind doch alt genug.«

Ich räusperte mich und versuchte ihr mitzuteilen, dass ich in meinem Leben erst einen Kater gehabt hatte, vor fünfzehn Jahren.

»Ach je. Wissen Sie, was Sie tun müssen?«

Ich schüttelte den Kopf.

Sie sah mich missbilligend an mit ihren ungewöhnlichen Augen, die sehr groß und olivgrün waren.

»Kommen Sie mit. Ich habe alles da, was man braucht. Ich bin zufällig zertifizierte Trinkerin. Und warum können Sie nicht richtig gehen?«

Ich murmelte etwas von hingefallen.

»Sie sind vielleicht ein Unglückswurm. Geht es Ihnen auch manchmal gut?«

Ihre Wohnung war vollgestopft mit Antiquitäten und ziemlich unordentlich. Sie nötigte mich auf ein mit gelb-weiß gestreiftem Seidenstoff bezogenes Biedermeiersofa, zwang mich, die Füße hoch zu legen, verschwand und kam nach einiger Zeit mit einer Wärmflasche unter dem Arm und einem vollgestellten Tablett zurück.

»Der Säufer friert und dürstet«, dozierte sie, »also: Wärme und Flüssigkeit. Aspirin. Schonkost. Keine Rollmöpse oder Kaffee oder so was. Daran glauben nur Laien. Lassen Sie mich mal Ihre Knie sehen.«

Sie zog vorsichtig den Mull ab und schüttelte den Kopf. »Sie machen Nägel mit Köpfen. Das wird dauern, bis das verheilt ist. Aber die Wunden sind sauber.«

Sie schnitt Leukoplaststreifen ab und klebte frischen Mull darüber. Sie hatte schöne große Hände mit schönen Fingernägeln, die hell abstachen von der braunen Haut. Dann nahm sie einen Becher mit Kaffee vom Tablett und setzte sich auf einen der gestreiften Sessel, die um den runden Tisch standen: »Und warum haben Sie sich so voll laufen lassen?«

Ich wollte so tun, als gäbe es keinen Grund, schließlich kannte ich sie kaum, obwohl ich schon mal auf einem ihrer

Sofas übernachtet hatte. Aber sie sah mich mit ihren seltsamen Augen so ernsthaft an, als wolle sie es wirklich wissen, und also erzählte ich es ihr. Alles über Maria, von Anfang an.

Sie hörte mir schweigend zu. Als ich fertig war, seufzte sie tief: »Armes kleines Mädchen. Was für eine schreckliche Scheiße.«

Draußen dämmerte es. Sie sah zum Fenster, dann auf die Uhr, sagte: »Zeit für einen Sundowner«, ging hinaus und kam mit einem großen breiten Glas zurück, in dem eine braune Flüssigkeit über Eiswürfel schwappte.

Sie nahm kleine Schlucke und schwenkte sacht das Glas, und die Eiswürfel klackerten.

»Der Eva waren die Männer zu wichtig«, sagte sie nach einer Weile. »Das ist leider wahr. Kaum war einer weg, hat sie sich schon den nächsten gesucht. Als ob man ohne nicht leben könnte. So war das aber für sie: Ohne Mann bin ich nur ein halber Mensch, hat sie mal gesagt. Und Maria lief so mit. Nicht, dass Eva sie nicht geliebt hat. Aber sie war nie das Wichtigste für sie. Das ist sie erst jetzt, wo sie tot ist. Vorher waren das immer die Männer. Und da hat die Kleine sich tapfer gehalten. Und hat sich sehr um Eva gekümmert, als das mit der Krankheit schlimmer wurde. Sie war ein starkes Mädchen. Ach, Mensch …«

Sie trank und bewegte das Glas, und die Eiswürfel machten ihr Geräusch, leiser diesmal, vielleicht, weil sie schmolzen.

»Um sie hat sich niemand wirklich gekümmert. Außer Georg. Vanderbek. Der war richtig gut zu ihr. Aber der ist dann ja auch verschwunden. Wie Silberhorn und all die anderen. Und die Kleine ist dabei draufgegangen. Die hat es zum Schluss erwischt. Das ist es, was ich so unfair finde. Hätte es nicht einen von den anderen erwischen können? Alle haben Mist gebaut, und ausgerechnet sie zahlt die Rechnung.«

Sie leerte das Glas, knipste eine Lampe an und ging hinaus. Als sie zurückkam, brachte sie zwei Gläser mit, das große breite und ein kleines Schnapsglas. Ihr Katzengesicht mit den grünen Augen und dem spitzen Kinn wirkte plötzlich alt und müde.

»Sie hatten wirklich allen Grund, sich einen anzusaufen. Aber wir tun das jetzt nicht. Wir sind vernünftig. Es gibt nur noch einen, einen großen für mich und einen ganz kleinen für Sie. Whisky ist Medizin.«

Sie hob ihr Glas: »Auf Maria.«

12

»Da ruft dauernd ein Mann an«, sagte Frau Beifuss und stellte die Blumen für Jochen auf den Schreibtisch. »Ein Herr Schwörer. Winfried Schwörer. Er will Sie unbedingt sprechen. Er sagt, Sie haben ihn ruiniert und sein Leben zerstört, weil Sie Ihr Versprechen gebrochen haben und zur Polizei gegangen sind. Ist das nicht eigenartig?«

»Sehr eigenartig«, sagte ich. Gott sei Dank rufen sie deswegen nicht alle hier an, dachte ich.

Sie ordnete ausführlich die Blumen, in der Hoffnung, dass ich das Eigenartige erklären würde. Es waren lila Astern und gelbe Chrysanthemen in einer hässlichen Vase aus buntbemalter Keramik, und ich fragte mich plötzlich, ob sie wohl bis in alle Ewigkeit Blumen für Jochen auf meinen Schreibtisch stellen würde, nur weil sie das immer getan hatte, solange er lebte.

Herr Fischler trug ein Tablett herein und gruppierte Kaffeebecher, Zuckerdose, Sahnekännchen und einen Teller mit Plätzchen sorgsam auf dem Besprechungstisch. Es war ein Wunder, dass er dies tat. Silke wirkte Wunder.

»Wie geht es Ihrer Mutter?«, fragte er.

»Viel besser«, sagte ich.

»Dann bleiben Sie jetzt hier?«, fragte Frau Beifuss. Das Telefon läutete, und sie nahm blitzschnell ab.

»Dieser Herr Schwörer«, sie hielt mir den Hörer hin, »ich habe ihm gesagt, dass er Sie heute erreichen kann.«

Winfrieds anklagende Stimme drang an mein Ohr. Herr Fischler betrachtete sein Werk und lauschte, und Frau Beifuss lief in den Flur, weil es geklingelt hatte, und war schon wieder da und lauschte auch.

»Sie hatten mir hoch und heilig versprochen – mein Ruf, meine Ehre – es wird in den Zeitungen stehen, man wird sich von mir abwenden, ich werde vorbestraft sein –«

Im Türrahmen stand Rolf Schüler und sah mich an, und sein Gesicht war rot und verlegen. Wir hatten uns öfters bei mir getroffen seit Herrn Fischlers Hochzeitsnacht, aber noch nie im Büro. Ich spürte, wie auch ich rot wurde.

»Die Anwaltskosten – das ist mein Bankrott – wie hätte ich ahnen können, dass mir so etwas zustößt – ich wünschte bei Gott, ich hätte Sie nie gesehen …«

»Winfried!«, sagte ich ins Telefon. »Seien Sie still! Halten Sie den Mund. Seien Sie dankbar, dass Sie ein Alibi haben, sonst wären Sie in ganz anderen Schwierigkeiten. Und jetzt will ich nie wieder etwas von Ihnen hören. Rufen Sie nicht noch mal an, sonst gibt es Ärger.«

Ich lauschte in den Hörer. Schweigen. Die drei starrten mich an. Ich legte auf und fühlte mich stark genug für ein weiteres Problem.

»Hallo, Rolf«, sagte ich, ging hinüber zu ihm und küsste ihn auf die Wange.

»Hallo, Anna«, sagte er erleichtert und gab mir auch einen Kuss, und nun waren es nur noch Frau Beifuss und Herr Fischler, die starrten, und Frau Beifuss errötete, in einem tiefen Rosa, das seltsam aussah zu ihrem roten Haar.

Unsere Besprechung dauerte den ganzen Nachmittag, und als ich endlich das Büro verließ, um zum Friedhof zu fahren, dämmerte es schon. Es war windstill und warm und ausnahmsweise trocken, das Laub leuchtete rot und gelb, der lila Schimmer der Erika lag über den Gräbern, Grablichter brannten, und der Friedhof hatte etwas Festliches und Gemütliches.

In der Gräberreihe gegenüber war der Mann beschäftigt, der im Winter immer eine Pelzmütze trug. Er sah herüber, richtete sich auf und grüßte mit einer leichten Verbeugung. Es war das Grab seiner Frau, das er pflegte, »Serafina Sasso, geliebte Ehefrau, Mutter und Großmutter«, stand auf dem Grabstein, und daneben war ihr Bild angebracht. Sie hatte ein klares rundes Gesicht und straff zurückgekämmte Haare gehabt und war erst siebenundvierzig gewesen, als sie starb. Ein Jahr jünger als Jochen.

Ich ging zu Fuß nach Hause, auf der Brücke über dem Gleisfeld wehte der Wind und trug herben Herbstgeruch herbei, und ich sah die erleuchteten Fenster von Frau Cohn, Frau Silberhorn und Britta Schäfer. Nur meine waren noch dunkel.

Als ich die Haustür aufschloss, hörte ich Schritte hinter mir und heftiges Atmen. Ich dachte an Winfried und Peter Nippes und all die anderen Männer, denen ich versprochen hatte, nicht zur Polizei zu gehen, drehte mich um und hob das Knie zum Stoß.

»Anna«, sagte der Mann.

»Andreas! Was machst du denn hier? Ich hätte dir fast in die Eier getreten.«

Er lachte leise: »Was für eine Begrüßung.«

»Was hast du erwartet? Was willst du?«

»Mit dir reden.«

»Worüber?«

Er zögerte.

»Ich bin müde und habe Hunger«, sagte ich. »Kannst du dich ein bisschen beeilen?«

Er atmete tief: »Ich wollte dir sagen, dass ich dich liebe, Anna.«

Ich wusste nicht, was ich darauf sagen sollte, und sah ihn nur an. Er war braun gebrannt, zu sehr, seine Haut wirkte faltig und wie mit einer grauen Schicht überzogen. Er hatte sich das Haar an den Seiten und im Nacken kurz schneiden lassen, nur oben war es noch lang und lockig. Seine Schläfen waren auch ein wenig grau. Das bräunlich Indianerhafte, klar und schön, war fort, er sah aus wie ein mittelmäßiger französischer Schauspieler, der ein bisschen zu viel trank.

»Du bist so braun«, sagte ich.

»Wir waren auf den Malediven.«

»Jetzt? Im November?«

»Susanne mag den Herbst nicht«, sagte er.

»Susanne«, sagte ich. »Wieso stehst du hier und sagst, du liebst mich, wenn du gerade mit Susanne auf den Malediven warst?«

»Das würde ich dir gerne erklären«, sagte er.

Ich dachte daran, wie er mir zuletzt etwas erklärt hatte.

»Ich liebe dich nicht mehr, hast du gesagt«, sagte ich. »Ich bin mit Susanne zusammen und bleibe mit ihr zusammen, hast du gesagt. Mit uns ist es aus, für immer und ewig, hast du gesagt.«

»Ich weiß. Ich habe mich geirrt.«

»Ach so. Und nun ist Susanne dran mit dem Abserviertwerden.«

»Wenn du mich willst, werde ich mich von ihr trennen. Vermutlich auch, wenn du mich nicht willst.«

Er wirkte so kalt und fern und sprach so sachlich über seinen nächsten Frauentausch, dass mir schlecht wurde. Mein Magen zog sich zusammen. Ich war froh, dass er leer war.

»Ich will dich nicht«, sagte ich und drückte die Haustür auf.

»Kann ich es dir erklären? Oben vielleicht?«

Ich schüttelte den Kopf.

»Hast du einen Mann?«

Ich ließ die Tür hinter mir zufallen.

Der Weihnachtsbaum war riesengroß.

»Ich dachte, wir sollten dieses Jahr einen richtig großen Weihnachtsbaum haben«, sagte Rosemarie. »Es gibt so viel zu feiern.«

»Du hättest noch ein richtig großes Haus dazu kaufen sollen«, sagte ich. »Er ist fast einen Meter zu hoch.«

»Ich hole die Säge«, sagte sie fröhlich.

Sie hielt den Baum, ich sägte, und schließlich hatten wir zwei Bäume, einen großen breiten, der ohne seine Spitze wie verkrüppelt aussah, und einen kleinen, der wunderschön gewachsen war.

»Der ist für Annette«, sagte Rosemarie zufrieden. »Der kommt nach oben, neben die Chaiselongue, dann hat sie auch einen, wenn sie sich nachmittags hinlegt.«

»Du spinnst«, sagte ich.

Sie schenkte mir ein mildes Lächeln und trug das Bäumchen hinaus auf die Terrasse. Das Achtziger-Jahre-Telefon schrillte auf seine schreckliche Art, und sie kam wieder herein gerannt: »Dass Annette bloß nicht wach wird ... Es ist für dich, Anna. Eine Frau Cohn.«

»Es tut mir so Leid, dass ich Sie störe, Frau Wolf«, sagte Frau Cohn, und ihre Stimme war hoch und zittrig, »aber Frau Silberhorn geht es sehr schlecht. Sie hatte schon wieder einen Anfall. Was soll ich nur tun? Muss sie nicht ins Krankenhaus? Ich weiß gar nicht, an wen ich mich wenden soll. Sie hat, glaube ich, keine nähere Verwandtschaft. Könnten Sie vielleicht kommen? Ich weiß, morgen ist Weihnachten, aber ...«

»Ich komme«, sagte ich. »Ich bin bald da. Machen Sie sich keine Sorgen.«

Frau Silberhorn lag auf ihrem Sofa und war dünner und bleicher denn je. Ihr schwarzes Kleid war viel zu weit geworden, sie hatte sich die Haare schneiden lassen, das dauergewellte Blond war verschwunden, und mit ihrem kurzen blassbraunen Schopf sah sie aus wie das Mädchen mit den Streichhölzern aus Andersens Märchen.

»Sie müssen ins Krankenhaus«, sagte ich.

Sie presste die Lippen zusammen und schüttelte langsam den Kopf.

»Wir können hier nicht richtig für Sie sorgen. Jemand muss aufpassen, dass Sie Ihre Tabletten nehmen, und Sie müssen genug essen und regelmäßig schlafen.«

Sie sagte nichts. Sie sah mich nur an wie das Mädchen mit den Streichhölzern.

»Frau Cohn schafft es einfach nicht. Gehen Sie doch ins Krankenhaus, bitte. Wir besuchen Sie auch jeden Tag.«

Sie schüttelte nicht mal mehr den Kopf. Sie schloss einfach nur die Augen, als wollte sie sagen: Eher sterbe ich.

Ich blieb neben ihr sitzen, strich über ihre Hand und sah, wie ihr Gesicht sich entspannte.

Nach einer Weile stand ich auf: »Ich bin gleich wieder da. Bleiben Sie einfach liegen, ja?«

Sie rührte sich nicht, aber so, wie sie da lag, schien sie zu sagen: Okay, mache ich.

In meiner Wohnung nahm ich Marias Akte aus dem Regal und suchte nach der Telefonnummer von Georg Vanderbek.

Er war nicht da oder ging nicht ran, ich hörte nur seine Stimme auf dem Anrufbeantworter, die mir sagte, dass ich eine Nachricht hinterlassen sollte. Immerhin klang er lebhaft und gesund und nicht mehr nach Nervenzusammenbruch.

Ich hinterließ eine Nachricht und wählte Werner Silberhorns Nummer. Der Hörer wurde sofort abgenommen.

»Ja, Silberhorn?«, sagte seine Frau.

»Hier ist Anna Wolf«, sagte ich und erzählte ihr von Eva Silberhorn: »Vielleicht kann Ihr Mann sie überreden, ins Krankenhaus zu gehen, das wäre im Moment wohl das Beste für sie«, aber noch während ich sprach, spürte ich, wie sie sich verschloss.

»Auf keinen Fall«, sagte sie, »damit wollen wir nichts mehr zu tun haben, es hat ihn richtiggehend krank gemacht, besonders das, was wir zuletzt über Maria erfahren haben. Also, bitte, Frau Wolf, regeln Sie das alleine, und lassen Sie meinen Mann in Ruhe. Im Moment ist er noch dazu schwer erkältet, und ich will nicht, dass er überhaupt daran erinnert wird.«

Ich wollte etwas sagen, aber sie legte einfach auf, und als ich wieder anrief, war besetzt, über eine Stunde lang.

Frau Cohn hatte Frau Silberhorn etwas zu essen gebracht und ihre Tabletten, und ich saß bei ihr, und wir sahen fern, bis sie eingeschlafen war.

Danach fing ich wieder an, die beiden Nummern zu wählen. Vanderbek war immer noch nicht da. Vielleicht war er schon in Urlaub gefahren. Die zweite Frau Silberhorn hatte mittlerweile auch einen Anrufbeantworter eingeschaltet, und eine eintönige Stimme wiederholte: »Bitte Nachricht aufzeichnen«, so lange, bis der Piepton kam.

Du miese Tucke, dachte ich, aber so kommst du mir nicht davon, hättest du ihr nicht den Mann weggenommen, wäre das alles nicht passiert. Damit hat es ja angefangen.

Am anderen Morgen fuhr ich hinaus in den Vorort, in dem Silberhorns wohnten, parkte schräg gegenüber von ihrem Haus und wartete. Es war Heiligabend, und sie musste bestimmt noch einkaufen, und wenn er so krank war, wie sie sagte, musste er bestimmt im Bett bleiben.

Sie kam um zehn aus dem Haus, in einem adretten, teuren Mantel mit Pelzkragen, und holte einen adretten, teuren Wagen aus der Garage, die sie wieder verschloss, ebenso wie das Gartentor, bevor sie davon fuhr. Ich kletterte über das Tor und klingelte an der Haustür.

Ich musste lange klingeln, bis sich hinter der geriffelten Glastüre etwas regte und die Tür geöffnet wurde. Seine schönen braunen Augen waren gerötet, die Nase auch, das Haar zerdrückt, und er trug einen Schal um den Hals und einen von diesen missfarbenen gestreiften Bademänteln, die zu tragen Männer sich anscheinend durch ein Naturgesetz verpflichtet fühlen.

»Frau Wolf!«, sagte er mit hoher heiserer Stimme.

»Ich weiß, Sie sind krank«, sagte ich, »aber ich muss Sie unbedingt sprechen. Ich brauche Ihre Hilfe.«

»Kommen Sie doch rein«, sagte er. »Hoffentlich stecke ich Sie nicht an.«

Es war früher Nachmittag, Frau Silberhorn hatte gegessen, was Frau Cohn herüber gebracht hatte, und ich spülte das Geschirr, als es klingelte und eine Frau die Treppe herauf kam, die einen Jogginganzug trug und einen Parka und eine Art Arzttasche bei sich hatte.

»Schwester Angelika«, sagte sie. »Pflegedienst Berlinger. Ich komme zu Frau Eva Silberhorn. Herr Silberhorn hat uns angerufen. Notfall. Intensivbetreuung, vorerst über die Feiertage. Sie sind Frau Wolf, die Nachbarin?«

Ich nickte, stumm und beeindruckt, führte sie ins Wohnzimmer und sah zu, wie sie alles übernahm, die Verantwortung, die Versorgung und die verblüffte Frau Silberhorn und dachte mit Dankbarkeit an Herrn Silberhorn und daran, was Georg Vanderbek über ihn gesagt hatte: So wirkt er ja ziemlich schlafmützig, aber er kann auch sehr durchschlagend sein.

Ich sagte Frau Silberhorn auf Wiedersehen, und Schwester Angelika brachte mich zur Tür und wünschte mir gute Fahrt und ein frohes Fest.

Es hatte angefangen zu schneien, Straßen und Autos waren weiß überpudert, und der Himmel war wolkenverhangen und schneedunstig und versprach noch viel mehr Schnee. Als ich den Wagen anließ und die Scheibenwischer einschaltete, riss jemand die Autotür auf.

»Anna! Wo bist du die ganze Zeit?«

»Was zum Teufel geht dich das an? Ich hab's eilig, ich muss weg. Lass die Tür los, ich fahre.«

Er hielt sie fest. »Ich will mit dir reden.«

»Und dann mit Susanne Weihnachten feiern!«

Er griff nach meinem Arm, so fest, dass es weh tat: »Ich habe mich von Susanne getrennt. Ich bin ausgezogen.«

Ich stellte den Motor ab: »Und wo wohnst du jetzt?«

»Im Hotel.«

»Wie schade«, sagte ich. »Deine schöne Wohnung.«

»Ich konnte mich schlecht von ihr trennen und sie auch

noch auf die Straße setzen. Sie hat keine Wohnung mehr, weil sie zu mir gezogen ist. Weil ich es wollte. Also habe ich ihr meine gegeben. Redest du jetzt mit mir?«

»Meine Mutter wartet auf mich. Wir wollen zusammen Weihnachten feiern, das erste Mal seit ich-weiß–nicht-wievielen Jahren. Ich habe es ihr versprochen, und sie freut sich darauf. Ich auch.«

Er hockte sich in die geöffnete Autotür, Schnee fiel auf sein Haar und sein Gesicht und den Kragen seiner Lammfelljacke. Er war dünner geworden und nicht mehr so braun. Seine schmalen dunklen Augen sahen mich fast so an wie früher.

»Susanne dachte, sie wäre schwanger«, sagte er. »Auf den Malediven. Wir konnten keinen Test machen, wir mussten warten, bis wir wieder zu Hause waren. Ihr war das egal, sie hat sich gefreut. Aber ich nicht. Mir wurde plötzlich klar, dass ich auf keinen Fall ein Kind mit ihr will. Weil du die einzige Frau bist, mit der ich ein Kind will.«

Er wischte über sein Gesicht, auf dem der Schnee schmolz: »Das war vielleicht ein Urlaub. Zwei Wochen Vorhof der Hölle auf den Malediven. Sie hat sich gefreut, und ich hatte Panik und durfte es nicht mal zeigen. Ich musste so tun, als ob ich mich auch freue.«

»Und? Soll ich vor Mitleid mit dir zerspringen? Susanne tut mir Leid.«

Er lachte leise: »Der rüde Anna-Ton. Der hat mir gefehlt. Susanne ist viel zu nett.«

»Ich finde das gar nicht komisch.«

»Ich auch nicht. Aber ich streue jetzt keine Asche auf mein Haupt. Das geht dich auch gar nichts an. Das ist unsere Sache, Susannes und meine.«

Der klare Andreas-Ton, dachte ich. Sachlich und logisch und alles immer schön auseinander halten.

Er beugte sich vor: »Ich liebe dich, Anna. Ich will dich. Ich will mit dir leben bis ans Ende meiner Tage. Ich knie auch gerne vor dir nieder.«

Er tat es, er kniete im Schnee und sagte: »Ich will dich, für immer und ewig. Willst du mich auch?«

»Ich weiß nicht«, sagte ich. »Ich glaube schon. Aber ich habe so lange gebraucht, um von dir los zu kommen. Einigermaßen jedenfalls. Und jetzt plötzlich ...«

Es war nicht die passende Antwort für einen Mann, der vor mir kniete, im Schnee, und schwor, mich ewig zu lieben. »Es tut mir Leid, Andreas. Kannst du bitte wieder aufstehen?«

Er kam hoch, ich stieg aus, und wir nahmen uns vorsichtig in die Arme. Ich drückte mein Gesicht an seines, spürte das sanfte Kratzen seiner Bartstoppeln und seine Arme fest um meinen Rücken und seinen festen Körper an meinem und schob die Hände unter seine Jacke und den Pullover und fühlte durch das Hemd seine warme feuchte Haut. Ich roch den vertrauten Duft seines Rasierwassers und dahinter, noch vertrauter und schöner, seinen eigenen Geruch, und hörte ihn murmeln: »Anna, o Anna.«

»Du musst fahren«, sagte er nach einer Weile. »Der Schnee. Du bleibst sonst stecken.«

»Übermorgen bin ich wieder da«, sagte ich und löste mich aus seiner Wärme. »Ich rufe dich an. Wie heißt dein Hotel?«

»›Hotel Apart‹«, sagte er und küsste mich kurz und fest auf den Mund.

Es schneite immer stärker, und als ich auf die Autobahn kam, setzte Schneetreiben ein. Ich konnte kaum etwas sehen und kam nur kriechend vorwärts und war bald in einem Stau eingeschlossen, der sich in unübersehbarer Länge dahinzog.

Eigentlich hasste ich es, im Stau gefangen zu sein, aber heute war es mir egal. Ich telefonierte mit meiner Mutter, suchte im Handschuhfach nach etwas Essbarem, entdeckte eine Großpackung Pfefferminzdrops, von der ich nicht wusste, wie sie dahin gekommen war, und fand im Radio einen Sender, der Oldies aus den Siebzigern brachte.

Ich sang laut mit, den beruhigenden Geschmack von Pfefferminz im Mund, und dachte an meine Mutter und Rosemarie, die auf mich warteten, zusammen mit dem größten Weihnachtsbaum aller Zeiten, und an Frau Silberhorn und Schwester Angelika und an Werner Silberhorn und wie er in seinem hässlichen Bademantel in seinem ordentlichen Wohnzimmer gesessen hatte und sofort bereit gewesen war, zu helfen.

»Ach, die arme Eva«, hatte er gesagt. »Aber das ist kein Problem, ich besorge ihr eine Notfallversorgung für die Feiertage, und dann sehen wir weiter.«

Er stand auf: »Ich muss nur eben telefonieren. Ich bin gleich wieder da.«

Ich saß da, lauschte auf seine Stimme im Nebenraum und ließ meinen Blick durch das Zimmer gleiten, aufgeräumt, adrett, durchsetzt mit lautem Blau. Selbst der silberne Rahmen mit dem schwarzen Band, in dem ein großes Foto von Maria steckte, war in dieser Farbe emailliert.

Es war das Bild, das auch bei ihrer Mutter stand und sie bei ihrer Konfirmation zeigte, im dunklen Kleid, mit dem großen Kreuz um den Hals. Ein Silberleuchter stand daneben, glatt und schlicht und das einzige Stück im Zimmer, das mir gefiel, wenn man davon absah, dass er mit einer blauen Kerze bestückt war.

Werner Silberhorn war wieder herein gekommen, einen Zettel in der Hand, und meinem Blick gefolgt.

»Hübsch, nicht?«, hatte er gesagt.

»Oh, ja. Ich habe es schon bei Marias Mutter gesehen.«

»Sie hat es von mir. Ich habe es nämlich gemacht.« Er hatte gelächelt: »So hat Maria immer ausgesehen, wenn sie bei uns war.«

Er hatte mir den Zettel gegeben: »Pflegedienst Berlinger. Die schicken heute Nachmittag jemanden. Wenn nicht, rufen Sie noch mal an.«

Die Schlange vor mir leuchtete rot auf. Ich trat auch auf die Bremse und wechselte vom Schleichen zum Stehen.

Ich dachte an Maria auf den Fotos ihres Vaters, bei der Konfirmation, zu Weihnachten, an Geburtstagen, mit dem Kreuz um den Hals, in dem blauen Samtkleid, in dem sie ausgesehen hatte wie eine sehr schöne und sehr jungfräuliche Prinzessin. Ich hatte sie so nie gesehen, nur einmal, am Morgen nach ihrem Tod.

»Das ist ihr bestes Kleid, das trägt sie sonst nur an Feiertagen oder wenn sie ihren Vater besucht«, hatte Frau Silberhorn gesagt und ihren Arm gestreichelt, als wir bei ihr gesessen und in ihr fernes Gesicht geblickt hatten, in dem kurzen stillen Moment, bevor die Polizisten kamen, der Arzt, die Kriminalbeamten und schließlich die Männer, die sie mitnahmen in die Gerichtsmedizin.

Sie hatte Maria nicht wieder gesehen, aber das Kleid war zu ihr zurück gekehrt, zusammen mit dem Kreuz und Marias Wäsche, in einem Plastikbeutel mit Klebezettel, auf dem eine Nummer stand und Marias Name und ihr Todesdatum.

Ihr schönstes Kleid, ihr schönster Schmuck, dachte ich. Was für ein Zufall, dass sie es ausgerechnet an ihrem Todestag trug. Als hätte sie es geahnt. Sie trug es doch sonst nur an besonderen Tagen. Die zweite Frau Silberhorn hat auch gesagt: Ich dachte, das hatte sie nur an, wenn sie hier war, mein Mann hat es ihr nämlich geschenkt.

An Feiertagen, wenn sie ihren Vater besuchte ... Nur wenn sie hier war, mein Mann hat es ihr geschenkt ...

Sie trug es für ihren Vater, das Kleid und das Kreuz, dachte ich, weil er es ihr geschenkt hatte, weil es ihm gefiel, klar, aber warum trug sie es dann an ihrem Todestag? Der dreißigste Dezember war doch kein Feiertag, und sie hat ihren Vater auch nicht besucht. Er hat sie besucht! Natürlich. Sie trug es immer für ihn, also auch, wenn er sie besuchte. Aber wenn er an dem Abend da war, dann ...

Das kleine Kunstkino lag hinter dem Rathaus in der Altstadt und war wirklich sehr klein und außerdem sehr gemütlich mit roten Samtwänden und altmodischen Messinglampen und drei winzigen Logen.

Ich setzte mich in die letzte Reihe und betrachtete die anderen Besucher, drei Männer und ein junges Paar, ein sehr übersichtliches Publikum, kein Wunder am ersten Feiertag. Am dreißigsten Dezember, einen Tag vor Silvester, war es vermutlich nicht anders gewesen.

Der Film fing an, und die Platzanweiserin setzte sich auf einen Gangplatz und blickte auf die Leinwand. Es war einer dieser französischen Schwarz-Weiß-Filme, die mich immer sofort am Leben verzweifeln lassen, und ich stand auf und ging zu den beiden Türen, die nach draußen führten, und versuchte sie zu öffnen.

Der Lichtkegel einer Taschenlampe huschte über den Boden: »Kann ich Ihnen helfen?«

»Ich suche die Toilette«, flüsterte ich.

»Auf der anderen Seite. Kommen Sie, ich zeige es Ihnen.«

Ich inspizierte die Toilettenräume und ob es dort noch einen Ausgang gab, dann saß ich lange im Vorraum, und schließlich ging ich wieder hinein und hoffte auf das Ende des Films. Ich hatte Glück, die Schlussmusik setzte gerade ein, das Licht ging an, und die Platzanweiserin öffnete die Türen nach draußen und wartete.

»Kann ich Sie mal sprechen?«, fragte ich.

»Warum nicht?«, sagte sie. Sie hatte sehr kurzes weißblondiertes Haar und ein klares Gesicht und eine klare sachliche Art. »Ich habe Zeit. Die nächste Vorstellung fängt erst in einer Stunde an.«

»Ich bin Anna Silberhorn«, sagte ich. »Mein Mann kommt immer hierher, freitags, seit Jahren. Sie kennen ihn, glaube ich.«

»Aber ja, Herr Silberhorn, natürlich.«

»Es ist so ...«, sagte ich. »Ach, es ist mir so peinlich, davon zu sprechen. Es ist nämlich so: Mein Mann hat mich betrogen. Bis vor einem Jahr ...«

Sie wich von mir zurück. »Das kann ich mir bei Ihrem Mann aber gar nicht vorstellen.«

»Ich auch nicht«, sagte ich, »das ist überhaupt nicht seine Art. Deswegen war es ja so schlimm für mich. Es war die Frau, manche Frauen sind ja so, die wollen jeden und kriegen jeden, da sind die Männer machtlos, besonders die netten, so wie mein Mann. Sie wissen sicher, wie das ist.«

Sie schwieg, und ich spürte ihre Ablehnung und ihr Misstrauen.

»Aber nun ist es vorbei, und er hat mir geschworen, so was passiert nie wieder. Und ich möchte ihm so gerne glauben, ich gebe mir die größte Mühe, aber es fällt mir so schwer ...«

»Und was habe ich damit zu tun?«

»Er hat sich mit dieser Frau getroffen, wenn er hier im Kino war. Er ist früher gegangen. Hat sich raus geschlichen. Aber seit einem Jahr tut er das nicht mehr, sagt er, da bleibt er immer hier und sieht den Film zu Ende. Wie früher. Und wenn ich ihm nicht glaube, soll ich Sie fragen, hat er gesagt.«

Sie schwieg.

»Die Polizei hat mich kürzlich auch gefragt, ob ihr Mann hier war«, sagte sie nach einer Weile, »und hier geblieben ist, an einem bestimmten Abend im letzten Winter, kurz vor Silvester. Natürlich war er hier, und er ist auch geblieben, er bleibt immer bis zum Ende des Filmes, das weiß ich ganz genau, das kann ich beschwören.«

»Ach, das«, sagte ich, »da wollte ihm jemand eine Fahrerflucht anhängen, damit hatte er nichts zu tun, das hat sich schnell gezeigt. Können Sie sich das vorstellen, bei meinem Mann?«

»Dass er Sie belügt und betrügt, kann ich mir noch viel weniger vorstellen.«

Wir schwiegen, bis das Schweigen in meinen Ohren dröhnte.

»Ich möchte nur wieder ruhig schlafen können«, sagte ich. »Und lernen, ihm wieder zu vertrauen.«

Sie sagte nichts. Sie war wie eine Mauer aus Granit. Vielleicht hatte er das Kino ja wirklich nicht verlassen. Aber auch wenn: Sie würde bis ans Ende ihrer Tage beschwören, dass er da geblieben war. Sie war eigensinnig und stark genug für so was.

»Und nun bin ich auch noch schwanger«, sagte ich leise.

Langsam brach sich Mitleid Bahn in ihrem sachlichen Gesicht. Sie sah mich forschend an, so lange, dass ich es fast nicht mehr aushielt. Dann seufzte sie.

»Das muss aber wirklich unter uns bleiben, Frau Silberhorn. Ich kriege sonst Stress mit der Polizei. Er sagt Ihnen die Wahrheit. Vorher war er auch nicht oft weg, so intensiv kann das gar nicht gewesen sein, aber jetzt bleibt er immer hier. Sie können beruhigt sein.«

»Ach, was bin ich froh«, sagte ich und stand auf. »Vielen Dank, Sie haben mir sehr geholfen.«

»Jetzt verstehe ich auch, warum Sie die ganze Zeit draußen gesessen haben. Sie haben ja Angst in engen Räumen, hat mir Ihr Mann erzählt, darum kommen Sie nie mit.«

»Genau«, sagte ich geistesgegenwärtig. »Seit ich schwanger bin, ist es noch viel schlimmer.«

Ich ging zurück zur U-Bahn-Station, durch die leere Fußgängerzone, die mit ihren Sternen und Lichtergirlanden wie ein geschmückter Ballsaal war, der auf die Gäste wartet.

13

Herbert Gobineau hatte gesagt, ich sollte umgehend Bescheid geben, wenn mir etwas einfiele. Ich rief bei ihm an, und eine Frau nahm ab und sagte: »Büro Gobineau«, und dass er in Urlaub wäre und übermorgen wieder da sein würde. Sein Vertreter hätte gerade eine Besprechung. Wollte ich meine Nummer dalassen, damit er zurück rufen könne?

Ich sagte, ich würde wieder anrufen.

Andreas kam aus dem Bad und blieb vor dem Bett stehen: »Hast du was gesagt?«

»Nein.«

»Ich höre anscheinend Stimmen. Deine vor allem«, sagte er und lächelte mich an, während er sich die Ohren trocknete.

Ich sah auf seinen Körper: schmal, glatt, bräunlich, mit schönen schlanken Muskeln. Ich schlug die Decke zurück und öffnete meine Beine. Sein Blick ging über mich, sein Glied stieg auf, er ließ das Handtuch fallen und schwang sich aufs Bett und drang in mich ein, so fest und sanft, wie nur er es konnte, und hielt still und sah mir in die Augen, und seine Hände strichen über mein Haar.

Ich hob meine Lippen und liebkoste seinen Mund und seine Wangen. »Du hast dich rasiert.«

»Ich reibe dich sonst so wund.«

»Ich mag es, wenn du mich wund reibst.«

Er streichelte mit seiner Wange mein Gesicht.

Ich strich über seine Hüften und hielt ihn fest in mir.

»Am liebsten würde ich immer so bleiben«, sagte ich. »Für immer und ewig.«

»So lange wird es nicht dauern. Irgendwann breche ich über dir zusammen, und wir sterben den Hungertod.«

»Und dann müssen sie die Leichenstarre abwarten, um dich aus mir herauszubekommen. Oder nein – wir hinterlassen eine Verfügung, dass sie uns so beerdigen. Ineinander. Wäre das nicht schön?«

»Wunderschön«, sagte er. »Traumhaft. Aber können wir es verschieben? So um fünfzig, sechzig Jahre?«

»Na gut. Aber dann bestimmt.«

Er küsste mich, lauter weiche kleine Schmetterlingsküsse mit geschlossenen Lippen, und streichelte mit seinem Glied die Wände meines Schoßes, und ich hob meine Hüften und ließ mich streicheln, bis die prickelnden kleinen Wellen in meinem Körper zu einer großen wurden, die hoch stieg und brach und mich mit süßer Erlösung überflutete.

Er hielt mich und sah mir in die Augen, während ich kam. Dann legte er sich neben mich und bettete meinen Kopf an seiner Schulter.

»Und du?«, flüsterte ich. »Du nicht?«

»Ich habe noch nicht genug von dir. Ich will dich noch mal.«

Ich drückte mein Gesicht an seine Brust, atmete seinen Geruch und genoss das sanfte Fluten in mir. Und dass er eine Weile später sein Glied in meine weiche offene Höhle gleiten ließ und sie streichelte und stieß, bis er kam, lang und laut.

Ich hielt ihn den Armen, lauschte auf seinen Atem, der nach Schlaf klang, und ließ die Augen wandern. Er wohnte in einem Appartementhotel, das Zimmer war im üblichen Hotelstil eingerichtet, aber hinter einem Tresen mit Barhockern gab es eine Küche und am Fenster einen großen Schreibtisch. Sein Laptop stand darauf, seine Aktenmappe daneben, und überall lagen Koffer und Kleider.

»Hast du einen Mann gehabt?«, fragte er plötzlich mit klarer Stimme.

»Ich dachte, du schläfst.«

Er schüttelte den Kopf an meiner Schulter. Ich tat, als hätte er nichts gesagt.

»Hast du?«, fragte er nach einer Weile.

»Ja.«

»Und?«

»Was und? Ich hatte einen Mann. Ich habe ihn immer noch. Er weiß noch nicht, dass wir wieder zusammen sind.«

»Ach so.«

»Lass uns nicht darüber sprechen«, sagte ich.

»Ich will aber darüber sprechen.«

Na gut, dachte ich. »Es waren drei Männer«, sagte ich. »Ich meine, es sind drei Männer.«

Er machte sich abrupt von mir los: »Drei? Warum?«

»Ich weiß nicht«, sagte ich. »Es hat sich so ergeben. Es ist einfach passiert.«

»Und? Wie ist das dann so? Schläft man da heute mit dem einen und morgen mit dem anderen und übermorgen mit dem dritten?«

»Natürlich nicht«, sagte ich. »Der eine wohnt gar nicht hier, sondern in Köln. Er kommt mich nur manchmal besuchen. Und mit dem anderen war ich noch gar nicht so lang zusammen – erst seit Herrn Fischlers Hochzeit.«

»Und mit dem dritten?«

»Seit Pfingsten.«

»Das hätte ich nicht von dir gedacht!«

»Ich auch nicht«, sagte ich, »aber was ist eigentlich so schlimm daran? Ich habe niemandem was getan und niemandem was weggenommen. Ich habe bloß mehr Menschen geliebt als vorgesehen. Und wenn es so ist, erscheint es einem ganz normal. Das würde dir auch so gehen.«

»Ich habe nicht die Absicht, es auszuprobieren«, sagte er tadelnd. »Und nun?«

»Nun muss ich ihnen sagen, dass du wieder da bist«, sagte ich. »Und dass es zu Ende ist.«

Ich dachte an Marek und seine Art, mich anzusehen, als versuche er, in meiner Seele zu lesen, und an seine festen starken Hände und wie er mich damit berührt und gehalten hatte. Und an Tigran und seine Ernsthaftigkeit und seine heftige Art, mich zu lieben, und den würzigen Geschmack seines Mundes …

Das wird schrecklich schwer, dachte ich. Denk jetzt lieber nicht daran.

Er verschränkte die Hände hinter dem Kopf und gab sich überlegen: »Warum? Dann hättest du eben vier Männer.«

»Das weißt du doch. Weil du mein Mann bist. Die Art von Mann, von der ich nur einen haben kann.«

Er zog die Decke über uns und schwieg lange Zeit.

»Es war gut mit ihnen, nicht?«, fragte er schließlich mit schwerer Stimme.

»Ja.«

»Verdammt! Ich wünschte, das alles wäre nicht passiert.«

»Das habe ich mir auch oft gewünscht«, sagte ich. »Jede Nacht, wenn ich wach wurde und mir vorgestellt habe, wie du mit Susanne schläfst.«

»Aber das habe ich nicht getan – nicht jede Nacht, meine ich.«

»Ich weiß. Aber ich habe es mir jede Nacht vorgestellt.«

»Es tut mir so Leid, Anna«, sagte er.

»Für mich ist es nicht mehr schlimm.«

Er drückte das Gesicht an meine Schulter. Ich spürte seine Tränen auf meiner Haut und hörte ihn schlucken. »Verdammt, verdammt«, murmelte er. »Du gehörst zu mir, und in deine Möse gehört nur mein Schwanz.«

»Und umgekehrt«, sagte ich.

Er blieb unbewegt und stumm, eine ganze Weile lang, dann hob er den Kopf und sah mich an, mit seinen schmalen dunklen Augen, die feucht und gerötet waren: »Und umgekehrt. Und ich will dich halten und hüten mein Leben lang.«

Während der beiden Tage, die wir im Bett verbracht hatten, war es warm geworden. Die Sonne schien, und von den Dächern tropfte es auf den Morast aus Matsch und Streukieseln, unter dem die Straßen verschwunden waren.

Ich nahm die Post aus dem Briefkasten und trat auf die Schmutzmatte, die die Hausmeisterin ausgelegt hatte. Über mir hörte ich Schritte: Werner Silberhorn erschien auf dem Treppenabsatz, einen Kranz aus Tannengrün und rosaroten Rosen vor sich her tragend, und hinter ihm Georg Vanderbek mit Frau Silberhorn am Arm. Alle waren dunkel gekleidet, die Männer machten feierliche Gesichter, nur Frau Silberhorn hatte rote Backen und sah frisch und nachgerade fröhlich aus.

»Frau Wolf!«, sagte sie. »Wie gut, dass Sie Georg angerufen haben!«

»Ich habe ihn nicht erreicht.«

»Ich war erst Heiligabend wieder da«, sagte er. »Ich bin sofort gefahren, als ich Ihre Nachricht bekommen habe.«

»Wir haben so schöne Feiertage gehabt, Georg und ich!«, sagte sie. »Und jetzt gehen wir zu Maria. Heute ist Jahrestag.«

»Ich weiß«, sagte ich und sah zu Werner Silberhorn. Er lächelte, ein liebenswürdiges Lächeln, das freundlich und traurig zugleich war.

Oben in meiner Wohnung rief ich bei Herbert Gobineau an.

»Morgen«, sagte seine Sekretärin, »morgen ist er wieder da. Soll ich ihm etwas ausrichten? Soll er Sie anrufen?«

Ich sagte, ich würde mich melden.

Draußen leuchtete das Gleisfeld. Seine nassen Schienen und die roten, grünen und grauen Dächer, auf denen Schneereste schmolzen, glänzten in der Sonne.

Ich war plötzlich unbeschreiblich müde. Etwas in mir schien nachzugeben, und ich wäre beinahe gefallen. Ich kroch auf das Sofa, auf dem Jochen immer gelegen und die Zeitung gelesen hatte, zog seine Decke über mich und schlief sofort ein.

Als ich aufwachte, war es dunkel, draußen wehte der warme Tauwetterwind und bewegte die Lampen über dem Gleisfeld und das Muster aus Hell und Dunkel, das sie ins Zimmer warfen. Das rote Auge des Anrufbeantworters glühte. Ich machte kein Licht, es war, als gäbe es etwas im Raum, das kein Licht vertrug: die Geister der Dämmerung vielleicht oder die Erinnerung an die Toten, die in der Dämmerung wach wird.

Ich bewegte mich vorsichtig in die Küche, setzte Teewasser auf und ging weiter ins Bad. Es lag im Widerschein des roten Leuchtens, das aus Marias Zimmer drang. Ich öffnete das Fenster und sah hinüber.

Die beiden Männer standen dort, zwischen den Bären und den Rosen, die Hände in den Hosentaschen, als warteten sie auf etwas, eine Explosion, einen Dammbruch, den Weltuntergang. Ob sie sprachen oder schwiegen, konnte ich in dem verwaschenen rötlichen Licht nicht erkennen.

Der Teekessel pfiff. Ich goss den Tee auf, ließ ihn genau fünf Minuten ziehen, richtete langsam das Tablett und trug es ins Wohnzimmer. Zehn Minuten. Jetzt war das Zimmer bestimmt wieder dunkel. Ich ging ins Bad und sah nach.

Sie standen immer noch da, Werner Silberhorn gestikulierte, und Vanderbek hatte die Schultern hochgezogen und ließ die Arme hängen wie ein Boxer. Ich lief hinüber und klingelte.

Es dauerte eine Weile, bis Frau Silberhorn die Tür öffnete. Ihr Gesicht war rot und erhitzt.

»Ist alles in Ordnung, Frau Silberhorn?«

»Ja, natürlich. Ich konnte nicht gleich weg vom Herd, ich mache nämlich gerade Kartoffelpuffer. Für meine Männer. Die mögen sie so.«

Mir fiel ein, was Vanderbek gesagt hatte: Sie hat nie gefragt, wo ich gewesen war, sie hat sich einfach gefreut, dass ich wieder da war. Sie fragt auch jetzt nicht, dachte ich. Es ist Marias Todestag und nicht der passende Moment für eine nette kleine Familienfeier, schon gar nicht mit diesen beiden Männern. Aber sie ist bloß froh, dass sie da sind. Und macht Kartoffelpuffer.

»Kommen Sie doch rein, Frau Wolf. Wo sind sie überhaupt, die beiden?«

Ich ging durch den Flur und öffnete die Tür zu Marias Zimmer.

»Sie war keine Hure«, sagte Vanderbek, »sie war mein kleines Mädchen. Ich habe bloß nicht richtig auf sie aufgepasst. Das verstehst du nicht, du Arschloch. Du hast keine Ahnung, du Arschloch.«

Werner Silberhorn lachte, ein fremdes hohes Lachen: »Was gibt es da zu verstehen? Rumgehurt hat sie, mit lauter alten Kerlen. Auf Bestellung. Die brauchten bloß anzurufen.«

»Was tut ihr denn?«, rief Frau Silberhorn. »Streitet euch doch nicht, ausgerechnet heute!«

Sie beachteten sie nicht.

»Aber wen wundert's«, sagte Werner Silberhorn. »Eva konnte ja auch nicht ohne. Immer wieder neue Männer! Das ist die Krankheit, ich sag's dir. Ich hab's gewusst. So was vererbt sich!«

»Du verdammtes dämliches Arschloch«, sagte Vanderbek. »Eva ist eine gute Frau, verdammt noch mal, und die Kleine war ein gutes Mädchen. Und die Krankheit ist bloß irgendeine Krankheit, so was wie Grippe oder Rheuma. Da ist nichts Abartiges dran, du verdammtes dämliches Arschloch.«

Werner Silberhorn lachte wieder und fing an, im Zimmer umherzugehen, mit hektischen wippenden Schritten, und die Plüschbären mit dem Zeigefinger zu stupsen, bis sie umkippten.

»Wahrscheinlich ist es überhaupt besser so«, sagte er, »jetzt ist sie wieder sauber, und sie bleibt sauber, und keiner fasst sie mehr an mit seinen dreckigen Fingern.« Sein hübsches Gesicht war verzerrt, und jedes Mal, wenn einer der Bären fiel, stieß er einen kleinen triumphierenden Laut aus.

»Es ist besser so, viel besser«, wiederholte er und fegte mit einer heftigen Handbewegung die restlichen Plüschbären vom Bücherregal.

»Werner!«, sagte Frau Silberhorn.

»Du verdammtes mieses Arschloch«, wiederholte Vanderbek, als wüsste er kein anderes Wort.

Silberhorn senkte den Kopf und betrachtete die Bären, die auf dem Boden lagen. »Es ist besser, viel besser, das könnt ihr mir glauben«, murmelte er. »Glaubt mir nur. Habt ihr ihr Gesicht gesehen? Es war so friedlich. So schön, so friedlich.«

Das stimmt, dachte ich.

»Werner!«, rief Frau Silberhorn. »Wo hast du ihr Gesicht gesehen? Der Sarg war doch zu!«

Georg Vanderbek drehte sich um und sah sie an. Er sah zu mir und wieder zu ihr, als versuche er, in unseren Gesichtern zu lesen, und fragte schließlich: »Er war es? Er hat es getan?«

Er wandte den Blick von uns weg, starrte ins Leere und nickte dann, als begriffe er plötzlich alles: »Ja. Klar, doch. Sicher. Natürlich.«

Ich legte die Hand auf seinen Arm: »Das können wir nicht wissen, das muss die Polizei herausfinden.«

»Ich weiß es«, sagte er, drehte sich um und warf sich auf Werner Silberhorn.

Silberhorn schrie auf, sie fielen krachend zu Boden, Vanderbek packte ihn an den Schultern und rammte ihn auf den Boden. Silberhorns Kopf schlug auf die Dielen, einmal, zweimal, dreimal, und plötzlich floss Blut, mit entsetzlicher Geschwindigkeit breitete sich ein Meer von Blut unter seinem Kopf aus.

»Georg!«, schrie Eva Silberhorn, und ich rannte zum Telefon.

Der Polizist versiegelte die Tür zu Marias Zimmer mit schwarzgerändertem Klebeband, auf dem das Stadtwappen zu sehen war, und fragte Frau Silberhorn, ob er sie irgendwo hin bringen könne, zu Verwandten oder zu einer Freundin?

Sie sagte nichts. Sie sah furchtbar aus, dünn und durchscheinend blass in dem schwarzen, viel zu weiten Kleid, die großen hellen Augen rot umrändert, fast so, als sei sie auch schon tot und bewege sich nur durch Zufall noch unter den Lebenden.

»Wirklich nicht?«, fragte er besorgt.

Sie hat Übung darin, in einer Wohnung zu bleiben, in der jemand getötet worden ist, dachte ich. Es ist ja nicht das erste Mal.

Er sah zu mir: »Aber Sie sind da, nicht?«

Ich nickte.

Sie brachte ihn zur Tür, machte sie behutsam hinter ihm zu, kam zurück und riss das Band ab.

»Das dürfen Sie nicht«, sagte ich, aber sie schüttelte nur den Kopf, öffnete die Tür und knipste das Licht an. Sie ging umher und hob die Bären auf, strich ihr Fell glatt, richtete ihnen die Ohren und setzte sie wieder hin, sorgsam und genau, jeden an seinen Platz.

Sie nahm den Stuhl hoch, der umgefallen war, und schob den Schreibtisch zurecht. Dann holte sie eine Schüssel mit Wasser und einen Schwamm und begann vorsichtig an dem Fleck zu reiben, den das Blut von Werner Silberhorns Kopf hinterlassen hatte.

Das Blut war getrocknet, sie rieb und wischte, und ich stand im Türrahmen und sah ihr zu. Ich merkte plötzlich, dass ich schwitzte, ich spürte klebrige Nässe am Körper, und der Geruch von Angst und Schrecken stieg mir in die Nase und die Ausdünstungen all der Menschen, die hier gewesen waren. Auch das Blut von Werner Silberhorn, das sich wieder verflüssigte und das Wasser in der Schüssel rot färbte, begann zu riechen, schwer und metallisch.

Der Fleck war fort, sie trocknete den Dielenboden und trug die Schüssel hinaus. Dann strich sie die rosengemusterte Bettdecke glatt und ließ sich vorsichtig darauf nieder. In dem rosigen Licht wirkte sie noch geisterhafter.

Ich wollte gehen, weglaufen, davonrennen, aber ich setzte mich neben sie. Draußen schneite es dicke Flocken, wie aus rosa Watte. Es war noch ganz dunkel und sah nicht so aus, als ob es bald Morgen würde. Ich war todmüde. Ich machte für einen Moment die Augen zu.

Als ich sie wieder öffnete, schien fröhliche Helligkeit durchs Fenster. Sonnenlicht fiel auf das beschneite Dach gegenüber und ließ den Schnee glitzern. Ich lag weich und warm unter einer Daunendecke, das Zimmer war erfüllt von Kaffeegeruch, und draußen war Geschirrklappern zu hören und dann Schritte.

»Jetzt sind Sie wach«, sagte eine fröhliche Stimme. »Hier ist Kaffee – und Buttertoast, mehr habe ich nicht im Haus.«

Ich wandte den Kopf. Es war Frau Silberhorn, die mit mir sprach. Sie war immer noch durchscheinend blass, aber ihr Haar lag frisch und fedrig um ihren Kopf, und sie trug nicht mehr das schwarze Kleid, sondern Hosen und einen graublauen Pullover, der viel zu weit war, aber ihre Augen leuchten ließ. Parfümduft umgab sie.

Ich setzte mich auf und trank von dem Kaffee, und sie sah mir zufrieden dabei zu. Dann warf sie einen geschäftigen Blick auf ihre Armbanduhr.

»Ich muss weg«, sagte sie. »Ich muss mich um Georg kümmern – Wäsche, Rasierzeug, was zu lesen – und vor allem ein guter Anwalt! Gott sei Dank ist das Untersuchungsgefängnis nicht weit von hier. Bleiben Sie liegen. Machen Sie es sich gemütlich. Da in der Thermoskanne ist Kaffee, und in der Küche ist noch Toastbrot.«

Ich horchte hinter ihr her. Selbst die Bewegungen, mit denen sie in den Mantel schlüpfte, nach Tasche und Schlüssel griff und die Tür hinter sich zuzog, klangen froh.

Ich dachte darüber nach, warum sie so froh war. Ach so. Sie hatte wieder einen Mann, darum. Er brauchte sie dringend. Sie war seine einzige Frau, und er konnte sie nicht verlassen. Nicht so bald jedenfalls.

Ich legte mich zurück und machte die Augen zu. Ich war immer noch sehr müde.

Herbert Gobineau zog das Protokoll meiner Aussage zu sich heran, betrachtete meine Unterschrift und schob die Blätter in eine grüne Mappe.

»Und? Wie geht es Ihnen?«, fragte er, bevor ich aufstehen konnte. »Sind Sie gut ins neue Jahr gekommen?«

»Sehr gut, danke«, sagte ich.

»Rauschend gefeiert? Oder still und besinnlich?«

Still und sinnlich, dachte ich. »Eher still.«

»Ich auch«, sagte er zufrieden. Vielleicht hatte er ja so schön gefeiert wie ich und dabei so gut vergessen können. Falls er etwas zu vergessen hatte.

Ich wollte aufstehen, aber er sah mich auf eine Weise an, dass ich sitzen blieb, und tippte mit dem Finger auf die grüne Mappe: »Sie haben etwas weggelassen. Sie waren bei der Platzanweiserin und wussten, dass es Silberhorn gewesen sein konnte. Dass er es vermutlich gewesen war.«

Ich nickte.

»Und?«

»Was und? Würden Sie gern darüber reden, dass Sie schuld daran sind, dass ein Mensch tot ist und ein anderer im Gefängnis sitzt? Bloß, weil Sie nicht Bescheid gesagt haben?«

»Das wird Ärger geben«, sagte er.

»Ach, Scheiße.«

Er zog mit gespielter Indignation die Augenbrauen hoch: »Was wollen Sie damit sagen?«

»Dann gibt es eben Ärger«, sagte ich. »Das ist mir scheißegal. Ich wünsche mir nur, es wäre nicht passiert.«

Er sah mich eine Weile an. Seine Augen waren sehr blau und sein Gesicht ausdruckslos.

»Es war nicht nur Ihr Fehler«, sagte er dann. »Es war auch meiner. Vor allem meiner. Ich habe mich von der Platzanweiserin über den Tisch ziehen lassen. Sie hat glaubhaft versichert, er war da, und ich habe ihr geglaubt. Ich war nicht gründlich genug. In der Mehrzahl dieser Art von Fällen steht der Täter dem Opfer nahe, es war der Freund, Ehemann, Vater oder so was in der Art, und darum müssen die Alibis dieser möglichen Tatverdächtigen absolut sicher sein. Zur Not muss man sie mehrfach überprüfen. Das habe ich nicht getan. Ich habe mich überzeugen lassen. Sie war auch sehr überzeugend. Trotzdem.«

Sein Blick glitt von mir weg in den Raum hinter meinem Kopf. »Ich wollte überzeugt werden. Ich wollte nicht denken müssen, dass es ihr Vater gewesen war. Ich wollte überhaupt nicht denken, dass Väter so was tun. Obwohl ich es natürlich besser weiß. Aber ich habe seit drei Monaten eine Tochter. Da will man so was nicht denken.«

Blut stieg in sein Gesicht, dunkel und fleckig. Es sah aus, als ob sein Herz überlief.

»Scheiße, wie Sie so richtig bemerkten. Das dürfte nicht passieren. Aber es passiert. Beim ersten Mal bringt es einen fast um. Man will den Beruf hinschmeißen. Man schwört sich, dass es nie wieder vorkommt. Aber es passiert wieder, immer wieder. Damit muss man leben. Mit der Zeit lebt man mit immer mehr Fehlern. Mit der Erinnerung an Menschen, die tot sind oder im Gefängnis oder krank, allein, unglücklich – nur weil man einen Fehler gemacht hat ...«

Er schwieg und sah auf die grüne Mappe, dann blickte er auf: »Das gehört zum Beruf. Gewöhnen Sie sich daran oder machen Sie was anderes. Noch Fragen?«

»Warum war er an dem Abend da? Und warum ist er deswegen aus dem Kino verschwunden?«

»Seine Frau wollte nicht, dass er Maria zu Hause besuchte, obwohl das nur sehr selten der Fall war. Also tat er es heimlich, freitags, an seinem Kinoabend, und ging vorher in den Film, damit er seiner Frau davon erzählen konnte. An diesem Abend wollte er Maria ein verspätetes Weihnachtsgeschenk bringen, vermutet seine Frau: einen silbernen Leuchter, den sie sich gewünscht hatte. Mit dem hat er sie höchstwahrscheinlich auch niedergeschlagen. Der Leuchter hat eine Delle, und die Form – die des Leuchters wie die der Delle – passt zu der Wunde an Marias Kopf.«

»Oh, Gott«, sagte ich. »Er hat ihn wieder mit nach Hause genommen. Er fiel mir auf, weil er das einzige im Zimmer war, das mir gefiel. Er stand neben ihrem Bild. Neben dem Bild mit dem schwarzen Band.«

Er nickte: »Nett, nicht? Das Tötungswerkzeug neben dem Bild der Getöteten. Das muss einem erst mal einfallen.«

Mein Magen zog sich zusammen. Ich stand auf.

Er kam aus seinem Drehsessel hoch und gab mir die Hand.

»Danke«, sagte ich.

»Keine Ursache.«

Ich ging langsam die Treppe hinunter. Die Wände des Treppenhauses waren mit einem Fries steinerner Figuren versehen, wunderlicher Fabelwesen mit lachenden und weinenden Mienen. Unten in der Säulenhalle war es kalt, das Gesicht des Polizisten, der die Ausweise kontrollierte, war bleich über der grünen Uniform, und aus der Schwingtür, die zur Kantine führte, drang der widerwärtige Geruch von zerkochtem Rosenkohl.

Aber auf der Bank unter einer der Säulen, in seiner Lammfelljacke, den Laptop auf den Knien, saß Andreas und hob den Kopf und lächelte, als er mich sah.